吕洞山地区苗族情歌

周仁

周仁书

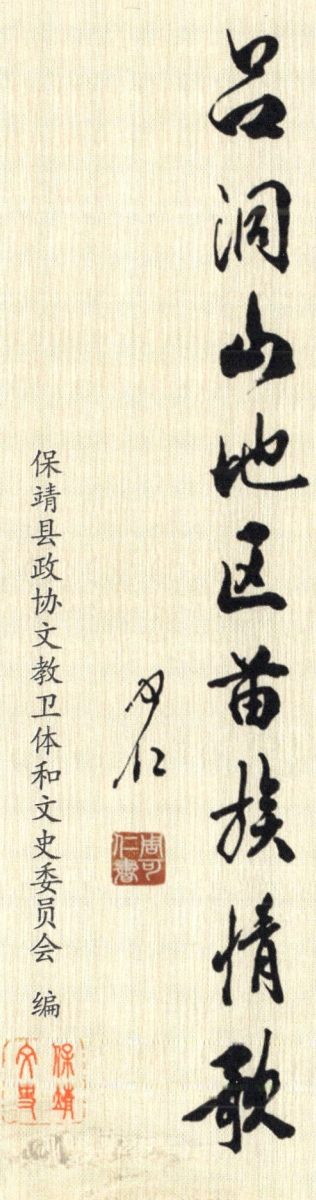

保靖县政协文教卫体和文史委员会 编

保靖文史

CNS 湖南人民出版社·长沙

图书在版编目（CIP）数据

吕洞山地区苗族情歌 / 保靖县政协文教卫体和文史委员会编. —长沙：湖南人民出版社，2021. 9
ISBN 978-7-5561-2790-0

I. ①吕… II. ①保… III. ①苗族—民歌—作品集—保靖县 IV. ①I276.291.6

中国版本图书馆CIP数据核字（2021）第185728号

LÜDONG SHAN DIQU MIAOZU QINGGE
吕洞山地区苗族情歌

编　　者　保靖县政协文教卫体和文史委员会
责任编辑　曹伟明
装帧设计　龚曼华　彭一慧

出版发行　湖南人民出版社［http://www.hnppp.com］
地　　址　长沙市营盘东路3号
邮　　编　410005
经　　销　湖南省新华书店

印　　刷　长沙市井岗印刷厂
版　　次　2021年9月第1版
印　　次　2021年9月第1次印刷
开　　本　710 mm × 1000 mm　1/16
印　　张　36.5
字　　数　357千字
书　　号　ISBN 978-7-5561-2790-0
定　　价　108.00元

营销电话：0731-82221529　（如发现印装质量问题请与出版社调换）

《吕洞山地区苗族情歌》编辑委员会

吕洞山地区苗族情歌采编组合影

前排（从左至右）：石元忠、吴昌国、梁远新（时任县政协主席）、彭一慧（原政协副主席）、龙显琦

后排（从左至右）：彭　智（时任县政协文教卫体和文史委员会主任）、龚曼华（时任县政协副主席）、麻春兰（时任县水利局局长）、龙致书（时任县政协社会法制和民族宗教委员会主任）

心中的圣山
向宗文摄

苗岭人家
彭司进摄

边边场外邀苗歌
汪石凌摄

捞　虾
汪石凌摄

开口歌就来
向宗文摄

苗寨歌会
彭司进摄

序　言

历时五年完成的《吕洞山地区苗族情歌》，为保靖县第九届政协的吕洞山地区苗族文化研究（以下简称研究）画了一个圆满的句号，展现了保靖县政协此项研究的系统性，为进一步开展研究打下了基础，探索了道路。

《吕洞山地区苗族情歌》收录了82位供稿人提供的1224首苗歌，类别齐全、内容广泛，涉及生产生活和思想文化的方方面面，涵盖了人生的各个重要阶段、苗族的重要节日和重大场合，承载着苗家人的爱恨情仇，喜怒哀乐。

吕洞山地区苗族情歌是吕洞山地区苗族文化的重要部分，有鲜明的地域特点，独具特色。它无处不在，无时不在，是吕洞山地区苗族生活的生动反映。生活在这一地域的苗族人认为饭可以少吃，但歌不能少唱。他们以歌会友、以歌代言、以歌抒情、以歌明理、以歌教化育人，将喜怒哀乐装进情歌里，把理想追求、美好向往融进歌声中。

根据吕洞山地区苗族的传统习惯，吕洞山苗族情歌可分为两大类，即堂中歌和百草歌。堂中歌和百草歌有明显区别，不容混淆，唱腔和音调也不相同，唱歌的场所也有严格地区分。堂中歌是在家里唱的歌，吕洞山地区苗族人在重大节日和家庭有喜事时必定唱歌，都会组织对歌。唱堂中歌时，男女老幼齐聚，听众很多，歌手虽然可以发挥才能，但必须遵守言辞文明、委婉谦让、包容体谅、礼貌团结的规矩，歌词不仅要能让对手接受，而且要让听众愉悦才行。堂中歌大都是夸奖对手、传达美意，也会教化传承苗族民俗历史文化及生产生活经验，歌颂真善美，揭露假恶丑。百草歌是在村外山里唱的歌，其内容主要是爱情，这种歌除了唱给爱的人听，也只有百草能听到，无拘无束，自由发挥。歌声充满灵感和智慧，令百草动容，故为百草歌。

吕洞山地区苗族情歌按音调又可分为喜堂调、哭丧调恋爱调和。喜堂调是喜庆场合的唱腔；哭丧调是灵堂上的唱腔；恋爱调是恋爱或野外的唱腔。恋爱调中又分高腔调和平腔调。高腔高亢激越，平腔婉转圆润。

吕洞山地区苗族情歌，可独唱、对唱和合唱，非常讲究修辞和韵律。与诗类似，但韵脚特殊。基本上为七言句，一般押双韵，也就是说，单句押一韵，双句押另一韵，即一三五押一韵，二四六押一韵。也可押通韵，即一韵到底。还有一种叫三角转，是吕洞山地区苗族情歌中特殊的押韵形式，以每三句为一组，一首歌中押三个韵，一四七句、二五八句、三六九句，各押一韵，三韵轮转，韵味独特。吕洞山地区苗族情歌有短歌也有长歌，最短的是四句，最长的可到几百句。歌词采取比喻、比拟、夸张、反衬、设问、排比、顶针、谐音、回环等多种修辞手法，使歌曲生动活泼、优美动听、沁人心脾、亲切感人。吕洞山地区情歌还分为热歌和冷歌，将即兴唱答的歌称为热歌，将事先编好歌词再唱的歌称为冷歌。唱热歌需要有深厚的功底，一般人很难完成。

吕洞山地区苗族情歌的采集比较困难，很多歌手都不太情愿将自己的歌记在书上，总认为自己的歌不够好，怕上书出丑。我们做了大量细致的思想工作才让歌手打消顾虑，将自己心爱的歌贡献出来。此书最难的工作在于翻译，一开始我们只将情歌直译，把原意表达出来。后来发现这样做不能体现出吕洞山地区苗族情歌中的修辞和韵律之美，失去了情歌原有的韵味。因此，编辑组的同志们认为应该珍惜机遇，要竭尽全力、精益求精，保持情歌原有的韵味。于是决定将直译改为意译，就是将情歌译文与情歌原文相对应，编成七言诗。在不变原意的基础上使情歌译文保持情歌原文的韵律特色，做到押双韵、单韵或三韵。这样做工作量成倍增加。为克服人手不足和时间不够的困难，我们发动县直单位的情歌爱好者加入了翻译的队伍，让编辑组的同志集中精力负责整理和修改。最后又对经过意译的情歌进行集体修改，再次打磨，形成定稿。在这五年的工作过程中，历经了分管副主席和文史委主任的人事变动，但我们始终坚持目标不动摇，才有此成果。

由于我们的水平有限，可借鉴参考的东西不多，所做的工作均属探索，难免有一些不足和纰漏，望广大读者批评指正。

是为序。

保靖县政协主席　梁远新

2020 年 11 月 5 日

目　录

撒嘎处·百草歌

一种在村外山里唱的歌，其内容主要是表达爱情。这种歌除了唱给爱的人听，也只有百草能听到，无拘无束，自由发挥。歌声充满灵感和智慧，令百草动容，故为百草歌。

（一）撒机走机咱·搭讪歌

几廷样子弄格交·妆容显眼人人望

苗语汉字记音	汉译
得为如乃勾强闹，	晴天姑娘来赶场，
机邀强闹剖能东。	相邀赶场我们乡。
几廷样子弄格交，	妆容显眼人人望，
告雅告阳同修戎。	婀娜多姿龙女样。
兄头照松巴蹦敖，	衣衫绣花巧梳妆，
克药同夺阿召蹦。	远看如同花开放。
图得告搭配告保，	银戒银镯手上晃，
矿工娥图机果锰。	脖上项圈闪银光。

克咱沙弄策能蒙·妹妹映入我心间

苗语汉字记音	汉译
派先同兄机哈劳，	银花银链挂衣衫，
得牙抱床阿休娥。	妹妹胸前银一片。
笑题套得袜子照，	布鞋白袜脚上穿，
笑没机有尖几戎。	头帕缠如龙角显。
刚策如后叉走召，	运好我才得遇见，
克咱沙弄策能蒙。	妹妹映入我心间。

咱牙喂罘所药药·见妹我躲无影溜

苗语汉字记音	汉译
空夯冈抢埋阿告，	空闲赶场到场头，
强闹脓呆告埋久。	赶场来你家乡游。
学得将约勾处闹，	从小放牛坡上走，

酷没乃实穷勾勾。	脸皮晒得红出油。
能巧头同告柳饶，	衣衫破似板栗球，
比俅阿柳必嘎休。	好像松球裂开口。
得得能泸钱价要，	贫穷孩儿空钱兜，
久没钱当宁俄周。	没有银钱买丝绸。
告老尼勾笑同照，	脚穿草鞋露趾头，
俩老亚洽早加柔。	赤脚又怕撞岩头。
郎枪灵能究改保，	场里人多不敢走，
咱牙喂罖所药药。	见妹我躲无影溜。

邀埋得策兄阿且·邀请你们坐下来

苗语汉字记音	汉译
号几囊策得药也?	哪方小伙远处来?
常送能勾告得药。	回去路途里程远。
高那高勾最叶叶，	哥兄老弟列成排，
扑度绷脓能娄娄。	讲话声音软绵绵。
牙岭喂想勾埋能，	小妹我想问兄台，
操松拐奈洽究斗。	问了担心不答言。
奈斗叉起松吉白，	请你应声搭腔来，
肯奈得策尖告逑。	怎么称呼才圆满。
邀埋得策兄阿且，	邀请你们坐下来，
常萌芒叫兄觉剖。	夜了我家歇一晚。
扑度大磊哈穷没，	开口脸就染红彩，
酷没穷呆比勾某。	脸面红透到耳边。
度扑洽埋亚久列，	话讲不好怕责怪，
叉共撒忙果呕头。	我用歌声来代言。
先剖嘎勾照酷没，	嫌弃也莫挂面腮，
没昂勾最如机走。	山水也会有相见。

难维得咛囊高老·谢你男儿那双脚

苗语汉字记音	汉译
难维得咛囊高老，	谢你男儿那双脚，
高最送剖拿能头。	跟随送我这么远。
能常运气没常膘，	人转时运马上膘，
尼牙得冬常点子。	小寨姑娘好运转。

出计脓偏牙囊俄·我化清风拂妹衫

苗语汉字记音	汉译
阿告斗你阿告各，	我俩各在一边山，
阿告斗萌阿层茸。	各在各的俏山坡。
克蒙比俫得戎修，	你如龙女身姿显，
比俫戎修打仲冬。	你如仙女现山坡。
克药腊共格机多，	隔远只好放眼看，
空会隔觉夯麻冬。	想要靠近隔川河。
出计脓偏牙囊俄，	我化清风拂妹衫，
嘎褡计哉冬偏蒙。	莫骂冷风把你摸。

苗语汉字记音	汉译
阿各修你阿告各，	我俩各在一边山，
阿各修萌阿各拜。	与妹同岭不同坡。
蒙你阿各尖戎修，	阿妹如同彩虹现，
戎修几拿蒙修尖。	彩虹不及妹婀娜。
出记脓偏牙囊俄，	我化清风拂妹衫，
偏蒙牙要俄牙先。	吹得阿妹裙婆娑。
几者俄偏通几傩，	背后吹裙飘身前，
计哉偏牙列嘎怀。	冷风吹妹莫怨我。

岔那囊笔夫陆岔·找哥的屋容易查

苗语汉字记音	汉译
岔那囊笔夫陆岔，	找哥的屋容易查，
斗炯码头囊告勾。	家在码头大路旁。
能囊前前尼笔瓦，	别家房屋盖新瓦，
得咛尼你得笔抽。	哥住两间茅草房。
岔那囊笔夫陆岔，	找哥的屋容易查，
斗炯码头囊告卑。	家在码头路口住。
能囊前前尼笔瓦，	别家房屋盖新瓦，
得咛尼你得笔西。	哥住两间茅草屋。

控香阿陶筛拉兄·妹骂一句也舒畅

苗语汉字记音	汉译
得为斗你得包朝，	阿妹坐在山包上，
斗你包朝摆柔隆。	坐在山包青石岗。
果撒刚蒙泥几饶，	用歌惹妹不搭腔，
控香阿陶筛拉兄。	妹骂一句也舒畅。

弥花难照难哈丰·棉花难种草难薅

苗语汉字记音	汉译
阿磊乃巴相蒙伢，	烈日炎炎似火烤，
江如兄你计图冲。	树下乘凉刚刚好。
机周机摆阿乃牙，	我劝妹妹丢锄镐，
弥花难照难哈丰。	棉花难种草难薅。

愿飞吉柔告图囊·爱唱请你走近前

苗语汉字记音	汉译
阿告斗你阿告夯，	你我各在沟一边，
斗药撒除动究冲。	隔远唱歌听不清。
愿飞吉柔告图囊，	爱唱请你走近前，
阿各柔龙呕补炅。	走近一程是一程。

阿告斗你阿告各·你我各在一座山

苗语汉字记音	汉译
阿告斗你阿告各，	你我各在一座山，
阿告隔萌阿层茸。	你我隔着一条岭。
斗药尼盂机加修，	隔远只看人影现，
列会究呆告图蒙。	想会不得近你身。

机走机咱尼能化·初次相逢人陌生

苗语汉字记音	汉译
机走机咱尼能化，	初次相逢人陌生，
吉查吉能尼能先。	询问才知是熟人。
龙埋机摆度吉岔，	我们交谈很尽兴，
吉甲龙埋勾度摆。	开心话儿讲不尽。

奈埋呕图撒学摆·请你两个唱歌谣

苗语汉字记音	汉译
阿乃劳处走觉埋，	今天上坡遇你们，
走召呕磊麻如来。	遇见两个好老表。
出牙奈来撒学歪，	妹请表哥把歌吟，
奈埋呕图撒学摆。	请你两个唱歌谣。

果撒扑度机差筛·对歌聊天才快乐

苗语汉字记音	汉译
斗你告阿出逑如？	你在那里忙干啥？
斗炯告阿出逑派？	坐在那里干什么？
挂能剖搏皮夫度，	过来拉拉家常话，
果撒扑度机差筛。	对歌聊天才快乐。

比俫松琼能娄娄·绵绵宛如纺线声

苗语汉字记音	汉译
松吾累累召衣脓，	高腔声声传过来，
阿得松除辽辽溜。	声音婉转真动听。
松吾比俫告松琼，	歌声好似纺车摆，
比俫松琼能娄娄。	绵绵宛如纺线声。

果劳伢巫戎啥修·传到河里龙现形

苗语汉字记音	汉译
蒙将松吾吉羊各，	你放高腔绕山顶，
吉化松撒吉羊茸。	歌声回荡在山岭。
果劳伢巫戎啥修，	传到河里龙现形，
谋你告伢啥修同。	鱼在潭底往上蹦。

求送比各除松歪·登上山顶歌喉开

苗语汉字记音	汉译
求各包朝将松容，	爬上山峰放歌声，
求送比各除松歪。	登上山顶歌喉开。
松除计偏刚各松，	歌声随风吹山醒，
比各戎臭卑机呆。	山中龙凤抬头来。

阿胖得策会机灵·一帮小伙走成行

苗语汉字记音	汉译
阿胖得策会机灵，	一帮小伙走成行，
答意机灵出阿勾。	连成一串一路行。
机灵比俅阿峨戎，	队形好像龙一样，
比俅得戎叉起修。	好像真龙现了身。

拉咱哄茄究咱那·唯见雾绕不见哥

苗语汉字记音	汉译
阿召得风修不路，	一团云雾半坡起，
阿召用求比各差。	云团飘飘上山坡。
尼咱茄哄究咱奴，	只见云雾不见你，
拉咱哄茄究咱那。	唯见雾绕不见哥。

策罢郎当后喂想·让你才子细琢磨

苗语汉字记音	汉译
好几囊策你告共？	谁家小哥在山脊？
吉修吉柔出求囊？	徘徊彷徨意为何？
牙岭果撒刚蒙动，	阿妹情歌唱给你，
策罢郎当后喂想。	让你才子细琢磨。

出咛想谋尼机凯·男儿想鱼是枉然

苗语汉字记音	汉译
强劳会通埋告笔，	赶场经过你们村，
将没机克告埋拜。	放眼尽是好田园。
土巫告伢冬打谋，	你村河中多鱼群，
头灵谋穷沟谋排。	红白鱼群游水间。

启想列劳告巫娄，	我想下河把鱼擒，
打谋吉上所机台。	鱼儿躲闪逃离远。
机台标挂剖拜斗，	弹跳滑过我手心，
谋戎吉提卑巫栽。	神鱼游进深水潭。
刚剖告构勾启斗，	让我挂念常思卿，
出咛想谋尼机凯。	男儿想鱼是枉然。

没些蒙将撒忙斗·有意就回一首歌

苗语汉字记音	汉译
得为上脓兄阿气，	姑娘请你歇歇脚，
蒙标勾会出高逑？	你急赶路为什么？
同昂劳巫由巫最，	像船在河顺水漂，
巫莪启朗扫斗娄。	任它水流起漩涡。
没启几悠周阿谁，	有心你就笑一笑，
没些蒙将撒忙斗。	有意就回一首歌。

昔到几白剖阿加·舍得给我分一勺

苗语汉字记音	汉译
埋让赳如笔磊磊，	你村房屋新崭崭，
哈尼油先国大大。	乌光水溜亮亳亳。
如锐如烈头丘能，	饭香菜美惹人羡，
昔到几白剖阿加。	舍得给我分一勺。

想列奈蒙文机改·本想喊你心徘徊

苗语汉字记音	汉译
走策能化将撒告，	初次相逢把歌唱，
走咛能力勾撒摆。	初遇小伙把歌排。
克策生如同戎少，	看你貌美似龙样，

计偏蒙召号机呆？	风吹你从哪里来？
刚牙克咱拿几巧，	人人看你动心肠，
想列奈蒙喂机改。	本想喊你心徘徊。

保几郎腊没巫哉·哪处地方有凉水

苗语汉字记音	汉译
灵老会呆冬能化，	初来乍到不熟悉，
会送能力虐采采。	这里都是陌生辈。
克巫究岩高得岔，	喝水不知何处汲，
保几郎腊没巫哉？	哪处地方有凉水？
灵老会呆冬能化，	初来乍到不熟悉，
会送能力虐粗粗，	此地都是陌生人。
克巫究岩高得岔，	喝水不知何处汲，
保几郎腊没巫胡？	哪处地方有水饮？

巫哉斗你者改腊·水井就在田后坎

苗语汉字记音	汉译
果沙包蒙策能罘，	歌唱告诉聪明汉，
勾度麻岱扑包来。	实话讲给多情郎。
巫哉斗你者改腊，	水井就在田后坎，
抽得比脚胡打千。	屈膝弯腰快品尝。

岔巫尼扑机瓜牙·你借找水骗妹娇

苗语汉字记音	汉译
斗你比各能锐笆，	我在山上打猪草，
狼蒙松除差帅帅。	听你歌唱嗓音甜。
告冬腊巴再想挂，	五月时令还未了，

腊照伏天再想呆。	六月伏天隔得远。
剖东朝夯巫嘎咱，	我们山沟水易找，
腊路溜巫机派买。	坡上到处是山泉。
岔巫尼扑机瓜牙，	你借找水骗妹娇，
久尼岔巫尼岔来。	不是找水找红颜。
包剖偷勾扑嘎差，	故意扯谎和妹聊，
克答巫哉剖几拐。	口干渴死妹不管。

动蒙果撒教鸟能·听你唱歌歌声甜

苗语汉字记音	汉译
动蒙果撒教鸟能，	听你唱歌歌声甜，
扑度教鸟鹅偏偏。	薄皮嘴巴滑溜溜。
同得高笼刀要倍，	像竹弯弯被雪缠，
同得告图刀要解。	像树弯弯挂冰钩。

埋冬夺如蹦高江·花团锦簇好景观

苗语汉字记音	汉译
求冬比各出吾破，	妹到山顶唱高腔，
牙要出吾破劳夯。	妹妹歌声飘下山。
考生埋让囊蹦夺，	唱得花朵满山岗，
埋冬夺如蹦高江。	花团锦簇好景观。

机先控秀斗打然·中意就快接歌声

苗语汉字记音	汉译
抢着如来牙如为，	遇到表亲好阿妹，
几抢如为虐猜猜。	阿妹人美却陌生。
剖埋呕各叉起飞，	你我双方初相陪，

后如叉走麻如来。	幸运相逢好表亲。
科照机笔打磊你，	我常在家独一位，
儿让几没会几先。	年轻没有四处行。
告罖几够喂几生，	各种礼仪都不会，
告逑囊度几生摆。	谈古论今更无能。
将撒勾禾能郎衣，	斗胆放歌惹阿妹，
打尼果巧列嘎拐。	唱错莫怪哥不敬。
控斗撒袍喂兄启，	若肯回歌哥心美，
机先控秀斗打然。	中意就快接歌声。

刚剖克召弄格偷・娇容刺哥的眼睛

苗语汉字记音	汉译
剖如元发叉走着，	有幸与妹来相遇，
得牙如为加点子。	妹妹运丑遇我们。
能翎得帕兄出朝，	富家女子站满峪，
榜没几哥腊头勾。	面白像纸如花嫩。
如为如帕郎牙要，	闭月羞花赛仙女，
刚剖克召弄格偷。	娇容刺哥的眼睛。
同些同筛它几到，	心潮涌动难消去，
咱为溶咛筛告周。	妹妹娇容乱我心。

如努必先机丘奴・好似果熟逗鸟爱

苗语汉字记音	汉译
咱帕常强会吉饿，	姑娘回场走成排，
走召阿街麻如来。	巧遇表姐表妹们。
同得为戎勾蹦图，	好像仙女把花戴，
能如阿修盟尖尖。	银饰满身亮晶晶。
如努必先机丘奴，	好似果熟逗鸟爱，

刚奴机彭岔必先。　　引来群鸟寻果品。
克咱起第用不不，　　群鸟看见都飞来，
告者机所用机年。　　雀跃飞舞闹欢欣。

改娘阿冲囊公操·忧愁赶走一身轻

苗语汉字记音　　汉译
几比牙到蒙斗文，　　未曾想到妹接腔，
修勾拉到蒙龙闹。　　修路就得你来行。
董永抢着七仙姐，　　董永偶遇七姐降，
如后走牙会几高。　　与妹相遇三生幸。
该该兄筛亚兄些，　　此事自是暖心肠，
改娘阿冲囊公操。　　忧愁赶走一身轻。

空动嘎出启松方·听我唱歌心莫急

苗语汉字记音　　汉译
几乡走蒙到如皮，　　还没遇你梦先随，
着笔见皮到斗当。　　事先托梦在家里。
几岩走蒙召能会，　　哪知与你巧相会，
如会脓走能囊帮。　　路遇谁人未来妻。
唐王走脚薛仁贵，　　唐王急见薛仁贵，
孔明几抢赵子郎。　　孔明赵云两相惜。
将蒙几得兄阿气，　　请妹驻足歇一回，
空动嘎出启松方。　　听我唱歌心莫急。

想帕陪咛拿机难·想妹陪哥难上难

苗语汉字记音　　汉译
牙要常强挂苏苏，　　阿妹回场急忙忙，

如弄罘来绍阿腮。　　有心留妹妹不站。
能度告求哈尼扑，　　问你不答话不讲，
岩牙先策告逑派。　　不知嫌哥哪一点。
洽咛告儿挂萌觉，　　怕是嫌哥太年长，
想帕陪咛拿机难。　　想妹陪哥难上难。

刚帕撒报愿久愿·送妹山歌要不要

苗语汉字记音	汉译
能勾如会走来猜，	走路相逢新老表，
机走能化大仲勾。	遇到生人在路间。
蹦抛当孟计龙偏，	花开要等春风到，
当孟计偏蹦抛够。	要等春风花才展。
想想出计龙偏埋，	我想变风吹花苞，
偏牙囊蹦抛出周。	吹妹花苞展妍艳。
刚帕撒报愿久愿，	送妹山歌要不要，
控秀究先斗撒由。	若是中意把歌盘。

几磊囊欧召阿挂·谁人妻子从此过

苗语汉字记音	汉译
几磊囊欧召阿挂？	谁人妻子从此过？
尼牙几磊喂几岩。	不知你是哪一个。
会剖能勾嘎刚跨，	莫把我村路踩破，
虾老虾脚郎当摆。	轻手轻脚慢慢挪。
虐西修勾着岭价，	古时修路花钱多，
剖黏着害娥告块。	祖辈银两费成坨。

计偏松撒几羊坝·风吹歌声绕山崖

苗语汉字记音	汉译
计偏松撒几羊坝，	风吹歌声绕山崖，
同倍又溶告不夯。	似雪消融掉脚下。
果冲斗萌冬能化，	嗓清都是他乡人，
果如斗你能囊让。	歌好全在别人家。
几夫又所排钱岔，	不服我揣盘缠寻，
岔到撒学常几枪。	找到歌手盘几下。

想沙几尼喂打磊·不单是我想对歌

苗语汉字记音	汉译
常强最如阿街来，	散场碰见众老表，
最如打纠帕角色。	聚齐众多美娇娘。
喂供必瓜摇大千，	上树我把桃子摇，
求图搏必机罖没。	桃子落地大家抢。
到害必农周机年，	捡得桃子活蹦跳，
到必拿到阿不茄。	得桃如得大金洋。
尼众高启想撒摆，	都想和妹对歌谣，
想撒几尼喂打磊。	不单是我想对歌。

折剖囊弄周打然·接我的腔把歌飞

苗语汉字记音	汉译
最能常强剖楼楼，	散场人多成群走，
常强最如阿街来。	场边聚齐一群妹。
撒忙喂果照能勾，	唱歌到此我住口，
撒袍周其勾杀栽。	唱罢到此就收尾。
喂出刚查喂告求，	唱完我的就收手，

吉将阿磊果阿先。	让给旁人唱一回。
想必叉呆告图留，	想果才来树边候，
吉留告图岔撒摆。	想唱才到旁边围。
尖撒囊能上吉柔，	会唱快往跟前走，
折剖囊弄周打然。	接我的腔把歌飞。

打磊打峨足休气·单身日子真难受

苗语汉字记音	汉译
飞衣机无乃乃会，	寻找爱情天天走，
久没岔到阿磊帮。	没有找到一个伴。
剥萌高老哉顺顺，	睡觉两脚冷飕飕，
波特几没兄报常。	盖着厚被身不暖。
打磊打峨足休气，	单身日子真难受，
久到能枯喂阿娘。	没有人来把我怜。

害咛勾儿略究呆·一世想摘也难成

苗语汉字记音	汉译
机走机咱尼能化，	相遇相见不相识，
走召能力虐彩彩。	突然遇到很陌生。
同谋机吾高补伢，	你像鱼游深潭池，
同戎吉拉溜巫哉。	你像彩虹落水井。
如蹦夺萌勾图腊，	像花开在月树枝，
夺求卑巴图韦杆。	树顶开在高梢头。
相牙囊蹦略久甲，	我想摘花手难至，
害咛勾儿略究呆。	一世想摘也难成。
棒茹没能秀吉麻，	山林有主有标志，
告棒茸筛能出块。	山坡封山有禁令。

久改尼帕囊巧墨·不沾是妹墨差火

苗语汉字记音	汉译
走能囊得机拐奈，	碰到小伙只管喊，
上弄机拐奈能得。	多嘴我来喊小伙。
图虐波墨改久改，	生木弹墨沾不沾，
久改尼帕囊巧墨。	不沾是妹墨差火。
走能囊得机拐奈，	碰到小伙只管喊，
上弄机拐奈能那。	多嘴我来喊小哥。
图虐波墨改久改，	生木弹墨沾不沾，
久改尼帕囊墨差。	不沾是妹少了墨。

如姑排子如雅阳·风度翩翩好模样

苗语汉字记音	汉译
如姑排子如雅阳，	风度翩翩好模样，
如雅如阳刚能克。	模样乖巧人青睐。
专得围裙机哈棒，	腰系围裙多漂亮，
计偏吉用机丘喂。	风吹围裙惹我爱。

坡路加抽召埋台·笑我在挖茅草坪

苗语汉字记音	汉译
得那坡路埋台哦，	阿哥挖土你取笑，
坡路加抽召埋台。	笑我在挖茅草坪。
腊乙奈埋常脓克，	八月请你再来瞧，
告图剥儿同家解。	苞谷好像杉木林。

得为求各内锐税·姑娘上山去采菜

苗语汉字记音	汉译
得为求各内锐税，	姑娘上山去采菜，
劳处内锐亚让夺。	上山采菜又打柴。
阿磊得机你吉者，	一个背篓身后背，
围裙阿尬汤吉楼。	一块围裙前面摆。

埋冬斗如溜巫哉·你村有股好泉水

苗语汉字记音	汉译
埋冬斗如溜巫哉，	你村有股好泉水，
巫哉几拿帕嘎佩。	泉水不及姑娘美。
溜袍囊巫江前前，	泉水喝下能甜嘴，
胡挂溶些哈溶启。	喝过爽口沁心扉。
几俩买冬难常呆，	思念贵地难返回，
乃几叉到常咱衣？	何日才能重见妹？

如计先喂麻巧题·清风嫌我土布衣

苗语汉字记音	汉译
伏天奈计挂茸囊，	伏天呼风过岗来，
奈奈究咱计你几。	不知风儿在哪里。
久空偏剖囊俄忙，	不肯吹动我裙带，
如计先喂麻巧题。	清风嫌我土布衣。

撒袍吉而刚为兜·邀妹对歌莫推辞

苗语汉字记音	汉译
交秋走召动奴[①]腔，	立秋恰逢动努场，

走召腊炯阿各呕。	时逢七月十二日。
为让机休拉总想，	妹边换装边思量，
想图旷工配兄头。	欲戴项圈配服饰。
能如比能将嘎阳，	衣服面料很高档，
俄能萨尼松俄周。	绣花衣裙蚕丝织。
刚能克召告启江，	人人看见都赞赏，
告追送帕会尖就。	追妹小伙接踵至。
留充勾埋能勾档，	我来设卡把你挡，
撒比撒购机抢头。	讨糖要果我先至。
机生加乙度吉闯，	不怕害羞我开腔，
撒袍吉而刚为兜。	邀妹对歌莫推辞。

注：①动努：地名，翁科和排达连交界处，曾在这里设圩场。

立秋炯斗召腊炯·立秋节气在七月

苗语汉字记音	汉译
立秋炯斗召腊炯，	立秋节气在七月，
儿让吉年强阿乃。	青年喜爱这一天。
勾东呆冬告昂雄，	农家又到闲时节，
机最岔度岔撒舍。	汇集对歌才情展。
松工旷工机哥盟，	项上银圈白如雪，
工斗图剥搭图茄。	金戒银镯来装扮。
打戎机交打臭孟，	如龙似凤相邀约，
为翎机腮策能帼。	好女要把好郎选。
生巧生加久没同，	我的相貌不出色，
俄能告教求其国。	衣服没洗脏到边。
查乌拐勾告松彭，	开口只管把歌惹，
几宜害狗勾伢黑。	不是猎狗撵肉难。

斗剖罖撒刚能动，　　你来答歌让人悦，
尼众夸来帕角色。　　众人赞美女歌仙。

呕磊牙壮同格腊・两个妹妹像星斗

苗语汉字记音　　汉译
呕磊牙壮同格腊，　　两个妹妹像星斗，
格腊炯斗你打乃。　　星斗高挂在天空。
想列告蒙告久甲，　　想要跟你不能够，
机桃酷没机勾格。　　仰面长叹瞪双瞳。

呕磊牙壮同格腊，　　两个妹妹像星斗，
格腊炯斗你打巴。　　星斗高挂在天穹。
想列告蒙告久甲，　　想要跟你不能够，
机桃酷没机勾伢。　　仰面长叹泪蒙眬。

如龙高来会机炯・好和你们走一路

苗语汉字记音　　汉译
克召埋同阿忙棉，　　你们像鲤河中游，
斗炯告讥巫麻冬。　　游在潭里深水处。
求劳油埋会几先，　　忽上忽下很自由，
到他久斗逑操松。　　心情舒畅无愁苦。
列会告埋脓究呆，　　要会你们无路走，
控会究呆告图蒙。　　想会你们隔塘库。
跳到喂跳脓打千，　　能跳跳进河里头，
如龙高来会机炯。　　好和你们走一路。

想列能欧几没家·欲要无奈穷苦家

苗语汉字记音	汉译
走牙得为机拐周，	路遇姑娘强装笑，
启些吉仇同嘎腊。	搅乱心肠如泥巴。
垢兄冬腊勾剖叟，	投胎下界凡尘到，
同麻呆斗及柔坝。	像笋生长岩板下。
出哼让农会绷勾，	为了生计去乞讨，
杀朝几吾求能哈。	讨米走游他人家。
得公得麻秋亏偷，	孤儿孤影无所靠，
想列能欧几没家。	欲要无奈穷苦家。
摆笛呆锐巧觉笔，	房屋庭院长满草，
拉同嘎处棒茹恰。	就像荒坡刺发杈。
得剥着楼呆毛楼，	席褥放久霉又潮，
白灵几常剥阿瓦。	一年没睡一次家。
搏拜算盘谷搭斗，	打尽算盘磨指梢，
克牙后喂鲁机沙。	看妹说何开导话。

得为生如同戎绷·美女漂亮像龙女

苗语汉字记音	汉译
得为生如同戎绷，	美女漂亮像龙女，
得度得斗果歪歪。	手心手背白皙皙。
严到严蒙仇常萌，	我想偷你回家去，
仇照吉俄梭阿肥。	藏进衣里跑回急。

严到严蒙仇打迁·我想把你藏衣衫

苗语汉字记音	汉译
得为蒙如桃花脸，	美女天生桃花面，

生如同召蹦萧戎。　　也像一朵杜鹃花。
严到严蒙仇打迁，　　我想把你藏衣衫，
勾蒙仇嘎剖能冬。　　把你带回我的家。

九磊克照各磊想·九人看到十人爱

苗语汉字记音	汉译
得为会勾机外西，	美女走路甩手臂，
国如高比如溶涨。	头发乌黑好身材。
克召刚咛哈八启，	惹得小伙乱心意，
九磊克照各磊想。	九人看到十人爱。

咱牙挂脚考岁蒙·风姿绰约动我心

苗语汉字记音	汉译
如为会挂剖竹吹，	美女路过我院门，
咱牙挂脚考岁蒙。	风姿绰约动我心。
相冬高这勾蒙理，	想要追去拉衣裙，
操松召褡冬亡魂。	担心被骂欺负人。

没启动度郎当想·有心听歌细思量

苗语汉字记音	汉译
得得巴约农锐让，	小小公牛吃嫩草，
农锐农召得得夯。	吃草吃在小沟旁。
巴秋列撒喂果刚，	要歌我唱送老表，
没启动度郎当想。	有心听歌细思量。
得得巴约农锐让，	小小公牛吃嫩草，
农锐农召得得专。	吃草吃在嫩草坪。

巴秋列撒喂果刚，　　要歌我唱送老表，
没启动度郎当岩。　　有心听歌慢慢明。

阿祝必改麻学磊·葡萄果小很可爱

苗语汉字记音　　汉译
阿祝必改麻学磊，　　葡萄果小很可爱，
必穷学磊必改江。　　红红颗粒甜得很。
几列奈喂出得得，　　不要把我当小孩，
得得扑度拿能涨。　　小孩讲话像大人。

阿祝必改麻学磊，　　葡萄果小很可爱，
必穷学磊必改共。　　红红颗粒甜又香。
几列奈喂出得得，　　不要把我当小孩，
得得扑度拿能享。　　小孩话比大人强。

想冬龙牙脓绒昂·想叫妹妹约期留

苗语汉字记音　　汉译
出哼共觉头松方，　　人老心里好忧愁，
奈帕亚洽久斗喂。　　喊妹又怕不回音。
想冬龙牙脓绒昂，　　想叫妹妹约期留，
岩控克剖被究克。　　不知有心没有心。

得为生如同蹦隆·姑娘生得像幽兰

苗语汉字记音　　汉译
得为生如同蹦隆，　　姑娘生得像幽兰，
如雅如羊机斗得。　　好模好样美有余。

刚汪归没同兄松，	眉毛弯弯似黛染，
同戎瓦腊照巴乃。	一弯新月在天宇。
盟龙告老通图工，	一身银饰亮闪闪，
你柔克咱吉家能。	走近照见人影聚。
严到严蒙勾常萌，	偷得把你偷回转，
喂出埋骂吾囊些。	我给你父做女婿。

打磊打峨向蒙害·孤单一人多可怜

苗语汉字记音	汉译
弟蒙几傩扑该该，	在你面前悄悄言，
公操寿照蒙几傩。	苦情在你当面讲。
灵老常呆改延占，	提脚回到屋阶沿，
会送改延修机豆。	走上阶沿站着望。
克咱摆竹照觉串，	只见大门上锁栓，
克召松方巫没莪。	看着忧心泪汪汪。
穷竹报笔菜见见，	开门进屋屋阴暗，
保丑求众国楼楼。	走上楼床真凄凉。
几修勾笔扫几棉，	自己打扫屋里面，
上岔得普柔波弱。	快把苞谷磨进缸。
柔尖波弱岔锐干，	磨完苞谷进菜园，
卑众几到能起夺。	无人帮忙烧火塘。
打磊打峨向蒙害，	孤单一人多可怜，
绷竹列仁竹机各。	出屋常要关门窗。

没筛果撒上脓炯·有心唱歌身边靠

苗语汉字记音	汉译
克蒙得为几相共，	看妹样子还未老，
得度得斗拿几哥。	细嫩手儿白又亮。
冬冏尼觉告昂同，	正是青春好年少，

几隆几穷刚喂丘。	美丽惹我心荡漾。
拿几勾喂磊格弄，	美貌如花把眼耀，
克召勾喂囊筛乐。	见后撩动我心房。
没筛果撒上脓炯，	有心唱歌身边靠，
洽崩脓褡亚嘎果。	怕夫来骂就莫唱。

喂崩得咛召欧让·我怕你被老婆扇

苗语汉字记音	汉译
果撒得那奈喂兄，	阿哥唱歌喊我坐，
几没能褡勾喂刚。	没有人骂没人拦。
陪蒙果撒喂腊控，	我肯陪你来唱歌，
加如陪策果阿浪。	好丑陪哥唱一番。
蒙果如撒刚喂动，	你唱好歌送给我，
解弟喂囊公松方。	解我心头许多烦。
龙蒙果撒几罘炯，	和你唱歌并排坐，
喂崩得咛召欧让。	我怕你被老婆扇。

得那喂尼巴公刀·阿哥我是南瓜蒂

苗语汉字记音	汉译
得那喂尼巴公刀，	阿哥我是南瓜蒂，
喂尼独独打得公。	我是独独蒂一根。
赖会几斗没能标，	乱走没有人来理，
列会嘎机由喂萌。	要走哪里随我心。
几没能褡蒙嘎操，	没有人骂莫忧悸，
奈牙将筛勾撒用。	喊妹放心把歌吟。
撒忙呕告果几告，	你我两边歌对起，
到蒙陪咛高启兄。	得你陪哥称我心。

延出阿兄蜡比穷·愿做一根红头绳

苗语汉字记音	汉译
比出冬热喂久控，	比作火棘我不肯，
比出冬穷喂久延。	比作刺果我不愿。
延出阿兄蜡比穷，	愿做一根红头绳，
机交机浓牙卑鲜。	缠绕在你额头边。

叟得如羊机丘喂·养得美女惹我爱

苗语汉字记音	汉译
得为能俄巴呆他，	美女穿裙裙摆散，
巴呆他拿阿胖色。	裙摆飘洒像伞开。
走觉埋娘喂列褡，	碰到你娘我想骂，
叟得如羊机丘喂。	养得美女惹我爱。

能吖出求列褡吾·问哥为何要骂她

苗语汉字记音	汉译
能泸囊牙能俄呆，	穷人女儿也穿裙，
俄呆哈尼题兄雄。	裙布用的葛藤纱。
奶玛叟喂拿几难，	父母养我多艰辛，
能吖出求列褡吾？	问哥为何要骂她？

出吖嘎来坏良松·做人不要坏良心

苗语汉字记音	汉译
没欧蒙奈冬几没，	有妻你讲单身过，
出吖嘎来坏良松。	做人不要坏良心。
尼芒叉咱埋呕磊，	昨夜刚见你两个，
茶老几炯巫阿蹦。	洗脚共用水一盆。

几磊几后配夫郎·哪个和我结姻缘

苗语汉字记音	汉译
尼芒尖觉阿磊皮，	昨夜做了一个梦，
尖皮会冬公囊让。	做梦到了阎王殿。
能公崩欧几磊配，	问神配婚是谁人，
几磊几后配夫郎？	哪个和我结姻缘？
能为出欧尼几尼？	阿妹做妻行不行？
几尼仁剖勾出帮。	不行撮合来成全。

海得报牙勾茶锐·编个撮箕来洗菜

苗语汉字记音	汉译
海得报牙勾茶锐，	编个撮箕来洗菜，
海到报演勾茶光。	织得撮箕去洗葱。
茶常勾刚阿磊机？	洗好送给哪个抬？
勾刚欧秋喂囊帮。	给我亲戚表妹送。

东炯在尼昂果撒·年岁正好唱歌耍

苗语汉字记音	汉译
久磊几扑动蒙共？	哪个讲你年纪老？
久磊几岔动蒙八？	哪个说你身体差？
卑先几想开告颂，	额上未见皱纹绕，
东炯在尼昂果撒。	年岁正好唱歌耍。

然牙捺喂喂堵舍·得妹掐我要多谢

苗语汉字记音	汉译
赶强最那亚正牙，	赶场有男有女娃，
岭学共让前前没。	老少年轻满市街。

久没究磊勾喂捺，	没有哪个把我掐，
然牙捺喂喂堵舍。	得妹掐我要多谢。

改强最那亚最牙，	赶场有男有女娃，
岭学共让忙忙没。	男女老少满市街。
久没究磊勾喂捺，	没有哪个把我掐，
喂挡几娘能囊莫。	我等不起有人捏。

能得能欧久列能·讨亲不用媒费舌

苗语汉字记音	汉译
阿梦叟蒙哥同倍，	你妈生你白如雪，
阿能叟策哥歪歪。	你爸养你洁又嫩。
能得能欧久列能，	讨亲不用媒费舌，
打磊所求几笔胎。	自己跑进你家门。

东炯在尼昂飞帕·正是恋爱好年华

苗语汉字记音	汉译
久磊弟先冬蒙共，	谁人嫌哥你年老，
磊几扑弟冬蒙加。	哪个都没说你差。
卑先几相开告送，	额头未长皱纹梢，
东炯在尼昂飞帕。	正是恋爱好年华。

蹦夺几丘大忙德·花开引来蜜蜂绕

苗语汉字记音	汉译
然求加锐炅没克，	躲进草丛用眼瞧，
克帕比俅夺召蹦。	见妹好似花儿开。
蹦夺几丘大忙德，	花开引来蜜蜂绕，
就盟忙德用机彭。	花香蜜蜂都来采。

如羊囊策灵能丘·英俊小伙惹人爱

苗语汉字记音	汉译
得那生如灵能想，	小伙貌美人人想，
如羊囊策灵能丘。	英俊小伙惹人爱。
生如将蒙嘎改枪，	貌美劝你莫赶场，
如为克改勾来谋。	靓妹看见将你拽。

鲁几拿娘蒙囊从·哪有姑娘你情热

苗语汉字记音	汉译
打巴乃巴拿几伢，	天空太阳热得很，
鲁几拿娘蒙囊从。	哪有姑娘你情热。
然蒙常脓勾剖麻，	得你回来陪我们，
又起兄娘喂囊蒙。	才会暖透我心窝。

计哉偏牙喂兄筛·冷风吹妹我心暖

苗语汉字记音	汉译
机生阿得高茸擦，	相隔一条大山阻，
阿告斗萌阿层摆。	我俩远隔田坝宽。
比喂出戎喂久拿，	把我比龙我不如，
比喂出臭喂究尖。	比我作凤更莫谈。
出得计哉能偏牙，	你变冷风来吹拂，
计哉偏牙喂兄筛。	冷风吹妹我心暖。

机生阿得高茸擦，	相隔一条大山阻，
阿告斗萌阿层茸。	我俩远隔田坝长。
比喂出戎喂久拿，	把我比龙我不如，
比喂出臭喂究同。	比我作凤更不像。

出得计哉能偏牙，	你变冷风来吹拂，
计哉偏牙喂兄蒙。	冷风吹妹暖心房。

得策如拿比东热·阿哥好似火棘乖

苗语汉字记音	汉译
得策如拿比东热，	阿哥好似火棘乖，
如拿阿双必东求。	乖像一串火棘球。
想想列供高斗没，	我想上前用手摘，
列没亚洽恰高斗。	想摘又怕刺着手。
得策如拿比东热，	阿哥好似火棘乖，
如拿阿双必东卡。	乖像一串火棘子。
想想列供高斗没，	我想上前用手摘，
列没亚洽恰高搭。	想摘又怕刺手指。

究磊夸嘎比东热·哪个夸赞火棘乖

苗语汉字记音	汉译
能夸必瓜勾必李，	别人都赞李和桃，
究磊夸嘎比东热。	哪个夸赞火棘乖。
亚肖亚穷亚巧必，	又酸又丑果又小，
把恰把前究解没。	满身长刺谁敢摘。
能夸必瓜勾必李，	别人都赞李和桃，
究磊夸嘎比东公。	哪个夸赞火棘鲜。
亚肖亚穷亚巧必，	又酸又丑果又小，
把恰把前究解兄。	满身长刺谁敢攀。

供柔几件够究够·抬岩筑坝能否留

苗语汉字记音	汉译
奈奴阿炅自挡修，	喊哥一声就停留，
罖为囊奴自挡斗。	等待阿妹接歌喉。
同昂地蜡龙巫莪，	像船无缆随水流，
供柔几件够究够？	抬岩筑坝能否留？

同昂地蜡没蒙仁·船儿无缆有你系

苗语汉字记音	汉译
出奴喂拉究岩理，	妹妹我也不知礼，
打奈紧倒兄告老。	一喊停下步不走。
同昂地蜡没蒙仁，	船儿无缆有你系，
久刚昂莪弄巫飘。	莫让船儿随水流。

搏照图虐冲腊冲·弹到生木青幽幽

苗语汉字记音	汉译
如墨几矮照墨斗，	好墨浸泡在墨斗，
搏照图虐冲腊冲。	弹到生木青幽幽。
控奈阿炅剖常吼，	肯喊一声我回头，
机瓜奈奴拉浓从。	假意喊我情也厚。

没能照毛休把同·有人放了草标绳

苗语汉字记音	汉译
求冬告茸机克劳，	上到山岭往下瞧，
将没机克劳埋冬。	放眼望见你们村。
告讯没能照觉毛，	潭边有人放茅草，
没能照毛休把同。	有人放了草标绳。

告讯久没能照毛 • 潭里无人放草标

苗语汉字记音	汉译
求冬茸闪机克劳，	上到高山往下瞧，
将没机克劳剖冬。	放眼就把我寨瞭。
告讯久没能照毛，	潭里无人放草标，
要谋告当修嘎戎。	鱼少潭内长绿藻。

你冬尼兄机顾图 • 世间只有藤缠树

苗语汉字记音	汉译
出启总想周磊度，	心里有话想倾诉，
阿芒久扑究就吼。	一夜不讲不作声。
你冬尼兄机顾图，	世间只有藤缠树，
常刚喂扑度呕头？	怎可让我树缠藤？

该该丘蒙蒙究岩 • 暗暗爱你你不知

苗语汉字记音	汉译
该该丘来该该丘，	悄悄爱哥悄悄喜，
该该丘蒙蒙究岩。	暗暗爱你你不知。
同得白夫丘谋哥，	好像白鹤爱白鲤，
比俅奴公丘必棉。	黄鸟爱吃水麻籽。

该该丘埋究改包 • 悄悄爱你不敢提

苗语汉字记音	汉译
丘奴几翁你告启，	爱妹藏在我心里，
该该丘埋究改包。	悄悄爱你不敢提。
排排刀脑秀蹦锐，	蝴蝶到处恋花蜜，
久拿秀蹦排排脑。	我连蝴蝶都不及。

久没麻如溜巫胡·此地没有好泉流

苗语汉字记音	汉译
保几囊咛会绷竹，	哪里哥哥出家门，
求劳飞衣会机无。	到处会友四方游。
陡擦召者得溜巫，	沙地天干水井沉，
久没麻如溜巫胡。	此地没有好泉流。

久然将蒙几交冬·不会唱歌往回溜

苗语汉字记音	汉译
挂剖能勾列开价，	过路要出买路钱，
钱当久没久刚萌。	没有交钱不准走。
阿磊列出撒阿然，	一人要唱歌一段，
久然将蒙几交冬。	不会唱歌往回溜。

能勾久尼埋笔开·此路不是你家填

苗语汉字记音	汉译
能勾久尼埋笔开，	此路不是你家填，
如会列剖勾当绷。	过路要我把钱交。
龙咛列撒久没难，	和我要歌并不难，
得那几尼扑麻亨。	哥哥不是唱高调。

斗你报朝略必蛙·山坡上面摘樱桃

苗语汉字记音	汉译
得帕斗你得报朝，	阿妹站在山坡上，
斗你报朝略必蛙。	山坡上面摘樱桃。
想果刚埋撒阿陶，	想对你们放歌嗓，
亚恰如来想机嘎。	又怕妹妹想偏了。

奈乍阿喉夯几绕，	高喊一声绕谷响，
召告能狼能台拿。	旁人听见笑我嚎。
究斗撒忙布八叫，	不答歌来名声丧，
刚咛布八照剖哈。	让我出丑在村堡。

原得彭如从原浓·歌声越大情越多

苗语汉字记音	汉译
斗炯告能略必蛙，	我在这边摘樱桃，
吉赳告某动撒容。	竖起耳朵来听歌。
松撒偏求棒茹家，	风送歌声上山腰，
动埋撒袍筛腊兄。	听你歌声心快乐。
果沙列将松机乍，	唱歌要将声放高，
原得彭如从原浓。	歌声越大情越多。
麻让机果尼贪花，	年轻对歌为情挑，
台能囊众尼能冲。	痴笑别人是傻货。

必蛙刚牙勾出从·送妹樱桃作礼献

苗语汉字记音	汉译
剖冬告棒必蛙先，	我寨山上樱桃熟，
尼能尼众脓机朋。	大家一齐聚拢边。
为如斗药啥脓呆，	远方靓妹来光顾，
梁克唉密被江浓。	来尝是苦还是甜。
几到高求勾刚来，	酬谢客人没礼物，
必蛙刚牙勾出从。	送妹樱桃作礼献。

埋略必蛙列求图·你摘樱桃要上树

苗语汉字记音	汉译
埋略必蛙列求图，	你摘樱桃要上树，

求图将埋嘎陇勾。	上树莫把枝折断。
略到供常嘎埋吾，	摘得樱桃抬你屋，
如刚剖黏勾沙口。	送给父母解口馋。
如雅如羊几够如，	貌美心善人羡慕，
几朝勾寿求埋笔。	媒人争到你家转。

必蛙江如勾剖伢·樱桃味美让我馋

苗语汉字记音	汉译
必蛙出周穷出不，	樱桃成串红满树，
代意刀夭勾几哈。	果实累累枝压弯。
机绒嘎埋略阿祝，	和你讨要摘一株，
必蛙江如勾剖伢。	樱桃味美让我馋。
机兄陇勾刚地图，	不会折断枝条木，
炅炅详尖必机腊。	年年挂果满枝干。

没度鲁机上包常·你有何话快讲看

苗语汉字记音	汉译
农召必蛙溜溜江，	樱桃到口甜又甜，
江鸟江弄江呆启。	含在嘴里甜到心。
农挂阿瓦腊总想，	尝过一次总惦念，
斗些阿趟总机立。	心里时常总想品。
没度鲁机上包常，	你有何话快讲看，
再斗如度鲁磊机？	还有好话是哪门？

控就包喂从腊没·你肯约我也有情

苗语汉字记音	汉译
得咛生加究尖得，	相貌丑陋长得狰，
酷没嘎同阿峨勾。	脸形好像猫头鹰。

苗语汉字记音	汉译
控就包喂从腊没，	你肯约我也有情，
愿飞久洽告老口。	愿走莫怕苦路行。

想策囊蹦略几甲·妹想采花花难碰

苗语汉字记音	汉译
几走几咱尼能化，	初次相见人陌生，
抢召能力虐彩彩。	遇到阿哥不相识。
同蹦夺萌卑巴腊，	似花开在缠树藤，
蹦如斗你比谷矮。	花在藤尖最高枝。
想策囊蹦略几甲，	妹想采花花难碰，
几嘎勾儿略几呆。	攀爬终生手难至。

（二）撒绒糖绒必·讨糖讨果歌

偷勾昔咛阿娘才·有意让你显才技

苗语汉字记音	汉译
糖江宁然呕大补，	甜糖买得有无数，
宁然大补相白埋。	买得几块未分你。
能咛用文被用武？	问男用文或用武？
度绒被尼斗机专？	话讨或是动手提？
洽萌偷挂五车书，	知你饱学五车书，
偷勾昔咛阿娘才。	有意让你显才技。
克蒙得咛鲁几出，	看你男儿奈何如，
鲁几出如叉起点。	如何巧妙来解题。

必肖必共嘎究延·酸桃烂李你莫嫌

苗语汉字记音	汉译
策罴魁魁头岩理，	大哥聪明又懂理，
嘎褡得帕勾埋庞。	莫骂小妹把你难。
久没糖将尼白必，	没有甜糖送酸李，
必肖必共嘎究江。	酸桃烂李你莫烦。
策罴魁魁头岩理，	大哥聪明又懂理，
嘎褡得帕勾埋台。	莫骂小妹把你贬。
久没糖将尼白必，	没有甜糖送酸李，
必肖必共嘎究延。	酸桃烂李你莫嫌。

从如从浓剖机力·深情厚谊记心怀

苗语汉字记音	汉译
牙要学得蒙罴从，	阿妹从小就聪明，
得牙罴从阿启才。	从小满腹是经纶。
必肖控刚尼从浓，	酸果赠送重恩情，
从如从浓剖机尖。	深情厚谊记在心。
牙要学得蒙罴从，	阿妹从小就聪明，
得牙罴从阿启你。	从小满腹皆文才。
必肖控刚尼从浓，	酸果赠送重恩情，
从如从浓剖机力。	深情厚谊记心怀。

勾最究燃能勾梅·一世不忘妹的恩

苗语汉字记音	汉译
牙要好比同乃通，	妹像初升红日头，
同乃佼拜冬阿者。	阳光普照遍山村。

弄脚得咛剖囊蒙，	光芒把我心射透，
告最季埋叉脓克。	随后追妹情意真。
糖江摆照得机蹦，	好糖装在花背篓，
埋列白能被刚喂？	你要送我或送人？
白喂刚咛打吼农，	赠送让我吃进口，
勾最究燃能勾梅。	一世不忘妹的恩。

鲁几到娘糖白策·哪有糖果来送哥

苗语汉字记音	汉译
常强常抢会吉麻，	回场一路随身旁，
比俅兄仙用劳机。	好像八仙漂海过。
剖娘刚喂要钱尬，	我娘送我少银两，
要尬久没宁然必。	钱少没有买得果。
如来告剖机最啥，	表哥跟后来讨糖，
鲁几到娘糖白策。	哪有糖果来送哥。
要糖百迷嘎褡牙，	没糖送你你莫嚷，
埋嘎褡牙究先回。	莫骂心胸不开阔。

久没麻刚拿几邱·没糖送你我害臊

苗语汉字记音	汉译
能泸能抠囊得牙，	我家贫穷女卑贱，
久尼能翎囊牙勾。	不是富家女儿娇。
劳强剖奶刚大坝，	赶场娘送几百钱，
刚剖大坝且冈球。	送我百文买盐包。
没糖囊能机大尬，	卖糖老板拗价钱，
松方该该你机纠。	暗暗着急人心焦。
咱能绒糖埋脓岔，	见人讨糖你来缠，
久没麻刚拿几邱。	没糖送你我害臊。

绒糖列岔糖根底·讨糖要找糖根底

苗语汉字记音	汉译
绒糖列岔糖根底，	讨糖要找糖根底，
岔然根底叉百糖。	讲清根底送糖甜。
绒糖啥龙究磊起？	讨糖是谁先发起？
究磊吉岔开囊场？	开场哪个起的源？
劳强列挂巫蒙追，	赶场要过几道溪，
会求棒不蒙磊汪。	上坡过了几道弯。
后牙尬桥如克策？	谁来架桥方便你？
能勾家会破机框？	谁把道路修平坦？

伏羲吉岔开强起·伏羲倡导开场早

苗语汉字记音	汉译
伏羲吉岔开强起，	伏羲倡导开场早，
尼无阿罘开囊强。	从前是他兴开场。
强没必罘勾心李，	开场卖梨卖李桃，
必罘必饶摆究阳。	板栗香梨满摊档。
刚为如宁必白策，	让妹买果分哥嚼，
吉将糖江高启江。	分发甜糖心欢畅。
勾巫会挂没炯最，	涉水过河有七道，
棒补勾会九磊汪。	九道弯转行路长。
架架嘎桥照弄机，	喜鹊架桥让你行，
刚策克牙埋阿郎。	让哥好把你看望。

久然如糖机聋策·没有好糖送给你

苗语汉字记音	汉译
学得炯照告加西，	小时围坐火坑戏，
炯照加西机母钢。	踩着灰堆摸三脚。

阿日涨岭蒙岩理，	现在成年懂礼仪，
蒙岩告追剖绒糖。	学会追求讨糖果。
久然如糖机聋策，	没有好糖送给你，
将蒙得咛嘎究江。	叫你男儿莫难过。

久没糖刚拿几邱·无糖送哥妹害羞

苗语汉字记音	汉译
咱能劳强究拐劳，	见人赶场我也走，
钱当久没供农斗。	没有银钱在手头。
得得能泸囊牙要，	穷家之女自犯愁，
鲁几宁娘糖告周。	怎么买得糖到手。
绒糖能勾嘎几到？	途中讨糖哪里有？
久没糖刚拿几邱。	无糖送哥妹害羞。

机儿白咛糖阿块·分点糖来尝一尝

苗语汉字记音	汉译
巴乃地劳阿抢强，	五天要赶一天场，
走召机都麻如来。	碰到很多妹娇娘。
告埋吉最能绒糖，	跟随你们来讨糖，
白咛磊糖机江先。	分个糖果甜口腔。
阿街牙要江究江？	你们是否愿分享？
机儿白咛糖阿块。	分点糖来尝一尝。
刚咛供常求剖当，	得糖我拿回家乡，
扑埋囊布刚能岩。	你们美名天下扬。

白蒙机聋呆嘎弄·把糖送到你嘴巴

苗语汉字记音	汉译
送剖求呆茸扎共，	送我上到山坳岔，

报来五弄莪尖勾。　　胸背流汗衣湿透。
脉通号能机邀兄，　　商量在此歇一下，
列供糖白照高斗。　　我把糖果送你手。
白蒙机耷呆嘎弄，　　把糖送到你嘴巴，
再列所派常嘎笔。　　还要包些回屋楼。
究白刚喂炯久仲，　　别后让我常牵挂，
当梦没乃常咱纠。　　盼望相见有时候。

召最乍埋老高冬·在后踩你脚印扰

苗语汉字记音　　汉译
牙要赶强埋常从，　　妹妹今天回转早，
机批常嘎埋囊巫。　　急急赶回你们庄。
召最乍埋老高冬，　　在后踩你脚印扰，
没家囊牙列嘎苏。　　富女莫嫌我莽撞。
机不阿丛白同同，　　背篓满满往外冒，
宁到糖必机堵灵。　　买得糖果满满装。
剖龙牙要勾糖绒，　　我和妹妹把糖讨，
江剖嘎弄究弄秋。　　甜在嘴里情不忘。

捺八追某列嘎吹·掐腮扯耳不要怕

苗语汉字记音　　汉译
得为不机不吉二，　　姑娘肩上背篓晃，
机立吉二阿磊机。　　晃来晃去好优雅。
磊磊好比打戎臭，　　个个好比龙女样，
比俅打戎修照讥。　　如龙出自深潭下。
郎强咱埋勾当寿，　　见你数钱场中央，
牙要宁糖机搞必。　　阿妹买糖买果茶。
白糖打吼刚剖次，　　分口糖来让哥尝，
捺八追某列嘎吹。　　掐腮扯耳不要怕。

机坚来如埋囊从·记妹情义到永远

苗语汉字记音	汉译
如乃塔能常几甲，	今天吉日又重逢，
该该几年召告蒙。	暗暗高兴在心间。
劳强蒙勾几剖岔，	赶场你把我们等，
宁到必江白剖农。	买糖分享大家甜。
从浓刚那总几俩，	让我难忘这份情，
机坚来如埋囊从。	记妹情义到永远。

得那嘎褡帕能泸·哥哥莫骂妹贫贱

苗语汉字记音	汉译
记笔能泸巴巴药，	家里实在太清贫，
钱当几没供阿补。	身上没有一文钱。
空度空斗常强走，	空手回来巧遇您，
绒糖奈牙鲁几处？	讨糖叫妹怎么办？
几没棒没启究吼，	无糖无果脸丢尽，
得那嘎褡帕能泸。	哥哥莫骂妹贫贱。

龙牙撒果头兄些·和妹对歌好开心

苗语汉字记音	汉译
如乃塔能常走召，	今天吉日再相遇，
龙牙撒果头兄些。	和妹对歌好开心。
龙蒙绒糖绒几到，	问你讨糖你不予，
洽蒙牙要尼先喂。	是妹你把我看轻。
图弱罘你得机条，	甘蔗放在背篓储，
加如拐白剖阿得。	好差也要分一根。

腊刚阿德笼嘎爬·猪屎竹竿给你留

苗语汉字记音	汉译
常强机炯同俩蜡，	回场行人成线走，
同臭几炯高讥脓。	好像蛟龙出潭游。
奶骂要家害脚牙，	家里贫寒妹丢丑，
几到图弱勾白蒙。	你要甘蔗哪里有。
腊刚阿德笼嘎爬，	猪屎竹竿给你留，
会嘎好几嘎刚弄。	走到哪里莫让丢。

动蒙如撒最剃剃·听你唱歌嗓音脆

苗语汉字记音	汉译
刚得敖笼拉先会，	送根竹竿也贤惠，
如为控刚从拉浓。	妹妹肯送情也深。
动蒙如撒最剃剃，	听你唱歌嗓音脆，
同得蹦夺把鸟绷。	好像花开从嘴喷。
严到严常嘎剖这，	若能偷你偷返回，
酬召抱来所常萌。	揣在怀里跑回程。

龙剖绒糖鲁几到·和我讨糖是枉然

苗语汉字记音	汉译
咱能劳强剖拐劳，	见人赶场我也赶，
久没钱当勾宁糖。	身上没钱来买糖。
龙剖绒糖鲁几到，	和我讨糖是枉然，
久尼先来高求样。	不是嫌哥哪一样。

糖如机腮高得白·好糖要给帅哥留

苗语汉字记音	汉译
宁糖白机必白丛，	买糖满背果满篓，
偷勾保咛冬久没。	故意对我说没有。
如必机腮麻如咛，	好果是为美男购，
糖如机腮高得白。	好糖要给帅哥留。

偷勾吉害扑冤枉·故意让我受冤枉

苗语汉字记音	汉译
出咛埋拿牙囊理，	阿哥你是讲歪理，
偷勾吉害扑冤枉。	故意让我受冤枉。
久松克牙囊高机，	不信看妹背篓里，
高机将咛上能荒。	掀翻背篓望一望。
荒然拿几哈刚策，	翻得多少全给你，
刚咛共常求埋当。	翻得你拿回家乡。
久没荒然鲁几乙，	若没翻得又怎的，
搏笆后爬布阿浪。	宰猪赔礼还名望。

控刚列埋没刚策·肯送要你取给我

苗语汉字记音	汉译
控刚列埋没刚策，	肯送要你取给我，
没刚尼帕高启江。	有心取给妹贤良。
将剖荒牙囊高机，	叫我翻你的背篓，
能答得策勾埋抢。	人家骂我把糖抢。
召告扑剖究斗理，	旁人说我无理泼，
能奈得策尖抢荒。	人家说我是抢糖。
搂痛搂搏扎到卑，	抓来毒打脑壳破，
到状害策召冤枉。	官司缠身遭冤枉。

久没必如牙拉邱·没有好礼妹害羞

苗语汉字记音	汉译
拿几抠盟能囊些，	辛苦劳累别人婿，
送牙会尖拿能头。	送我走了这么久。
必肖必共拉拐白，	酸糖烂果只管予，
久没必如牙拉邱。	没有好礼妹害羞。
久先空秀拉脓没，	哥若不嫌就来取，
空秀打磊没求斗。	不嫌自己取上手。
久空没囊尼先能，	不肯来取是嫌女，
得吖尼先能牙勾。	哥哥嫌弃妹丑陋。

上白嘎刚策总丘·快给免哥流口水

苗语汉字记音	汉译
赶强囊牙灵能岩，	赶场妹子多人识，
到必几奈常萌豆。	买得糖果相邀回。
告得延刚几没呆，	想送的人还未至，
埋江囊吖相脓闹。	喜爱的人迟来会。
剖冬得吖要魁块，	我村小伙少见识，
腊拐送牙求埋坐。	送妹回到村外围。
虐让几梭弟岔来，	年轻总爱会妹子，
岔来麻如勾几果。	想找靓妹把歌陪。
保埋牙要嘎几腮，	赠送不必挑汉子，
上白嘎刚策总丘。	快给免哥流口水。

龙牙列绒大磊糖·和妹讨糖甜甜嘴

苗语汉字记音	汉译
阿街得牙埋常强，	一群阿妹赶场归，

告埋几者会阿柔。　送妹一程一路走。
糖着得机摆几羊，　背篓糖果满满垒，
如必埋宠几羊斗。　好糖你们捧满手。
龙牙列绒大磊糖，　和妹讨糖甜甜嘴，
血到白剖糖阿候。　舍得分哥尝一口。

常强然来脓送要·得哥散场把妹送

苗语汉字记音　汉译
常强然来脓送要，　得哥散场把妹送，
从如送剖拿能头。　情深相送这么远。
生巧生加埋克召，　又丑又差你看重，
尼牙得冬常点子。　小村女子好运伴。
必巧必恰埋绒到，　果丑果差你挑中，
绒到嘎围召能勾。　摘下莫丢在路边。
比肖供常埋阿告，　酸果带回你村中，
拐供勾瓜蒙囊欧。　哄你妻子笑开颜。

不得必江刚剖秀·背篓糖果真诱人

苗语汉字记音　汉译
常强修你卑场刘，　散场独站场头等，
修挡牙要埋常强。　等待阿妹走出来。
修老机拐会吉由，　动脚斗胆随妹行，
岩埋得牙江究江。　不知阿妹睬不睬。
不得必江刚剖秀，　背篓糖果真诱人，
龙牙埋绒阿磊糖。　向妹讨要糖一块。
控白尼来如吉够，　肯给是妹发善心，
究白害咛喂松方。　不给让我心愁坏。

绒糖究斗高求刚·讨糖没有糖果献

苗语汉字记音	汉译
卑强埋修阿乃芒，	场头你站一整天，
机凯得咛难乃哉。	白害阿哥把冷挨。
剖黏几笔久没当，	我家贫苦没有钱，
阿磊钱当久没派。	一个铜钱都没带。
绒糖究斗高求刚，	讨糖没有糖果献，
久然高求勾刚来。	没有什么把哥待。
必巧必恰宁久娘，	差糖差果无钱换，
宁到拉该白打千。	若有送哥也应该。

常强最岭阿充要·散场碰见很多妹

苗语汉字记音	汉译
常强最岭阿充要，	散场碰见很多妹，
最如阿派帕角色。	一群靓妹好人才。
图得高搭沛告保，	金镯戒指戴得美，
松工牙哈高京茄。	银饰银圈颈上戴。
赶强高逑拉宁到，	赶场什么都买回，
告者龙帕绒糖克。	随后和妹讨糖来。
控白供常剖阿告，	得糖带回我寨内，
供照高斗机丘能。	拿在手上逗人爱。

龙为啥够啥必农·讨糖讨果求妹送

苗语汉字记音	汉译
常强最帕修罘罘，	场散阿妹路上站，
最如阿胖得为戎。	阿妹活像那彩虹。
比罘宁囊麻亏价，	买梨尽从高价捡，

觉古钱党阿冲岭。	银钱全都花费空。
机灵出勾龙埋啥，	结队和你讨一点，
龙为啥够啥必农。	讨糖讨果求妹送。
白剖必罢考生架，	妹送我梨不舍餐，
出�安松供常萌。	一心带回我家中。
常萌岔保剖奶玛，	回家对我父母言，
夸牙得为如良松。	夸妹善良又宽容。

如虐他能头如强·今天吉日好个场

苗语汉字记音	汉译
如虐他能头如强，	今天吉日好个场，
强劳水水哈尼帕。	场上满眼是靓妹。
牙要贤惠亚再夯，	阿妹贤惠又大方，
必购哼其觉牙牙。	一场糖果全买回。
机蹦机改不白糖，	花花背篓装满糖，
吉嘎不猛蒙告瓜。	背糖背驼你的背。
将牙会勾列郎当，	阿妹走路不要忙，
会上会标糖生扎。	走急糖果地上坠。
啥够啥必众能冈，	讨果害羞我心慌，
没启刚哼没打萨。	有心快快给我递。

召笔吉奈脓赶强·在家相邀去赶场（三角转）

苗语汉字记音	汉译
召笔吉奈脓赶强，	在家相邀去赶场，
机邀阿强得那勾，	相邀兄弟一大帮，
偷勾地岔高来先。	有意来找表妹们。
埋俫兄先为阿胖，	你们好像仙女样，
如拿得格腊阿周，	美如天上的月亮，

炯磊格腊盟尖尖。七个星斗亮晶晶。
究先白咛阿吼糖，不嫌分哥一口糖，
尼控白剖糖阿吼，若肯就分我糖尝，
糖到呆斗难维理。得糖谢妹情意深。

巧比巧够拉拐白·差糖烂果分你享（三角转）

苗语汉字记音	汉译
机所召笔勾强劳，	欣喜从家来赶场，
勾会机所头机年，	一路高兴一路唱，
走强高来如角色。	碰到表哥好儿郎。
得得能泸囊牙要，	穷人家里的姑娘，
阿磊钱当久没派，	钱无一文在身上，
控宁久到当勾没。	想买无钱不敢访。
龙剖绒糖嘎几到，	和我讨糖哪来糖，
久到如糖勾刚来，	没有好糖让哥尝，
巧必巧够拉拐白。	差糖烂果分你享。

糖宠呆斗拿几江·糖拿在手好喜欢（三角转）

苗语汉字记音	汉译
糖宠呆斗拿几江，	糖拿在手好喜欢，
出咛机所机年偷，	哥我高兴心里甜，
高启拿够糖巫得。	心里甜似蜜糖般。
走召如帕如排常，	碰到美女好装扮，
如雅如洋如哈娄，	美貌美妆又心善，
蒙尼机磊如勾梅？	你是谁家小妹仙？
刚咛克咱头丘港，	让哥看见心生羡，
想龙如为机勾斗，	想与靓妹把手牵，
岩为江被机江喂？	知妹恋哥或不恋？

几没雅羊勾丘来·没有美貌惹哥惦（三角转）

苗语汉字记音	汉译
加糖奈咛嘎难维，	糖差叫哥莫谢妹，
几列难维糖阿不，	不要感谢一颗糖，
刚咛巧糖列嘎拐。	送哥差糖哥莫嫌。
剖奶生牙几没沛，	我娘养女貌不美，
加羊生巧要比容，	容差貌丑少衣裳，
几没雅羊勾丘来。	没有美貌惹哥惦。
得咛送帕如高启，	阿哥心好送妹还，
召者后剖高机不，	帮妹背笼背身上，
如从出到拿机愿。	如此深情妹心暖。

龙埋绒锐嘎吉吹·和你讨菜你莫推

苗语汉字记音	汉译
得为不机内锐谁，	姑娘上山去采薇，
牙要内锐叫夺楼。	阿妹采的狐皮草。
阿磊高机你吉最，	一个竹篓身后背，
阿嘎围裙专机傩。	一块围裙在前绕。
龙埋绒锐嘎吉吹，	和你讨菜你莫推，
空白从拿阿磊各。	给菜情义如山高。

究磊吉岔绒锐起·谁人开始讨菜起

苗语汉字记音	汉译
绒锐列能锐根基，	讨菜要问菜根底，
彭光列能光把炯。	挑葱要问葱儿根。
岔到巴炯喂刚策，	讲出缘由才送你，
能到巴高喂白蒙。	说出根底菜才分。

究磊吉岔绒锐起，	谁人开始讨菜起，
昂几吉岔囊理松？	何时这种礼节兴？
出牙奈蒙勾撒比，	阿妹请你用歌比，
蒙列保喂度刚冲。	用歌叙述话说清。

绒锐绒光吾告头·讨菜讨葱他开始

苗语汉字记音	汉译
机果走觉帕麻冈，	唱歌遇到女强将，
闯召阿告帕才诗。	碰到如此女高师。
龙帕绒锐帕久刚，	和妹讨菜你不赏，
吉稠机常脓排剖。	翻来覆去盘根子。
阿剖虐埋勾锐匠，	先辈从前栽菜秧，
绒锐绒光吾告头。	讨菜讨葱他开始。
空没白喂列及上，	肯分菜葱请马上，
嘎萌岔害度比苭。	讨菜何必考历史。

拿几加乙机傩能·非常害羞众人前

苗语汉字记音	汉译
绒锐奈喂喂拉刚，	讨菜喊我我肯送，
打磊吉上劳机没。	自己快到背笼拣。
洽埋机腮锐麻让，	怕你要选嫩菜用，
锐共扎扎佳白能。	老菜粗硬不好献。
喂拐保蒙鲁能阳，	对你实说话由衷，
岩蒙先气比究没？	不知嫌弃或不嫌？
打磊想呆喂告羊，	想到自己丑面容，
拿几加乙机傩能。	非常害羞众人前。

查弄叉绒埋嘎吼·开口讨菜妹莫吼

苗语汉字记音	汉译
锐你打兜花罖罖，	菜在地里长得好，
斗你郎腊花出排。	生在土里长成片。
加喂没锐内久甲，	害我有菜采不到，
久没能内拿几难。	没人采菜好为难。
要觉锐农叉脓啥，	没有菜吃才来讨，
查弄叉绒埋嘎台。	开口讨菜妹莫嫌。
锐你打兜花罖罖，	菜在地里长得好，
斗你郎腊花出纠。	生在土里长成丘。
加喂没锐内久甲，	害我有菜采不到，
久没能内拿几怄。	没人采菜心里怄。
要觉锐农叉脓啥，	没有菜吃才来讨，
查弄叉绒埋嘎吼。	开口讨菜妹莫吼。

乃几欧到喂毕常·哪天娶妻再还工

苗语汉字记音	汉译
白剖阿斗锐嘎处，	分我一把香野菜，
龙牙绒姑阿斗光。	和姐讨要一手葱。
然欧常毕蒙囊虐，	讨得婆娘还工来，
乃几欧到喂毕常。	哪天娶妻再还工。
白剖阿斗锐嘎处，	分我一把香野菜，
龙牙绒姑光阿筛。	和姐来讨葱一束。
然欧常毕蒙囊虐，	讨得婆娘还工债，
乃几欧到喂毕呆。	哪天娶妻还工夫。

估拿不巫腊宗仙·估计水开菜就熟

苗语汉字记音	汉译
腊呕得咛脓绒锐，	二月小伙讨菜笋，
腊刚锐松巴岭改。	送你蕨菜做菜蔬。
蒙供常萌茶机起，	拿到家里洗干净，
茶叫如嘎照高歪。	洗成放在锅里煮。
能蒙水号备究水，	问你是否会烹饪，
估拿不巫腊宗仙。	估计水开菜就熟。

培尖列啥打磊周·讨个年粑你要留

苗语汉字记音	汉译
得为不培卑乃腊，	妹背粑粑年初四，
腮道如乃蒙帮勾。	选得吉日出门走。
齐酒谷某囊能骂，	背粑把父去探视，
培尖列啥打磊周。	讨个年粑你要留。

帕罖囊培拿几哥·靓妹粑粑实在白

苗语汉字记音	汉译
帕罖囊培拿几哥，	靓妹粑粑实在白，
哥鲁窝糯巴西杭。	白像水鸟下的蛋。
久列架囊西拉乐，	不要咀嚼自化开，
够劳窝启周记刚。	吃下肚里笑在脸。

炅先腊西夺蹦蛙·新年新时樱花开

苗语汉字记音	汉译
炅先腊西夺蹦蛙，	新年新时樱花开，

当嘎码头能绒培。	坐到码头来讨粑。
究白尖供蒙克虾，	不送把你轻看待，
白咛洽没能褡喂。	送了怕人把我骂。
灵先腊西夺蹦蛙，	新年新春樱花开，
当嘎码头能绒共。	坐到码头讨食物。
究白尖供蒙克虾，	不送把你轻看待，
白咛洽没能褡崩。	送了有妻骂丈夫。

修炋修萌烔码头·清早坐到码头边

苗语汉字记音	汉译
修炋修萌烔码头，	清早坐到码头边，
当嘎码头脓绒工。	你到码头来讨食。
埋囊能梦再嘎药，	岳父岳母家还远，
嘎总机岩上会萌。	趁早赶路莫去迟。
修炋修萌烔码头，	清早坐到码头边，
当嘎码头脓绒酒。	你到码头来讨酒。
埋囊能梦再嘎药，	岳父岳母家还远，
嘎总机岩上会勾。	趁早赶路马上走。

挂尖挡克卑乃腊·就等初四这一天

苗语汉字记音	汉译
咱能挂尖机拐挂，	人家过年我过年，
伢笆久没到阿特。	猪肉一餐没吃下。
挂尖挡克卑乃腊，	就等初四这一天，
烔嘎码头萌绒培。	坐到码头讨糍粑。

咱能挂尖机拐挂，	人家过年我过年，
伢笆久没到阿娘。	猪肉没得吃一口。
挂尖挡克卑乃腊，	就等初四这一天，
炯嘎码头萌绒挡。	坐到码头去伸手。

得为不培卑乃腊·姑娘初四背年粑

苗语汉字记音	汉译
得为不培卑乃腊，	姑娘初四背年粑，
伢笆机公召弄机。	猪腿高耸背篓架。
咱埋不培剖丘达，	见你背粑爱死咱，
巫乌够拿告补锤。	吞下口水拳头大。

（三）撒绒昂绒彩·约期讨彩歌

绒磊如虐脓克蒙·讨个吉日看娇娘

苗语汉字记音	汉译
得帕内锐高不路，	妹妹扯菜在坎下，
内锐不路不机先。	扯菜你背新背篓。
久尼绒锐尼绒度，	我不讨菜是讨话，
绒磊如虐脓克埋。	讨个吉日看妹妞。
得帕内锐高不路，	妹妹扯菜在坎下，
内锐不路不机蹦。	扯菜你背花背筐。
久尼绒锐尼绒度，	我不讨菜是讨话，
绒磊如虐脓克蒙。	讨个吉日看娇娘。

高罢周度喂究生·留话规矩我不懂

苗语汉字记音	汉译
剖奶花喂脓劳处，	母亲喊我上坡来，
其然高机所几几。	提起背篓急急冲。
久没包喂高逑度，	什么话都没交代，
高罢周度喂究生。	留话规矩我不懂。
剖奶花喂脓劳处，	母亲喊我上坡来，
其然高机几几所。	提起背篓快如飞。
久没包喂高逑度，	什么话都没交代，
高罢周度喂究诺。	留话规矩我不会。

努几没到照高斗·怎能取来放在手

苗语汉字记音	汉译
列昂斗照巫海口，	要船船停在海口，
嘎度你斗照打巴。	云头飘飘在天边。
努几没到照高斗，	怎能取来放在手，
喂没久到机傩那。	不能送到哥面前。

努几到度勾白那·怎得云朵给哥留

苗语汉字记音	汉译
萨昂①昂炯长江口，	讨船船在长江口，
萨度②度斗你打巴。	讨云云在天上头。
久然告求勾周纠，	一无所有妹丢丑，
努几到度勾白那。	怎得云朵给哥留。

尼奈如为勾度周·请妹约会留佳音

苗语汉字记音	汉译
久尼萨昂勾最球，	不是讨船把盐运，
久尼最球求埋得。	不是运盐到你村。
尼奈如为勾度周，	请妹约会留佳音，
奈牙常克咛打乃。	邀妹再来陪哥们。

注：①“昂”在苗语中有两种意思，一种是“船”的意思，一种是“日子”的意思。

②“度”在苗语中有两种意思，一种是“云朵”的意思，一种是“话语”的意思。

周昂列咛埋脓八·有船要等你扬帆

苗语汉字记音	汉译
比各茸筛几梧度，	高山高岭积云朵，
哄巫嘎度用机罘。	晨雾冉冉聚天边。
列为龙策埋吉如，	想要我们来会哥，
周昂列咛埋脓八。	有船要等你扬帆。

绒昂周虐克来先·讨个日子会新友

苗语汉字记音	汉译
绒昂周虐克来先，	讨个日子会新友，
绒度机塴阿详拔。	约期好把妹来会。
周度刚策脓克理，	定个吉日我好走，
白昂龙牙常机咱。	到期我们好见妹。

几儿白咛阿磊昂·施舍一个约会期

苗语汉字记音	汉译
几儿白咛阿磊昂，	施舍一个约会期，
加如刚磊拉究光。	日子好差也不管。
如求家抽撒学王，	把歌唱在百草地，
飞为将到勾尖帮。	久恋结成好侣伴。
几儿白咛阿磊昂，	施舍一个约会期，
加如刚磊拉究拐。	日子好差也不嫌。
如求家抽撒学王，	把歌唱在百草地，
飞为将到勾尖来。	久恋结成好姻缘。

昂周嘎刚召空亡·空亡日子你莫定

苗语汉字记音	汉译
昂周嘎刚召空亡，	空亡日子你莫定，
周照虐双如克来。	定个双日好会妹。
刚策如求比各杠，	让哥好去岭上走，
久洽巴乃达倍改。	晴天雪天不怕累。
昂周嘎刚召空亡，	空亡日子你莫定，
周照虐双如克帮。	定个双日好会见。
刚策如求比各杠，	让哥好去岭上走，
久恰巴乃达倍噹。	晴天雪天不怕难。

周磊如昂勾刚咛·定个吉日送给哥

苗语汉字记音	汉译
周磊如昂勾刚咛，	定个吉日送给哥，

周呆待灵昂交春。	定到来年立春时。
没启没些拉常盂，	有心有意来看我，
久没蒙亚嘎常飞。	无心无意就推辞。
周磊如昂勾刚咛，	定个吉日送给哥，
周呆待灵昂交秋。	等到来年立秋日。
没启没些拉常盂，	有心有意来看我，
久没蒙亚嘎常周。	无心无意莫坚持。

周昂各灵剖拉挡·要等十年我都等

苗语汉字记音	汉译
周昂各灵剖拉挡，	要等十年我都等，
各灵拉常脓飞埋。	十年也来会你们。
阿求秀为如撒忙，	爱妹唱歌高水平，
呕求秀帕蒙罘甩。	更爱表妹人聪敏。
周昂各灵剖拉挡，	要等十年我都等，
各灵拉常脓飞蒙。	十年也要来会你。
阿求秀为如撒忙，	爱妹唱歌高水平，
呕求秀帕蒙罘冲。	更爱表妹人伶俐。

克召机梭机年偷·看到发簪乐滋滋

苗语汉字记音	汉译
周剖连比拿吉娄，	留的发簪很别致，
克召机梭机年偷。	看到发簪乐滋滋。
列萌嘎几灵吉由，	走到哪里随身持，
想召机母克阿柔。	想你拿出拭一拭。
连比求斗没得秀，	发簪让我寄相思，

喂亚松方喂亚周。　　又喜又忧人欲痴。
松方剖泸嘎哈就，　　我家贫名臭狗屎，
鲁几佩到如为剖？　　怎敢双双来展翅？

久控周彩尼机瓜·不送信物是骗子

苗语汉字记音　　汉译
如为周度照巫摆，　　与妹约定后天来，
周照巫摆久没腊。　　约到后天也不迟。
刚度奈为列周彩，　　留话还要妹留彩[①]，
久控周彩尼机瓜。　　不送信物是骗子。
供彩周度勾白来，　　送彩为凭让哥揣，
岩牙启些尼杂杂。　　阿妹才是意真实。

注：①“彩”苗族男女青年第一次相会后为了下次见面而留下的诚信担保物。

得策绒彩剖久到·哥要讨彩妹没有

苗语汉字记音　　汉译
得策绒彩剖久到，　　哥要讨彩妹没有，
久没娥图照告搭。　　没有银饰戴指头。
得得能泸囊牙要，　　家境贫穷的妹妞，
修照堂能告勾家。　　众人面前我害羞。
入胎俄先求告教，　　缝件新衣身上扣，
久没当宁淞蹦爬。　　无钱买线把花绣。

控周兄淞拉难维·肯留一线心意长

苗语汉字记音　　汉译
俄亏搭图哥批批，　　高价银戒白晃晃，

矿某亏尬盟尖尖。　　金贵耳环亮晶晶。
埋控周策蜡转比，　　肯留头绳也一样，
周咛兄最拉究拐。　　留线一根也开心。
控周兄淞拉难维，　　肯留一线心意长，
供度堵舍麻如来。　　殷勤好语谢表亲。

没启没些克勾者·有心有意看日后

苗语汉字记音　　汉译
告搭喂佣刚蒙级，　　戒指摘下送你留，
保共保巧拐机聋。　　破烂手镯递手上。
告搭究生打磊会，　　戒指不会自己走，
告保究生会常能。　　手镯不会自来往。
没启没些克勾者，　　有心有意看日后，
白虐白乃列嘎弄。　　到了约期不要忘。

周昂刚彩出卑穷·约期送彩做梦枕

苗语汉字记音　　汉译
周昂刚彩出卑穷，　　约期送彩做梦枕，
剥蝈强供喂机嘎。　　睡觉也要放身边。
及蝈龙吾几扑度，　　醒来和它谈谈心，
详详吉龙勾撒叭。　　时常与它把歌盘。

洽咛生勾剖机瓜·怕哥会把阿妹耍

苗语汉字记音　　汉译
周埋囊度由埋腮，　　约会日子由你排，
鲁能供度扑包那。　　这样把话给哥答。

呆且岩埋呆究呆，	到时怕你不会来，
洽哼生勾剖机瓜。	怕哥会把阿妹耍。

周磊如虐常克那·留个吉日把哥瞧

苗语汉字记音	汉译
绒糖埋勾糖白奴，	讨糖你把糖来递，
绒必没刚哼必瓜。	讨果你送哥甜桃，
到觉必农再绒度，	得果又讨约会期，
周磊如虐常克那。	留个吉日把哥瞧。

从如周策彩阿磊·真心待哥彩为凭

苗语汉字记音	汉译
糖拉白囊必拉刚，	糖也分来果也送，
绒昂绒度埋拉白。	约期佳音你应承。
没从周彩出雅洋，	有情留彩情更重，
从如周策彩阿磊。	真心待哥彩为凭。

列牙周彩出高难·哥要留彩为难我

苗语汉字记音	汉译
高搭高报久没派，	戒指手镯没有戴，
列牙周彩出高难。	哥要留彩为难我。
告教打胎俄牙年，	身上只穿单衣来，
努几他到周来埋。	怎能解下留给哥。

如虐龙帕绒阿磊·讨个吉日和妹见（三角转）

苗语汉字记音	汉译
常强告蒙吉者会，	场散跟妹后头走，
如虐原花亚常呆，	吉日好运又回来，
走强如来机丘能。	碰到贤妹惹我羡。
丘能拉总会告者，	恋妹总在妹后遛，
偷勾岔度脓机摆，	故意找话来对白，
岩埋怀咛比究没。	问妹见哥烦不烦。
送为能勾尖阿气，	送妹路上已很久，
想弟龙为迷绒彩，	想与妹妹来讨彩，
如虐龙帕绒阿磊。	讨个吉日和妹见。

刚帕共图剖囊好·让妹空空等在村（三角转）

苗语汉字记音	汉译
绒昂绒虐剖拉白，	哥讨吉期我们给，
周虐常闹拜腊抽，	约会重上百草坪，
如脓会求剖囊好。	好把我们寨上进。
彩巧彩恰咛脓没，	信物虽差哥取回，
控刚究先斗机留，	如不嫌弃手快拎，
嘎褡喂刚围裙巧。	莫骂我送旧围裙。
白乃白虐刚呆得，	约期一到要来会，
嘎刚机剖炯挡纠，	莫让我们空空等，
刚帕共图剖囊好。	让妹空空等在村。

呆虐呆乃常脓克·日子一到就重回（三角转）

苗语汉字记音	汉译
周度刚彩难维埋，	约日送彩谢妹仙，
出咛机科能勾梅，	哥要感谢人姊妹，

难维牙要囊从浓。	多谢妹子情意牵。
能先得咛埋久先，	人嫌男儿你不嫌，
阿街牙要究先喂，	妹不嫌哥就来陪，
从如勾儿喂究弄。	恩情终身记心间。
刚彩周度剖机尖，	留日送彩我记惦，
呆虐呆乃常脓克，	日子一到就重回，
同戎同臭机灵绷。	如龙似凤同时现。

周度没启列周彩・有心约会要留钗

苗语汉字记音	汉译
周度没启列周彩，	有心约会要留钗，
周彩嘎洽剖机木。	留钗莫怕我收揽。
到牙囊彩周机年，	得妹金钗乐开怀，
宠照高斗强交夫。	拿在手里常看管。
吉俩如为克打纤，	想念贤妹就打开，
咱彩拉拿咱欧秋。	见钗如见妹一般。
公操公麻没彩解，	烦恼忧愁有它排，
到他机逃将松吾。	舒心昂首高腔展。

刚彩乃乃机交咛・让彩天天来陪你

苗语汉字记音	汉译
奈剖周彩剖拉控，	喊咱留钗妹乐意，
今到周咛高搭茄。	马上留哥黄金戒。
约搭刚蒙上脓宠，	取戒给你快拿起，
蒙尼绒彩吉上没。	真心讨彩快来接。
刚彩乃乃机交咛，	让彩天天来陪你，
机交龙咛打卑蛔。	与哥缠绵共枕歇。
究斗公操拿磊弄，	忧愁消退无踪迹，
免得会求百草社。	不想再上百草界。

周度奈帕常陪剖·请妹留话再相聚

苗语汉字记音	汉译
劳强他能头如虐，	赶场今天逢吉日，
如虐叉起勾埋走。	吉日来与你相遇。
龙埋机绒萨磊度，	和你讨个好日子，
周度奈帕常陪剖。	请妹留话再相聚。

周昂降蒙勾欧能·约会请你去问妻

苗语汉字记音	汉译
周昂将蒙勾欧能，	约会叫你把妻问，
将咛几笔列扑通。	叫哥先与妻说通。
久通洽策加酷没，	不通怕哥颜面损，
久没酷没咱牙岭。	没有脸面见妻容。
周昂降蒙勾欧能，	约会叫你去问妻，
将咛嘎笔难刚通。	请你回家去通融。
农锐嘎刚锐吉特，	吃菜莫让菜遮蔽，
交夫嘎刚烈机崩。	别因吃饭话成空。

没筛囊牙勾昂周·阿妹有心定约期

苗语汉字记音	汉译
没筛囊牙勾昂周，	阿妹有心定约期，
陪咛列扑你堂几。	告诉地方在哪里。
周昂私陪勾白纠，	约期私陪让哥记，
刚咛叉岩蒙没启。	阿哥方知妹有意。

久洽挡呆昂扎乃·不怕等到日西沉

苗语汉字记音	汉译
然度然哄代撒常，	云雾帮我带歌回，
高启到塔同巴乃。	心中如有太阳升。
邀蒙常炯摆茸光，	邀你野葱坪再会，
腮磊如虐斤刀没。	选个吉日马上允。
周昂卡拿就蒙常，	约定日子盼妹归，
呕告朋光求茸白。	一起挑葱翁白行。
牙要没启喂炯挡，	妹若有心哥等妹，
久洽挡呆昂扎乃。	不怕等到日西沉。

果送扎乃呆腊绷·唱到日落月光投

苗语汉字记音	汉译
呆乃呆虐克巴秋，	到了吉日会情郎，
究兄刚咛挡楼风。	不会让哥等太久。
阿芒炯挡古古略，	一夜静等公鸡唱，
搭嘎从嘎喂腊从。	雄鸡早鸣我早筹。
囊松先供烈苁出，	天还未亮煮饭忙，
如供抱休机苁脓。	点着火把趁早走。
所到烈苁出烈图，	早餐包作中饭享，
哉锐哉烈告启兄。	饭菜虽冷热心头。
周乃陪咛勾撒不，	整天陪郎把歌唱，
果送扎乃呆腊绷。	唱到日落月光投。

究哉共度常保剖·心若不冷快答应

苗语汉字记音	汉译
共度龙为能绒彩，	开口与妹来讨彩，
喂绒家没出比苟。	我要讨彩做凭证。

加如控白喂究拐，彩送好差我不怪，
喂久供牙拿阿楼。不会拿久莫心疼。
乃几吉如到尖来，若能相爱把堂拜，
呆气退彩告启后。到时还彩多喜庆。
岩牙囊筛兄被哉，妹心冷暖暗自猜，
究哉共度常保剖。心若不冷快答应。

休把刚咛喂久没·拿不出彩送给郎

苗语汉字记音 汉译
动蒙斗将阿排撒，听你唱了一串歌，
想想斗者列嘎折。本想随后不接腔。
蒙列牙岭专休把，要妹送彩草标搁，
休把刚咛喂久没。拿不出彩送给郎。
要召搭茄图比搭，手指没有金戒着，
能泸奶玛谜囊得。我是穷人的姑娘。
究先空秀泸巴巴，不嫌人穷看上我，
叉岩得咛蒙究则。方知男儿真心肠。

列龙高来嘎围裙·要与表妹借围裙

苗语汉字记音 汉译
牙要如从浓拿各，阿妹感情重如山，
猜儿坝灵机弄从。百年千载不忘情。
能供毛千勾让夺，人拿牵担把柴担，
得牙不机照锐锰。姐背背篓装青荇。
绷竹尼能阿太俄，出门穿件单衣衫，
空度空斗拉走蒙。空手空脚遇上卿。
刚锐久到高逑所，送菜不得装菜篮，
列龙高来嘎围裙。要与表妹借围裙。

究磊吉岔如围裙·谁人提倡缝围裙

苗语汉字记音	汉译
蒙嘎围裙为松召，	你借围裙我想到，
究磊吉岔如围裙？	谁人提倡缝围裙？
如尖先勾高逑照？	缝成先把什么包？
吉岔列如拿几岭？	标准大小怎么定？
昂几梯常剖冬劳？	何时还我围裙好？
呆乃呆虐如挡蒙。	到时我好把你等。
嘎蒙喂尼枯那要，	借你是我的关照，
将古策罢嘎弄从。	聪明阿哥莫忘情。

围裙列如补且照·围裙三尺六寸制

苗语汉字记音	汉译
嘎喂久没麻吉饶，	借我围裙无推辞，
究兄吉岔包究磊。	不会讲给别人听。
王记欧囊得得要，	皇帝妻室的妹子，
吾囊吉购嘎阳没。	她比别人懂礼信。
围裙列如补且照，	围裙三尺六寸制，
如尖刚牙不得得。	缝成用来背幼婴。
如所必罢勾必饶，	又包板栗和梨子，
所害必江机丘能。	再包糖果惹表亲。

奈牙勾从将几腊·赐哥信物让哥知

苗语汉字记音	汉译
如为果撒头没戎，	妹妹唱歌有魅力，
诺鸟诺弄亚诺夸。	灵牙巧嘴让人痴。
梅良玉女刚从冲，	梅良玉女真情义，
连比周咛没阿加。	金簪请赠郎一支。

出衣刚从照嘎弄，	妹说有情在嘴皮，
狼松狼度久没咱。	只闻人声未现姿。
没启没些勾剖孟，	有心和哥在一起，
奈牙勾从将几腊。	赐哥信物让哥知。

筛你启郎哈搏八·心乱如同猫抓撕

苗语汉字记音	汉译
蒙俅虐埋囊杏元，	你像从前的杏元，
喂尼良玉得得帕。	我像良玉小女子。
连比没周机聋埋，	金簪给你手里攥，
机白巫没同达砂。	临别泪洒像雪子。
昂几常到勾撒歪，	何日重得把歌盘，
到哼常果喂些伢。	和哥再唱乐滋滋。
麻哼刚为啥乐筛，	相思阿哥妹心乱，
筛你启郎哈搏八。	心乱如同猫抓撕。

剥萌芒叫剥究蝈·夜夜失眠不能卧

苗语汉字记音	汉译
从如周那磊搭斗，	情重给哥留戒指，
如加周哼搭阿磊。	好差给哥留一个。
喂麻喂溶牙囊纠，	音容笑貌常相思，
中溶中麻机傩能。	思念阿妹在心窝。
吉俩剥伢弄摆楼，	辗转床头泪眼湿，
剥萌芒叫剥究蝈。	夜夜失眠不能卧。

从如周那磊搭斗，	情重给哥留戒指，
如加周哼搭阿排。	好差给哥留一枚。
喂麻喂溶牙囊纠，	音容笑貌常相思，
中容中麻机傩埋。	思念阿妹在心扉。

吉俩剥伢弄摆楼，	辗转床头泪眼湿，
剥萌芒叫剥究尖。	夜夜失眠难入睡。

同奴嘎相图苏六·鸟儿难栖杪椤树

苗语汉字记音	汉译
龙剖绒磊昂勾最，	和我约定佳期逢，
同奴嘎相图苏六。	鸟儿难栖杪椤树。
劳强常萌拐告最，	散场你随后面行，
顺勾拐供夺阿涂。	顺路遇柴带一束。
挂觉损蒙究常会，	此后怕你不现身，
究常会嘎剖囊巫。	不会再走我们处。
相列咱蒙拉斗皮，	想要见你要做梦，
拉总尖皮拉总约。	黄粱美梦日难度。

冬启得咛拿几巧·城府深沉心取巧

苗语汉字记音	汉译
塔能走召撒机交，	今天相遇歌打扰，
将咛动撒告租某。	请哥听歌入耳门。
剖宠良松勾来包，	我持良心来相告，
出从刚咛修比勾。	曾经送彩定了情。
究江飞牙出启巧，	不愿见妹施计巧，
久控飞为出约头。	无心见我编原因。
龙蒙吉如周告报，	相恋时候手镯交，
上追打闻机聋剖。	即刻拿出还我们。
冬启得咛拿几巧，	城府深沉心取巧，
同讯告当究咱柔。	好似深潭岩底隐。

（四）撒降奴图·赠草凳歌

刚咛勾儿蒙究弄·让哥终生难忘记

苗语汉字记音	汉译
刚咛阿斗锐高恰，	送你一束虎刺条，
刚策阿不高恰冬。	送哥一束是荆棘。
冬恰冬然勾策尬，	荆棘小刺把哥挑，
刚咛勾儿蒙究弄。	让哥终生难忘记。

刚咛究弄蒙牙巴·从此不忘好妹妞

苗语汉字记音	汉译
冬恰冬然勾喂罖，	刺条勾我把我留，
冬然恰剖报穷虐。	刺破肌肤鲜血出。
刚咛究弄蒙牙巴，	从此不忘好妹妞，
列飞刚到将尖补。	恋你要成我媳妇。

奴图出勾拐究拐·树叶做凳可合适

苗语汉字记音	汉译
该该飞衣弄包处，	悄悄约会在山坡，
飞衣久刚剖奶岩。	约会不能让娘知。
久没高勾叭奴图，	没有凳子拿叶做，
奴图出勾拐究拐？	树叶做凳可合适？

高改炯召拉兄启·野草做凳暖心扉

苗语汉字记音	汉译
棒图家茹到为陪，	深山老林有妹陪，

勾炯久没喂究光。	没有座椅我不管。
高改炯召拉兄启，	野草做凳暖心扉，
飞为将到勾尖帮。	恋爱要成好侣伴。

克咱奴图拿咱蒙 • 看见树叶如见你

苗语汉字记音	汉译
奴图出勾拿几如，	树叶做椅特别好，
盖挂机笔囊勾众。	赛过家里新座椅。
喂列供常求剖屋，	拿回家里当作宝，
克咱奴图拿咱蒙。	看见树叶如见你。

刚埋阿斗奴图共 • 送你一把老树叶

苗语汉字记音	汉译
刚埋阿斗奴图共，	送你一把老树叶，
久没先气埋拉勾。	若不嫌弃将就坐。
久没先来尚没炯，	没有嫌我就快歇，
先剖泥炯亚拉修。	若嫌不坐就站着。

如你如炯埋囊拜 • 好歇好坐你们坡

苗语汉字记音	汉译
奴图埋聋勾刚策，	树叶折来送给哥，
挂牙斗聋尖勾先。	过了妹手成新座。
吉怕当陡伢究真，	垫在身下软绵绵，
如你如炯埋囊拜。	好歇好坐你们坡。

及蝈克召拿咱为·醒来恰似妹陪哥

苗语汉字记音	汉译
斗宠告锐占出补，	手拿野草挽成坨，
几兄奴图刚来你。	挽成草凳送我坐。
几没勾炯头诺出，	没有坐具巧手做，
诺斗海到包炯锐。	巧手编成一草座。
盟松供常嘎剖屋，	天亮拿回我家搁，
列常供求剖囊溪。	拿到家里暗自乐。
摆你勾穷勾出不，	放在枕边做伴卧，
及蝈克召拿咱为。	醒来恰似妹陪哥。

陆召拿咱阿娃埋·摸到又像见妹娇

苗语汉字记音	汉译
斗你棒茹尼奴图，	长在深山是树叶，
斗照棒茹尼奴改。	生在山里是小草。
呆为高斗捺打不，	到妹手上捏一捏，
比俅机笔高勾先。	犹如家中新椅好。
供吾常萌剖囊屋，	拿回寨子进寒舍，
当茄供求剖囊摆。	当作金银家中宝。
剥蝈喂勾出勾穷，	睡觉当作枕头歇，
陆召拿咱阿娃埋。	摸到又像见妹娇。

嘎先剖秋加高勾·莫嫌我们坐凳丑

苗语汉字记音	汉译
久没勾炯刚嘎柔，	没有凳子坐岩头，
刚埋炯照介柔严。	让你坐块薄岩板。
嘎先剖秋加高勾，	莫嫌我们坐凳丑，
奈策嘎供高启哉。	请哥不要心冷淡。

介柔炯召高启兄·坐上青岩暖心窝

苗语汉字记音	汉译
埋没嘎柔刚策炯，	妹取岩板让哥坐，
介柔炯召高启兄。	坐上青岩暖心窝。
嘎柔出从勾刚咛，	岩板情寄送给我，
出从刚咛拿几浓。	恩深似海情义播。

久没勾炯拿几邱·没有座椅脸面无

苗语汉字记音	汉译
来如头捧罢嘎笔，	老表本应请进屋，
罢你嘎处罢究尖。	请到深山缺礼仪。
久没勾炯拿几邱，	没有座椅脸面无，
头第久到机勾埋。	如此实在对不起。

（五）撒飞衣·相会思恋歌

想策列刚度私陪·想就约定私陪你

苗语汉字记音	汉译
后如走能囊牙壮，	有缘遇上乖姑娘，
机年走召能囊衣。	高兴错遇别人妻。
飞为将到刚尖帮，	久恋想要结成双，
又起忙娘喂囊启。	如此才合我心意。
岩牙想剖被究想，	不知表妹想不想，
想策列刚度私陪。	想就约定私陪你。

飞衣吉如布萌框·我俩相恋名远传

苗语汉字记音	汉译
飞衣吉如布萌框，	我俩相恋名远传，
者处灵能吉拿斗。	背后人家暗暗讲。
动狼将牙嘎机江，	你若听见心莫厌，
蒙列出启想机头。	肚量要大心要宽。
吉如嘎崩仲能刚，	你我相好莫羞颜，
堂众堂能嘎洽邱。	众人面前莫彷徨。
秀牙列刚尖阿双，	与妹要恋成侣伴，
机枯列刚尖阿笔。	相爱成家做一双。
告溜刚牙蒙脓刚，	井水让你筑堤拦，
吉当巫冬如叟谋。	筑堤蓄水把鱼养。

害咛乐些亚乐启·害哥伤心难分离

苗语汉字记音	汉译
炯炯亚伢比桂海，	坐到杜鹃声声催，
喂孟伢觉奴家改。	听到鸟叫草丛外。
盟当机怕能囊来，	黎明将要别表妹，
害咛乐些亚乐筛。	让哥伤心难分开。
炯炯亚伢比桂海，	坐到杜鹃声声催，
喂孟伢觉奴家锐。	听到鸟叫草丛里。
盟当机怕能囊来，	黎明将要别表妹，
害咛乐些亚乐启。	害哥伤心难分离。

炯着家锐虐才才·坐的草丛绿茵茵

苗语汉字记音	汉译
难维得策会几芒，	谢哥为我走夜路，

不腊阶阶埋脓呆。	月黑风高你来临。
脓呆几没勾勾刚，	无凳待友礼仪疏，
炯着家锐虐才才。	坐的草丛绿茵茵。

嘎害得帕勾筛乐・莫害小妹把心乱

苗语汉字记音	汉译
埋龙究磊囊笔脓？	你从哪家哪屋来？
拿能生如刚喂邛。	这么英俊让我爱。
同图搏墨岱同同，	像木弹墨直又乖，
同娥堂如留留哥。	像银无瑕白皑皑。
命如到蒙勾出崩，	命好得你做夫爱，
命加尼到勾撒果。	命差对歌宽心怀。
喂陪久到机勾蒙，	配不上你好仪态，
嘎害得帕勾筛乐。	莫害小妹把心乱。

牙要比能嘎罖苁・小妹比人聪明早

苗语汉字记音	汉译
得帕壮如嘎阳能，	姑娘要比别人美，
同麻擦成将勾聋。	就像竹笋抽枝条。
阿各呕炅自岩磊，	一十二岁有智慧，
牙要比能嘎罖苁。	小妹比人聪明早。

得帕壮如嘎阳能，	姑娘要比别人美，
同麻擦成将勾帮。	就像竹笋抽枝丫。
阿各呕炅自岩磊，	一十二岁有智慧，
牙要比能嘎罖阳。	小妹比人悟性大。

戎修吉柔脓克秋·龙出走近看表妹

苗语汉字记音	汉译
埋如松果将机莪，	你的歌声似流水，
松撒比俅能捧改。	声音好似吹芦笙。
果劳告巫戎啥修，	传到河里龙来会，
戎修吉柔脓克埋。	龙出走近看你们。
埋如松果将机莪，	你的歌声似流水，
松撒比俅能捧奴。	声音好似吹木叶。
果劳告巫戎啥修，	传到河里龙来会，
戎修吉柔脓克秋。	龙出走近看表妹。

勾剖阿告囊巫挡·有人却把水源截

苗语汉字记音	汉译
容巫剖光巫如如，	水沟理好水长流，
勾剖阿告囊巫挡。	有人却把水源截。
腊巫囊秧难常祝，	田里的秧难发蔸，
刚磊乃伢实陡伤。	日头曝晒泥巴裂。
容巫剖光巫如如，	水沟理好水长流，
勾剖阿告囊巫扒。	有人却把水沟拦。
腊巫囊秧难常祝，	田里的秧难发蔸，
刚磊乃伢实陡查。	日头曝晒泥巴干。

从如勾儿毕几擦·情义一世还不完

苗语汉字记音	汉译
周昂扑常埋阿告，	约会说好来你村，
夯乃夯虐常几咱。	定好日期重见面。

告来飞埋召芒叫，	与妹相会在夜深，
飞牙脓通埋阿尬。	相会走到你寨边。
难维欧秋勾处劳，	感谢老表出家门，
芒叫求通比各打。	一路摸黑上青山。
浓从刚喂埋出到，	如此情重见真心，
从如勾儿毕几擦。	情义一世还不完。

你排剥想拿机虐·朝思暮想心煎熬

苗语汉字记音	汉译
阿日蒙包喂如如，	那时你我约定好，
秧将求改常谷来。	插秧上岸再来会。
强强几坚蒙囊度，	你讲的话我记牢，
件着高蒙改呆呆。	牢牢记在我心扉。
吉召囊秧萨常祝，	屋前秧苗转青了，
秧你郎腊刘才才。	秧在田里已绿翠。
乃乃赶场勾蒙母，	天天赶场把你找，
几没敢牙勾强赶。	场场不见我的妹。
图修详详总挡奴，	大树守望吉祥鸟，
想奴常闹棒茹先。	盼鸟重把山林回。
贵好几坚图呆炯，	阳雀不忘栖息巢，
勇着苭得常大千。	再远也会巢里归。
排蒙容斗你改路，	想你人在坎边倒，
几麻果柔果几拈。	趴在岩窠把泪挥。
你排剥想拿机虐，	朝思暮想心煎熬，
排够告儿几弄来。	一世难忘好表妹。

如从召将几生散·真情永远不会淡

苗语汉字记音	汉译
告起剖埋扑如如，	当初你我已约好，

勾查茶齐勾强赶。	农活忙完把场赶。
常走包来麻岱度，	重逢我把实情告，
标害勾冬几派埋。	家务农活忙不完。
将秧求召亚哈路，	插完秧后又锄草，
头腊告锐嘎刚呆。	下田扯草根要斩。
没从嘎拐着楼虐，	不管分别时多少，
如从召将几生散。	真情永远不会淡。
如松出酒江不不，	甜曲酿酒香味好，
才着卑鸟江钱钱。	抿上一口味甘甜。
贵好几坚棒茹图，	阳雀不忘老树巢，
清明求图松然然。	清明时节叫声欢。
排蒙排喂白乃虐，	相思多日约期到，
告虐几所白常呆。	开心日子又回还。
西头呆众拉大屋，	排纱织布顺势造，
告祖摆最郎如唉。	筘件拉开把梭穿。

乍垮囊柔列突常·踩垮的岩要重搁

苗语汉字记音	汉译
常岔虐埋昂告药，	回想过来这段情，
度岱呕各扑灵羊。	贴心的话讲得多。
飞蒙勾会婆周周，	来往约会走得勤，
婆婆飞衣同帮郎。	你来我往如穿梭。
几得勾会拿能楼，	时隔很久无音信，
能牙为求召脚帮？	问妹为何丢下我？
到必麻如弄觉剖，	得了好果把我扔，
白糖几拿蜂糖江。	蜂蜜比糖甜得多。
排蒙拉到猛阿休，	想你得了一身病，
几然阿休浓江江。	痴病缠身把人磨。
它能如虐常几走，	今天有幸再相逢，
度岱扑刚几蒙狼。	贴心话儿对你说。
能勾乍垮列常修，	踩垮的路重填平，
乍垮囊柔列突常。	踩垮的岩要重搁。

机凯到皮空空卡·一夜梦中空追寻

苗语汉字记音	汉译
排蒙高启国改改，	想你我的心意乱，
拿机几俩机能帕。	我恋阿妹恋得深。
剖蒙炯斗各占占，	你我坐在山中间，
度充占你比各打。	山盟海誓表真心。
怕楼阿当几没改，	分别一段没见面，
着尖楼虐几没咱。	好久没见心上人。
勾剖囊纠弄完完，	怕你把我放冷淡，
着咛几怪将几哈。	丢在一边不过问。
桃蝈皮来勾为奈，	梦里总是把你喊，
机记奈为挂洒洒。	随后追妹难近身。
几追巴俄追久然，	想拉衣襟不得攥，
机凯到皮空空卡。	一夜梦中空追寻。

岩蒙几俩机磊欧·你和谁妹恋得欢

苗语汉字记音	汉译
龙策告求萨扑拜，	与你啥话都讲完，
如度占你比各仇。	好话讲在山野间。
怕楼阿档几没改，	分别很久没见面，
龙剖着将件楼头。	分开日久很多天。
相懂呆松求埋占，	好想请人把信传，
呆松奈咛洽能周。	传信怕人笑厚颜。
撒果诺扑诺几棉，	能说会唱把我骗，
尖皮龙剖出阿勾。	你说做梦与我眠。
麻能卑排蒙改改，	暗把四方美女恋，
勾牙几剖出空子。	让我来把空名担。
剥蝈皮勾机磊奈？	梦里你把谁人唤？
岩蒙几俩机磊欧？	你和谁妹恋得欢？

山伯麻牙祝英台·好像山伯英台恋

苗语汉字记音	汉译
虐虐乃乃总想来，	日日夜夜把妹恋，
拿机几俩几够蒙。	恋妹常常挂心间。
着腮着查几没胎，	有土不耕田不灌，
尬伢油烈啥尼农。	山珍海味吃不欢。
告教累伢脚点点，	皮包骨头人发软，
松西几拿比它岭。	胳膊瘦像手指纤。
山伯麻牙祝英台，	好像山伯英台恋，
容容麻麻到脚猛。	痴情相思把病染。
到猛大文岔六先，	一病不起大限满，
梁着这勾桥乃通。	埋在东方大路边。
马家轿共帕秋仙，	马家花轿迎亲转，
送牙能勾会几灵。	送亲队伍走成串。
奈能轿兄伢派派，	喊人停轿泪涟涟，
会萌得枞将松容。	哭到坟前放声喊。
山伯岩尼英台呆，	山伯知是英台瞻，
茄哄弄枞修打戎。	坟上起雾彩虹显。
休哄告枞查打千，	雾散坟开门一扇，
英台跳保枞打仲。	英台跳进坟中间。
鲁羊变尖排排难，	变成蝴蝶舞翩跹，
几用求蒙巴乃锰。	比翼双双上云端。

列报昂机叉机年·待到何时才欢适

苗语汉字记音	汉译
告昂尼牙包剖周，	约会日子是你留，
就咛呆乃刚常呆。	邀我回来要准时。
告虐喂坚着中某，	好话在耳我遵守，
件着高蒙改呆呆。	牢牢记在我心室。

绍虐挡克牙囊纠，	掐指数日见朋友，
如虐如乃常白呆。	吉期已到是今日。
会求得你兄阿揉，	约会地点等很久，
挡孟阿乃几咱来。	等了一天妹不至。
乃西乃瓜拜革抽，	眼看太阳落山头，
松方炯着拜柔拈。	伤心落泪岩板湿。
几江巫没同绞收，	泪如浆纱脱水流，
麻大龙蒙蒙几岩。	爱你相思你不知。
几交鬼麻出阿休，	满心爱恋成忧愁，
列报昂机叉机年。	待到何时才欢适。

免得刚咛告启八·莫让阿哥暗思量

苗语汉字记音	汉译
咱帕害咛启些溶，	见你让我心肠乱，
溶启启郎能麻麻。	心潮翻滚起波浪。
克帕比俅阿召蹦，	看妹犹如花一般，
同得蹦穷先差差。	恰似红花吐芬芳。
用到用脓机嘎蒙，	能飞飞到你身边，
勾蹦略求剖阿恰。	摘花捧回我们乡。
农锐农烈阿勾农，	一起生活同吃饭，
免得刚咛告启八。	莫让阿哥暗思量。

吉白如从嘎机他·稳固情谊莫分散

苗语汉字记音	汉译
如吼常咱蒙囊没，	好运重新遇到你，
吼如龙蒙常机咱。	运好同你又见面。
高启机年兄热热，	开心快乐甜如蜜，
框松到他同乃巴。	好像天晴心意宽。
然蒙龙喂炯阿且，	得你陪我来歇气，

公操公麻哈然扎。	忧愁苦恼抛丢完。
强强龙纠度机白，	经常一起把话议，
吉白如从嘎机他。	稳固情谊莫分散。

咱蒙亚能高启觉·见面我又软心肠

苗语汉字记音	汉译
龙为苁苁度专挂，	与妹早有定情话，
达尼先剖亚嘎扑。	若已嫌弃就莫讲。
得为号几机萌嘎，	你说哪里都不嫁，
飞咛刚尖蒙囊不。	与哥欲配成一双。
度专害喂总吉俩，	留言让我总牵挂，
扑挂久没常脓谷。	失信没有再来往。
常咱勾蒙阿特褡，	重遇相见我想骂，
咱蒙亚能高启觉。	见面我又软心肠。

想召高启哉拿改·心里忧伤似冰寒

苗语汉字记音	汉译
地俄上茹俄机彭，	衣破快缝衣窟窿，
地笑上爬笑打千。	鞋烂快把鞋补全。
机夫从如照机冬，	恋爱相好红尘中，
出从久列总机腮。	恋人不要总挑选。
嘎想刚拿能囊浓，	莫想像人爱意浓，
阿腊阿瓦刚常呆。	一月也要会一面。
会会腊斗高得空，	谁知到头一场空，
想召高启哉拿改。	心里忧伤似冰寒。

要能拿咛蒙囊儿·世人难如你情多

苗语汉字记音	汉译
阿后久没冬想召，	一点没有预想到，
究岩斗咛秀撒果。	不知还有你爱歌。
飞衣机无剖阿告，	爱耍常往我处跑，
忙德用岔蹦跑哥。	好像蜜蜂寻花朵。
如从鲁能机冬要，	这样多情世上少，
要能拿咛蒙囊儿。	世人难如你情多。

同能出查白白口·只见耕作不见粮

苗语汉字记音	汉译
能勾延会延考生，	情路越走越珍惜，
崩恰龙蒙会究头。	害怕与你走不长。
愿会嘎出呕磊启，	恋爱莫有二心移，
相然尖衣嘎召斗。	未成夫妻手莫放。
儿让同同尼没期，	年少青春有限期，
同奴最比列召柔。	像鸟齐翅别爹娘。
害喂得咛机凯飞，	白费男儿动真意，
同能出查白白口。	只见耕作不见粮。

久洽特抽特教解·不怕屋烂盖杉皮

苗语汉字记音	汉译
改改龙蒙机勾斗，	悄悄与你手牵手，
蒙弟秀喂喂秀埋。	你爱我来我爱你。
愿飞尼洽高启走，	爱恋就怕良心丑，
嘎弄前前高启唉。	嘴巴甜蜜起坏意。
能咛斗从被究斗？	问哥真心有没有？
嘎害得帕机乐筛。	无心莫害妹戚戚。

江蒙久洽蒙巧笔，	爱你不怕你屋陋，
久洽特抽特教解。	不怕屋烂盖杉皮。

列刚蒙瓜喂叉栽·要你抚慰止呜咽

苗语汉字记音	汉译
究夫勾撇果达桃，	不甘心来把歌唱，
床走喂寿勾从摆。	重逢要把实情谈。
阿乃蒙常勾猛告，	那天回去你卧床，
然猛告教喂拉岩。	知你生病把心担。
早尖培囊所尖朝，	糍粑和米都包上，
列会克蒙亚究改。	想来看你又不敢。
求革劳夯猛久召，	上村下寨都健康，
派派尼猛喂囊来。	偏偏让你把病患。
打巴拿能囊出觉，	老天偏心把人伤，
越得扑召越没解。	一想此事怒气满。
到猛呆纠你告教，	重病缠在你身上，
岩列剥然备修代。	生死就在一瞬间。
究然他能常走召，	福厚今天又遇上，
公操列岔刚蒙岩。	愁肠百结对你谈。
伢拈度蒙囊比觉，	悲泣趴你膝头上，
列刚蒙瓜喂叉栽。	要你抚慰止呜咽。

到他机梭机年阳·满心欢喜乐哈哈

苗语汉字记音	汉译
周昂刚策炯挡牙，	约会我等妹来到，
挡为炯照告巴抢。	坐在场尾等着她。
阿强挡克呕强岔，	头场不见二场找，
呕强久甲补强挡。	二场不见三场查。
前皮挡克高嘎瓦，	椽壁盼望青瓦罩，

挡盂瓦先勾浓档。	罩上新瓦挡雨洒。
松周机鸟炯嘎哈，	想妹心如蚕丝绞，
几抱机鸟勾搭挡。	十指长长把丝拉。
咱蒙脓呆启到他，	见妹到来我欢笑，
到他机梭机年阳。	满心欢喜乐哈哈。

巫秀囊巫胡几错·露水解渴不管用

苗语汉字记音	汉译
得策如努阿峨臭，	小伙长得像彩虹，
如努峨臭机公夯。	好似彩虹跨山谷。
久没尖来洽刚就，	未成朋友怕邀拢，
控就洽埋久控常。	想约怕你不愿走。
巫秀囊巫胡几错，	露水解渴不管用，
到除阿娃拉总想。	对唱一回总回顾。

如为绷召几磊笔·靓妹来自谁家楼

苗语汉字记音	汉译
走牙如为让栽栽，	小妹白嫩花一般，
比俅腊呕蹦抛勾。	花朵绽放在枝头。
难牙尼卡比尼徕？	问你姓梁或姓田？
如为绷召几磊笔？	靓妹来自谁家楼？
走牙如为让栽栽，	小妹白嫩花一般，
比俅腊呕蹦抛常。	鲜花绽放枝头上。
难牙尼卡比尼徕？	问你姓梁或姓田？
如为绷召几磊让？	靓妹来自哪一庄？

奴租勾照得让笼·你像画眉笼中住

苗语汉字记音	汉译
动蒙扑度高启兄，	听你讲话暖心肚，
偷勾扑刚喂兄启。	故意讲送我开心。
奴租勾照得让笼，	你像画眉笼中住，
如奴究呆刚剖齐。	好鸟我们不得拎。
得让阜告放题隆，	竹笼四面绿布覆，
机傩吉者放觉题。	笼前笼后布围紧。
出哼排蒙久到绷，	阿哥想妹妹难出，
得牙列绷拉费力。	阿妹想出也费劲。

蒙久拿牙喂容蒙·你不及妹思恋深

苗语汉字记音	汉译
蒙容喂囊蒙容要，	你想我时想得浅，
蒙久拿牙喂容蒙。	你不及妹思恋深。
同功保左打仲笑，	像蚕不吃欲结茧，
麻策锐烈哈泥农。	恋哥茶饭不思进。
机逃机无同能挠，	东奔西跑似疯癫，
麻哼然觉阿休猛。	想哥得了一身病。

磊磊几抢蹦就蒙·个个争抢花香枝

苗语汉字记音	汉译
周昂常呆弄昂炯，	如期相逢约会日，
飞衣久尼剖打磊。	赴约不只是我们。
溜巫如冲灵能兄，	井边清凉多人滞，
图冲告斗炯白能。	树荫底下坐满人。
磊磊几抢蹦就蒙，	个个争抢花香枝，

伢斗囊哼究改没。	唯我手短不敢争。
修老会常剖告莪，	只好返乡早告辞，
吉俩如来白巫格。	暗掉眼泪恋妹身。

延会勾喂延乐启・越走我心越澎湃

苗语汉字记音	汉译
久会会尖拿能头，	不走也走很多次，
延会勾喂延乐启。	越走我心越澎湃。
林英麻龙韩湘子，	林英爱恋韩湘子，
比俫山伯麻祝英。	好像山伯恋英台。

腊八专没别比扎・勒马笼头紧或松

苗语汉字记音	汉译
飞剖嘎刚能搏八，	约会莫让人打伤，
嘎刚秀欧能王法。	莫受妻子家法控。
告腊马逃筛比伢？	你家马绳短或长？
腊八专没别比扎？	勒马龙头紧或松？

倒卑都地列飞蒙・割下脑袋要恋郎

苗语汉字记音	汉译
延达延搏延求各，	越骂越打越上山，
延达延萌麻筛茸。	越骂越走高山岗。
久洽能搏能抽豆，	不怕人打把皮翻，
倒卑都地列飞蒙。	割下脑袋要恋郎。

阴功修要难冬仙·修行未果难得道

苗语汉字记音	汉译
飞埋到布拿磊各，	恋你得名像座山，
到布拿各拿茸筛。	消息传播像山高。
延会延药保勾傩，	和你越久越疏远，
延会勾傩延然埋。	越交下去越淡薄。
腊枞几冬窝要头，	祭祖求佛礼数短，
阴功修要难冬仙。	修行未果难得道。

坵兄冬腊害文难·人生在世我可怜

苗语汉字记音	汉译
坵兄冬腊害文难，	人生在世我可怜，
害剖得咛白白想。	害我一场白思恋。
如帕将劳能囊摆，	情妹嫁到另一边，
机枯吉如拿几江。	夫妻恩爱似蜜甜。
白白害咛八脚筛，	白白让我伤心肝，
蒙如蒙尖能囊帮。	你却成了人侣伴。

尼勾巫秀勾来瓜·餐风饮露和哥耍

苗语汉字记音	汉译
坤会谷剖久呆笔，	哥来看妹未进屋，
久到呆笔炯阿蛙。	不得进屋坐一下。
谷牙斗你拜腊抽，	看妹只在荒坡处，
炯照比各棒家叉。	坐在高坡野山洼。
略必略构几瓜纠，	采果送哥来填肚，
必肖必共刚来嘎。	送哥酸果耍嘴巴。

几果走着怕能補，　　遇上我们这傻姑，
尼勾巫秀勾来瓜。　　餐风饮露和哥耍。

出到启些打钢钢·铁石心肠把我丢

苗语汉字记音　　汉译
告周阿鄂你让件，　　筷子一双在筷筒，
斗打起周留高让。　　只剩一根筒中留。
打的召喂栽外外，　　突然离去无影踪，
出到启些打钢钢。　　铁石心肠把我丢。
常走常咱勾蒙奈，　　相遇相逢把你哄，
鲁几奈达拉究江。　　不搭不理不开口。

鲁几到娘尖笔能·怎么才得共枕眠

苗语汉字记音　　汉译
如乃巴斗你能整，　　骄阳照耀贵人院，
如郎巴斗能囊得。　　红日高挂富家天。
想蒙出崩斗尖皮，　　想你成夫梦里圆，
鲁几到娘尖笔能？　　怎么才得共枕眠？

剖磊牙要打磊启·我和妹妹心一条

苗语汉字记音　　汉译
剖磊牙要打磊启，　　我和妹妹心一条，
同图花奴吉炅高。　　好像树枝连着蔸。
记科呕鄂打得级，　　又像裤腿共裤腰，
嘎供究蒙究喂召。　　你我莫让情义丢。

破蒙刚尖崩告豆·追你让成我的夫

苗语汉字记音	汉译
破筛破些在列破，	掏心掏肺向你诉，
在列破些刚蒙枯。	诉苦让你怜爱我。
破蒙刚尖崩告豆，	追你让成我的夫，
免得奈咛出巴秋。	免得称你做表哥。

究兄召将勾机围·相伴终身不离弃

苗语汉字记音	汉译
巫莪急斗久囊彭，	水流地下悄无声，
偏计久咱计你几。	风吹不见风踪迹。
飞蒙飞喂将到共，	我俩相恋这一生，
究兄召将勾机围。	相伴终身不离弃。

偷勾出刚喂哉启·故意来让我心寒

苗语汉字记音	汉译
窝闹造筛拉究兄，	烙铁烫肝肝不热，
将夺窝棒拉究机。	放火烧山山不燃。
高启拿照阿仲同，	像刀扎进我心叶，
偷勾出刚喂哉启。	故意来让我心寒。

秀蒙得策从久地·恋哥情丝斩不断

苗语汉字记音	汉译
秀蒙得策从久地，	恋哥情丝斩不断，
该该麻蒙蒙究咱。	暗暗爱你你不晓。

烈农究想伢咱累，	茶饭不思瘦躯干，
告教累伢同同剐。	骨瘦如柴像刀削。

飞衣列龙腊呕求·恋爱要从二月起

苗语汉字记音	汉译
飞衣列龙腊呕求，	恋爱要从二月起，
腊呕阿囊如飞帮。	气温暖和好相会。
腊九腊各亚没豆，	九月十月霜下地，
腊炯亚没打忙央。	七月蚊子满天飞。

到陪高来八筛洪·陪哥让我心儿醉

苗语汉字记音	汉译
到陪高来八筛洪，	陪哥让我心儿醉，
八筛八龙能囊得。	心醉是因别人郎。
昂乃排来报昂弄，	夏天恋你到冬季，
昂弄排来通昂乃。	寒冬恋到夏日朗。

秀蒙高来如吉构·我爱老表好品性

苗语汉字记音	汉译
秀蒙高来如吉构，	我爱老表好品性，
该该秀蒙蒙究岩。	悄悄爱你你不知。
昂乃究崩洒巫秀，	夏天不怕露水浸，
昂弄久没洽耐哉。	冬天不惧寒风刺。

久控常飞能及能·不肯再会我兄弟

苗语汉字记音	汉译
打起告周留起让，	一只筷子在笼内，
偷勾久刚没呕得。	故意不让两只齐。
撒度究包阿磊昂，	相会约日你不给，
久控常飞能及能。	不肯再会我兄弟。

尼达蒙伢将常先·若死你哭能复活

苗语汉字记音	汉译
杂杂没害如高启，	你心真好性慈悲，
动蒙扑如头机年。	听你讲话我快乐。
猛到呆纠然蒙陪，	病患上身得你陪，
尼达蒙伢将常先。	若死你哭能复活。

刚拿打磊能骂毕·要像同一父母养

苗语汉字记音	汉译
勾蒙机枯尼得麻，	相爱我俩是遗孤，
得公得麻出阿勾。	孤儿孤女交朋友。
会蒙会喂出奶玛，	要当父母相互拜，
刚拿打磊奶玛叟。	要像同一父母育。
勾蒙机枯尼得麻，	相爱我俩是遗孤，
得公得麻出阿弟。	孤儿孤女结成双。
会蒙会喂出奶骂，	要当父母相互拜，
刚拿打磊奶骂毕。	要像同一父母养。

勾会剖冬蒙泥常·来路已断你难回

苗语汉字记音	汉译
飞衣龙来乃乃会，	和你相恋常约会，
阿郎飞飞蒙想方。	恋爱途中你反悔。
能勾蒙坡勾几地，	情路你挖变荒废，
勾会剖冬蒙泥常。	来路已断你难回。

克列到农究呆斗·眼看到口尽失去

苗语汉字记音	汉译
巫当高讥蒙扒卡，	满塘深水你放干，
久到高得勾叟谋。	没有水塘来养鱼。
机凯牙要龙觉那，	白白与你好一番，
飞蒙久到勾尖笔。	爱你不得成伴侣。
打磊查弄高喵嘎，	自己张嘴咬舌烂，
克列到农究呆斗。	眼看到口尽失去。
巫当高讥蒙扒卡，	满塘深水你放干，
久到高得勾叟棉。	没有塘水养肥鲤。
机凯牙要龙觉那，	白白与你好一番，
飞蒙久到勾尖来。	相爱不得常相依。
打磊查弄高喵嘎，	自己张嘴咬舌烂，
克列到农鸟究呆。	眼看到口尽失弃。

你冬拉尼打儿能·人生只有这辈子

苗语汉字记音	汉译
你冬拉尼打儿能，	人生只有这辈子，
挂觉勾者岩究磊。	过了以后谁知谁。

飞蒙将到勾尖崩，	相爱要得成家室，
答些龙牙嘎机白。	死心和妹莫相违。

飞衣儿让拿几抠·年轻爱恋心疲倦

苗语汉字记音	汉译
久到飞蒙拿地球，	不得会你像断盐，
久到飞来拿地先。	不得恋妹像缺油。
飞衣儿让拿几抠，	年轻爱恋心疲倦，
久洽在抠列飞埋。	再苦也要把你求。

到飞高来召久到·得会小妹难割舍

苗语汉字记音	汉译
到飞高来召久到，	得会小妹难割舍，
排乃排芒想机彭。	日日夜夜都想见。
拉勾机乃出芒叫，	错把白天当黑夜，
奈腊勾出机乃通。	把月当作日头现。
喂勾卑中出夯告，	误将卑位当尊侧，
拉勾夯告出卑中。	错把主方当客边。

吉如萨同阿鄂周·相恋好比筷一双

苗语汉字记音	汉译
吉如萨同阿鄂周，	相恋好比筷一双，
同周阿双斗打七。	好像筷子丢一只。
刚喂大锐大久求，	让我夹菜夹不上，
久求伢浓害觉策。	害哥有肉不得吃。

得咛果撒果卑磊·男儿唱歌唱四句

苗语汉字记音	汉译
得咛果撒果卑磊，	男儿唱歌唱四句，
卑磊比俅阿吧打。	四句好似手指并。
比俅朝碾挂高且，	又像米粒过风车，
高几告卖久没咱。	谷壳角米都吹净。
牙要果撒果卑磊，	男儿唱歌唱四句，
卑逃卑磊尖阿罘。	四句组成歌一首。
比俅磊剥挂高且，	好像稻谷过风车，
告苦告卖久没咱。	谷壳杂质都飞走。

周昂卡拿尖机瓜·约日相会变谎话

苗语汉字记音	汉译
修老浓腊拉打不，	动脚突然大雨落，
浓笆越腊拉越答。	瓢泼大雨不停下。
鲁磊刚帕叉供图，	这才让妹干等着，
周昂卡拿尖机瓜。	约日相会变谎话。

愿飞久洽浓廷俄·若爱不怕打湿衣

苗语汉字记音	汉译
斗从究斗拿磊弄，	情谊不及小米大，
斗从久拿阿磊弱。	情分不如高粱米。
泥飞机派冬答浓，	不来谎说是雨下，
愿飞久洽浓廷俄。	若爱不怕打湿衣。

奈剖机常剖拉控·要我回来我也乐

苗语汉字记音	汉译
奈剖机常剖拉控，	要我回来我也乐，
机常炅会阿得改。	哪怕多走一条坎。
果撒剖埋阿勾炯，	得你对歌一起坐，
今倒兄牙喂囊筛。	顿时温暖妹心肝。

家处会尖能勾先·草丛走成宽阔路

苗语汉字记音	汉译
能勾冬锐袍袍会，	路上草多勤走转，
家处会尖能勾先。	草丛走成宽阔路。
会萌会常锐乍地，	来往野草都踩断，
飞蒙袍袍刚尖来。	勤走恋妹成媳妇。

久洽锐锰锐留千·不怕你是鬼针草

苗语汉字记音	汉译
久洽锐锰锐留千，	不怕你是鬼针草，
究崩吉改咛俄题。	不怕你沾我布衣。
尼到尖衣喂机年，	得你做妻我欢笑，
尖欧各豆喂兄启。	有你做妻我心喜。

高来久盂生虐启·亲戚不走会疏掉

苗语汉字记音	汉译
能勾久会生呆锐，	道路不走会长草，
呆图花奴机恰夯。	还会长树遮山沟。
高来久盂生虐启，	亲戚不走会疏掉，

袍袍飞衣袍袍常。　　要常往来常常走。

斗揉究尖喂囊来·虽近不得你为伴

苗语汉字记音	汉译
会得能勾修巫秀，	行走小道沾雨露，
巫秀修少锐柳千。	鬼针也有雨露沾。
如秋如来你告揉，	妙龄青年在近处，
斗揉究尖喂囊来。	虽近不得你为伴。

早然培兄久列莫·打好糍粑不用扭

苗语汉字记音	汉译
如为斗炯告能勾，	靓妹家住大路边，
如帕你照高卑搓。	靓女住在坎下头。
飞衣告揉刚尖笔，	想恋近邻把亲连，
早然培兄久列莫。	打好糍粑不用扭。

乃腊机咱弄不陡·日月相见很美妙

苗语汉字记音	汉译
得帕如会腊脓走，	姑娘乱走就碰到，
如会腊走能囊邦。	乱走碰到别人友。
乃腊机咱弄不陡，	日月相见很美妙，
同戎吉浓打中夯。	龙凤飞舞在冲口。
得帕如会腊脓走，	姑娘乱走就碰到，
如会腊走能囊不。	乱走碰到别人郎。
乃腊机咱弄不陡，	日月相见很美妙，
同戎吉浓打中读。	龙凰飞舞冲中央。

机相走蒙尖如皮·未成遇你做好梦

苗语汉字记音	汉译
机相走蒙尖如皮，	未成遇你做好梦，
相走尖皮高头当。	未遇把梦做在前。
皮喂龙蒙出勾会，	梦到与你一路行，
斗宠如为周机刚。	手拉美女笑声甜。
机相走蒙尖如皮，	未成遇你做好梦，
相走尖皮高头觉。	未遇做梦在前头。
皮喂龙蒙出勾会，	梦到与你一路行，
斗宠如为周穷穷。	手拉美女笑着走。

尼芒皮脚戎娃乃·昨夜梦见虹绕日

苗语汉字记音	汉译
尼芒皮脚戎娃乃，	昨夜梦见虹绕日，
皮戎娃腊刚王羊。	梦见彩虹绕月亮。
如会他能走能得，	不期巧遇好男子，
走咛巴秋如撒刚。	遇到老表把歌唱。
尼芒皮脚戎娃乃，	昨夜梦见虹绕日，
皮戎娃腊刚旺觉。	梦见彩虹绕月上。
如会他能走能得，	不期巧遇好男子，
走咛巴秋如撒出。	遇到老表把歌放。

儿让召老嘎呆改·阿哥伤脚莫烦躁

苗语汉字记音	汉译
难为得策炯吉芒，	感谢小伙夜里陪，
不重前前勾沙摆。	夜晚对歌把夜熬。
久没高勾高回刚，	没有座椅来赠馈，
炯照家锐虐彩彩。	坐凳青青是嫩草。
召老袍穷机磊向，	脚撞出血药谁给，
恰老摆豆机磊派。	脚板的刺谁人挑。
韦蒙韦喂高儿让，	为了青春好年岁，
儿让召老嘎呆改。	阿哥伤脚莫烦躁。
没约拉沛列搏刚，	有牛应宰来安慰，
没笆拉捧搏挡来。	有猪该杀待老表。
列搏阿峨约麻壮，	要杀一头牛最肥，
捧机阿借烈糯先。	该蒸一甑饭犒劳。

仁宗摆竹所岔帮·院门关紧会旧识

苗语汉字记音	汉译
得策斗你者村炯，	小伙来到院门外，
学松扑度洽能狼。	悄声说话怕人知。
机蛙高某常萌动，	竖起耳朵探实在，
动玛蝈东被机相。	看父睡觉实不实。
该该仁竹勾吉宗，	偷偷关门不让开，
仁宗摆竹所岔帮。	院门关紧会旧识。
得策斗你者村炯，	小伙坐在院门外，
学松扑度洽能岩。	悄声说话怕听见。
机蛙高某常萌动，	竖起耳朵探实在，
动玛蝈东被蝈免。	看父睡觉深或浅。
该该仁竹勾吉宗，	偷偷关门不让开，
仁宗摆竹所岔来。	院门关紧把哥看。

秀蒙同秀得蹦抛·恋你像恋一朵花

苗语汉字记音	汉译
秀蒙同秀得蹦抛，	恋你像恋一朵花，
吉俅忙得秀蹦锐。	好像蜜蜂恋花蜜。
然咛勾儿勾萨老，	得你相伴到白发，
鲁磊忙娘喂囊启。	这才满足我心意。
秀蒙同秀得蹦抛，	恋你像恋一朵花，
吉俅忙得秀蹦先。	好像蜜蜂恋花蕊。
然咛勾儿勾萨老，	得你相伴到白发，
鲁磊忙娘喂囊筛。	这才满足我心扉。

蹦抛斗你弄卑坝·好花开在悬崖上

苗语汉字记音	汉译
蹦抛斗你弄卑坝，	好花开在悬崖上，
斗你卑坝麻筛夯。	开在高高悬崖边。
吉架略蹦略久甲，	伸手摘花摘不到，
求坝究冬劳坝常。	上崖受阻下崖转。
蹦抛斗你弄卑坝，	好花开在崖高峭，
斗你卑坝麻筛各。	开在高高悬崖壁。
吉架略蹦略久甲，	伸手摘花摘不到，
求坝究冬劳坝者。	上崖受阻下崖回。

瓜剖牙要久没欧·骗我阿妹没妻配

苗语汉字记音	汉译
没欧瓜牙东久没，	你有妻室讲没有，
瓜剖牙要久没欧。	骗我阿妹没妻配。

劳处喂咱埋呕磊，
芒叫呕磊常打勾。

上坡看见你俩走，
回家两人一路回。

没欧瓜牙东久没？
瓜剖牙要久没邦？
劳处喂咱埋呕磊，
芒叫呕磊打勾常。

你有妻室讲没有？
骗我阿妹有没有？
上坡看见你俩走，
回家两人一路同。

如蹦夺穷尖高江·好花鲜红一朵朵

苗语汉字记音

蹦夺斗蒙剖囊拜，
如蹦夺穷尖高江。
准能克错究准歪，
克错究兄供斗胖。

蹦夺斗蒙剖囊拜，
如蹦夺穷尖高不。
准能克错究准歪，
克错究兄供斗鲁。

汉译

鲜花开在我家园，
好花鲜红一朵朵。
不能采来只能看，
可看不可用手摸。

鲜花开在我家园，
好花鲜红一束束。
不能采来只能看，
可看不可用手抚。

久到必农奈必江·果未到口总觉甜

苗语汉字记音

久到必农奈必江，
农呆嘎弄叉岩肖。
久到尖衣腊总想，
尖欧告豆叉岩操。

久到必农奈必江，
农呆嘎弄叉岩唉。

汉译

果未到口总觉甜，
吃到口里才知酸。
还未成妻总是恋，
成妻方知意难满。

果未到口总觉甜，
吃到口里才知苦。

久到尖衣腊总想，	还未成妻总是恋，
尖欧告豆叉岩怀。	成妻方知意难舒。

到蒙尖笔拿几如·与你成家真有福

苗语汉字记音	汉译
到蒙尖笔拿几如，	与你成家真有福，
尼到同蒙喂究光。	娶妻像你我甘心。
休松供考萌坡路，	一心拿锄去挖土，
出茶没蒙吉后郎。	耕作有你来帮衬。
到蒙尖笔拿几如，	与你成家真有福，
尼到同蒙喂究拐。	娶妻像你我甘愿。
休松供考萌坡路，	一心拿锄去挖土，
出茶没蒙后郎呆。	耕作有你伴身边。

飞剖嘎要能嘎炅·约我不如他人多

苗语汉字记音	汉译
飞剖芶耶隔觉巫，	我们路远隔大河，
告揉囊衣如机力。	不如路近易约会。
飞剖嘎要能嘎炅，	约我不如他人多，
阿炅旁郎呆阿回。	一年到头约一回。
飞剖芶耶隔觉巫，	我们路远隔大河，
告揉囊衣如机钢。	不如路近易相见。
飞剖嘎要能嘎炅，	约我不如他人多，
阿炅旁郎呆阿娘。	一年到头会一面。

鲁几到娘蒙尖来·怎能与你长相守

苗语汉字记音	汉译
得得告勾花锐让，	小路旁边长嫩草，
改腊花锐虐采采。	长在田坎绿油油。
想蒙出欧到久娘，	想你为妻得不到，
鲁几到娘蒙尖来。	怎能与你长相守。
得得告勾花锐让，	小路旁边长嫩草，
改腊花锐虐初初。	长在田坎绿茵茵。
想蒙出欧到久娘，	想你为妻得不到，
鲁几到娘蒙尖不。	怎能与你联成姻。

告大将帕配夫埋·天降美女做你妻

苗语汉字记音	汉译
图同腮到呕得岱，	芒杆选得两根齐，
腮到阿双岱同同。	选得一双直竖竖。
告大将帕配夫埋，	天降美女做你妻，
生如蒙尖能囊崩。	情哥成了别人夫。
图同腮到呕得岱，	芒杆选得两根齐，
腮到阿双岱晒晒。	选得一双直统统。
告大将帕配夫埋，	天降美女做你妻，
生如蒙尖能囊来。	情哥别人喊相公。

走蒙加喂囊公害·相遇增添我伤感

苗语汉字记音	汉译
拉捧剖蒙嘎常改，	你我最好不再见，
腊如嘎走嘎常扑。	最好不遇不再说。

走蒙加喂囊公害，　　相遇增添我伤感，
同笼召乃召者枯。　　如竹遭旱难成活。

喂麻龙那啥相架·与哥相恋变傻瓜

苗语汉字记音　　汉译
飞衣龙来伢啥成，　　和你相爱人憔悴，
喂麻龙那啥相架。　　与哥相恋变傻瓜。
罗坤玉霜从久地，　　罗坤玉双长相随，
罗灿巧云机勾搭。　　罗灿巧云把手拉。
金花所龙薛仁贵，　　金花私奔薛仁贵，
山伯麻龙英台帕。　　山伯英台成佳话。

久甲出勾拿几难·不成夫妻实在难

苗语汉字记音　　汉译
炯洒巫秀尖阿期，　　长夜相会露水披，
剖蒙从如些机连。　　心心相印情相连。
如从久到高得比，　　我俩情谊无处比，
比出西虐王宝钏。　　比作古时王宝钏。
林英吉俩韩湘策，　　林英湘子常惦记，
久甲出勾拿几难。　　不成夫妻实在难。

炯洒巫秀尖阿期，　　长夜相会露水披，
剖蒙从如些机力。　　心心相印心相随。
如从久到高得比，　　我俩情谊无处比，
比出西虐宝钏为。　　比作古时宝钏妹。
林英吉俩韩湘策，　　林英湘子常惦记，
久甲出勾拿几瘘。　　不做夫妻心难遂。

召乃召虐拉列飞·费工费时也要追

苗语汉字记音	汉译
飞飞久到蒙尖帮，	相爱已久难成对，
想召害囊究吼筛。	未能成亲心不甘。
召虐拿几拉究光，	误工再多无所谓，
召乃召虐拉列歪。	费工费时也要玩。
飞飞久到蒙尖帮，	相爱已久难成对，
想召害囊究吼启。	未能成亲不气馁。
召虐拿几拉究光，	误工再多无所谓。
召乃召虐拉列飞，	费工费时也要追。

拉捧出夺刚蒙让·好想变柴让你捆

苗语汉字记音	汉译
究磊得帕你告棒，	谁家姑娘在山林，
蒙尼究磊囊勾梅。	你是谁家的妹亲。
拉捧出夺刚蒙让，	好想变柴让你捆，
出图刚蒙课阿得。	做树让你砍一根。
究磊得帕你告棒，	谁家姑娘在山林，
蒙尼究磊囊如欧。	你是谁家的女子。
拉捧出夺刚蒙让，	好想变柴让你捆，
出图刚蒙课阿勾。	做树送你砍一枝。

出图刚蒙课阿得·变树让你砍一根

苗语汉字记音	汉译
蒙尼究磊迷勾梅，	你是哪个的妹亲，
让夺斗炯棒茹你。	打柴来到山林里。

出图刚蒙课阿得，　　变树让你砍一根，
不劳弄机所几几。　　背在背笼跑得急。

蒙尼究磊迷勾梅，　　你是哪个的妹亲，
让夺斗炯棒茹改。　　打柴来到了深山。
出图刚蒙课阿得，　　变树让你砍一根，
不劳弄机所机台。　　背在背笼跑得欢。

吉俩久没能勾谷·相思没有路可奔

苗语汉字记音　　汉译
弥磊扎共弥召哄，　　每个山头每层雾，
弥图花奴虐采采。　　树树新叶绿油油。
机力久到能勾通，　　想念没有直达路，
吉俩久没能勾呆。　　相思没有路可走。

弥磊扎共弥召哄，　　每个山头每层雾，
弥图花奴虐粗粗。　　树树新叶绿茵茵。
机力久到能勾通，　　想念没有直达路，
吉俩久没能勾谷。　　相思没有路可奔。

头排勾羊刚蒙派·赠你花带系在腰

苗语汉字记音　　汉译
求夯求共略必比，　　上山去采猴栗果，
吉洋告巫略必棉。　　沿沟去摘水麻莅。
到吋尖笔喂吼启，　　与哥成家我心乐，
头排勾羊刚蒙派。　　赠你花带系在腰。

求夯求共略必比，　　上山去采猴栗果，
吉洋告巫略必鲁。　　沿沟去摘水麻樱。
到吋尖笔喂吼启，　　与哥成家我心乐，
头排勾羊刚蒙不。　　赠你花带系在身。

乃几然娘出阿笔·何日与你住一屋

苗语汉字记音	汉译
图明尖必久没夺，	枫树结果无花苞，
图求花奴机哈常。	柳枝倒挂枝条长。
克蒙克喂久没错，	看你看我看不饱，
乃机然娘出阿让？	何日与你住一庄？
图明尖必久没夺，	枫树结果无花苞，
图求花奴机哈勾。	柳枝倒挂枝成簇。
克蒙克喂久没错，	看你看我看不饱，
乃几然娘出阿笔？	何日与你住一屋？

喂溶蒙囊同巫袍·妹妹想哥如泉趵

苗语汉字记音	汉译
蒙溶喂囊蒙溶要，	哥爱阿妹爱得少，
溶灵溶要喂腊岩。	爱深爱浅妹有数。
喂溶蒙囊同巫袍，	妹心想哥如泉趵，
比俅巫超弄卑改。	好似瀑布水涌出。
蒙溶喂囊蒙溶要，	哥爱阿妹爱得少，
溶灵溶要喂腊估。	爱深爱浅妹知晓。
喂溶蒙囊同巫袍，	妹妹想哥如泉趵，
比俅巫超弄卑读。	好似瀑布水滔滔。

久没到呆桥腊瓜·没有得走桥也断

苗语汉字记音	汉译
桥笼嘎你弄卑坝，	竹桥修在悬崖边，
桥图嘎你弄卑读。	木桥架在河沟口。

久没到呆桥腊瓜，　　没有得走桥也断，
久没到会桥腊觉。　　没有得上桥也朽。

桥笼嘎你弄卑坝，　　竹桥修在悬崖边，
桥图嘎你弄卑夯。　　木桥架在河沟中。
久没到呆桥腊瓜，　　没有得走桥也断，
久没到会桥腊桑。　　没有得上桥也松。

从如比茄浓嘎阳·深情厚谊赛黄金

苗语汉字记音　　汉译
机坚高来囊从充，　　铭记阿哥的情义，
阿虐机坚呆瓦囊。　　一直没忘记到今。
能策列飞被列兄，　　问哥要恋或放弃，
列飞列兄在蒙想。　　要恋要分随你心。
图哄休常茸吉洞，　　莫像吕洞云雾起，
出得浓笆机瓜壮。　　假装阵雨要来临。
共刀茶外尬刚农，　　丝瓜做菜炒给你，
从如比茄浓嘎阳。　　深情厚谊赛黄金。

胡巫列岔高卑溜·饮水要把源头找

苗语汉字记音　　汉译
胡巫列岔高卑溜，　　饮水要把源头找，
卑溜劳棒久没哉。　　泉水流出水不凉。
出尖豆后列苁拖，　　做好豆腐赶快舀，
拖腊豆后究尖块。　　舀慢豆腐变成汤。
糯先腊炯列苁搏，　　七月稻熟要收早，
搏腊糯热亚生呆。　　迟收谷落新芽长。

胡巫列岔高卑溜，　　饮水要把源头找，

卑溜劳棒久没胡。	泉水流出口难入。
出尖豆后列苁拖，	做好豆腐赶快舀，
拖腊豆后久尖不。	舀慢豆腐不凝固。
糯先腊炯列苁搏，	七月稻熟要收早，
搏腊糯热亚生虐。	迟收谷落新芽出。

咱策能奈喂囊框·都说哥是我情郎

苗语汉字记音	汉译
布同龙策龙巫求，	相恋名声随水流，
咱策能奈喂囊框。	都说哥是我情郎。
久没到扑拿机怄，	没有恋过我很怄，
阿害度囊召能抢。	这些谣传是冤枉。
布同龙策龙巫求，	相恋名声随水流，
咱策能奈喂囊衣。	都说哥是我情人。
久没到扑拿机怄，	没有恋过我很怄，
阿害度囊召能亏。	这些谣传伤我心。

忙德岔蹦用几记·蜜蜂采花成双对

苗语汉字记音	汉译
如蹦夺斗埋摆笛，	好花开在花园内，
摆笛夺蹦就萌羊。	园内花开园外香。
忙德岔蹦用几记，	蜜蜂采花成双对，
排乃弟岔巫糖江。	天天来采花蜜糖。
如蹦夺斗埋摆笛，	好花开在花园内，
摆笛夺蹦就萌觉。	园内花开香气盈。
忙德岔蹦用几记，	蜜蜂采花成双对，
排乃弟岔巫糖胡。	天天来找糖水饮。

从如机围将卜召·以往情意全抛弃

苗语汉字记音	汉译
剖埋吉如尖阿齐，	我俩相爱有时日，
乃乃虐虐总机交。	日日夜夜不分离。
没姑从如召机围，	而今恋情你漠视，
从如机围将卜召。	以往情意全抛弃。

召楼常咱奈逑如·久别重逢咋称哥

苗语汉字记音	汉译
召楼常咱奈逑如，	久别重逢咋称哥，
鲁几弟奈机勾埋。	如何称呼你才好。
奈出能力扑挂度，	若称生人又约过，
列奈出来洽能抬。	想叫情哥怕人笑。

腮磊如虐常克埋·选个吉日看你们

苗语汉字记音	汉译
腊巴当孟端午水，	五月盼望端午节，
腊照当克昂农先。	六月等待来吃新。
当孟昂几亚常批，	待到几时工夫歇，
腮磊如虐常克埋。	选个吉日看你们。

尼蒙能罖机扁帕·怕哥是把妹来骗

苗语汉字记音	汉译
克咛果撒生拉生，	阿哥唱歌唱得好，
动蒙果如勾筛白。	歌声触动妹的心。
得咛麻喂久没启，	阿哥恋妹不可靠，
尼蒙能罖机扁喂。	怕哥骗妹的真情。

克吁果撒生拉生，阿哥唱歌唱得好，
动蒙果如勾筛八。歌声触动妹心田。
得吁麻喂久没启，阿哥恋妹不可靠，
尼蒙能罖机扁帕。怕哥是把妹来骗。

机枯吉如告比哥·和睦恩爱发如霜

苗语汉字记音	汉译
飞衣袍袍尖阿冈，	热恋情浓时日久，
蒙弟洽喂到巧歌。	妹莫怕哥坏心肠。
达尼蒙尖喂囊帮，	若是你成我妻后，
出那枯牙拿几诺。	照顾爱妻我擅长。
劳强蒙宁弥花常，	哥买棉花装在篓，
尼琼后牙俩机略。	我来挽纱妹来纺。
江诗喂后图诗姜，	洗纱我拿杆在手，
记诗喂供巴机莫。	拧纱的事我来上。
出题扎绍后没郎，	织布掉梭有我收，
克巫喂后牙萌拖。	喝水喂到你口旁。
机炅劳处机炅常，	上工收工一路走，
机枯吉如告比哥。	和睦恩爱发如霜。

原飞嘎洽标勾冬·恋爱莫怕农活忙

苗语汉字记音	汉译
原飞嘎洽标勾冬，	恋爱莫怕农活忙，
标查将埋拉列常。	再忙也要来会我。
蒙西乃虐喂召蹦，	绣花功夫我要放，
蒙将头偷喂将郎。	你不看书我搁梭。

计偏尼喂囊表孟·风吹是我魂飘荡

苗语汉字记音	汉译
计偏筛筛蒙冬弄，	微风习习你觉凉，
计偏睡睡蒙冬哉。	寒风呼呼又觉冷。
计偏尼喂囊表孟，	风吹是我魂飘荡，
尼古牙要囊表呆。	是我妹妹魂牵萦。

冬腊究斗得丘能·在世不羡人富裕

苗语汉字记音	汉译
毕剖撒袍久没斗，	答我苗歌理说尽，
毕齐毕脚究斗得。	歌意还足尚有余。
果如阿启撒水口，	腹中一腔即兴韵，
本尼如来策角色。	表弟美名真不虚。
究磊到咛尖阿笔？	哪个得与你成亲？
冬腊究斗得丘能。	在世不羡人富裕。
蒙冲勾寿求剖笔，	你若请媒来联姻，
究兄吉吹阿吼得。	话说推辞没一句。

斗揉亚没尬度修·近友头上遮云朵

苗语汉字记音	汉译
揉夺久没高夺头，	近山没有柴火烤，
揉巫久到溜巫当。	近水不得泉水饮。
斗药囊来尖吉揉，	远朋也会成近交，
斗揉亚没尬度汤。	近友头上有浮云。
揉夺久没高夺头，	近山没有柴火烤，
揉巫久到溜巫者。	近水不得泉水喝。
斗药囊来尖吉揉，	远朋也会成近交，
斗揉亚没尬度修。	近友头上遮云朵。

得那哥如同磊培·小伙白得像糍粑

苗语汉字记音	汉译
得那哥如同磊培，	小伙白得像糍粑，
拿几哥如同培糯。	好像糍粑白又白。
没到没蒙特特克，	想来娶你天天瞧，
供照高斗强龙剖。	捧到手掌揣在怀。

得帕生如刚能愿·阿妹生得惹人爱

苗语汉字记音	汉译
得帕生如刚能愿，	阿妹生得惹人爱，
拿几生如同召蹦。	天生好像花一朵。
没到没蒙图大千，	采得采你头上戴，
供照高斗强强封。	拿来边看边吻着。

飞来久洽能勾芶·相会不怕路程远

苗语汉字记音	汉译
牙要周昂包呆喂，	阿妹带信约相会，
飞来久洽能勾芶。	相会不怕路程远。
斗从吉上勾剖克，	有情快把我们陪，
机灵常会启叉吼。	常来常往心喜欢。

宜琼后牙拉机略·妹妹纺纱我挽线

苗语汉字记音	汉译
牙要供巫胎叫当，	妹妹挑水我架罐，
照朝后帕勾巫拖。	下米帮你舀水掺。
出题扎绍后没郎，	织布掉梭我来捡，
宜琼后牙拉机略。	妹妹纺纱我挽线。

谋你告迯列巫叟·鱼在塘里要水养

苗语汉字记音	汉译
愿会嘎出呕磊启，	相爱莫有两心意，
相然尖衣嘎召斗。	未成夫妻手莫放。
谋列巫叟朗巫你，	鱼要水养在塘里，
谋你告迯列巫叟。	鱼在塘里要水养。

没从龙咛购儿头·有情与郎共白头

苗语汉字记音	汉译
没从龙咛购儿头，	有情与郎共白头，
将拿山伯勾英台。	要像山伯爱英台。
愿蒙久恰蒙巧笔，	爱你不怕你屋丑，
久洽特抽特教解。	不怕屋顶树皮盖。

阿磊从如头难松·苦恋情痴难解开

苗语汉字记音	汉译
机冬你略灵得它，	人生在世多曲折，
阿磊从如头难松。	苦恋情痴难解开。
出咛延相延无花，	哥我越想越迷惑，
没度高启扑究崩。	口中有话说不开。
缘份修加拿能差，	缘分修得这么薄，
久然坵兄阿勾脓。	不得投胎一路来。
龙来吉除剖岩腊，	和妹唱歌时机过，
久控刚那岩机苁。	怎不让哥早明白。
阿日岩帕儿高巴，	遇见阿妹年岁过，
西霸岩蒙儿挂冬。	待到相识岁已衰。
如来将求能囊哈，	表妹许婚他村落，
如衣将劳能冬萌。	阿妹许嫁别村寨。

尖必麻如能巧恰，	好果已被刺棘锁，
必江麻如尼能能。	果实鲜美空垂爱。
阿儿自尼亏觉那，	这世亏了我一个，
久没命秀松方风。	无命无缘自悲哀。
久然尖来褡大巴，	不得成亲骂天错，
斗龙阎王勾理拼。	唯找阎王评理来。

鲁几到度勾包蒙·不知怎么告诉你

苗语汉字记音	汉译
阿祝告锐光棍草，	这是一株荸荠草，
图让栽栽锰拉锰。	嫩茎生得绿茵茵。
蜡兄蜡挂哈机交，	葛藤构皮皆缠绕，
打磊修照弄家同。	唯我独在草丛隐。
出到出得排排脑，	能变变成蝴蝶飘。
排奴机年告家蹦。	恋花总在花丛奔。
想蒙久到度岱包，	想你无话直相告，
努几到度勾包蒙。	不知怎么告诉你。
列求打茸能古老，	要到天宫问月老，
再劳打夯能仙戎。	再到地上问媒人。

告大将文配夫蒙·上天安排我配君

苗语汉字记音	汉译
比各囊锐没迷棒，	山中野草有几片，
告图棒茹没迷茸。	山里树木有几岭。
兄炯机交蜡尖矿，	青藤缠绕成圈圈，
迷兄告蜡专机公。	藤蔓缠绵交纵横。
咱姑忙德用出忙，	看见蜜蜂成群旋，
忙德中秀告召蹦。	蜜蜂迷恋鲜花心。
古老打戎将觉抗，	月老已经放了言，

格腊将觉为仙戎。	月老指配女仙人。
将喂努几萌出娘？	要我现在怎么选？
告大将文配夫蒙。	上天安排我配君。

机弱浓笆常俩尖·快把大雨往下落

苗语汉字记音	汉译
常走列扑刚蒙动，	重逢要与你细谈，
勾度包策尼破筛。	肺腑之言告诉哥。
没启没些勾剖龙，	你若有意来结伴，
飞来常求百草改。	再来高山青草坡。
卡者求各茸吉洞，	天旱求雨吕洞山，
奈古尬度机常偏。	要叫云朵往回挪。
腊巴卡者常达浓，	五月天干把雨唤，
机弱浓笆常俩尖。	快把大雨往下落。

飞衣久到勾尖笔·不得携手共此生

苗语汉字记音	汉译
常走列受刚冲白，	重逢要把话说清，
能咛斗从被究斗？	问哥是否还有情？
到布飞来龙能得，	和你相恋是虚名，
飞衣久到勾尖笔。	不得携手共此生。

扑召克帕上豆老·说要看妹快步跑

苗语汉字记音	汉译
飞蒙到布浓江江，	和你相恋得美名，
久就总想勾蒙告。	未邀也想把你瞧。
高桥赳如究生桑，	情桥修好不会崩，
拱如拉拿洛阳桥。	坚固好比洛阳桥。

图明久夺蹦告江，　　枫树不开花儿盛，
该该尖必图刀腰。　　暗地结果满枝条。
然埋周度强强常，　　得你相约常来临，
扑召克帕上豆老。　　说要看妹快步跑。

阿磊得琼不巫腊·我如水车灌田水

苗语汉字记音　　汉译
阿磊得琼不巫腊，　　我如水车灌田水，
机江几尼你斗拜。　　滚来滚去在河滨。
几乃几批脓陪牙，　　白天不能来陪妹，
几芒共撒脓陪埋。　　夜晚用歌陪你们。

阿磊得琼不巫腊，　　我如水车灌田水，
机江几尼你斗茸。　　滚来滚去在河堤。
几乃几批脓陪牙，　　白天不能来陪妹，
几芒共撒脓陪蒙。　　夜晚用歌来陪你。

奈咛尚变出忙德·叫你赶快变蜜蜂

苗语汉字记音　　汉译
得帕壮岭炯剖屋，　　妹妹长大闺房待，
蹦夺斗你剖囊者。　　像花开放在楼庭。
得策蒙想略蹦涂，　　小伙若想把花采，
奈咛尚变出忙德。　　叫你赶快变蜜蜂。

到咛出崩阿儿能·得哥做夫伴终身

苗语汉字记音　　汉译
鲁剖几尼机磊欧，　　妹妹未成别人妻，
得帕乡尼能囊能。　　小女未是别家人。

同嘎保告几没蹂，	好像公鸡没窝栖，
弱图休巴几没磊。	芭谷雄秆无果生。
腊如到蒙出阿笔，	如能得做你的妻，
到咛出崩阿儿能。	得哥做夫伴终身。

出公岔共包蒙喂·成为故事名传飞

苗语汉字记音	汉译
白白害帕勾蒙梦，	白白害我爱恋你，
梦梦奈剖出勾梅。	如今我俩成兄妹。
常萌立碑几坚咛，	刻碑来把此情记，
立碑几趔刚能克。	要让世人见此碑。
立你扎各告得雄，	碑立路边山坳里，
立求告茸比各设。	立在山岭好穴位。
刚能勾出公岔共，	让人当作故事议，
出公岔共包蒙喂。	成为故事名传飞。

安松刚尖蒙囊牙·一心要当你新娘

苗语汉字记音	汉译
飞衣龙策炯茸擦，	和哥相会在山岗，
如度扑齐脚牙牙。	肺腑之言都讲完。
排蒙尼文打磊麻，	想你让我独忧伤，
想召如从伢怕怕。	情到深处泪涟涟。
斗策囊从毕几甲，	欠哥的情还不上，
几到毕从害喂加。	还情不上我羞惭。
麻炎斗启刚剖骂，	要怪只怪爹要强，
勾为讲求能阿恰。	把我许配另一边。
共钱送龙没达罢，	聘金送来几大箱，
能劳者竹占休巴。	下了聘礼草标缠。
能占休巴能到它，	捆草标人得欢畅，

刚为到害公操架。	让妹心忧肝肠断。
斗从挡帕呕达腊，	等我几月心莫慌，
列共培糖退刚扎。	要把聘礼全退还。
安松刚尖蒙囊牙，	一心要当你新娘，
尚供几明炅几哈。	快安鱼篆等鱼钻。

同蹦夺照麻筛勾・蓓蕾初开在枝头

苗语汉字记音	汉译
蒙同阿召得蹦让，	你像一朵娇艳花，
同蹦夺照麻筛勾。	蓓蕾初开在枝头。
喂想略蹦到几娘，	我想摘花无办法，
鲁机到娘蹦呆斗？	怎能把花摘到手？

破筛刚咛蒙枯喂・一生让你来照顾

苗语汉字记音	汉译
总想龙来勾儿飒，	想把终身托付你，
破筛刚咛蒙枯喂。	一生让你来照顾。
阿回破蒙出奶玛，	首先当成父母依，
呕求破蒙出及能。	其次把你当手足。
要农要能没蒙岔，	少吃少穿你找齐，
腊巴要烈蒙枯特。	五月缺粮能饱腹。
枯为刚尖蒙囊牙，	照顾让我成你妻，
枯牙几兄将几得。	爱妹永远不止步。

洽蒙扑度久落腊・怕你诺言自违背

苗语汉字记音	汉译
飞蒙飞喂袍袍会，	你我恋爱很亲密，
袍会尖克腊巫卡。	好像天旱看田水。

排埋囊纠伢萨累，	想你身瘦肉如剐，
埋出刚吁拉总伢。	恋妹我把眼泪垂。
如从嘎卜你摆笛，	如此深情莫丢弃，
从浓梭照俄告巴。	把情裹在妹衣内。
告启几交草滚滚，	忧愁难受在心里，
洽蒙扑度久落腊。	怕你诺言自违背。

由西告苏打磊宠·钥匙交给你来管

苗语汉字记音	汉译
将蒙嘎喂蒙久控，	叫你嫁我你不愿，
久控嘎喂打磊能。	不肯嫁我孤身人。
高巫高夺久列供，	挑水打柴有我担，
锐烈究呆得丘能。	吃饭穿衣不操心。
由西告苏打磊宠，	钥匙交给你来管，
几没能褡勾蒙则。	无人骂来无人恨。

枯牙刚呆高比哥·爱到发白鬓毛灰

苗语汉字记音	汉译
剖蒙呕告从头浓，	你我相爱情义浓，
龙帕吉如启些乐。	和妹相恋心儿醉。
达尼没启嘎喂脓，	如果嫁进我家中，
控脓久列牙囊波。	嫁来不要带棉被。
久列如为蒙修苁，	不用早起来做工，
出先奈牙修脓豆。	煮好早饭再喊妹。
齐卑喂后机蒙冲，	帮你梳头描妆容，
拖巫茶没后脓拖。	洗脸帮你去舀水。
宁到迷花蒙宜琼，	我买棉花你纺绒，
宜琼后牙俩机略。	理线我把线架挥。
机枯吉如阿儿萌，	恩恩爱爱甘苦共，
枯牙刚呆高比哥。	爱到发白鬓毛灰。

苁到尖笔苁享福·早建家庭早称心

苗语汉字记音	汉译
蒙控飞衣列机苁，	你肯和我要搭早，
达到瓦囊咛儿学。	趁到我俩年纪轻。
剖能生共图生聋，	树会空洞人会老，
告图家茹腊生铺。	深山树木也会倾。
达到告儿让同同，	趁着我俩正年少，
同奴赳蹂嘎当古。	像鸟起窝要抓紧。
呆虐出家列嘎弄，	到成家时莫忘了，
苁到尖笔苁享福。	早建家庭早称心。

努几叉到奴崩让·怎样让你把笼出

苗语汉字记音	汉译
奴灵斗炯得让笼，	画眉关在竹笼中，
吉者放脚题毛郎。	外面围有毛蓝布。
瓜瓜久到奴灵崩，	百般挑逗不出笼，
努几叉到奴崩让？	怎样让你把笼出？

相求棒如拿几难·想回森林难又难

苗语汉字记音	汉译
如蹦夺召花园脓，	好花开放在花园，
奴灵棒图伢机连。	林间画眉叫声甜。
如让尼乍得桥笼，	笼好也是踩竹竿，
相求棒如拿几难。	想回森林难又难。

如蹦斗你弄卑坝·花开悬崖极幽峭

苗语汉字记音	汉译
如蹦斗你弄卑坝，	花开悬崖极幽峭，
斗照比各冲腊冲。	远挂悬崖很清晰。
勾斗略蒙略久甲，	用手摘花摘不到，
延略久甲延想蒙。	越摘不到越想你。
如蹦斗你弄卑坝，	花开悬崖极幽峭，
斗照比各筛腊筛。	开在悬崖高又高。
勾斗略蒙略久甲，	用手摘花摘不到，
延略久甲延想埋。	越摘不到越想要。

埋同阿峨奴周周·妹像一只白天鹅

苗语汉字记音	汉译
埋同阿峨奴周周，	妹像一只白天鹅，
用筛勾刚喂克丘。	高高飞翔我敬羡。
排乃腊总勾埋秀，	天天爱恋你娇娥，
机力尖皮照龙波。	梦里相遇共铺眠。

巴鸟瓜帕到公麻·巧言让我生忧愁

苗语汉字记音	汉译
巴鸟瓜帕到公麻，	巧言让我生忧愁，
巫冲蒙垮浓先球。	清水你能说成油。
启些排蒙几到它，	整天恋哥在心头，
阿丛公操几勾勾。	心情沉重很难受。
七姐几扒常求大，	七姐上天伴星斗，
董永帮照几冬周。	抛下董永凡尘留。

常走久勾度岱岔，	重逢真话你没有，
将牙秀蒙比将斗？	叫我是恋还是丢？

努机到娘常走埋·何日才能又相逢

苗语汉字记音	汉译
龙蒙几除喂八筛，	和你唱歌已生情，
乐冒乐筛害喂羊。	愁肠百转心情乱。
果如出为囊得排，	好歌叙情让我听，
果冲出牙囊得想。	喻理深刻我喜欢。
同计阿刚大为偏，	像风吹过无踪影，
偏计几没麻几常。	风吹过去难回还。
努机到娘常走埋？	何日才能又相逢？
难到常走常咱帮。	难得再把哥来看。

能咛列果比列斗·问哥要唱还是停

苗语汉字记音	汉译
常走几龙出撒王，	与你重逢来陪唱，
能咛列果比列斗？	问哥要唱还是停？
腊路列出被列荒？	田土要做或抛荒？
列照列荒被列蔸。	要种要荒做决定。
几控常脓嘎剖党，	不肯再来我村庄，
努几到娘蒙飞纠。	怎得约会又相逢。
先牙笔泸蒙究江，	嫌妹家贫你彷徨，
尼翎蒙所机批斗。	若富你来快如风。

麻答麻松韦咛八·生死恋你人变傻

苗语汉字记音	汉译
吉龙飞衣到几杂，	与哥约会得玩耍，

窝求囊度剖扑齐。	真心话儿都讲尽。
度充占你比各大，	好话回荡在山崖，
拿机扑如充的的。	甜言蜜语美在心。
害牙斗你剖阿嘎，	害妹等你坐在家，
巫没几峨乃乃意。	忧愁满面泪淋淋。
麻答麻松韦咛八，	生死恋你人变傻，
努几到娘阿笔你。	怎能和你结婚姻。

炯笼呕告机连壮・要像竹鞭穿过境

苗语汉字记音	汉译
周昂常求比各舍，	相约重去荒草山，
周度常劳拜腊光。	相邀重走野葱坪。
出咛飞帕阿儿能，	我与妹恋一世缘，
吉俩如从浓江江。	心中常挂你深情。
隔巫隔伢隔巴乃，	隔山隔水又隔天，
炯笼呕告机连壮。	要像竹鞭穿过境。

计偏就蒙后包松・春风送香报信音

苗语汉字记音	汉译
图巩告郎如瓜德，	桐树挖空诱蜜蜂，
告坝文文如瓜陇。	悬崖高高诱马蜂。
夯如囊蹦大德北，	好花引来審蜂停,
计偏就蒙后包松。	春风送香报信音。

宁到迷花喂宜琼・买棉妹来纺线缕

苗语汉字记音	汉译
宁到迷花喂宜琼，	买棉妹来纺线缕，

宜尖刚咛俩机略。　　纺成让哥绕线团。
搏巫刚牙打磊萌，　　浸纱阿妹独自去，
及诗奈咛宠巴莫。　　晒纱喊哥来拧干。

甲埋公麻打为桑·见了老表愁消没

苗语汉字记音　　汉译
告斗将者齐老所，　　饭碗一放提脚跑，
所挂者竹同帮郎。　　出门疾步快如梭。
喂挡久娘甲埋豆，　　迫不及待见老表，
甲埋公麻打为桑。　　见了老表愁消没。

会嘎者早机勾斗·绕去灶后挽哥手

苗语汉字记音　　汉译
岩那阿日久没欧，　　知哥至今妻没有，
该该机年拿几江。　　暗暗高兴好喜欢。
会嘎者早机勾斗，　　绕去灶后挽哥手，
吉况豆觉呕磊旁。　　绊脚撞破两菜盘。

阿磊得琼迷花宜·一架纺车纺棉丝

苗语汉字记音　　汉译
阿磊得琼迷花宜，　　一架纺车纺棉丝，
琼宜迷花尖松谷。　　纺出棉丝绕线团。
总扑阿磊照勾者，　　总说一句待后日，
阿磊勾者究水觉。　　这个后日不会完。

得炯呆锐萨呆光·约会地方葱草盖

苗语汉字记音	汉译
灵巴阿灵蒙呆几？	去年你到哪里跑？
蒙龙保几叉起常？	你从哪里才回来？
飞衣得炯萨呆锐，	恋爱地方长了草，
得炯呆锐萨呆光。	约会地方葱草盖。

奶叟久到拿能炯·同母不如此亲密

苗语汉字记音	汉译
蒙宠喂囊喂宠蒙，	你拉我来我拉你，
及俩宠蒙阿得搭。	相爱才拉你的手。
奶叟久到拿能炯，	同母不如此亲密，
会嘎号几宠阿尬。	如影随形一路走。

到卑都地列常溶·割断脑壳不变心

苗语汉字记音	汉译
延褡延搏延求各，	越打越骂越去爱，
延褡延萌麻筛茸，	越是打骂越钟情。
久洽能搏能周豆，	剥皮抽筋都愿挨，
到卑都地列常溶。	割断脑壳不变心。

腊召者竹机交常·只好门前又回返

苗语汉字记音	汉译
机豆告以尼笔瓦，	眺望那边是瓦房，
厢房呕告双郎钢。	厢房两边有围栏。
列脓洽蒙囊欧褡，	要来怕你老婆嚷，
腊召者竹机交常。	只好门前又回返。

尖公腊尼蒙夫几·成鬼也是你的人

苗语汉字记音	汉译
傻且就度刚蒙想，	扫尾有话给你讲，
没从列见照告启。	有情你要藏心里。
儿让飞蒙勾琼常，	年轻恋你吐血浆，
排策伢累腊头痿。	念你体瘦人萎靡。
飞衣久到勾尖邦，	相恋未成你新娘，
努几解娘喂囊启。	怎能解除我心疾。
列答列你腊究光，	要生要死也无妨，
久到尖崩究捧你。	无你活着无意义。
喂答靠蒙你机羊，	我死寿年靠你享，
靠蒙后且喂囊期。	靠你替我延年纪。
答求打巴喂炯挡，	我在天堂等待郎，
王乎高伢炯挡衣。	银河岸边等着你。
呆虐清明会谷让，	到了清明坟头望，
该该共头奥卑吉。	暗焚四两纸来祭。
农伢乖捧卡阿娘，	吃肉吹气让我尝，
农烈乖供喂机立。	吃饭把我常想起。
你虐囊从列嘎商，	在世情义不要放，
尖公腊尼蒙夫几。	成鬼也是你情姬。

能勾嘎刚荒呆锐·大路莫让长荆棘

苗语汉字记音	汉译
鲁照挡克呆腊乙，	播种收获等八月，
高启久列拿阿急。	心里不要那么急。
没启袍袍求剖吹，	有心我寨多走些，
嘎洽抠来高老齐。	莫怕辛苦费脚力。

蹦夺嘎标上略比，
哈斗吉木粪龙称。
比多起图嘎标旅，
相谷将来嘎标起。
勾会嘎交上巧吹，
能勾嘎刚荒呆锐。

花开莫急把枝折，
还要上肥培育起。
火堆刚燃莫灭熄，
火未燃尽莫整理。
道路莫用篱笆遮，
大路莫让长荆棘。

猛如打乎同恰没·病好恰似刺挑完

苗语汉字记音

炯炯龙来觉阿乃，
乃西芒叫机扒来。
常萌锐烈究岩客，
告少刚巫究岩才。
照尼将咛上冲能，
上冲勾寿嘎剖呆。
猛如打乎同恰没，
机台吉提求茸研。

汉译

依哥傍坐一整天，
夕阳西下才分手。
回家饭菜无心看，
竹管喂水不下喉。
叫哥请人把话传，
媒人请进我家走。
病好恰似刺挑完，
蹦蹦跳跳上山头。

求送茸筛机勾斗·重上高山牵手会

苗语汉字记音

炯磊格腊炯磊格，
格腊炯磊出阿勾。
布卜相好龙能得，
飞衣久到勾尖笔。
常走列受能冲白，
能咛斗从被究斗？
嘎弄龙喂启龙能，
岩蒙麻龙究磊欧？

汉译

七个星斗七个星，
七星姊妹坐一堆。
与你相恋担空名，
相恋成家心难遂。
重逢诉苦要问清，
问哥情存或情悔？
口中恋我心恋人，
不知挂念谁的妹？

就咛常脓呕打乃，	邀哥再来会几轮，
求送茸筛机勾斗。	重上高山牵手会。

同约照蜡机由几·像牛穿鼻不能跑

苗语汉字记音	汉译
努热能照牛围苏，	粮仓上了牛尾锁，
比俫苏热踏风毕。	仓库锁紧贴封条。
久刚阿那会机无，	不让哥哥你走脱，
同约照蜡机由几。	像牛穿鼻不能跑。

久到尖崩害喂难·不成夫妻我悲恨

苗语汉字记音	汉译
飞蒙害牙乐觉筛，	恋你害得我费心，
白白尼害喂乐些。	害我爱你不能寐。
久到尖崩害喂难，	不成夫妻我悲恨，
韦咛害能囊勾梅。	为你害了他人妹。

得策斗你比谷腊·阿哥远远在月亮

苗语汉字记音	汉译
得策斗你比谷腊，	阿哥远远在月亮，
斗炯比谷冲腊冲。	你在月亮惹人爱。
勾斗略蒙略久甲，	有心摘你摘不上，
延略久甲延想蒙。	越摘不上越想摘。

共帕同共锐水哥·妹觉年逝像白蒿

苗语汉字记音	汉译
共帕同共锐水哥，	妹觉年逝像白蒿，
共你高图打磊枯。	枯在树上慢慢干。
共觉儿内共觉儿，	光阴流逝人渐老，
喂动儿学挂呼呼。	只觉岁月如射箭。

机灵阿勾同计麻·我俩相好似黄猺

苗语汉字记音	汉译
机灵阿勾同计麻，	我俩相好似黄猺，
尼能丘牙剖勾蒙。	众人尽羡你和我。
陪蒙炯呆大嘎嘎，	相伴坐到鸡鸣叫，
芒芒你绷巴同松。	夜夜聊至启明烁。
春分机交昂立夏，	春分交过立夏到，
秋后陪呆昂立冬。	秋后陪到立冬过。
出从刚喂没弥坝，	情深似海对我表，
从如刚策拿几岭。	义重如山送给哥。

飞衣能勾嘎吉地·相爱情路莫让断

苗语汉字记音	汉译
飞衣能勾嘎吉地，	相爱情路莫让断，
从拿虐埋刚强强。	情意要似以往浓。
同溜彭争少累累，	恰如井水往上漫，
腊照再卡强平党。	六月再旱塘水涌。
布同勾傩照吉者，	扬名在世后人赞，
猜儿罢灵布绷框。	千载百代永传颂。
如从同蹦究生卫，	爱恋之花常鲜艳，
从浓打拿比各钢。	情义如同大山重。

想呆虐埋昂阿然·回想过去的事情

苗语汉字记音	汉译
想呆虐埋昂阿然，	回想过去的事情，
告能高罘冲拉冲。	一颦一笑在脑海。
让儿百草到同挂，	当年相恋手相执，
虐让机交拿几浓。	情深意浓两无猜。
乍蒙乍喂比召乍，	形影不离近咫尺，
劳处龙帕会机灵。	朝出暮归一路来。
宁糖宁必刚那架，	买糖买果送哥吃，
几腮麻如刚喂农。	专选好的帮哥买。

麻牙从浓切难且·恋妹之情称不完

苗语汉字记音	汉译
召将如为总备租，	与妹分开几多烦，
腊拿燃脚告猜茹。	好似丢了金千担。
达腊囊从嘎拐无，	若是几月可不管，
如从久尼呕大乃。	相爱不是三五天。
久尼呕灵勾冬出，	相爱并非一两年，
昂乃昂弄挂弥磊。	冬去春来多少转。
从如拿机算究觉，	情有多重难计算，
麻牙从浓切难且。	恋妹之情称不完。

机走龙来你阿气·相遇和妹歇歇气

苗语汉字记音	汉译
机走龙来你阿气，	相遇和妹歇歇气，
吉甲常扑度麻炯。	相逢重讲话真心。

到你龙来究相会，　　与妹相恋不相离，
刚喂总麻机勾蒙。　　让我总是迷恋君。

阿虐牛郎克织女·牛郎织女会七夕

苗语汉字记音	汉译
机讨松除撒学起，	打开歌喉歌声起，
吉二撒忙撒学扒。	歌词出口心中发。
尼乃叉尼七月七，	昨天才是七月七，
热闹他能七月八。	今天热闹七月八。
阿虐牛郎克织女，	牛郎织女会七夕，
王夫告伢克阿娃。	银河边上看一下。
为如机冬最累累，	凡尘美女多无比，
周度克帕强坪怕。	留话相约聚坪坝。

角筛辽冒刚蒙咱·掏心向你表衷肠

苗语汉字记音	汉译
剥松剥萨机勾蒙，	翻来覆去把你想，
吉郎排蒙些阿叉。	一心把你挂心上。
机忙得咛到脚猛，	哪知阿哥病床躺，
牙要高启萨想架。	阿妹心里犯迷茫。
出院长萌求埋宗，	病好出院回家养，
挡咛斗你能勾妈。	妹等阿哥在路旁。
送策常劳埋囊冬，	目送阿哥回家乡，
吉麻弄车巫没扎。	趴在车窗眼泪淌。
伢累尼斗松空空，	身体消瘦如柴棒，
克召打磊比工打。	看见此情喉结僵。
机怕久到策那岭，	恋恋不舍与哥讲，
怕蒙拿瓜筛高尬。	别你心里如针伤。

修老常嘎剖囊宗，	与你分别回村庄，
伢篙斗你窝当嘎。	哭倒路边脏地方。
出尖烈芒究想农，	夜饭煮好不想尝，
该该操蒙烈究伢。	暗地操心饭不香。
常走列岔勾包蒙，	重逢对你真情讲，
角筛辽冒刚蒙咱。	掏心向你表衷肠。

将咛常克江究江·求哥再会中不中

苗语汉字记音	汉译
到布飞来浓汤汤，	与妹相好情意浓，
吉吼萨彭炯乃勾。	名声传遍千里颂。
无的召将头松方，	忽然抛弃忧愁涌，
想召如从害喂偷。	回忆旧情我心痛。
腊路列召比列荒，	田土要荒还是种，
能咛列荒比列斗。	要分要合问表兄。
召喂同累腊卑党，	抛我如田水流空，
累腊卑党八布邱。	坝前田干坏名送。
将咛常克江究江，	求哥再会中不中，
沙尼究江扑包纠。	如若不愿请说通。

排帕阿乃想呆芒·恋妹一天想到夜

苗语汉字记音	汉译
嘎出机力机纳将，	不要寻思想分别，
嘎将机纳照机冬。	分开的话不要提。
机怕考生难久娘，	分别惋惜在心叶，
详详想召机勾蒙。	时时刻刻把你忆。
排帕阿乃想呆芒，	恋妹一天想到夜，
公麻拿各拿茸岭。	忧愁厚重如岭屹。

到蒙常呆喂告羊，	得你到我身边歇，
公麻艾照讥麻董。	忧愁丢进深潭底。

飞蒙勾喂阿没成·恋你相思脸消瘦

苗语汉字记音	汉译
飞蒙勾喂阿没成，	恋你相思脸消瘦，
酷没累伢同同剐。	脸似被刀剐了油。
机乃机力吉芒皮，	日里想来夜里愁，
乐筛吉郎同溶砂。	溶我心肝似水流。
列出鲁几腊究尼，	做事无绪像魂丢，
飞衣韦牙高儿八。	恋妹恋得无药救。
相蒙究呆告图会，	想你不能见妹妞，
巫没机该同浓俩。	眼泪滚滚如雨稠。

久尼能架腊尼猛·不是傻来也有病

苗语汉字记音	汉译
出图谷兄剖究拐，	做树缠藤我不管，
出到鲁能头岭从。	做到这样更有情。
究磊解晒冬台来，	哪个敢把你来贬，
久尼能架腊尼猛。	不是傻来也有病。

周虐囊昂脓机呆·约期到时不见人

苗语汉字记音	汉译
得得能勾花锐让，	山间小路长嫩草，
改腊花锐虐采采。	田坎生草绿茵茵。
飞衣能勾埋召将，	恋爱道路你荒掉，
周虐囊昂脓机呆。	约期到时不见人。

动为出头狼松郎·妹在织布声声响

苗语汉字记音	汉译
嘎苁供巫腊到度，	清早挑水留得话，
芒叫茶锐到度常。	黄昏洗菜留话讲。
该该马斗帕告屋，	悄悄靠近妹的家，
动为出头狼松郎。	妹在织布声声响。

飞蒙将到尖阿笔·恋妹恋成我妻子

苗语汉字记音	汉译
召冼召搏尬打吼，	打伤只要药擦拭，
久洽究拐能初不。	不怕人讲是非话。
透柔透坝吾拉透，	下坎撞崖没有事，
久洽到卑夫竹竹。	不怕头皮肿像瓜。
高儿没娘拿几头，	人生难料活几时，
达刀儿让脓飞秋。	乘着年轻恋妹娃。
飞蒙将到尖阿笔，	恋妹恋成我妻子，
将到尖笔叉杭夫。	成了妻室心放下。

周昂卡拿尖机瓜·约期留日变谎话

苗语汉字记音	汉译
久没斗候究圭度，	没了缘分爽承诺，
打巴叉供喂克虾。	老天把我看低下。
修老浓俩拉打不，	动脚天空大雨落，
浓笆越俩那越差。	阵雨越下就越大。
鲁磊勾刚帕供图，	这样让妹空等着，
周昂卡拿尖机瓜。	约期留日变谎话。

陪蒙炯呆打嘎嘎·一夜陪你到鸡叫

苗语汉字记音	汉译
陪蒙炯呆打嘎嘎，	一夜陪你到鸡叫，
炯炯飒尖拿能头。	不觉坐了这么长。
同笼怕夺勾吉娃，	如竹破开散成条，
难到机夫阿容勾。	难以恢复到原样。
拿几拿阿囊吉俩，	十分牵挂不得了，
能咛列伢比列周？	问哥欢喜或悲伤？
陪蒙炯呆打嘎嘎，	一夜陪你到鸡叫，
炯炯飒尖拿能囊。	不觉坐了这么久。
同笼怕夺勾吉娃，	如竹破开散成条，
难到机夫阿容装。	难以恢复原结构。
拿几拿阿囊吉俩，	十分牵挂不得了，
能咛列伢比列常？	问哥是乐还是忧？

会挂迷哇伢迷特·路过几次哭几次

苗语汉字记音	汉译
告来怕楼尖达腊，	与你分别几个月，
达腊召楼将机得。	分开几月情搁置。
飞策囊得究改挂，	约会之处不敢越，
会挂迷哇伢迷特。	路过几次哭几次。
告来怕楼尖达腊，	与你分别几个月，
达腊召楼将机他。	分开几月把情吹。
飞策囊得究改挂，	约会之处不敢越，
会挂迷娃伢迷娃。	路过几回哭几回。

排蒙刚喂伢啥累·想你让我瘦了肉

苗语汉字记音	汉译
排蒙刚喂伢啥累，	想你让我瘦了肉，
酷八累伢尖同剐。	两腮无肉像刀剐。
剖娘能喂鲁几成，	母亲问我为何瘦，
努几包到东溶帕？	怎能说出想妹娃？
排蒙刚喂伢啥累，	想你让我瘦了肉，
酷八累伢尖同周。	脸上无肉像刀剐。
剖娘能喂鲁几成，	母亲问我为何瘦，
努几包到东溶纠？	怎能说出想妹你？

麻蒙锐烈哈泥农·恋你饭菜不想吃

苗语汉字记音	汉译
麻蒙锐烈哈泥农，	恋你饭菜不想吃，
锐烈究农腊究光。	饭菜不吃也无妨。
奶玛机笔东得猛，	父母认为病女子，
上岔药师勾嘎让。	快请药师进村庄。
得学麻咛启些容，	女儿恋爱人成痴，
麻龙能得如撒冈。	迷恋情郎好唱腔。
麻蒙锐烈哈泥农，	恋你饭菜不想吃，
锐烈究农腊究候。	饭菜不吃也不知。
奶玛机笔东得猛，	父母认为病女子，
上岔药师勾嘎笔。	快请药师进屋治。
得学麻咛启些容，	女儿恋爱人成痴，
麻龙能得如撒由。	迷恋情郎好歌师。

腊呕当克蹦勾夺·二月盼望花开苞

苗语汉字记音	汉译
腊呕当克蹦勾夺，	二月盼望花开苞，
将没机克蹦夺灵。	放眼四处花儿艳。
就蒙就喂拉总就，	邀你邀我经常邀，
蒙岩吉俩喂岩枯。	你知挂念我知恋。
腊呕当克蹦勾夺，	二月盼望花开苞，
将没机克蹦夺框。	放眼一看花盛开。
就蒙就喂拉总就，	邀你邀我经常邀，
蒙岩吉俩喂岩江。	你懂挂牵我懂爱。

腊呕蹦夺哥尖江·二月花开白茫茫

苗语汉字记音	汉译
腊呕蹦夺哥尖江，	二月花开白茫茫，
蹦瓦蹦卫哥歪歪。	雪白樱花一大片。
久没就吖喂拉常，	无人邀我自回乡，
嘎溶嘎麻刚能台。	莫愁莫忧让人谈。
腊呕蹦夺哥尖江，	二月花开白茫茫，
蹦瓦蹦卫哥丕丕。	雪白樱花一大湾。
久没就吖喂拉常，	无人邀我自回乡，
嘎溶嘎麻刚能齐。	莫愁莫忧让人嫌。

就蒙常脓机灵会·请你往来多几回

苗语汉字记音	汉译
就蒙常脓机灵会，	请你往来多几回，
就吖灵飞达芒帕。	邀哥多陪妹几晚。

腊阿机灵脓陪细，	正月一起来相陪，
腊呕求查头难咱。	二月农忙最难见。
就蒙常脓机灵会，	请你往来多几回，
就咛灵飞达芒不。	邀哥多把妹来陪。
腊阿机灵脓陪细，	正月一起来相陪，
腊呕求查头难谷。	二月农忙最难会。

勾者发财究弄来·以后发财不忘哥

苗语汉字记音	汉译
腊阿阿乃相劳处，	正月一天坡没到，
阿乍保几哈相呆。	哪里一脚没到过。
走蒙得策采头如，	碰到小伙彩头好，
勾者发财究弄来。	以后发财不忘哥。
腊阿阿乃相劳处，	正月一天坡没到，
阿乍保几哈相钢。	哪里一脚都未走。
走蒙得策采头如，	碰到小伙彩头好，
勾者发财究弄邦。	以后发财不忘友。

重阳如虐常飞来·重阳吉日等妹见

苗语汉字记音	汉译
交秋打挂标呆昂，	立秋一过开始忙，
腊糯腊炯机公先。	七月稻谷金灿灿。
周度常克照重阳，	约会日子在重阳，
重阳如虐常飞来。	重阳吉日等妹见。
交秋打挂标呆昂，	立秋一过开始忙，
腊糯腊炯机公嘎。	七月稻谷黄成片。

周度常克照重阳，	约会日子在重阳，
重阳如虐常飞帕。	重阳吉日等妹谈。

呕磊吉炯蹦巫兄·同盆共水两不分

苗语汉字记音	汉译
蒙尖喂囊喂枯到，	你成我的我体恤，
尼到蒙尖喂囊崩。	若得你做我郎君。
茶老没喂后没笑，	洗脚有我把鞋取，
呕磊吉炯蹦巫兄。	同盆共水两不分。
蒙尖喂囊喂枯到，	你成我的我体恤，
尼到蒙尖喂囊邦，	若得你做我男人。
茶老没喂后没笑，	洗脚有我把鞋取，
呕磊吉炯蹦巫郎。	两人共水一盆浸。

到蒙尖欧喂枯到·得你为妻我珍惜

苗语汉字记音	汉译
到蒙尖欧喂枯到，	得你为妻我珍惜，
尼到尖欧喂头枯。	若成我妻把你痛。
低夺胎巫喂照朝，	烧火架锅我下米，
觉烈机耷后蒙初。	吃完添饭手上送。
到蒙尖欧喂枯到，	得你为妻我珍惜，
尼到尖欧喂列瓜。	若成我妻最爱你。
低夺胎巫喂照朝，	烧火架锅我下米，
觉烈机耷后蒙渣。	吃完添饭手上递。

拜冬蹦如平蒙撸·遍山野花任你选

苗语汉字记音	汉译
灵灵度扑弟蒙岔，	实话对你来说开，
供度灵灵扑包来。	句句请妹你听好。
蹦你卑者平蒙捺，	花开满岭任你摘，
拜冬蹦如平蒙腮。	遍山野花任你挑。
灵灵度扑弟蒙岔，	实话对你来说开，
供度灵灵扑包不。	句句请妹听周全。
蹦你卑者平蒙捺，	花开满岭任你摘，
拜冬蹦如平蒙撸。	遍山野花任你选。

龙策吉如乐觉筛·与哥相恋醉心窝

苗语汉字记音	汉译
飞策腮查哈久尖，	恋哥农活不想做，
腊查抛荒飒呆光。	田土抛荒长满葱。
龙策吉如乐觉筛，	与哥相恋醉心窝，
筛乐比俅嘎腊茫。	心中好似烂泥宫。
飞策腮查哈久尖，	恋哥农活不想做，
腊查抛荒飒呆舍。	田土抛荒都长草。
龙策吉如乐觉筛，	与哥相恋醉心窝，
筛乐比俅嘎腊培。	心中好似烂泥沼。

出启飞牙将尖欧·总想与妹配成双

苗语汉字记音	汉译
飞蒙究想出腮查，	恋你不想种田地，
腮查抛荒勾呆抽。	田土抛荒茅草长。

会蒙会常总吉麻，	走来走去总想你，
出启飞牙将尖欧。	总想与妹配成双。
飞蒙究想出腮查，	恋你不想种田地，
腮查抛荒勾呆光。	田地抛荒长野葱。
会蒙会常总吉麻，	走来走去总想你，
出启飞牙将尖邦。	只想与妹成双鸿。

嘎蒙亚洽蒙没欧·嫁你怕你有老婆

苗语汉字记音	汉译
搬笔告埋亚斗查，	搬你家住挂田土，
搬查告埋亚斗笔。	搬了田土剩楼阁。
害立害了松方达，	实在无法害我苦，
嘎蒙亚洽蒙没欧。	嫁你怕你有老婆。
搬笔告埋亚斗查，	搬你家住挂田土，
搬查告埋亚斗让。	搬了田土剩寨子。
害立害了松方达，	实在无法害我苦，
嘎蒙亚洽蒙没邦。	嫁你怕你有妻室。

出启控严剖挡埋·有心来偷我等你

苗语汉字记音	汉译
究磊囊崩在相业，	谁的丈夫都不是，
冬拉尼觉告能盐。	我是剩男无人理。
严剖常萌在想热，	偷我回去还未迟，
出启控严剖挡埋。	有心来偷我等你。

久尼埋囊高得愿·不是你们意中人

苗语汉字记音	汉译
阿修俄能国改改，	一身衣服黑又脏，
者刨求齐啥通先。	衣背汗渍味难闻。
高锐留千留久界，	鬼针草儿粘不上，
久尼埋囊高得愿。	不是你们意中人。

偷勾出刚机剖想·故意做作让我想

苗语汉字记音	汉译
喂孟告来久没启，	我看你是没有心，
供图供萌腊供常。	约会失约是经常。
阿灵几得究飞衣，	一年没来会我人，
偷勾出刚机剖想。	故意做作让我想。

列咛蒙瓜喂叉栽·要哥来哄泪方休

苗语汉字记音	汉译
劳强机年常强麻，	赶场开心回场忧，
阿没公操虐彩彩。	满脸愁容苦悠悠。
郎强岔策久没甲，	场上找哥没见有，
岔摆郎强究咱来。	满场寻遍哥似丢。
灵老会常松方达，	起身回家愁又愁，
求巫坝彭将松拈。	上河一路哭泣走。
走策喂伢久差他，	见哥我哭声难收，
列咛蒙瓜喂叉栽。	要哥来哄泪方休。

喂加喂尼蒙囊衣·我差也是你好友

苗语汉字记音	汉译
喂加喂尼蒙囊衣，	我差也是你好友，
蒙如蒙尖喂囊来。	你好是我的至亲。
改吹前充列嘎追，	篱笆筑紧莫拆丢，
同瓦特尖列嘎解。	瓦片盖好不要损。

动狼巫彭会机腰·听到水声四处追

苗语汉字记音	汉译
吉龙阿乃尼赶枪，	相处一天在圩场，
赶枪周虐会机告。	约期赶场来相会。
阿灵周度埋拉常，	留言一句就来访，
得策脓送剖囊好。	你到我村来看妹。
狼咛会通剖者让，	闻哥走到我寨旁，
阿详牙勾拿几标。	姐妹匆忙不知累。
同边动召巫机郎，	好像蚂蟥闻水响，
动狼巫彭会机腰。	听到水声四处追。

陪咛嘎想高众题·约会别想织布机

苗语汉字记音	汉译
阿乃吉甲勾强冈，	那天赶集把妹逢，
龙帕吉疯绒脚其。	和妹讨得约会期。
机坚乃虐炯陡挡，	牢记约期天天等，
头挡久娘常咱为。	迫不及待重见你。
呆虐机所机年羊，	约期到了真高兴，
机相芒叫所机机。	天还未黑上路急。
琼宜当古嘎加想，	误你纺线别心疼，
陪咛嘎想高众题。	约会别想织布机。

勾剖当出高能虐·把我当成陌生人

苗语汉字记音	汉译
周度叉呆告剖得，	留言才到我地域，
来先脓送告剖茹。	新友来到我们村。
脓上究包松阿磊，	早来不报信一句，
勾剖当出高能虐。	把我当成陌生人。
牙要难维能囊些，	妹要感谢别人婿，
炅老克牙拿几苦。	走路看妹多艰辛。
龙呆勾炯哈久没，	哥到无凳无赐予，
要召钟烟刚来胡。	又少香烟给哥敬。

高启拿够巫糖江·心甜如饮蜜糖水

苗语汉字记音	汉译
如虐叉呆告埋冬，	吉日才到你寨里，
如乃脓送如为让。	好天来到妹村内。
难维如牙能囊嫩，	感谢小妹人家媳，
囊松囊芒脓陪帮。	深更半夜来伴陪。
脓呆刚炯高勾蹦，	到了给我坐花椅，
没烟麻如刚剖良。	上等烟叶让品味。
头诺出刚剖启兄，	善待哥哥心甜蜜，
高启拿够巫糖江。	心甜如饮蜜糖水。

出咛假埋到布撒·哥哥搭你美名扬

苗语汉字记音	汉译
果撒尼咛出起头，	唱歌是我先开头，
尼剖得咛起头撒。	是我男方先开腔。
牙要果如袍周周，	听妹唱歌很紧凑，
同溜巫袍莪加加。	像泉涌水哗哗响。

如为果如撒忙周，　　阿妹唱歌好节奏，
出哼假埋到布撒。　　哥哥搭你美名扬。

扎坝囊约尼韦锐·牛儿掉坎草为祸

苗语汉字记音　　汉译
撒袍控果挂觉冬，　　想唱歌儿年纪迈，
儿挂召撒尖楼期。　　年过好久不唱歌。
阿强勾学奈喂脓，　　兄弟一帮邀我来，
奈哼出不脓陪为。　　邀我做伴陪妹坐。
果撒扑度没能绷，　　对歌陪话有人才，
几列喂勾撒学陪。　　不需我来把话说。
吾派所嘎号几萌，　　他们跑到哪里待，
机岩罘嘎阿脚机。　　不知去到哪里躲。
吾磊出到告启炅，　　他们心似老虎歹，
将斗撒袍刚文毕。　　把歌丢给我来和。
儿共叉休害苦脓，　　年老还要受苦来，
扎坝囊约尼韦锐。　　牛儿掉坎草为祸。

阿芒到陪呕芒想·得陪一夜想两夜

苗语汉字记音　　汉译
阿芒到陪呕芒想，　　得陪一夜想两夜，
到陪阿芒究忙筛。　　只陪一夜心不满。
吉者就为常究常？　　以后约妹得不得？
究常嘎害喂想埋。　　不来莫让我期盼。

阿芒到陪呕芒想，　　得陪一夜想两夜，
到陪阿芒究忙启。　　只陪一夜心不甘。
吉者就为常究常？　　以后约会得不得？
究常嘎害喂想为。　　不来莫让我心乱。

巫秀出巫胡久错 · 露珠当水喝不饱

苗语汉字记音	汉译
巫秀出巫胡久错，	露珠当水喝不饱，
阿芒到陪拉总想。	只陪一夜总回想。
告启延想拉延儿，	心里越想越烦躁，
腊如然蒙尖喂囊。	除非得妹配成双。
巫秀出巫胡久错，	露珠当水喝不饱，
阿芒到陪拉总怄。	只陪一夜不满意。
告启延想拉延儿，	心里越想越烦躁，
腊如然蒙尖喂欧。	除非得妹配成妻。

飞蒙飞喂列刚共 · 你我相恋到终身

苗语汉字记音	汉译
巫莪吉斗究狼彭，	水流地下无响声，
偏计究咱计你几。	风吹不见风影显。
飞蒙飞喂列刚共，	你我相恋到终身，
飞帕将吖嘎哉启。	恋妹请哥心莫寒。
巫莪吉斗究狼彭，	水流地下无响声，
偏计究咱计你冬。	风吹不见风成形。
飞蒙飞喂列刚共，	你我相恋到终身，
飞帕将吖嘎哉蒙。	恋妹请哥心莫冷。

岩吖斗从被究斗 · 哥还有情没有情

苗语汉字记音	汉译
劳冬勾来然吉甲，	与哥此生得相遇，
吉甲机走尼如候。	相遇相逢是好运。

飞衣炯斗拜茸擦，	热恋依偎在山峪，
龙蒙斗炯聋家抽。	和你幽会草丛进。
喂飞那囊蒙想牙，	妹恋哥来哥想女，
剖蒙吉如尖楼头。	你我相交情已深。
打的蒙勾告启俩，	突然变心把我拒，
岩咛斗从被究斗？	哥还有情没有情？

阿磊儿挂同表郎·人生老去如飞梭

苗语汉字记音	汉译
久没启些拉嘎会，	无心来往莫邀约，
飞蒙刚咛到得想。	爱你让我想念多。
到你拉抽同尖皮，	草地约会像梦蝶，
飞衣久然得杀张。	恋妹迷茫无结果。
麻炎会抠求埋弟，	后悔来到你地界，
该罖嘎飞能牙壮。	不该恋妹唱恋歌。
告儿生谷蹦生卫，	人生会老花会谢，
没昂生卫蹦高江。	时光催谢好花朵。
儿学挂萌同偏计，	年岁逝去像风越，
阿磊儿挂同表郎。	人生老去如飞梭。

桥共再斗磉顶岩·桥毁尚存磉墩岩

苗语汉字记音	汉译
阿日拱娃囊桥荤，	当年的桥现已断，
桥共再斗磉顶岩。	桥毁尚存磉墩岩。
乍地囊桥列常拱，	桥梁断了重新换，
常赳阿斗桥麻先。	再架新桥重新建。
刚剖如会谷埋脓，	让咱好走咱亲眷，
蒙甲喂囊喂甲埋。	你我约期再相见。

邀埋头腊高启兄，	月下约会心情暖，
又起忙娘喂囊筛。	心满意足了心愿。

阿娃瓜内呕娃瓜·骗我一次又一次

苗语汉字记音	汉译
阿娃瓜内呕娃瓜，	骗我一次又一次，
木娃拉召埋瓜来。	次次都是你骗姐。
周度保来阿各巴，	约会定在十五日，
尼韦高求脓究呆？	你因何事要爽约？
腊呕奴图拉岩花，	二月树枝发叶子，
荡炅花奴锰采采。	开年山坡披绿叶。
蹦夺机纳棒家差，	满山百花来提示，
久求茸筛蒙究岩。	未登高山你不觉。

斗从久拿阿磊弱·情义好似米粒轻

苗语汉字记音	汉译
剖蒙机梭家奴炯，	你我交好百草隅，
延会延浓报勾傩。	情深情浓往前行。
想冬然来勾出戎，	想哥有靠心相许，
贪花靠咛出得修。	恋哥相依付真情。
泥脓机扁冬岭浓，	爽约骗我说下雨，
勾剖卜照麻筛各。	把我丢在高山顶。
如从究斗拿磊弄，	爱情不如小米巨，
斗从久拿阿磊弱。	情义好似米粒轻。

久到尖衣久将斗·不配成双不放手

苗语汉字记音	汉译
龙蒙吉如究虐启，	和你恋爱不变心，

你冬吉如出阿勾。	相爱一生一路走。
同功阿笑打卑最，	像蚕筛上共生存，
吉如刚同奴梦柔。	相好像鸟恋窠守。
阿腮吉龙嘎机围，	永伴永随莫离分，
久到尖衣久将斗。	不配成双不放手。

越动撒忙筛越乐·歌唱越听越心焦

苗语汉字记音	汉译
到出大娃你几到，	得唱几回心难静，
几俩如撒巴鸟诺。	念你歌好嘴巴巧。
告启机交腊能挠，	心烦意乱起疯病，
越动撒忙筛越乐。	歌唱越听越心焦。
阿乃常克机咱要，	那天我来你没影，
它能如虐亚常果。	今天吉日又重聊。
夫埋勾撒出大桃，	对你来唱歌几声，
动哼喂出被列所？	你听我唱还是跑？
没筛动喂勾撒奥，	有心你就认真听，
几没启动拉修豆。	无心你就快走掉。

努几刚牙告启兄·怎能妹心常绕萦

苗语汉字记音	汉译
如为蒙如撒忙歪，	贤妹你把好歌引，
戎修动牙撒学绷。	龙来听妹放歌声。
如撒亚如阿得改，	好歌还有好嗓音，
鲁蒙果如炅能冲。	像妹歌好多人请。
几龙炯斗照埋拜，	相伴牵手在贵村，
陪牙欧秋勾撒容。	陪你阿妹把歌应。
架鸟要弄出机尖，	拙嘴笨舌韵不称，
努几刚牙告启兄？	怎能妹心常绕萦？

几尬勾儿机呆略·手伸到老够不着

苗语汉字记音	汉译
常走包来打灵度，	重逢和妹聊一聊，
将牙欧秋嘎比灵。	劝你表妹莫心焦。
框秋框来拿机如，	宽亲广戚几多好，
肯岔号己腊尼不。	肯找哪都有夫挑。
瓜策巴秋拜嘎奴，	骗我排家村老表，
白白害吁勾筛浓。	害哥白白把心掏。
蹦抛夺你比谷图，	花儿开在树梢梢，
几尬勾儿机呆略。	手伸到老够不着。

几没斗度会机歪·你没答话走一边

苗语汉字记音	汉译
龙帕告求度扑拜，	和妹啥话都说遍，
几如宠斗炯家改。	曾经牵手茅草山。
能勾飞衣将几菜，	而今道路长苔藓，
弄剖外外泥常歪。	忘情不把歌来伴。
凤交召斗策李旦，	凤娇放手离李旦，
勾会将召勾剖然。	情路放冷忘男女。
赶强机抢勾蒙改，	赶场相遇把你见，
咱帕刚吁常兄筛。	见妹我又好喜欢。
挡你卑场勾为奈，	等在场头把妹喊，
几没斗度会机歪。	你没答话走一边。

愿飞将蒙常吉上·想恋请你速回还

苗语汉字记音	汉译
愿飞将蒙常吉上，	想恋请你速回还，
嘎机夯吁拿阿药。	日子莫定那么远。

太花达欢告儿让，	恋爱要趁年轻谈，
儿让几斗拿机楼。	青春不久就过完。
毕得加脓绷机芒，	有娃不好夜出恋，
想列修脓勾得够。	想要起身有儿缠。
补各求呆儿阿狼，	三十此生已近半，
劳处泥扑度麻周。	上坡懒得风流攀。
求呆卑各八觉羊，	上到四十样儿变，
巴各打灵几楼斗。	五十多岁有愁烦。
照各究想勾撒将，	六十不想把歌盘，
想帕常孟牙斗芶。	想妹重会人遥远。
呆脚炯各所榜详，	到了七十身打战，
乙各斗灵挂脚就。	八十九十要人搀。
罢灵炯能呆几娘，	百岁众人难活满，
列呆罢炯难你偷。	要到百岁难过关。
尼秋尼来叉果刚，	是亲是戚才说劝，
能虐能化喂泥由。	生人陌路懒坦言。
克蒙包策鲁机羊，	看妹教男怎么办，
坵兄常会难岩剖。	来世我们难相见。

飞衣就牙几弱呆·约会盼你抽空坐

苗语汉字记音	汉译
枯喂囊度蒙扑灵，	关爱话儿讲得多，
斗那如如冬枯来。	答应好好要爱我。
从浓占照比各奴，	深情建在高山坡，
度充占你棒茹先。	誓言立在百草窠。
起头江咛瓦能苏，	从前爱哥今厌哥，
弄害度占充呆呆。	忘记当初誓言说。
同多起绞牙常路，	似瓜才结就掉落，
同得蹦卫路大千。	如花刚开忽凋脱。

几到尖欧勾剖枯，	莫想和妹夫妻做，
飞衣就牙几弱呆。	约会盼你抽空坐。

向牙囊当喂叉岩·上妹的当才发现

苗语汉字记音	汉译
排蒙炯笔你几到，	想你在家人不安，
乐筛几郎机尖块。	心肝揉碎成片片。
修老召笔脓飞要，	起身离家找妹谈，
列芒机农所岔来。	夜饭没吃约妹见。
迷磊比各哈岔叫，	山头个个都找完，
包朝迷磊萨会呆。	座座山坡都觅遍。
岔拜号几机咱要，	哪都找尽妹不见，
几拐告弄告抽拈。	滚地痛哭在路边。
克帕嘎笔机孜劳，	进屋找妹又不敢，
弥图弥磊虐才才。	个个都是陌生脸。
飞常号机囊阿告，	不知移情何处恋，
弄剖完完泥常外。	忘尽我们懒会面。
瓜剖得策勾筛告，	骗我男儿把心乱，
向牙囊当喂叉岩。	上妹的当才发现。

喂伢枯咛被几没·我哭妹妹疼不疼

苗语汉字记音	汉译
阿昂龙来袍袍会，	之前与妹多次邀，
几如龙帕从拉没。	哥妹相悦情意深。
周昂陪来所几亭，	约期一到赶快跑，
锐烈几斗些筛克。	饭菜没有心思烹。
求不茸筛兄阿省，	爬上高岭歇一脚，
拉彭出奴用巴乃。	但愿变鸟空中升。
没昂几劳龙巫整，	有船我要随水漂，

几上克咱帕角色。	马上即可与妹逢。
得学怕奶尖大一，	像儿离母已久抛，
喂伢枯吖被几没？	我哭妹妹疼不疼？

斗些灵会列嘎难·有心多走莫心烦

苗语汉字记音	汉译
飞衣到炯百草改，	相恋到过百草山，
吉如斗你拜拉光。	相好坐在百草坂。
拿几吉俩拉究尖，	十分想念成亲难，
久到尖衣拉总想。	不得成亲总挂牵。
扑度拿球浓拿先，	话语浓似油盐般，
教鸟教弄拿几江。	嘴甘唇甜如蜜饯。
斗些灵会列嘎难，	有心多走莫心烦，
灵闹灵会机灵常。	多来多往多回还。

芒芒求各脓飞为·夜夜约妹上山坡

苗语汉字记音	汉译
芒芒求各脓飞为，	夜夜约妹上山坡，
飞衣拉尼没得克。	约会也是挑个个。
勾度扑包喂囊衣，	对妹出口把话说，
岔刚巴秋迷勾梅。	讲给老表妹琢磨。
从如见斗你告启，	情意珍藏在心窝，
蒙没从如喂没些。	你重情来我守诺。
到为龙吖阿笔你，	得妹与哥一屋坐，
喂枯为如为枯喂。	哥宠妹来妹疼哥。

打戎炯勾臭吉龙·祥龙引路凤相随

苗语汉字记音	汉译
打戎炯勾臭吉龙，	祥龙引路凤相随，
尖牙囊崩喂吼启。	成妹丈夫我心醉。
劳强劳抢斗吉宠，	场头牵手到场尾，
宠度宠斗炯陡你。	手牵着手相依偎。
罢尖谷来没蒙送，	探亲走戚成双对，
腊阿来谷没蒙陪。	正月拜年一路归。
穹竹嘎笔奈阿梦，	推门叫娘妹贤惠，
剖奶动召头兄启。	我娘闻声暖心扉。

勾斗出穷刚来蝈·手臂做枕让你眠

苗语汉字记音	汉译
然为出喂告得奈，	若能得妹做我妻，
到牙出欧究兄则。	得妹做妻不为难。
枯蒙喂列枯刚摆，	我要全面照顾你，
吉芒枯萌报机乃。	白天关怀夜相伴。
苏蝈奈帕剥大耐，	困了喊去床铺眯，
勾斗出穷刚来蝈。	手臂做枕让你眠。
休松机打出世界，	一心持家把业立，
机打出查勾叟得。	勤劳致富育儿男。

蹦夺久没秀德忙·怕花不盼蜜蜂采

苗语汉字记音	汉译
久没尖来洽刚就，	不是女友怕来邀，
控就洽蒙久控常。	我邀怕你不肯来。
啥同忙德秀蹦夺，	好像蜜蜂恋花苞，
蹦夺久没秀德忙。	怕花不盼蜜蜂采。

常萌蒙没能当能·回家有人把你喊

苗语汉字记音	汉译
常萌蒙没能当能，	回家有人把你喊，
没能挡奈冬蒙长。	笑脸相迎你回来。
能帕西培被西烈，	要饭要粑都问遍，
西烈辽吉斗阿江。	饿饭饭箩有饭块。
龙崩几枯周热热，	夫妻恩爱笑开颜，
几没想着常飞帮。	没有想到你会来。

奶玛叟喂头巧得·父母生我人最丑

苗语汉字记音	汉译
奶玛叟喂头巧得，	父母生我人最丑，
酷没尬同阿峨药。	容貌酷似夜猫子。
控周度包从腊没，	肯定约期情已有，
愿飞久洽告老抠。	相会不怕苦脚趾。
灵陪答芒百草设，	多陪几夜百草沟，
久到尖衣尼要候。	有缘无分难同室。

喂出告图常谷埋·我如树木倒缠藤

苗语汉字记音	汉译
他能出帕呕头除，	今天阿妹我先唱，
喂出告图常谷埋。	我如树木倒缠藤。
刚剖瓦囊拉八布，	人前丢丑损名望，
能列台喂吾拉台。	哪个要评让他评。

控出几召蒙囊筛·爱唱难入妹心窝

苗语汉字记音	汉译
动蒙果撒尼拉尼，	听你唱歌词理妙，
果如几斗告得台。	歌好没有地方驳。
要弄甲鸟勾撒及，	笨嘴拙舌接歌调，
控出几召蒙囊筛。	爱唱难入妹心窝。
出启几头炯阿气，	宽心安坐歇歇脚，
框些列动喂撒歪。	安心听我歌来和。

陪为几到撒学周·陪妹没有好歌选

苗语汉字记音	汉译
埋冬撒如布萌葯，	你寨歌好名传远，
炯乃勾会萨年埋。	早已知道你大名。
叟得切玛嘎切剖，	子承父业爷孙贤，
呆帕撒袍再嘎尖。	妹妹唱歌更机灵。
陪为几到撒学周，	陪妹没有好歌选，
各得勾会九得难。	十条道路九难行。
枯策嘎供撒几偷，	你若怜悯快收官。
告儿坚够从几然。	到老不忘你的情。

该该包策劳祖某·悄悄话在耳边讲

苗语汉字记音	汉译
绒糖挡劳告马头，	等在码头想讨糖，
久然白埋嘎加相。	无糖给你莫沮丧。
你强阿气先保剖，	讨糖你要提前讲，
灵宁打磊勾机羊。	多买几个好分糖。
会常萌宁摊子收，	要去再买已散场，
芒叫究磊总炯挡。	夜了人家收摊档。

该该包策劳祖某，　　悄悄话在耳边讲，
二场周度乃己常。　　约定二场再来往。

尼想刚牙蒙脓枯·真想妹来疼爱我

苗语汉字记音　　汉译
几到尖来总几夫，　　不得交友心不乐，
该该几夫牙囊纠。　　暗暗埋怨你阿妹。
如来摆笛兄出入，　　你的朋友有很多，
尬查尬筛几批斗。　　你会朋友忙得飞。
加路勾尖告巴鲁，　　我是差土你后播，
想将抛荒勾呆抽。　　想放抛荒草衰痿。
启些破刚几勾秋，　　真心掏给妹娇娥，
破刚几蒙后几留。　　愿你将心收回归。
尼想刚牙蒙脓枯，　　真想妹来疼爱我，
克牙鲁机常包周。　　看妹如何把话回。

几到尖来总几夫，　　不得交友心不乐，
该该几夫能勾梅。　　暗暗埋怨阿妹你。
如来摆笛兄出入，　　你的朋友有很多，
尬查尬筛几批克。　　你会朋友忙得急。
加路勾尖告巴鲁，　　我是差土你后播，
想将抛荒勾呆社。　　想放抛荒草枯寂。
启些破刚几勾秋，　　真心掏给妹娇娥，
破刚几蒙后几白。　　愿你将心收回起。
尼想刚牙蒙脓枯，　　真想妹来疼爱我，
克牙鲁机常包喂。　　看妹如何把话给。

努几到娘尖笔能·怎能成妻一起住

苗语汉字记音	汉译
告启几仇尖楼虐，	心肠绞乱多日苦，
想叫想起久到拍。	绞尽脑汁无出路。
将策努几到出如？	叫我如何来应付？
努几到娘尖笔能？	怎能成妻一起住？
尖衣喂叉奈阿目，	成妻我才叫岳母，
到牙叉捧奈阿能。	结婚我应叫岳父。
坝尖会来送蒙顾，	拜年送你见父母，
刚牙不伢喂不培。	背肉背粑到你屋。
告启几仇尖楼虐，	心肠绞乱多日苦，
想叫想起久到勾。	绞尽脑汁计策无。
将策努几到出如？	叫我如何来应付？
努几到娘蒙尖欧？	怎能成妻进我屋？
尖衣喂叉奈阿目，	成妻我才叫岳母，
到牙叉捧奈阿能。	结婚我应叫岳父。
坝尖会来送蒙顾，	拜年送你见父母，
刚牙不伢喂不酒。	背肉背粑提酒壶。

嘎丘奴租嘎保处·莫爱画眉山中啼

苗语汉字记音	汉译
嘎丘奴租嘎保处，	莫爱画眉山中啼，
垢兄尖奴拿几加。	投胎做鸟很不好。
排乃炯斗高家图，	天天林中来栖息，
想孟号几久到咱。	想看哪里看不到。
嘎丘奴租嘎保处，	莫爱画眉山中啼，
垢兄尖奴拿几邱。	投胎做鸟很忧愁。

排乃炯斗高家图，	天天林中来栖息，
想孟号几久到勾。	想到哪里无处投。

奴伢刚牙高启虐·鸟叫让妹芳心动

苗语汉字记音	汉译
腊呕奴图亚常花，	二月树叶又发芽，
奴图常花虐采采。	树叶娇嫩绿油油。
打能打奴亚常伢，	林中鸟儿叫喳喳，
奴伢刚牙高启拐。	鸟叫让妹热心头。
腊呕奴图亚常花，	二月树叶又发芽，
奴图常花虐初初。	树叶娇嫩绿葱葱。
打能打奴亚常伢，	林中鸟儿叫喳喳，
奴伢刚牙高启虐。	鸟叫让妹芳心动。

丘丘腊到阿启怄·暗恋我得相思愁

苗语汉字记音	汉译
嘎弄度扑江努糖，	口里说话甜如糖，
扑度浓先江拿球。	语言味美似盐油。
到会勾喂告启江，	相会动我的心房，
叉然会浓拿能头。	我才迷恋这么久。
如衣壮如同蹦潘，	阿妹长得像花样，
同腊呆通比各抽。	像月初升在山头。
如雅如洋如头方，	相貌俊俏懂文章，
如能如罖吉俩透。	聪明贤惠把人诱。
加喂斗炅挂觉昂，	只恨年岁已过趟，
没度包衣亚洽邱。	想说爱你又害羞。
咱谋洽共除能冈，	见鱼不敢去撒网，
丘丘腊到阿启怄。	暗恋我得相思愁。

总没阿虐刚尖来·终有一日成妻室

苗语汉字记音	汉译
收你冬腊炅公操，	凡尘女子多操劳，
出牙虾能蒙究岩。	为妹卑贱你不知。
摆笛究准会阿老，	不准出门走一脚，
拜害勾冬列机敛。	各种工夫要收拾。
久宜高琼能水标，	不纺棉线人唠叨，
宜到机略拉照派。	纺成线团把布织。
科照机笔启机鸟，	坐在家里最心焦，
阿乍好几会究呆。	外面世界都不知。
从如将来久列标，	有情请哥莫急躁，
总没阿虐刚尖来。	终有一日成妻室。

挡为儿挂启拉兄·等到白头也心舒

苗语汉字记音	汉译
阿芒炯斗埋追竹，	整夜坐你院外候，
炯照追竹喂头冲。	坐在院外阴暗处。
动狼牙要松琼娥，	听到阿妹纺声柔，
狼彭琼松启报穷。	纺声让我心血出。
蒙岔包喂喂头枯，	听你诉苦心疼妞，
照尼牙要虾高松。	可怜阿妹命运苦。
课筛吉地炯挡秋，	决心下定把妹候，
挡为儿挂启拉兄。	等到白头也心舒。

甲咛拿能俄羊毛·有哥陪伴胜披袍

苗语汉字记音	汉译
陪咛炯斗拜茸高，	陪哥坐在半山腰，
阿芒飞衣头机年。	一夜聊天笑盈盈。

腊冬腊日白改超，	寒冬腊月风雪号，
阿芒水水约白改。	整整一夜飘雪冰。
甲咛拿能俄羊毛，	有哥陪伴胜披袍，
超倍再打机岩哉。	冰雪再厚不知冷。
机他萌荡昂修老，	天亮分别要动脚，
修豆将松伢派派。	起身作别泪频频。

机生飞奴尼能戈·人不风流是傻气

苗语汉字记音	汉译
几乖几所几乖到，	得到开心要开心，
你虐究同侬俩夺。	人生不像蛇蜕皮。
求各求革勾撒条，	上山上坡把歌吟，
机生飞奴尼能戈。	人不风流是傻气。
挂乃同草周柳条，	日落如滚锅箩圈，
打挂乃图乃秋各。	过了午后躲山脊。
告儿挂蒙同巫劳，	年龄老去如水倾，
巫劳究兄机常莪。	水流不再往回归。

究生飞奴尼能白·不会恋爱是傻蛋

苗语汉字记音	汉译
你冬能炯告儿徕，	人在世上时光短，
冬腊你虐久没娄。	在世时日没多久。
你虐岩蒙蒙岩喂，	在世你我互作伴，
救没尼咱阿入陡。	死了只剩一土丘。
袍袍周昂袍袍克，	多多约会多多看，
挂觉勾追蒙弄剖。	百年之后全忘丢。
究生飞奴尼能白，	不会恋爱是傻蛋，
能罘叉岩撒学周。	智者恋爱得风流。

排为久到勾尖不·我想妹妹无缘交

苗语汉字记音	汉译
能秋袍袍会埋拜，	讨亲多次走你寨，
召告没能照求虐。	旁边有人下烂药。
克倒尖娘拉究尖，	看看要成却又栽，
没戎刚浓机滚读。	有龙隔雨横沟壕。
告动腊矮哥尖尖，	大坝肥田都裂开，
穤你郎腊腊该枯。	田里秧苗全枯焦。
能欧久控害喂难，	求婚不成把我害，
排为久到勾尖不。	我想妹妹无缘交。
喂俅山伯麻英台，	我像山伯恋英台，
中容中麻西腊觉。	苦思苦恋此生了。
求大亚常劳凡间，	等望二世再投胎，
出姑得让刚蒙灵。	做个婴儿让你抱。
灵照坡俄刚奶奶，	抱在胸前喂奶奶，
修你比叫几俄谷。	站在膝头作蛙跳。
棒孟棒没哥歪歪，	脸蛋圆圆白又白，
同蒙雅羊刚能扑。	长得像你让人瞧。
包蒙囊度列几坚，	我说的话记心怀，
尼咛垢兄刚牙不。	是我投胎让你抱。

斗从刚咛如陪帮·惜情陪妹把歌热

苗语汉字记音	汉译
后如他能常走蒙，	有缘今天重相逢，
告雅告洋浓江江。	妹妹端庄如玉洁。
克帕比俅同修戎，	妹似彩虹一样明，
同戎修照打中夯。	犹如彩虹跨山野。
走蒙喂亚燃觉猛，	遇你有病全除清，
公操公麻无的商。	忧愁郁闷全消灭。

呕告常扑度麻京，	你我重逢话真诚，
斗从刚咛如陪帮。	惜情陪妹把歌热。

麻牙拉斗你高启·心里藏着恋妹情

苗语汉字记音	汉译
偏计究咱计你几，	吹风不见风身影，
计偏吉求弄奴舍。	风吹只见绿叶摇。
麻牙拉斗你高启，	心里藏着恋妹情，
努几没到刚蒙克？	怎能取出让你瞧？

克蒙得咛蒙灵为·哥有许多美娇娘

苗语汉字记音	汉译
蒙扑麻牙你高启，	你说恋妹心里藏，
控没久到刚剖咱。	取不出来让我看。
克蒙得咛蒙灵为，	哥有许多美娇娘，
麻龙机磊能囊帕？	你与谁家妹相恋？

咱埋囊没启些后·见了妹妹心欢腾

苗语汉字记音	汉译
米排动狼能奈计，	每每听到呼风声，
狼松奈计金刀斗。	听到声音马上应。
亨松机克牙久尼，	细看不是妹身影，
出咛叉岩尼尖某。	才知自己是耳鸣。
埋扑脓从高台腾，	你说早来快快行，
同能挡牙拿机楼。	我却等妹久时辰。
芶芶咱帕乔剖会，	远远见妹扑面迎，
咱埋囊没启些后。	见了妹妹心欢腾。

阿腮吉如勾儿萌·相亲相爱到终身

芶芶咱咛炯挡为，	远见情郎把妹等，
告启吉郎拿几兄。	心情激动热腾腾。
能勾喂会所机几，	一路急走步不停，
补东喂会出阿东。	三步并作一步行。
出咛没些亚没启，	郎有义来妹有情，
如从呕告拿茸浓。	两个情重如山岭。
图岱告棒出阿弟，	如树两根直挺挺，
同麻呆你打绒笼。	活像春笋共竹生。
拉如到策强强陪，	你我如影不离形，
阿腮吉如勾儿萌。	相亲相爱到终身。

够儿久龙策机白·一世与你不分离

苗语汉字记音	汉译
巴秋嘎拿松方宏，	阿哥不要太忧心，
够儿久龙策机白。	一世与你不分离。
飞咛将尖喂囊崩，	相恋要成我夫君，
到塔机年阿儿能。	开心快乐终身依。

蒙答斗喂努几你·你死剩我怎么办

苗语汉字记音	汉译
久刚得为蒙气死，	不让妹妹你气死，
蒙答斗喂努几你？	你死剩我怎么办？
久没先咛劳那笔，	若不嫌弃做妻室，
衣喂囊度被究衣？	依我讲的愿不愿？

解供自衣蒙囊纠·敢要我就跟你走

苗语汉字记音	汉译
久没先牙喂生邱，	若不嫌妹长得丑，
尖欧勾者嘎斗启。	成妻以后莫悔心。
解供自衣蒙囊纠，	敢要我就跟你走，
吉如刚呆昂哥比。	爱到白头心相印。

蒙同阿峨奴舟舟·你像一只大雁鹅

苗语汉字记音	汉译
蒙同阿峨奴舟舟，	你像一只大雁鹅，
用筛勾刚喂克丘。	高飞让我把眼瞧。
排乃拉总勾蒙秀，	日夜想你难坐卧，
几力尖皮照聋波。	梦里时常把我扰。

嘎丘舟舟用萌筛·莫爱大雁飞得高

苗语汉字记音	汉译
嘎丘舟舟用萌筛，	莫爱大雁飞得高，
用筛久到告得马。	飞高没有地落脚。
得你得炯哈究尖，	无处落脚四方漂，
用芒好几兄好阿。	飞到哪儿哪儿靠。

久没得炯喂腊丘·没有巢穴我也慕

苗语汉字记音	汉译
久没得炯喂腊丘，	没有巢穴我也慕，
虐虐乃乃勾来想。	朝思暮想心难熬。
尼蒙控用剖能作，	若你肯飞来我处，
喂赳笔先勾奴挡。	我起新屋把妹讨。

究同阿峨奴舟舟·不像一只大雁鸟

苗语汉字记音	汉译
究同阿峨奴舟舟，	不像一只大雁鸟，
比俅阿峨奴公齐。	倒似一只竹鸡卧。
咱能究解会几柔，	见人不敢往前靠，
咱哼罖卑弄加锐。	见哥缩头钻草窝。

能勾剖列袍袍会·情路我们要多走

苗语汉字记音	汉译
能勾剖列袍袍会，	情路我们要多走，
嘎处会尖能勾先。	荒山要踩成大路。
乍锐告勾列刚地，	踩断路边野草兜，
得炯得你先连连。	相会场地草全无。

久会会尖拿能头·约会已经这么久

苗语汉字记音	汉译
久会会尖拿能头，	约会已经这么久，
得炯得你泥呆锐。	相会场地草踩光。
飞衣难到尖阿勾，	恋你难得长相守，
想召勾喂巫没真。	想到双眼泪汪汪。

你冬腊尼打儿能·在世只有这一巡

苗语汉字记音	汉译
你冬腊尼打儿能，	在世只有这一巡，
挂觉勾者岩究磊。	过了以后谁知谁。
飞蒙将到勾尖崩，	恋哥要成我夫君，
地些龙牙嘎机白。	死心塌地不离妹。

求大究磊哈究岩·死去天堂不相识

苗语汉字记音	汉译
阿儿下界劳机东，	此生下界到凡尘，
求大究磊哈究岩。	死去天堂不相识。
飞牙勾出咛麻京，	恋妹要成我亲人，
地筛龙牙将尖来。	铁心娶妹为妻子。

你冬同夺阿召蹦·在世如同花儿鲜

苗语汉字记音	汉译
你冬同夺阿召蹦，	在世如同花儿鲜，
召乃召浓蹦生枯。	日晒雨淋会凋落。
奶玛究斗觉麻炯，	无父无母无亲眷，
出牙飞蒙勾出不。	恋你为夫做依托。

蹦抛夺如嘎松方·花开艳丽莫愁容

苗语汉字记音	汉译
蹦抛夺如嘎松方，	花开艳丽莫愁容，
夺如囊蹦挡喂略。	鲜艳等我来摘收。
久刚蒙卡弄加刚，	不让枯萎在草丛，
略求剖冬匠刚虐。	移栽我家活长久。

儿让飞衣拿几抠·年轻恋爱真艰难

苗语汉字记音	汉译
久到飞埋拿地球，	不得见你像断盐，
久到飞帕拿地先。	不得陪你像断油。
儿让飞衣拿几抠，	年轻恋爱真艰难，
久洽再抠告启延。	虽苦甜在心里头。

久洽再抠列飞蒙·不怕艰苦要会你

苗语汉字记音	汉译
咱策拿咱喂囊玛，	见哥如见我父母，
比咱奶骂再嘎炯。	比见父母更亲昵。
飞策斗休昂求查，	恋哥农活正忙碌，
久洽再抠列飞蒙。	不怕艰苦要会你。

蒙喂嘎奈出计那·你我莫做情人恋

苗语汉字记音	汉译
没筛将牙嘎瓜喂，	心诚请妹莫骗我，
没些嘎供喂机瓜。	有意莫把我来骗。
尖衣剥拿阿帮德，	结婚生子比蜂多，
蒙喂嘎奈出计那。	你我莫做情人恋。

自尼廷弄启几忙·只能润口心不甘

苗语汉字记音	汉译
松方拐勾机埋就，	忧愁只管把你邀，
久就久没麻然常。	不叫不见你回返。
改柔原说拉原儿，	岩墙越垫越倾摇，
巫劳强强列挂夯。	水流常是下山涧。
将喂就埋比嘎就，	要我叫你或莫叫，
久就久没麻咱帮。	不叫不得见你面。
到猛再斗嘎吉后，	得病还有中草药，
秀咛久没嘎照狼。	爱恋情哥无药缓。
图明尖必久没夺，	枫树结果无花苞，
图留夺蹦尖必江。	栗树开花果香甜。
巫秀出巫胡久错，	露珠当水饮不饱，
自尼廷弄启几忙。	只能润口心不甘。

飞衣袍袍同郎标·你来我往如穿梭

苗语汉字记音	汉译
卡楼巫秀收糯涨，	久旱露水把苗养，
巫秀修绷同巫交。	露珠渗出像水浇。
腊古叟到得糯忙，	也能滋润田中秧，
机古改到阿娘高。	能够养育旱秧苗。
麻衣吉俩没嘎刚，	相思病重有药方，
周昂周度勾来告。	留时留话当药膏。
几邀常就拜茸光，	相约重上百草岗，
宠度宠斗会机邀。	牵手漫步在山腰。
出从列刚浓江江，	恋你情深如大江，
从浓刚拿各到老。	情重好比大山高。
久没就度剖拉常，	没邀我们也回往，
飞衣袍袍同郎标。	你来我往如穿梭。

蒙麻巴秋尼票口·你说恋哥是谎词

苗语汉字记音	汉译
蒙麻巴秋尼票口，	你说恋哥是谎词，
高启能罗喂拉岩。	心中所想我知全。
麻龙能冬策好手，	你恋别村美男子，
供哼冲从拉究乖。	让我背名也不管。

麻蒙囊没究生松·唯有恋哥最相思

苗语汉字记音	汉译
麻能囊纠喂腊麻，	我与他人曾有情，
麻能久拿麻蒙浓。	恋情没有想你痴。
麻能生松亚生撒，	我恋别人早清醒，
麻蒙囊没究生松。	唯有恋哥最相思。

没启呕告列机苁·有心我俩快成亲

苗语汉字记音	汉译
蒙拉麻囊喂拉麻，	你也恋来我也恋，
飞衣呕告没从浓。	你我二人恋得深。
儿学同同拉生挂，	青春岁月会凋残，
没启呕告列机苁。	有心我俩快成亲。

西打供磊勾寿冲·明天把个媒人请

苗语汉字记音	汉译
儿学达到你奶骂，	趁妹现在在娘家，
西打供磊勾寿冲。	明天把个媒人请。
将帕保几列嘎尬，	望妹哪里都莫嫁，
代意杜筛挡喂脓。	等我娶你进门庭。

吉如阿儿嘎刚松·互托终身结伴侣

苗语汉字记音	汉译
然蒙尖来喂到它，	得你成夫我开心，
将嘎机磊喂泥萌。	嫁到哪里我不去。
高儿瓦囊到得撒，	这辈从此有人依，
吉如阿儿嘎刚松。	互托终身结伴侣。

嘎弄包喂蒙没启·嘴里空说你心真

苗语汉字记音	汉译
偏计究咱计你几，	吹风不见风的影，
计偏吉瓦巴奴打。	只见野麻叶翻卷。
嘎弄包喂蒙没启，	嘴里空说你心真，
跟到没到刚剖咱。	当堂取出让我看。

总没阿虐尖蒙欧·总有一日成你妻

苗语汉字记音	汉译
没启几列拿阿标，	有心不要太急切，
勾者囊昂再勾头。	以后相处还有期。
列克勾者先必交，	等到果熟的季节，
总没阿虐尖蒙欧。	总有一日成你妻。

机灵会求棒茸社·多走几回百草坡

苗语汉字记音	汉译
嘎弄蒙扑冬秀喂，	嘴上你说你爱我，
愿飞呕告列嘎急。	恋爱你我不要急。
机灵会求棒茸社，	多走几回百草坡，
鲁娘叉岩蒙没启。	这样才知你心意。

飞埋袍袍尖西头·来回好像引纱线

苗语汉字记音	汉译
会萌会常埋阿告，	来来去去到你屋，
飞埋袍袍尖西头。	来回好像引纱线。
刚蒙咱喂泥吉饶，	让你见我懒招呼，
克剖得咛拿衣補。	看我小伙实在憨。

巫挂再斗嘎戎你·水消水退水藻现

苗语汉字记音	汉译
倍容再斗高兜略，	雪融过后土润透，
巫挂再斗嘎戎你。	水消水退水藻现。

斗蒙囊纠相陪错，	我陪阿哥没陪够，
久没陪错究忙启。	没有陪够心不安。

周度私陪列脓苁·留话私陪要来早

苗语汉字记音	汉译
周度私陪列脓苁，	留话私陪要来早，
蒙列机苁勾为接。	你要早来把我接。
呆昂奈咛打磊脓，	只要哥哥一人到，
牙要昂周究邀能。	妹妹约你不邀别。

蒙尼筛能被筛打·你心是软还是硬

苗语汉字记音	汉译
蒙尼筛能被筛打？	你心是软还是硬？
蒙尼筛劳被筛钢？	你心是铁还是钢？
筛能灵飞大芒帕，	心软多陪妹高兴，
灵陪大芒百草岗。	多来几夜百草岗。

得咛囊筛同豆后·哥心好像豆腐块

苗语汉字记音	汉译
得咛囊筛同豆后，	哥心好像豆腐块，
比筛豆后在嘎差。	心比豆腐更加软。
常常想帕炯吉揉，	常想妹到身边来，
周昂袍袍炯机嘎。	约期常常来相伴。

杜到杜茸勾机伢·压得要把山压矮

苗语汉字记音	汉译
杜到杜茸勾机伢，	压得要把山压矮，
杜各麻来勾机平。	尖山都压成平地。
炮巫茶没剖拉咱，	洗脸倒水见你在，
没夺夯告克咱蒙。	屋外取柴看见你。
杜到杜茸勾机伢，	压得要把山压矮，
杜各麻来勾机偏。	尖山都压成平原。
炮巫茶没剖拉咱，	洗脸倒水见你在，
没夺夯告克咱埋。	屋外取柴见你面。

帮到帮笔告埋你·搬得搬屋住一堆

苗语汉字记音	汉译
帮到帮笔告埋你，	搬得搬屋住一堆，
帮查告埋吉保出。	田土搬来一起种。
嘎茳芒叫克咱为，	早晚都能看见妹，
扑度龙埋周穷穷。	相互谈笑乐融融。
帮到帮笔告埋你，	搬得搬屋住一堆，
帮查告埋吉保尬。	田土搬来一起耕。
嘎茳芒叫克咱为，	早晚都能看见妹，
扑度龙埋周哈哈。	和你讲话笑盈盈。

走蒙刚牙囊筛八·遇你把妹心绞乱

苗语汉字记音	汉译
腊如嘎走嘎常咱，	最好莫遇莫相见，

腊如嘎咱嘎走蒙。	最好莫见莫遇你。
走蒙刚牙囊筛八，	遇你把妹心绞乱，
筛你吉郎亚常同。	平静的心又涌起。
腊如嘎走嘎常咱，	最好莫遇莫相见，
腊如嘎咱嘎走埋。	最好莫见莫遇郎。
走蒙刚牙囊筛八，	遇你把妹心绞乱，
筛你吉郎亚常台。	平静的心又激荡。

走蒙出咛头机年·哥哥遇妹最欢喜

苗语汉字记音	汉译
拿几如后常走召，	走了好运遇见妹，
走蒙出咛头机年。	哥哥遇妹最欢喜。
八筛龙喂没尬照，	为我相思有药喂，
八龙究磊喂究乖。	若是他人我不理。
拿几如后常走召，	走了好运遇见妹，
走蒙出咛头机梭。	哥哥遇妹最喜欢。
八筛龙喂没尬照，	为我相思有药喂，
八龙究磊喂究闹。	若是他人我不管。

及蝈松皮打韦桑·如梦醒来人离分

苗语汉字记音	汉译
秀挂囊来没拿几，	恋过的人何其多，
麻麻容容能囊帮。	迷迷恋恋他情人。
麻喂郎没洽究生，	恋的可能不是我，
及蝈松皮打韦桑。	如梦醒来人离分。

冬恰拜斗究磊派·荆棘伤手谁来挑

苗语汉字记音	汉译
剖韦告来会吉芒，	我为老表走夜路，
布仲生生叉脓呆。	天黑漆漆才来到。
早老报穷机磊向？	脚撞流血谁来敷？
冬恰拜斗究磊派？	荆棘伤手谁来挑？

喂后派冬后彭尬·为哥挑刺把药擦

苗语汉字记音	汉译
周昂周度将埋脓，	约期留话邀哥来，
能勾加会够冬恰。	路不好走被刺扎。
打尼早老勾袍穷，	如若撞脚流血块，
喂后派冬后彭尬。	为哥挑刺把药擦。

当通昂弄亚超解·等到冬天路结冰

苗语汉字记音	汉译
告来斗药能勾恨，	和妹相隔路太远，
呕求斗药能勾来。	路远相隔面难碰。
腊巴列能勾巫穷，	五月想来洪水拦，
当通昂弄亚超解。	等到冬天路结冰。

如乃腊炯炯乃腊·吉日选在七月七

苗语汉字记音	汉译
如乃腊炯炯乃腊，	吉日选在七月七，
打巴腮虐勾竹补。	天公择日门开启。
久没倍俩勾浓笆，	没有冰雪和雨粒，
挡磊如虐郎当谷。	等到吉日再会易。

斗喂囊烈埋相农·还没吃过我家饭

苗语汉字记音	汉译
高苇比各修巫秀，	山岗山岭起露珠，
修哥巫秀呆卑同。	露水起在芒草尖。
斗剖摆仲埋想求，	我家火塘你未入，
斗喂囊烈埋相农。	还没吃过我家饭。

西烈相农亚究改·饿饭想吃不敢提

苗语汉字记音	汉译
巫秀修呆高巴奴，	露水起在绿树叶，
想到咱乃扎大胎。	未见阳光落下地。
机怕罘兄埋囊竹，	分别留我你家歇，
西烈相农亚究改。	饿饭想吃不敢提。

再斗如度相包蒙·还有好话未相告

苗语汉字记音	汉译
同巫劳抗嘎标莪，	像水下滩莫成流，
同倍年年嘎标容。	像雪薄薄莫急消。
奈蒙上炯嘎标修，	喊你快坐莫急走，
再斗如度相包蒙。	还有好话未相告。

没些供度上包尖·有意快把话说穿

苗语汉字记音	汉译
将巫水碾尼埋将，	放水碾米是你放，
将巫琼不柔几先。	放水冲动滚石碾。
没启上照巫吉党，	有心关闸把水挡，
没些供度上包尖。	有意快把话说穿。

打磊会勾治得这·一人怕走阴暗处

苗语汉字记音	汉译
打磊会勾治得这，	一人怕走阴暗处，
阳岔磊能照胆子。	多邀一个壮胆量。
飞衣陪来你阿且，	约会陪你坐一宿，
陪吖没能后留勾。	陪哥有人守路旁。

喂勾撒袍果包衣·我来唱歌给你听

苗语汉字记音	汉译
没度告启岔保喂，	心中有话告诉我，
喂勾撒袍果包衣。	我来唱歌给你听。
卑告如衣喂机得，	四方朋友我都搁，
蒙姑拉列召夫几。	你也要丢老情人。

吉如龙头岩告启·恋爱日久知人心

苗语汉字记音	汉译
吉如龙头岩告启，	恋爱日久知人心，
喂乖供度勾蒙包。	我把真话给你讲。
常萌蒙控召夫几，	回去你肯丢旧情，
如衣卑告喂拉召。	四方情人我也放。

该该蒙喂剖吉如·你我暗暗来相好

苗语汉字记音	汉译
几走能勾嘎扑度，	路上碰到莫答调，
代意章瓜冬几狼。	故意假装没听见。
该该蒙喂剖吉如，	你我暗暗来相好，
必留教矮几郎江。	柚子皮苦里面甜。

必饶待冬巴都查·板栗成熟自裂开

苗语汉字记音	汉译
几走奈喂嘎扑度，	遇到叫我莫答言，
几甲章瓜冬几咱。	假装没有认出来。
飞衣嘎崩洽没布，	莫怕人知正相恋，
必饶待冬巴都查。	板栗成熟自裂开。

喂麻比蒙列嘎阳·我恋比你更着迷

苗语汉字记音	汉译
蒙拉麻囊喂拉麻，	你恋我来我恋你，
喂麻比蒙列嘎阳。	我恋比你更着迷。
麻笔麻夺没图他，	房屋倾斜用树抵，
麻蒙久然告得姜。	恋妹无处把身依。

岩牙麻觉阿样几·不知妹妹愁什么

苗语汉字记音	汉译
几冬公麻没阿冲，	世上忧愁有许多，
岩牙麻觉阿样几？	不知妹妹愁什么？
笔麻他尖常修稳，	屋偏撑好稳稳坐，
后蒙出他依究依。	为你撑挡可不可。

秧弄秧糯哈动戈·秧苗感动都发愣

苗语汉字记音	汉译
欧秋如撒灵能夸，	表妹歌好人赞许，
牙如告松将几莪。	歌声婉转多雅韵。
果你棒茹搭奴嘎，	唱在深山引鸟语，
果劳告巫戎啥修。	唱到河边龙起身。

卡者蒙果俩浓笆，	干旱唱了下大雨，
秧弄秧糯哈动戈。	秧苗感动都发愣。
欧秋如撒灵能夸，	表妹歌好人赞许。
牙如告松将几腊。	歌声婉转好动听。
果你棒茹搭奴嘎，	唱在深山引鸟语，
果劳告巫戎啥架。	唱到河边龙高兴。
卡者蒙果俩浓笆，	干旱唱了下大雨，
果到弥巫几常伢。	唱得江河水倒倾。

果果腊刚弥巫卡·唱得江河水消退

苗语汉字记音	汉译
巧撒巧松几勾弄，	烂歌配上丑嗓音，
同布尼能久尼喂。	出名是人不是我。
果你棒茹奴泥动，	唱在深山鸟不听，
果劳告巫戎泥克。	唱到河边龙藏躲。
卡者剖果究俩浓，	干旱我唱雨无影，
果果腊刚弥巫得。	唱得江河水消落。
巧撒巧松几勾弄，	烂歌配上丑嗓音，
同布尼能久尼帕。	出名是人不是妹。
果你棒茹奴泥动，	唱在深山鸟不听，
果劳告巫戎泥咱，	唱到河边龙不回。
卡者剖果究俩浓，	干旱我唱雨无影，
果果腊刚弥巫卡。	唱得江河水消退。

皮为芒芒皮几交·梦妹夜夜梦不休

苗语汉字记音	汉译
久没包度蒙冬包，	没有留话你讲留，

度岱几刚咛阿磊。	真话不给我一点。
照鲁当盂高鲁抛，	下种只等芽来抽，
几呆常照鲁阿乃。	没生重新种一天。
松方比俅松周鸟，	心乱好比绞丝绸，
想求几改求埋得。	不敢来上你寨边。
皮为芒芒皮几交，	梦妹夜夜梦不休，
松皮尼斗白巫格。	醒来两眼泪涟涟。

虐虐将呆告途飞·每天必和哥会面

苗语汉字记音	汉译
虐虐将呆告途飞，	每天必和哥会面，
阿乃将到呕打杠。	织布一日投几梭。
西头告炮周夫几，	织好布匹给哥献，
刚策叉到告得想。	让哥睹物想念我。

同头叉起机勾祖·如线刚从杼箱牵

苗语汉字记音	汉译
同头叉起机勾祖，	如线刚从杼箱牵，
龙埋几白比勾杠。	如丝刚在梭中系。
久没筛出大磊虐，	时间不费三五天，
努几到娘题告将。	怎得段段布成匹。

没筛将咛几灵常·有心请哥多会我

苗语汉字记音	汉译
没筛将咛几灵常，	有心请哥多会我，
同题几白上常西。	像人织布牵纱纬。
飞衣袍袍同表杠，	密密相会似穿梭，
杠哨炯松叉件题。	穿梭引线成布匹。

得帕芒芒皮咱那·阿妹夜夜梦见你

苗语汉字记音	汉译
将蒙常袍蒙常沙，	喊你勤走你走稀，
机坚久到告昂常。	何时约会记不起。
尼岩鲁召久岩哈，	只知播种不锄地，
大尼然鲁蒙究光。	秋后无收也不理。
百草勾会撒呆恰，	恋爱路上长荆棘，
得炯呆锐牙呆光。	野草丛生野葱密。
得帕芒芒皮咱那，	阿妹夜夜梦见你，
芒芒皮你蒙报常。	夜夜梦你胸膛依。

喂拈久然能脓瓜·我哭无人安慰咱

苗语汉字记音	汉译
飞衣龙咛如从浓，	相交情义深无比，
从拿比各告茸打。	情重如山如岭大。
强劳几邀阿勾萌，	相邀一路去赶集，
几龙赶枪强坪怕。	一起赶场到坪坝。
送牙阿赛会常脓，	散场送妹回村里，
罖蒙兄照剖囊哈。	留哥在我村外耍。
阿芒挡你告莪笼，	一夜蹲在竹林栖，
挡照者笔告家差。	坐在屋后竹林下。
办尖锐烈奈蒙绷，	饭菜煮熟妹喊你，
当咛要酒亚要伢。	待哥少酒少肉呷。
农错几灵剥阿聋，	吃饱我俩相偎依，
供斗出穷勾刚那。	手做枕头让哥趴。
腊尼夫机久尼崩，	只是朋友非夫妻，
盟荡嘎从列几怕。	天亮离别要回家。
阿日盟冲蒙常萌，	天明你就回村邑，
会挂水碾巫告巴。	走过碾坊水堤坝。

克咛修老打比共，	见你动脚生悲意，
几江巫没将松伢。	眼泪滚滚哭声大。
同刀对处几韦公，	好像南瓜离瓜蒂，
比江比尼究岩它。	滚落下坡无阻挂。
加牙斗你排今笼，	留妹孤独住龙鼻，
如策会挂夯比罖。	情哥已过夯比罖。
剥蝈伢彭仁波翁，	蒙在被里独哭泣，
喂拈久然能脓瓜。	我哭无人安慰咱。

出图常谷蜡兄炯·树木倒来缠藤萝

苗语汉字记音	汉译
埋冬囊巫莪嘎差，	你村水流流向背，
几稠常莪求告茸。	水能倒流上山坡。
沛剖得策送得牙，	理应哥哥来送妹，
刚牙送策头几捧。	倒让妹来送哥哥。
叉咱埋冬阿街牙，	罕见你村妹所为，
出图常谷蜡兄炯。	树木倒来缠藤萝。

久没想召冬斗衣·从没想我将情记

苗语汉字记音	汉译
如得如崩头枯拜，	好郎好夫会宠爱，
拿机枯如几勾为。	十分宠爱妹妹你。
同能谷培勾机改，	就像糍粑粘一块，
机改尬尬重的的。	紧紧相粘在一起。
瓜策巴秋出巴然，	妹把阿哥当傻呆，
久没想召冬斗衣。	从没想我将情记。

赳桥空斗盘钱要·想修拱桥少钱币

苗语汉字记音	汉译
能勾列休埋阿告，	道路修往你村里，
勾会常休埋阿恰。	修通你村那一方。
呕恰列休勾几保，	要把两头连一起，
隔巫列奈得昂俩。	过河要有船来往。
赳桥空斗盘钱要，	想修拱桥少钱币，
要害娥哥害喂加。	我少银两愧心肠。
冲帕后帮大斗朝，	请妹帮忙几斗米，
立碑岁布刚能咱。	树碑立传让人望。
罢灵猜儿几扑召，	千载百年永铭记，
儿得几岔保儿嘎。	世世代代美名扬。

尼能克咱周牙要·人人笑妹头脑昏

苗语汉字记音	汉译
能俄沙腊告保弱，	我衣补像山甲身，
几拐比巧比勾头。	身悬布片褴褛丝。
赶强喂狼能几绕，	赶集我听人议论，
夫今拉尼鲁磊楼。	说你朋友丑样子。
尼能克咱周牙要，	人人笑妹头脑昏，
尼众台蒙旧嘎狗。	把妹说成臭狗屎。

害牙想策阿儿能·害妹想哥空遗憾

苗语汉字记音	汉译
飞衣几相尖迷腊，	恋爱还没几月谈，
几如几相尖迷乃。	相好还没多少天。
久没麻帕蒙冬麻，	没有恋妹你说恋，
岩策麻龙帕久磊？	谁知哥把哪个恋？

蒙同搭炯秀搭笆，	你像老虎把猪惦，
农错弟萌麻药得。	吃饱喝足走得远。
萌觉阿腮弄觉牙，	从不回头把妹看，
害牙想策阿儿能。	害妹想哥空遗憾。

蒙答喂伢刚常先·我哭能让你生还

苗语汉字记音	汉译
拿机拿阿囊几俩，	如此这般的想念，
容蒙启郎同功采。	想你心内似虫钻。
如回他能勾蒙甲，	好在今日把你见，
列岔牛总刚来岩。	苦情须诉妹知全。
久松他能蒙装答，	不信妹又装死看，
蒙剥几岱洞喂拈。	躺直听我哭和唤。
呕灵告来阿灵麻，	两声表妹就声咽，
蒙答喂伢刚常先。	我哭能让你生还。

岔欧搭尼到觉蒙·若得成妻返家中

苗语汉字记音	汉译
动牙度扑头没从，	听妹讲话情谊重，
从拿茸筛囊比各。	情谊深重如大山。
扑如刚文告启容，	好话讲得我心动，
筛你几郎同容头。	心肠软如纸片片。
岔欧搭尼到觉蒙，	若得成妻返家中，
枯牙阿腮报勾傩。	认真呵护到永远。

紧倒伢刚机蒙虐·立即让你命复苏

苗语汉字记音	汉译
喂扑久尼度几瓜，	不是夸口来骗你，

久尼拐瓜能囊补。　　不是瞒骗别人夫。
几松蒙答刚喂伢，　　不信你死我哭泣，
紧倒伢刚机蒙虐。　　立即让你命复苏。

果照比各夺蹦胖·唱在山头花开放

苗语汉字记音　　　　汉译
扑度果撒头在行，　　唱歌讲话最在行。
蒙尼角色如撒考。　　你是出色好歌手。
果照比各夺蹦胖，　　唱在山头花开放，
果你棒图夺蹦抛。　　唱到树林花开口。

扑度果撒头在行，　　唱歌讲话最在行，
蒙尼角色如撒由。　　你是出色好歌郎。
果照比各夺蹦胖，　　唱在山头花开放，
果你棒图夺蹦柳。　　唱到树林花开绽。

芒叫常强机钢拈·回家路上泪婆娑

苗语汉字记音　　　　汉译
几梭召笔勾强劳，　　高高兴兴把场赶，
勾回几所弟岔来。　　开开心心去找哥。
卑强岔囊夯强岔，　　场东寻到场西边，
强岔号几哈会呆。　　圩场全部都搜索。
劳强几年常强麻，　　赶场欢喜归来憾，
芒叫常强机钢拈。　　回家路上泪婆娑。

几梭几年勾强劳·高高兴兴把场赶

苗语汉字记音　　　　汉译
几梭几年勾强劳，　　高高兴兴把场赶，

扑召劳强苁苁呆。	一到赶场早拢边。
几没勾来蒙走召，	没把妹妹你遇见，
如为蒙龙号几来。	不知你和哪个玩。
松方喂勾撒学敖，	我唱歌来自慰安，
乐筛几郎几尖块。	悲伤心碎肝肠断。

强劳岔埋会抠羊·赶场寻你寻得苦

苗语汉字记音	汉译
强劳岔埋会抠羊，	赶场寻你寻得苦，
岔芒几咱巴秋蒙。	天黑不见你影踪。
排吁告启拉总想，	想念哥哥心不舒，
修老拉召会常能。	只好走路回家中。
你炯松方查究郎，	呆坐伤心阳春误，
难萌劳处出勾东。	懒得上坡去做工。

机弱乃虐常克那·挤点时间陪哥耍

苗语汉字记音	汉译
勾东出忙几尖条，	工夫成堆不得了，
相迷同害头高他。	好似书卷一沓沓。
夏至觉秧亚供考，	夏至完秧又锄草，
想列谷来亚勾哈。	想要走亲草未拔。
斗奴囊从拉将召，	和妹恋情一旁撂，
久到常咱炯机嘎。	不能再会坐相粘。
阿丛公操启机交，	忧愁重重心中绕，
该该机恰将松伢。	背地悄悄泪流下。
松方比俅吉略鸟，	情丝乱像线团绞，
久没阿气勾些差。	心无一点喜悦挂。
撒学拐除勾衣包，	歌儿唱给你知晓，
机弱乃虐常克那。	挤点时间陪哥耍。

害牙想策麻阿儿·害妹一世情难割

苗语汉字记音	汉译
那咛蒙尖能囊崩，	情郎已成别人夫，
想来常会尼克表。	想要再会找魂魄。
搏夺算盘子哈松，	打烂算盘拨坏珠，
得咛想常洽能搏。	阿哥想会怕责过。
亚搏亚供告某聋，	被打被骂把耳护，
供巴吉堂阿休乐。	棍棒抽打皮肉破。
洽堂洽搏究改脓，	怕打怕骂门不出，
害牙想策麻阿儿。	害妹一世情难割。

告来召楼加常奈·情友久别不好喊

苗语汉字记音	汉译
告来召楼加常奈，	情友久别不好喊，
想想列奈洽究斗。	想喊又怕不答应。
同巫勾你能囊件，	你像水流被人拦，
能档劳腊勾叟糯。	灌进他田壮秧根。
韦蒙勾喂到公害，	为你我被忧愁缠，
公操公麻出阿休。	忧愁缠绕我一身。

苗语汉字记音	汉译
告来召楼加常奈，	情友久别不好喊，
想想列奈洽究江。	想喊又怕不应声。
同巫勾你能囊件，	你像水流被人拦，
能档劳腊勾叟秧。	灌进他田催秧生。
韦蒙勾喂到公害，	为你我被忧愁缠，
公操公麻出阿胖。	忧愁缠绕满我身。

咱咛囊笔炯刚王·见哥屋在村中间

苗语汉字记音	汉译
求呆包朝机多框，	上到山顶望得宽，
茸筛求送克头头。	到了山顶看得远。
咱咛囊笔炯刚王，	见哥屋在村中间，
厢房呕告交大谋。	厢房雕刻鱼图案。
求呆包朝机多框，	上到山顶望得宽，
茸筛求送克冲冲。	到了山顶看得清。
咱咛囊笔炯刚王，	见哥屋在村中间，
厢房呕告交大戎。	厢房雕刻龙图形。

阿日埋弄歪歪卫·如今忘记无音回

苗语汉字记音	汉译
如为蒙亚如从风，	妹既美丽又多情，
如从难然阿卑最。	有情难得成双对。
召娄埋哈勾剖弄，	久别将我忘干净，
阿日埋弄歪歪卫。	如今忘记无音回。
剖奈巴得勾抗绒，	我请法师问神灵，
巴得婆抗抗究归。	法师打卦爻不遂。
松方伢召高保冬，	伤心痛哭滚刺蓬，
伢照家抽弄家锐。	哭在山野茅草堆。

麻蒙同功勾者剥·想你就像蚕作茧

苗语汉字记音	汉译
麻蒙同功勾者剥，	想你就像蚕作茧，
如锐如烈究岩嘎。	美味佳肴不想吃。
列农巴鸟农久够，	饭菜到口难下咽，

卑工比俅没麻他。	喉头好似被堵实。
究岩西囊究岩错，	不知饿来不知馋，
呷矮服摆萨无花。	苦药喝尽无法治。
然猛告松勾为就，	重病在身请妹探，
猛浓阿丛金倒虾。	妹到病除解相思。

吉如没从浓江江 · 恩爱情重不可量

苗语汉字记音	汉译
剖埋吉如尖阿刚，	我们相爱年月长，
没从比俅各阿涂。	情深义重似山岳。
扑度刚蒙刚喂想，	甜言蜜语共分享，
嘎几吉龙出阿入。	形影不离心相悦。
吉如没从浓江江，	恩爱情重不可量，
同必吉炯打勾奴。	像果并蒂共枝结。
比俅英台麻梁山，	恰似英台恋梁郎，
刚拿七姐董永枯。	又如七姐配董爷。

吉如勾虐照机冬 · 相亲相爱在凡尘

苗语汉字记音	汉译
排芒到陪排芒克，	夜夜相陪夜夜见，
剖蒙同炯打斗同。	陪你同坐茅草凳。
炯挂拿几拜腊设，	坐过几多百草垣，
从如拿各拿茸岭。	情意深重似高岭。
刚俅董永龙七姐，	要像董永七姐传，
吉龙宠斗会机炯。	相互牵手一路行。
盟冲比俅得格这，	要像星斗亮闪闪，
吉如勾虐照机冬。	相亲相爱在凡尘。

蒙列机瓜喂机拐·即使欺骗也心甘

苗语汉字记音	汉译
麻蒙勾喂囊伢成，	恋你让我人憔悴，
蒙列机瓜喂机拐。	即使欺骗也心甘。
唐王总想薛仁贵，	唐王需要薛仁贵，
靠蒙救驾嘎腊哎。	靠你救驾烂泥潭。
杏元总想梅良玉，	杏元良玉把心费，
求劳详详想召来。	天涯海角常牵念。
嘎几列出阿勾会，	走到哪里要成对，
久列出启勾文唉。	莫要狠心把情断。

先剖告当囊巫免·嫌我塘浅鱼难游

苗语汉字记音	汉译
家社剖会乐汤汤，	草丛我们都踏平，
告棒家改先连连。	巴茅踩融光溜溜。
喂飞为如拉详详，	我会小妹走得勤，
久到蒙尖喂囊来。	不得与你长相守。
突巫告当告讥框，	河床低处潭水深，
秀达久没到打棉。	临渊羡鱼难到手。
如棉久求喂囊党，	好鲤不来我水境，
先剖告当囊巫免。	嫌我塘浅鱼难游。

吉如将同阿巴搭·心齐就像五指聚

苗语汉字记音	汉译
机怕召将尖楼乃，	分别日久很多天，
后如龙蒙常机咱。	运好和你又相遇。
该该机年周热热，	暗暗心喜笑得甜，
比俅到糖嘎弄沙。	好像得糖到口咀。

强强到孟鲁囊磊，	如果常常能这般，
吉如将同阿巴搭。	心齐就像五指聚。
呕磊吉抱出阿磊，	两人一起建家园，
同捞列搏出阿家。	像铁要打成一具。

忙德吉俩高召蹦·蜜蜂惦念花朵朵

苗语汉字记音	汉译
麻蒙喂哈勾启八，	想你害我得心病，
想想哈瓜喂囊蒙。	忧心相思魂失落。
蹦跑吉俩德出嘎，	花朵总爱蜜蜂停，
忙德吉俩高召蹦。	蜜蜂惦念花朵朵。

列飞久到告竹绷·相会无法跑出屋

苗语汉字记音	汉译
奶玛悄同阿峨炯，	父母凶得像老虎，
吉俅打炯卡竹你。	恰似猛虎卧大门。
列飞久到告竹绷，	相会无法跑出屋，
久到得绷脓飞衣。	不得出来陪表亲。

难道如为常龙喂·难得与妹配姻缘

苗语汉字记音	汉译
剥排剥想总嗄哈，	睡思卧想总悲叹，
机白吉泡剥机蝈。	翻来覆去难入眠。
吉俩赶强勾蒙岔，	挂念赶场把妹探，
能勾当孟能囊得。	路上等候人家眷。
赶强出勾机咱牙，	只见行人妹没见，
吉俩尼斗白巫格。	挂念只有泪满面。
机瓜谷秋劳埋伢，	假装走亲到你园，

告启到它机斗得。	暗中高兴开笑颜。
出启嘎笔洽能褡，	欲进你家怕人谴，
洽蒙奶玛勾剖则。	怕你父母把我厌。
叉勾夫机囊笔嘎，	才往朋友家里钻，
机瓜会芒谷觉能。	谎说赶路夜不便。
今那囊笔贤惠挂，	亲友家里招待全，
农烈由伢筛机客。	白饭就肉口难咽。
求冬茸筛克伢岔，	回到高坡远处看，
几狼拿能弄阿色。	心里痛如金枪穿。
想蒙出欧洽难甲，	想你做妻难实现，
难道如为常龙喂。	难得与妹配姻缘。

阿柔剖蒙吉如挂·过去我俩曾相好

苗语汉字记音	汉译
阿柔剖蒙吉如挂，	过去我俩曾相好，
各让加者啥岩齐。	寨里人人都知全。
能扑蒙喂囊杭下，	议论你我评价高，
同得计麻出阿弟。	好像黄猺一对缠。
松周娄原培娥查，	蚕丝印染煮水漂，
培娥巫浩窝脚题。	水煮蓝靛白绫染。
岔公机年到公麻，	本是寻欢反烦恼，
公操阿丛机交启。	悲愁一身心忧烦。
想蒙出欧西难甲，	想你做妻难得到，
八些龙牙鲁几你。	为妹心碎受熬煎。

蹦跑夺你勾图腊·鲜花开在月亮上

苗语汉字记音	汉译
长抡嘎冬喂尼垮，	再唱莫道我说谎，
该该启些头操松。	我自暗暗好忧愁。

郎启再斗度相岔，　　心里还有话未讲，
再斗公麻相扑冲。　　还有忧愁在心头。
挂弱再今欧相甲，　　大龄还未娶婆娘，
出求喂害拿能岭？　　为何我命这么丑？
蹦跑夺你勾图腊，　　鲜花开在月亮上，
努几略甲几勾蒙？　　怎能把花摘到手？
剖奶公怄它几挂，　　我娘非常伤心肠，
差得列求公囊宗。　　病倒差点天堂走。
你东照各兜灵挂，　　活过六十年岁长，
同巫劳挂高巴溶。　　好似河水下滩头。
操松呆乃阿奶答，　　担心一朝娘命丧，
头恰胖没机咱嫩。　　纸盖容颜无媳守。

挡克牙要脓呆得·就等阿妹来拉我

苗语汉字记音	汉译
飞飞刚咛筛拉八，	与妹恋爱乱心怀，
害同西虐梁山伯。	好像古时梁山伯。
剖奶总褡冬得架，	我娘总是骂我呆，
几斗胖没勾咱能。	没有颜面见大伙。
布众挡克格腊巴，	天黑等到月光白，
挂虐亚挡呆西乃。	今朝明天成空说。
周咛阿灵尼度跨，	邀约的话是空甩，
周度刚策尼瓜能。	约的时间是骗我。
得策勾你棒茹坝，	我身悬在岩崖摆，
挡克牙要脓呆得。	就等阿妹来拉我。
刚那茸筛炯尬哈，	阿哥内心总是猜，
斗从弄咛被几没？	不知是否忘了哥？

排芒排策皮机力·每晚你到梦里来

苗语汉字记音	汉译
撒报常果嘎埋村，	情歌带到你们寨，
出刚喂囊巴秋灵。	唱给老表后背亲。
补各挂灵白生生，	年纪已过三十载，
久到阿乃麻宽松。	没有一天过宽心。
阿家叉挂借阿旗，	父亲亡故尚伤怀，
召者剖奶亚挂萌。	母亲随后命归阴。
吉俩能玛密高启，	挂念父母心愁哀，
捧锐捧烈机咱农。	祭供饭菜不见亲。
崩到巧策共茂齐，	丑夫凶恶人心坏，
告它究斗加良松。	良心最坏是此人。
奶骂将为初得你，	父母包办把我害，
曹操喂俅老华容。	恰似兵败华容境。
娄喂搏桶照介吹，	将我毒打往外拽，
鲁机将牙冬嘎容。	叫我怎能不悲愤。
关公常送保刘备，	关公重把刘备拜，
五虎上将常机彭。	五虎上将随主君。
交秋常谷机勾衣，	立秋走亲歇你宅，
度岱沙岔包脚蒙。	对你表了我的心。
排芒排策皮机力，	每晚你到梦里来，
想策枯牙照埋冬。	想哥宠妹在家门。

没乃中到最阿卑·有缘就要有婚姻

苗语汉字记音	汉译
松方会劳强夯沙，	忧伤去赶夯沙场，
弟劳郎强脓岔策。	专门赶场把你寻。
卑桥召将会机怕，	赶场离别在桥上，
机捧常求机能吹。	不想再把夫家进。

修老常挂拉中伢，	转身回去哭声放，
巫没机改拿弩低。	泪如黄豆往下滚。
列扑囊度机相卡，	要讲的话话未央，
卑度机略岔起起。	话头刚刚才开引。
列蒙堵些挡牙巴，	你要等妹心莫慌，
没乃中到最阿卑。	有缘就要有婚姻。
叫筛辽冒扑包那，	掏心掏肺对你讲，
尖公共达照打内。	老死要在咱乡村。

腊炯空夯刚常呆·七月相见再谈心

苗语汉字记音	汉译
腊呕奴图亚常花，	二月初惊嫩芽破，
奴图花锰虐彩彩。	树叶发青绿茵茵。
呆昂求查究咱那，	春耕农忙不见哥，
求查仁仁究咱来。	大忙时节难见君。
列孟当克昂查哈，	约会要等草薅过，
腊炯空夯刚常呆。	七月相见再谈心。

排蒙排架拉排绞·想你想得这样迷

苗语汉字记音	汉译
排蒙排架拉排绞，	想你想得这样迷，
排芒排乃排几查。	日思夜想时时想。
出特照巫弄照朝，	煮饭盛水忘下米，
久没照朝巫布卡。	水在鼎罐被烧光。
剥萌郎方弄溶笑，	睡觉忘记脱鞋衣，
几乍弄波国大大。	床铺踩得一片脏。
剖奶克咱照久到，	娘亲看见很生气，
褡牙拜冬尬羊架。	骂我世上傻姑娘。

机无岔吖岔究走·四处找哥找不出

苗语汉字记音	汉译
腊呕荡炅夺蹦跑，	二月开春花儿开，
亚列呆冬农必勾。	三月范儿又成熟。
原乃久求弄百草，	闲日也不上山来，
机无岔吖岔究走。	四处找哥找不出。
勾牙郎筛想机交，	让妹心乱情绪坏，
公麻浓浓出阿休。	满身忧愁人闷苦。

该该丘蒙蒙究岩·暗暗恋你你不知

苗语汉字记音	汉译
该该丘内该该丘，	悄悄羡慕悄悄爱，
该该丘蒙蒙究岩。	暗暗恋你你不知。
同得大奴丘谋哥，	好像鸟儿恋鱼来，
同追求棒岔巫哉。	螃蟹上坡找泉池。
该该丘内该该丘，	悄悄羡慕悄悄爱，
该该丘蒙蒙究郎。	暗暗恋你你不想。
同得大奴丘谋哥，	好像鸟儿恋鱼来，
同追求棒岔巫良。	螃蟹上坡找泉塘。

狼吖脓呆勾竹可·听到我来门不开

苗语汉字记音	汉译
久尼久没麻扑凸，	不是无话告诉你，
扑觉久恰蒙克哥。	说了不怕你看白。
阿虐飞蒙囊告冬，	以前恋你的时期，
会芒机江拿几搓。	夜行滚坎许多台。
扎劳计改凑告公，	滚下高坎颈撞击，

差都找夺到卑乐。	差点撞破我脑袋。
郎松郎芒机炯萌，	半夜三更来转移，
扑拜究解出炯所。	不敢引妹私奔来。
没从斗炯家奴聋，	深情坐在荒草地，
拉勾奴图出聋波。	树叶当作被来盖。
奴图出波阿聋兄，	树叶做被暖身体，
吉蝈上奈哼修豆。	睡醒快叫我起来。
列刚喂尖蒙囊崩，	要让你我成夫妻，
龙喂刚共出阿儿。	和我相伴到头白。
无敌出害高逑能，	为何突然变心意，
狼哼脓呆勾竹可。	听到我来门不开。
洽尼没能勾巴聋，	怕是有人谗言诋，
初不勾刚剖机搏。	挑拨我俩把爱甩。

乃乃虐虐总机力·日日夜夜想念哥

苗语汉字记音	汉译
撒袍扑包喂囊衣，	唱歌送给我阿哥，
刚牙斗启拉总想。	你让妹妹挂心肠。
狼哼松撒兄告启，	听哥歌声我快乐，
儿共打文让阿娘。	年老突变年轻样。
麻策八虐觉拿几，	恋哥工夫丢许多，
能哼岩蒙狼究狼?	问哥是否听耳旁?
麻蒙锐烈究岩西，	恋你饭菜也不饿，
锐烈究农拉究光。	菜饭不吃也无妨。
乃乃虐虐总机力，	日日夜夜想念哥，
得哼阿炯究包常。	哥无音讯传回访。

麻牙腊同功剥者·作茧自缚在屋楼

苗语汉字记音	汉译
秀蒙究解扑包要，	爱你不敢当面诉，
架能架罖同能戈。	糊糊涂涂人发痴。
胡巫究萌烈久敖，	水饮不进食难入，
龙能扑度高松别。	和人答话声打抖。
奶枯后喂勾伢浩，	母亲痛心炒鲜肉，
奈答努几究岩修。	喊不起床肉不吃。
同功剥者你弄笑，	蚕儿吐丝筛面伏，
麻牙腊同功剥者。	作茧自缚在屋楼。

挡孟如来埋阿解·盼望阿妹来相伴

苗语汉字记音	汉译
机怕腊同奴用弟，	分别好像鸟跳蹿，
同奴召柔阿腮腮。	鸟儿离窝不回还。
蹦夺囊昂挂觉期，	花开过期枯不绽，
常夺列挡呆炅先。	重开要等到明年。
同巫劳伢莪吕吕，	像水缓缓流下滩，
久兄常求弄卑改。	再也流不回上源。
吉俩如为害觉策，	挂念表妹害我难，
炯你久众蝈究尖。	坐立不安夜辗转。
劳处公操都就归，	上坡忧愁难躲闪，
机笔常送究弄然。	回到家里难忘断。
如皮咱为周机齐，	床头梦见妹笑颜，
吉蝈常皮皮究尖。	睡醒再梦梦不返。
松方各求克埋吹，	远望你村把愁咽，
机逃克求埋囊拜。	遥望你村那一湾。
乐启吉郎同车吹，	心乱好似篱笆散，
虐虐秀拔中机连。	天天将妹来思念。

没久没虐常最卑，　　可有时间重做伴，
牙要包策度麻岱。　　阿妹实话对我言。
就牙赶强批究批，　　盼妹有空把场赶，
机儿阿虐尖究尖。　　挤点时间把我看。
炯召马头格机追，　　坐在码头眼望穿，
挡孟如来埋阿解。　　盼望阿妹来相伴。

麻蒙麻构高儿头·爱到白头不相弃

苗语汉字记音　　汉译
比撒供度勾包衣，　　用歌把话告诉你，
果刚罘为能牙勾。　　唱给聪明妹子悉。
同蹦夺如头考生，　　像花开放惹人惜，
秀蒙同秀蹦告留。　　爱你像被花朵迷。
如度蒙扑喂乐启，　　好话说到我心里，
乐筛乐冒同容球。　　心似盐溶往外溢。
究岩出查中想为，　　工夫不做想念你，
腊路腊巫将呆抽。　　水田旱土草满地。
机乃吉芒中机力，　　白天黑夜总想你，
苁芒想蒙机岩勾。　　早晚想你路忘记。
启些吉郎机鸟起，　　心乱如麻无法理，
孟牙乐筛加机留。　　绞乱心肠理不齐。
究农锐烈究岩西，　　饭菜不吃不知饥，
高教内伢同同周。　　身上肉瘦像刀剐。
难然龙来强强你，　　难得与你在一起，
麻蒙麻构高儿头。　　爱到白头不相弃。

该该机莪邳没白·暗里偷偷在哭泣

苗语汉字记音　　汉译
剥萌芒叫剥究蝈，　　夜里睡觉无睡意，

吉窍磊格拉究救。	按住眼皮也难寐。
剥松剥啥能囊得，	朝思暮想为了你，
哈尼剥排能牙勾。	都是相思好阿妹。
该该机莪巫没白，	暗里偷偷在哭泣，
堂能泥麻刚能周。	人前莫悲让人诽。

没能宠咛囊巴扎·有人把你手牵牢

苗语汉字记音	汉译
如得蒙没如欧龙，	帅哥你有好妻挂，
如图没能照休巴。	好树有人系草标。
高巴东俄没能宠，	长长衣袖有人拉，
没能宠咛囊巴扎。	有人把你手牵牢。

久穷巫别被巫扎·不知水流小或大

苗语汉字记音	汉译
没度高启扑究绷，	心中有话讲不出，
扑绷亚洽能克虾。	讲出怕人轻看咱。
安松所嘎机蒙脓，	有心私奔去你屋，
蒙控包喂度杂杂。	你要给我讲真话。
克蒙会挂弄桥聋，	看你走过桥头处，
阿没究常克机哇。	没有回头看一下。
想敌挂巫究解萌，	想要过河不敢渡，
久穷巫别被巫扎。	不知水流小或大。

夺淞岭浓瓜觉改·打雷雨大垮田埂

苗语汉字记音	汉译
对抗老巫叉悄谋，	田坎浸水把鱼候，
夺淞岭浓瓜觉改。	打雷雨大垮田埂。

龙咛江江几勾斗，	我与哥哥刚碰头，
呕恰补告脓机专。	就有旁人来相争。

内锐拜斗腊拐嘎·鸭脚板菜将就炒

苗语汉字记音	汉译
同松没能照觉毛，	像虾有人放诱草，
告当如谋刚能趴。	塘里有鱼被人捞。
嘎想伢松伢谋浩，	莫想鱼虾做佳肴，
内锐拜斗腊拐嘎。	鸭脚板菜将就炒。

克药洽咱得飞奴·看远怕见约会坡

苗语汉字记音	汉译
求东比各炯吉不，	上到山坡垂头坐，
究解将没机克药，	不敢举目向远望。
克药洽咱得飞奴，	看远怕见约会坡，
咱得飞奴启中由。	看见此坡心忧伤。
求东比各炯吉不，	上到山坡垂头坐，
究解将没机克框，	不敢举目看四周。
克药洽咱得飞奴，	看远怕见约会坡，
咱得飞奴启中方。	看见此坡心忧愁。

蹦夺究呆阿坝乃·花开难到一百天

苗语汉字记音	汉译
蹦夺究呆阿坝乃，	花开难到一百天，
拿机夺如腊水枯。	开得再好也会谢。
久没能供蹦勾没，	没有人把花来捡，
热劳打陡能究陆。	落到地上人不屑。

蹦夺究呆阿坝乃，	花开难到一百天，
拿机夺如腊水扎。	开得再好也会枯。
久没能供蹦勾没，	没有人把花来捡，
热劳打陡能究咱。	落到地上人不顾。

抛球勾刚机蒙抢·我抛绣球等你抢

苗语汉字记音	汉译
高启麻策阿休成，	想念阿哥瘦了妹，
度岱扑刚机蒙狼。	我把实话对你讲。
宝钏中挡薛平贵，	宝钏坐等薛平贵，
抛球勾刚机蒙抢。	我抛绣球等你抢。
高启麻策阿休成，	想念阿哥瘦了妹，
度岱扑刚机蒙伢。	我把实话对你言。
宝钏中挡薛平贵，	宝钏坐等薛平贵，
抛球勾刚机蒙抢。	我抛绣球等你抢。

白白龙牙如阿儿·白白数年和你好

苗语汉字记音	汉译
飞蒙到布浓江江，	与妹相好名传播，
从拿比各告茸坐。	情深意重如山高。
勾寿冲萌拉冲常，	媒人请了好几个，
久控究解东炅豆。	被拒不敢引私逃。
飞蒙袍袍同标郎，	频频相会如穿梭，
嘎苂芒叫拉中所。	白天黑夜两头跑。
告教到猛吉俩羊，	你现生病愁坏我，
吉俩马照埋卑搓。	蹲你屋外把心操。

该该马你者处让，	悄悄来到寨边坐，
究解吉日告聋波。	不敢往你床前靠。
久没然刚比糖江，	没能送你糖一颗，
猛告究呆求埋溜。	病倒没来探望到。
阿日麻炎走报常，	只有无奈捶胸窝，
白白龙牙如阿儿。	白白数年和你好。

得咛嘎萌勾喂唉·你莫把妹丢一边

苗语汉字记音	汉译
龙策吉如阿冲娄，	和哥相爱时间长，
告启该该足江来。	心里暗暗好喜欢。
排咛机交出阿休，	想哥夜夜愁断肠，
农烈由伢机江先。	吃肉下饭味不鲜。
将咛列常嘎剖斗，	叫哥常来我村旁，
告甲那岭叉机年。	和哥相聚才欢颜。
勾会剖让袍周周，	我们村寨常来往，
得咛嘎萌勾喂唉。	你莫把妹丢一边。

麻蒙同功勾剥者·恋你好像春蚕眠

苗语汉字记音	汉译
麻蒙同功勾剥者，	恋你好像春蚕眠，
如认如烈久想嘎。	好饭好菜不想吃。
列农巴乌农几够，	想吃喉咙难下咽，
卑工比俅没麻他。	喉咙好像堵泥石。

想想哈瓜喂囊蒙·想你想痛我心肝

苗语汉字记音	汉译
麻埋喂哈尖能架，	恋你害我成傻蛋，
想想哈瓜喂囊蒙。	想你想痛我心肝。
同派吉俩机了俩，	线耙老想线来缠，
机了吉俩琼嘎浓。	线陀要有线筒转。
嘎浓吉俩松机恰，	线筒只想线来缠，
同松吉俩卑搭从。	线头只想指头牵。
同蹦吉俩德出夹，	就像花儿蜜蜂恋，
同德吉俩高召蹦。	蜜蜂只恋花蜜甜。

吉俩埋囊劳强岔·心中总想去赶场

苗语汉字记音	汉译
吉俩埋囊劳强岔，	心中总想去赶场，
批会批表东岔来。	一路嘀咕找老表。
高来呆强被萌挂，	老表是否已到场，
洽劳热强机相呆。	恐怕来迟尚未到。
巴巫岔呆高强笆，	河尾找到卖猪行，
茸巫岔保强题免。	河头转到布市找。
洽策勾你高强俩，	首饰摊边怕哥逛，
告巧没娥剖会先。	银器市场走遍了。
拜强岔蒙岔久甲，	全场不见你模样，
修照卑强伢派派。	立在场头把泪抛。
劳强机年常强麻，	赶场高兴归悲伤，
会挂者强机钢拈。	走出场后放声嚎。

儿让鲁机囊杀且·此生怎么来收场

苗语汉字记音	汉译
高来召楼机脓岔，	你我好久不来往，
勾会蒙荒将机得。	爱情之路已放荒。
排蒙啥出机借查，	恋哥功夫不愿扛，
荒查荒腮将呆设。	抛荒田地艾叶长。
铺黏机笔勾喂褡，	爹娘骂我不像样，
勾腮勾查几没克。	农活农事放一旁。
儿学岩列鲁机杀，	怎度余生要思量，
儿让鲁机囊杀且。	此生怎么来收场？

安松列龙嘎埋占·决心嫁到你楼宫

苗语汉字记音	汉译
尬腮几羊帕阿前，	为妹多做一些工，
尬查几羊帕阿候。	多种田土把粮筹。
安松列龙嘎埋占，	决心嫁到你楼宫，
农烈龙蒙出阿笔。	吃饭与你同屋楼。
剥蝈仁波恰刚然，	睡觉帮你把被送，
得剥国剥喂后头。	洗净床被的污垢。
机休阿笔棉占占，	屋里垃圾收拾空，
阿能阿梦机梭周。	要让公婆乐悠悠。
枯能枯梦喂枯拜，	孝顺公婆礼仪恭，
拖巫茶没昭告斗。	洗脸端水送到手。
到你埋笔炯该该，	安心住在你家中，
公操拿弄几没斗。	一点忧愁都没有。

皮呆儿共到卑哥·皓首苍颜仍思君

苗语汉字记音	汉译
麻为囊皮究生松，	念妹之梦不会醒，
如皮究松萌阿儿。	盼梦莫醒伴终生。
召让皮通阿柔能，	年少做梦到如今，
皮呆儿共到卑哥。	皓首苍颜仍思君。
皮为从如究兄弄，	梦妹情重记永生，
机交几浓照聋波。	美梦绕在被窝萦。
捧你郎皮阿腮萌，	只想永留梦里情，
松皮亚崩告启乐。	好梦醒来碎人心。

想蒙刚喂蝈久头·想你我把睡眠丢

苗语汉字记音	汉译
处勾阿祝锐得恶，	路边山芋一小蔸，
得恶呆你高不夯。	长在溪边道路旁。
磊磊会通蒙告豆，	行人从你旁边走，
勾会萌萌亚常常。	路人来来又往往。
咱剖高来后剖就，	你见表妹把信透，
巴秋几俩欧秋羊。	说哥恋妹情意长。
想蒙刚喂蝈久头，	想你我把睡眠丢，
虐虐然蝈拉究光。	夜夜失眠心不爽。
机纠拿没功农冒，	像有虫儿咬心头，
阿乃咱成阿乃囊。	一天一天人瘦黄。
到猛挡克来吉后，	相思只等妹来救，
枯那到度跟倒常。	得信相伴来哥旁。

尼让久没拿能戈·年少不会这么糟

苗语汉字记音	汉译
虐让喂呆告埋好，	年轻到过妹的村，
牙要炯你娘坡俄。	妹妹尚在娘怀抱。
无敌蒙亚拿能标，	聪明美丽忽长成，
阿日头诺果后鹅。	如今歌儿唱得好。
腊呕囊麻叉起少，	你如二月笋初萌，
同麻叉通香共梭。	春笋刚生皮未老。
蒙将松撒机讨要，	歌声婉转很动听，
松彭机堵奴机豆。	引得百鸟齐出巢。
果求比各苴倒老，	歌声回荡在山岭，
凤凰动召机歪斗。	凤凰听了羽翎摇。
果你告伢少比高，	唱在河边起水声，
搭戎动召搭戎戈。	老龙听了现龙貌。
扑呆强劳埋囊好，	那天赶场去贵境，
嘎嘎补排机苁修。	鸡鸣三遍我就跑。
过岗龙挂告卑桥，	过岗龙前把桥登，
阿腮批会批机秋。	边走边看一路瞧。
穷夺炮瓦机香少，	屋顶炊烟未曾升，
吉拿克埋香起夺。	估计你们火未烧。
想地列勾摆竹考，	我想上前来敲门，
亚洽会老埋卑作。	又怕声响把人吵。
妈你摆笛比租老，	蹲在屋边脚麻疼，
母母久娘亚腊修。	久蹲不行立伸腰。
告启机研巴度标，	心情激荡急早行，
嘎褡埋同功报者。	作茧自缚莫怨娇。
延共勾喂延毛保，	人老糊涂欠机灵，
尼让久没拿能戈。	年少不会这么糟。
咱奴叉起勾尬了，	见鸟才把火药整，
搭奴起西用挂各。	鸟儿早已过山坳。

告当没谋勾尬早，	想鱼来把药配成，
白白害咛尬机否。	害我白把药水搅。
如谋能怕出谋肖，	好鱼腌酸放坛瓮，
延桶巫冲照恰勾。	鱼桶空空水冒泡。

腊咱巫劳究咱蒙·伊人不见唯水流

苗语汉字记音	汉译
松方求呆茸包朝，	忧伤爬到山顶上，
喂害求呆各麻岭。	苦闷来到高山游。
求呆茸筛机豆劳，	上到山巅朝下望，
腊咱巫劳究咱蒙。	伊人不见唯水流。

你排剥想能囊奴·日思夜想人家女

苗语汉字记音	汉译
你排剥想能囊奴，	日思夜想人家女，
机白吉不剥究蜩。	翻来覆去睡不着。
机哥赳柔及乐虐，	燕子筑巢费力垒，
赳尖亚召奴偏黑。	垒成却被麻雀搅。

保机囊牙机弓衣·哪里的妹把你撩

苗语汉字记音	汉译
周度刚蒙亚周采，	约日我把信物抛，
专囊久尼休把锐。	留的不是茅草标。
吉俩巴秋常究呆，	挂念老表你不到，
保几囊牙机弓衣。	哪里的妹把你撩。
该该麻蒙蒙究岩，	暗暗恋你你不晓，
害达害虐喂告启。	朝思暮想受煎熬。

周度刚蒙亚周采，	约日我把信物抛，
专囊久尼休把同。	留的不是茅草把。
吉俩巴秋常究呆，	挂念老表见不到，
保几囊牙机弓蒙。	哪里的妹把你拉。
该该麻蒙蒙究岩，	暗暗恋你你不晓，
害达害虐喂高蒙。	朝思暮想受折磨。

冬家包处没除除·林间深处老虎多

苗语汉字记音	汉译
勾埋到炯百草你，	与你同坐白草岗，
喂飞牙要告启苦。	我恋阿妹苦心窝。
想帕锐烈究岩西，	恋你菜饭都不想，
阿大尼农烈大补。	一餐只吃一小坨。
告教究斗伢卑吉，	身上肉瘦没四两，
酷八累伢同同都。	脸上无肉似刀剥。
麻为为尼能囊衣，	恋妹你是人妻房，
图岱告棒能专觉。	山上好树人捆索。
如图没约能称力，	好树已有人守望，
冬家包处没除除。	林间深处老虎多。

久没尖来松方达·亲事不成人愁痴

苗语汉字记音	汉译
梅腊冲呆埋笔嘎，	媒人请来你家至，
勾寿冲常嘎埋冬。	红娘请到你村里。
久没尖来松方达，	亲事不成人愁痴，
大大修呆告启容。	每天失眠早早起。
机常操囊吉稠麻，	烦去想来总忧思，
容容麻麻想究通。	思思恋恋心萎靡。
究想你冬拉想答，	不想在世只想死，
答萌求大头究捧。	死上西天眼不闭。

蒙想几拿喂想埋·你想不如我想你

苗语汉字记音	汉译
牙要蒙排几拿喂，	妹妹想念不及我，
蒙想几拿喂想埋。	你想不如我想你。
机乃排牙通兄没，	白天想你到午过，
芒叫排来勾蝈然。	黑夜相思无睡意。
炅巫炅浓总排者，	涝灾年头盼干涸，
卡者挡浓尚俩尖。	天旱待雨实不易。
比俅山伯麻祝姐，	就像英台恋山伯，
绍拿董永勾为排。	董永苦把七姐忆。

久没楼虐拿能浓·交往不久已着迷

苗语汉字记音	汉译
久没楼虐拿能浓，	交往不久已着迷，
麻衣乐咛筛告嘎。	恋妹揉碎我心肝。
麻帕锐烈究岩农，	念你饭菜不想觅，
告少刚巫究岩沙。	竹筒喂水不知咽。
到布拿各然飞蒙，	得个虚名迷恋你，
久没到宠牙巴搭。	从没牵过妹的手。
尼到宠斗会机炯，	若得牵手在一起，
公操公麻打磊扎。	心中愁思全掉完。

为求出咛拿能虾·男命为何如此薄

苗语汉字记音	汉译
龙帕机相尖阿炅，	恋妹还未到一年，
相尖阿炅弄脚那。	未到一年忘了哥。
白白到觉阿磊布，	空空得个虚名担，
机凯龙牙如阿瓦。	白白与妹相恋过。

阿老几没呆剖屋，　　一次没进我屋转，
摆竹阿前尼机扎。　　家门一次没到过。
从浓拿机蒙弄奴，　　情重多少你忘干，
如从蒙将召机卡。　　情深妹却一边搁。
褡喂架同磊不图，　　骂我傻如木头憨，
为求出咛拿能虾？　　男命为何如此薄？

克蒙包咛努几出·看你教哥怎么做

苗语汉字记音　　汉译
阿乃斗炯弄加奴，　　整天坐在茅草坡，
排害扑齐牙牙觉。　　内心话儿均讲过。
公操公麻拿能灵，　　心愁忧思那么多，
乃腊亏剖觉度扑。　　日月亏待无话说。
告大仁剖出阿入，　　天助我俩来唱歌，
几控刚剖勾出不。　　却阻你我身相托。
撒忙果刚剖欧秋，　　哥唱山歌让妹和，
克蒙包咛努几出。　　看你教哥怎么做。

拉如到蒙出阿笔·我想和你共白头

苗语汉字记音　　汉译
图明尖必几没夺，　　枫香结籽花没有，
良柳花奴机哈勾。　　垂柳吐芽丝丝秀。
同宝勾你嘎弄臭，　　像宝卡在龙嘴留，
同戎勾照讥巫周。　　似蛟困在河滩愁。
巫秀出巫胡几错，　　露珠当水喝不够，
飞衣刚咛勾启斗。　　恋妹让哥把心丢。
如来囊衣中想就，　　如花阿妹我追求，
拉如到蒙出阿笔。　　我想和你共白头。

瓜喂当孟蒙打磊·哄好只有妹一人

苗语汉字记音	汉译
虐让囊昂到飞来，	年轻时候恋过妹，
几龙宠斗从拉没。	相互牵手情谊深。
召将楼楼蒙机拐，	分开久久你不归，
扎坝将斗勾机喂。	掉崖放手把我摒。
麻牙告启同同猜，	念妹心里如刀锥，
卫为害达骂囊得。	为妹害了我自身。
几俩如为机刚拈，	思念阿妹滚泪水，
伢篙机江拿几德。	伤心欲绝哭打滚。
尼众脓瓜喂机哉，	众人来哄仍伤悲，
瓜喂当孟蒙打磊。	哄好只有妹一人。

努几将咛嘎斗启·怎叫阿哥不伤情

苗语汉字记音	汉译
周度刚剖机年周，	留话让我心欢喜，
修豆召笔所几几。	起身离家快快行。
召老召叫吴拉剖，	碰足撞趾赶路急，
只尼想常脓飞为。	一心只想会妹亲。
文王所挂乌江口，	文王跑出乌江地，
总没阿虐呆西岐。	终会抵达西歧境。
勾咛卜尼几者周，	谁知你把我丢弃，
斗剖囊没泥常飞。	失约躲避懒见人。
常飞芒芒空空勾，	让我夜夜空走起，
努几将咛嘎斗启？	怎叫阿哥不伤情？

猛到机纠尼麻衣·恋妹才是我病根

苗语汉字记音	汉译
容蒙沙累伢告纠，	想你身瘦如刀削，
挂且究斗没卑及。	过秤没剩肉半斤。
尼众克猛啥白笔，	众人探病屋挤爆，
磊磊吉奈后无圭。	个个都说要喊魂。
剥照聋波该该周，	睡在床上暗自笑，
猛到机纠尼麻衣。	恋妹才是我病根。

科乃科芒你让马·日夜困在笼中趴

苗语汉字记音	汉译
麻策猛到拿阿楼，	恋哥害病这么久，
告教累伢同同剐。	身上掉肉似刀剐。
如为猛到为觉剖，	妹病只因恋哥愁，
该该麻剖害觉帕。	暗恋让我身体垮。
奴灵你照让笼勾，	画眉关在笼里头，
科乃科芒你让马。	日夜困在笼中趴。

没些上供扎能围·有心快用渔网移

苗语汉字记音	汉译
机白高蒙炯久众，	分开内心静不下，
机乃吉芒总想衣。	白天黑夜总想你。
出启想来拉尼控，	真心想你怕白搭，
喂洽高来久没启。	我怕表妹没心意。
同没相没腊莫宠，	像马还没上笼架，
久没能照腊没追。	没有缰绳来牵系。
同谋劳巫莪文文，	似鱼下滩顺水滑，
没些上供扎能围。	有心快用渔网移。

斗启枯咛被久没·现在是否还有心

苗语汉字记音	汉译
拿几拿阿囊吉俩，	把妹时刻在挂念，
中中吉俩蒙打磊。	一直挂念你一人。
常冬机笔炯嘎哈，	回到家里叹连连，
容来芒叫剥究蝈。	恋妹深夜睡不稳。
吉俭磊格拉咱牙，	闭目就把妹妹见，
告启到他拿巴乃。	心情愉悦如日升。
咱蒙相呆昂阿罖，	见妹又想起从前，
斗启枯咛被久没？	现在是否还有心？

几龙宠斗炯家锐·重新牵手百草坪

苗语汉字记音	汉译
勾撤奈蒙几常除，	用歌叫妹再相会，
就牙常老剖囊吹。	盼你重走我们村。
几力常脓勾埋母，	总想你再重回归，
几龙宠斗炯家锐。	重新牵手百草坪。
勾衣机得尖楼虐，	爱路你已久荒废，
拿机几俩机勾衣。	无比思念你的情。
供考常哈几先路，	用锄重新把土培，
图呆常到呕得最。	两树长得都茂盛。

几俩欧秋伢派派·思念阿妹眼泪掉

苗语汉字记音	汉译
告来怕楼加常奈，	别久不好意思喊，
代度刚蒙包几呆。	带话送你带不到。
如从蒙召哉歪歪，	好情你已丢一边，
弄剖歪歪几没太。	把我丢下不管了。

赶强劳枪几没改，	赶场来找没见面，
几俩欧秋伢派派。	思念阿妹眼泪掉。
从浓嘎彭几劳见，	好情莫丢下溪涧，
几弱大虐常飞来。	抽空与哥来闲聊。

斗咛剖冬列嘎兜·莫把哥哥来抛扔（三角转）

苗语汉字记音	汉译
常走勾撒大灵岔，	重逢把歌唱一席，
苦从列岔包夫几，	苦情要诉给友人，
果刚殴秋能牙勾。	诉给老表的妹矣。
召斗楼楼总几俩，	分别虽久常想卿，
溶溶麻麻觉拿机，	思思念念多日期，
几俩阿乃伢阿柔。	思念一天哭一阵。
召喂沙同得公麻，	弃我好似孤子弟，
斗喂囊没究几利，	把我一点不挂心，
打腊楼楼泥常由。	已成多月不相觅。
几夫赶强勾为岔，	专门赶集把妹寻，
没度究摆着告启，	有话不要藏心际，
供度交略包来周。	把话说给妹妹听。
飞衣总想蒙常嘎，	很早就有重会意，
太花几龙炯加锐，	愿妹再入百草坪，
奈牙常老摆腊仇。	邀妹重到山野地。
常走绍从勾包牙，	重逢诉情对妹君，
公操公麻扑包为，	心内愁思对你提，
斗咛剖冬列嘎兜。	莫把哥哥来抛扔。

排乃排芒拉总想·日日想你夜夜念（顶真歌）

苗语汉字记音	汉译
飞衣到扑欧大桃，	与哥得讲几句话，

排乃排芒拉总想。　　日日想你夜夜念。
排来勾冬出几到，　　念哥农活都放下，
排咛斗药奈几狼。　　想你远喊听不见。

排咛斗药奈几狼，　　想你远喊听不见，
昂弄昂乃总想克。　　一年四季总想会。
乐冒乐筛害文羊，　　神志昏沉心意乱，
几俩弥哇伢弥特。　　想哥一回哭一回。

几俩弥哇伢弥特，　　想哥一回哭一回，
累伢告教尼韦埋。　　消瘦因你苦思念。
尼到那岭枯觉喂，　　若能得哥把我慰，
公操拿弄飒召然。　　满身忧愁都消痊。

芒芒剥排咛囊纠·夜夜念想情郎身（顶真歌）

苗语汉字记音　　汉译
芒芒剥萌腊总排，　　夜夜睡下总思考，
芒芒剥排咛囊纠。　　夜夜念想情郎身。
修萌克腊腊斗筛，　　起身望月月儿高，
通家勾图卑巴勾。　　月光皎洁照树林。

通家勾图卑巴勾，　　月光皎洁照树林，
方傩方最剥几蝈。　　翻来覆去难入寝。
列萌皮蒙出阿勾，　　快到黎明梦到君，
打众奈修巫没白。　　喊声惊醒泪滚滚。

打众奈修巫没白，　　喊声惊醒泪滚滚，
几俩将松伢图图。　　难分难舍放声哭。
奶骂召崩冬猛得，　　父母惊疑女儿病，
亡峰蒙奈巴得出。　　忙请法师把病除。

亡峰蒙奈巴得出，　　忙请法师把病除，

出出几如猛阿磊。　　法事做尽病未脱。
喂腊召共度岱扑，　　妹妹只好真言吐，
得帕麻龙能囊得。　　女儿是恋情郎哥。

高启吉郎同溶头·我心软得如烂泥

苗语汉字记音　　汉译
告茸几动常常修，　　阿公山高仍屹立，
阿黏刘翠强修你。　　阿婆峰立常相伴。
久到咱衣尼咱各，　　只见山头不见你，
咱各几就修葵葵。　　山峰挺拔雄姿展。
公操几祥点能歌，　　忧愁缠绕我心里，
拿几几错喂囊启。　　已经绞乱我心肝。
白害巫格总几莪，　　眼泪滚滚往下滴，
越想越害几够为。　　越想越害我为难。
高启吉郎同溶头，　　我心软得如烂泥，
得帕筛冒乐觉起。　　妹的心肠都软完。
豆劳批会批几朵，　　走路回头张望你，
启些总供咛几立。　　一心总是把哥念。

（六）撒几怕·离别歌

斗度将蒙机拐冈·有话你就尽管讲

苗语汉字记音　　汉译
常萌久列拿阿标，　　回去不要那么忙，
嘎标常嘎阿磊笔。　　莫忙回到屋里去。
斗撒斗度机相高，　　有歌请你只管唱，
斗度将蒙机拐有。　　有话你就尽管叙。

常萌久列拿阿标，　　回去不要那么忙，
嘎标常嘎阿磊让。　　莫忙回到你村庄。

斗撒斗度机相高，　　有歌请你只管唱，
斗度将蒙机拐冈。　　有话你就尽管讲。

再斗如度勾包蒙·还有好话让你听

苗语汉字记音　　汉译
将蒙沙炯嘎标修，　　喊你坐着莫站起，
再斗如度勾包蒙。　　还有好话让你听。
出牙机追洽地俄，　　妹想拉你怕破衣，
召告克咱想王峰。　　怕人见了讲不清。

将蒙沙炯嘎标修，　　喊你坐着莫站起，
再斗如度勾包埋。　　还有好话要告诉。
出牙机追洽地俄，　　妹来拉扯怕破衣，
召告克咱王峰千。　　旁人见了会猜度。

挂腊在斗把陶松·月落又升启明星

苗语汉字记音　　汉译
乃萌挂茸无拉挂，　　太阳落山过山冈，
乃扎常嘎乃囊冬。　　日落回归日头城。
挂觉机乃在斗腊，　　走了太阳出月亮，
挂腊在斗把陶松。　　月落又升启明星。

仁到仁乃机常呆·想拉日头重新升

苗语汉字记音　　汉译
乃扎同草周留叫，　　日落像滚锅箩圈，
草挂者茸比各年。　　落入西方山后沉。
勾斗仁乃仁久到，　　手拉太阳拉不转，
仁到仁乃机常呆。　　想拉日头重新升。

出图常勾机埋占·树枝倒把藤来缠

苗语汉字记音	汉译
阿乃撒忙果如如，	唱歌一天把情抒，
考生列将勾机歪。	依依不舍分开难。
机冬尼没蜡占图，	世上只有藤缠树，
出图常勾机埋占。	树枝倒把藤来缠。
得策龙剖绒排奴，	哥和我讨鲜花束，
刚哼告蹦拐究拐？	我送盆子管不管？
常萌嘎围照嘎处，	回家莫丢在路途，
从如嘎召照家改。	情深莫丢在荒山。
剥蝈勾吾出勾穷，	睡觉用它当枕抚，
尖皮龙策斗机拐。	梦里和哥把手挽。

撒学勾哼能别楼·你歌把我魂儿勾

苗语汉字记音	汉译
嘎标常萌嘎标会，	莫要急着把家回，
嘎标常劳阿磊笔。	莫急回你屋里头。
搭嘎机笔没能记，	家中鸡鸭有人喂，
搭笆没能刚烈愁。	有人喂猪不用愁。
剖蒙灵出撒阿气，	我俩慢慢把歌对，
撒学勾哼能别楼。	你歌把我魂儿勾。

腊凤五摆被西乃·明天后天行不行

苗语汉字记音	汉译
久没到孟通嘎苁，	没陪多久到黎明，
比各阿告然觉乃。	山巅那边太阳升。
萌荡机怕埋常萌，	天亮分别要回程，
喂囊公麻脓呆得。	忧愁搅乱我心境。

如埋常送埋没崩，	回去你有丈夫迎，
久没欧奈奈打磊。	我无妻室无人问。
努几喜到齐老冬，	怎么舍得回家门，
考生龙牙埋机白。	和妹分别我伤情。
修豆龙为勾度绒，	临行和你来约定，
腊风五摆被西乃？	明天后天行不行？

久尼巫摆拉西乃·总有一天能成行

苗语汉字记音	汉译
你你炯呆告昂盟，	一坐坐到天大亮，
炯炯亚呆昂通乃。	一聊聊到太阳升。
萌觉呆昂机他咛，	天亮时刻别情郎，
机白久到列机白。	分别难舍也要分。
周昂周彩喂拉控，	留日留彩我也让，
喂没启刚蒙脓没。	有心送你你来领。
西乃巫摆拉大文，	明天后天只一晃，
久尼巫摆拉西乃。	总有一天能成行。

拿几吉俩能囊得·留恋别家乖乖女

苗语汉字记音	汉译
头洽机怕昂嘎茨，	真怕分开在晨曦，
努几西到来机白。	怎么舍得你回去。
考生风内考生风，	可惜可惜真可惜，
拿几吉俩能囊得。	留恋别家乖乖女。

会别囊牙再斗从·磨蹭的妹有情意

苗语汉字记音	汉译
机白刚牙蒙先修，	临别让妹先动身，

蒙修刚咛如克蒙。	你动身走我看你。
克孟会扎比会别，	看你磨蹭或飞奔，
会别囊牙再斗从。	磨蹭的妹有情意。

扑召机白比工打·讲到分别哽喉咽

苗语汉字记音	汉译
果撒阿芒拿能楼，	一夜唱了这么久，
相通萌荡叉兄炯。	未到天亮寅时辰。
召撒刚牙启究吼，	歌停让我生忧愁，
扑召机白比工打。	讲到分别哽喉咽。
七姐吉卜克打陡，	七姐低头看九州，
冬腊董永难到咱。	凡尘董永看不见。
果撒阿芒拿能楼，	一夜唱了这么久，
相通萌荡叉兄拉。	还未天亮是卯间。
召撒刚牙启究吼，	歌停让我心忧愁，
扑召机白比工聋。	讲到分别咽喉哽。
七姐吉卜克打陡，	七姐低头看九州，
冬腊董永难到绷。	凡尘董永不现身。

供乃供腊搂勾占·捆住月亮和日头

苗语汉字记音	汉译
机怕得为考生丰，	与妹离别真可惜，
龙到龙帕阿腮腮。	若得相伴愿长久。
乃乃虐虐勾蒙孟，	想要日夜不分离，
供乃供腊搂勾占。	捆住月亮和日头。
久没乃巴究兄盟，	没有太阳亮不起，
腊芭强盟百草改。	明月永照草山口。
机白刚喂搭租宠，	临别把你手拉起，
宠牙巴达勾机坚。	拉妹指尖情意留。

如虐常飞能勾梅·吉日再来会妹妹

苗语汉字记音	汉译
然陪阿芒相兄筛，	陪伴一夜不尽兴，
阿芒陪为究忙些。	通宵陪伴不满足。
修豆会常考生埋，	分别离去难舍您，
机改巫没莪尖得。	泪流成行不断出。
机怕周度喂机坚，	再会日期我记清，
如虐常飞能勾梅。	吉日再来会妹妹。

先剖牙要嘎常溶·嫌我阿妹莫再觅

苗语汉字记音	汉译
蒙萨修被喂萨修，	你先走或我先走，
萨修刚牙如克蒙。	让妹先走好看你。
克吁会扎被会别，	看你急行或慢游，
会扎囊吁久斗从。	急走汉子情抛弃。
巫没白你埋机傩，	泪水在你眼前流，
虾容莪娘阿者冬。	开沟可灌到田里。
出姑打奴机娃修，	我变雀儿瓦角逗，
笔傩笔者松机炯。	屋前屋后叫不息。
拉捧炯照报来俄，	我想在你衣襟留，
崩洽江撒久依从。	我怕阿哥你不喜。
蒙尼龙为从旧修，	你我的情若臭馊，
先剖牙要嘎常溶。	嫌我阿妹莫再觅。

斗度西乃衣常由·有话日后再交流

苗语汉字记音	汉译
机外拜豆常萌抖，	分别动脚回家走，
几无告老常嘎笔。	漫步回转我屋头。

斗撒斗度列嘎果，	有歌有话莫出口，
斗度西乃衣常由。	有话日后再交流。

将蒙常炯嘎标修·请你坐下莫成走

苗语汉字记音	汉译
同巫累累嘎标莪，	像水潺潺莫成流，
同白年年嘎标容，	像雪薄薄莫融化。
将蒙常炯嘎标修，	请你坐下莫成走，
再斗如度勾包蒙。	还有好话和你拉。

打启召到蒙腊召·狠心你就把我抛

苗语汉字记音	汉译
盟大嘎苁剥哄巫，	黎明时分起浓雾，
机连哄茄总机交。	浓雾袅袅绕山包。
苁苁吉地弄家奴，	早早离开约会处，
机白来让弄百草。	与妹分别百草坳。
捧出得让刚来枯，	想做婴儿让你护，
打启召到蒙腊召。	狠心你就把我抛。

盟荡机怕照嘎苁·黎明时刻要分开

苗语汉字记音	汉译
盟荡机怕照嘎苁，	黎明时刻要分开，
机白久到列机白。	难分难舍也要分。
周度刚蒙亚常脓，	约定要你再回来，
斗些陪牙被久没。	陪妹是否还有心。
奈蒙亚洽机蒙崩，	留你怕你有人碍，
吉追再斗阿层国。	家里还有官一层。

埋同召度用斗筛·你像云朵飞天上

苗语汉字记音	汉译
埋同召度用斗筛，	你像云朵飞天上，
埋用斗筛剖斗伢。	我在地上你很高。
机交吉浓埋囊摆，	始终徘徊你寨旁，
久控嘎剖囊阿恰。	不肯来到我村郊。
久控嘎笔腊衣埋，	不来我家也无妨，
尼如召药机克差。	只能远远把你瞧。
喂列出计勾脓偏，	我要做风拂云裳，
刚埋俄哈用米麻。	吹你衣裙飞飘飘。

常苁亚秀机勾蒙·早回不舍恋帅哥

苗语汉字记音	汉译
果果乃挂比各茸，	唱歌唱到太阳落，
乃挂告茸比各抽。	太阳落过草山头。
常苁亚秀机勾蒙，	早回不舍恋帅哥，
常芒久没能留笔。	晚归无人把屋守。

飞衣陪来阿乃芒·陪妹一天夜幕降

苗语汉字记音	汉译
飞衣陪来阿乃芒，	陪妹一天夜幕降，
机白害咛喂乐筛。	辞别离开我心哀。
同戎瓦乃几他将，	彩虹绕日现要放，
努几写到将几外。	怎能舍得放分开。

奈咛斗苭蒙几狼·唤哥隔远难传音

苗语汉字记音	汉译
怕策常呆剖阿告，	别哥我回到家里，
排咛如从浓江江。	相思义重情谊深。
出尖烈农喂想召，	煮成夜饭我想起，
奈咛斗苭蒙几狼。	唤哥隔远难传音。

列报昂几叉常咱·要到何时重聚首

苗语汉字记音	汉译
扑召机他头乐启，	讲到分手我心酸，
想召怕埋巫没哈。	说到别妹眼泪流。
比俅七姐召东永，	好像董永别女仙，
萨同奶骂怕得嘎。	如同父母别婴幼。
刚咛常萌努几你，	让哥回家坐不安，
会嘎号几伢嘎阿。	日日夜夜哭不休。
喂伢刚牙埋照宜，	我哭想让你可怜，
岩埋筛能被筛打？	不知妹心硬或柔？
周虐亚常呆昂几？	约期相会是哪天？
列报昂几叉常咱？	要到何时重聚首？

能牙没逑勾刚来·问妹拿啥送哥返

苗语汉字记音	汉译
陪蒙炯觉阿乃忙，	陪妹坐了一整天，
度如扑齐觉点点。	知心话儿已讲完。
同戎瓦乃机他将，	霓虹绕日渐浅淡，
难到机夫出阿块。	想再恢复实在难。
机白蒙勾告逑刚，	分别你拿何物献，
能牙没逑勾刚来？	问妹拿啥送哥返？

机白常萌亚洽热·分别回家怕迟怠

苗语汉字记音	汉译
改各改茸鲁保借，	显山显岭如甑盖，
咱巫告伢改巫隆。	看见河里水色碧。
机白常萌亚洽热，	分别回家怕迟怠，
洽甲剖黏迷修苁。	恐遇长辈早早起。

拉捧兄照埋囊冬·甘愿留宿妹村间

苗语汉字记音	汉译
盟荡休哄常求各，	天明浓雾收上山，
休度常咱巴乃锰。	云开复又现蓝天。
吉俩如为喂洽修，	依恋佳人怕归返，
拉捧兄照埋囊冬。	甘愿留宿妹村间。

炯到炯蒙吉由喂·想带妹妹随我行

苗语汉字记音	汉译
扑召机他喂容启，	说到分别我伤悲，
努几西到将机德。	怎么舍得情放冷。
盟大嘎苁机白衣，	天刚透光要别妹，
炯到炯蒙吉由喂。	想带妹妹随我行。

陪为阿芒弄家抽·陪妹一夜在草坡

苗语汉字记音	汉译
陪为阿芒弄家抽，	陪妹一夜在草坡，
乃呆阿告然勾乃。	东方那边已现白。
几磊常嘎几磊笔，	各自回到各家坐，
刚帕常嘎帕囊得。	让妹回到妹家宅。

同齐棒坝几白柔，	好似野蜂分巢窝，
比俅忙德几白色。	如同蜜蜂把群拆。

能牙列召被列飞·问妹是恋或是吹

苗语汉字记音	汉译
包喂几坚蒙囊度，	叮嘱的话我牢记，
见照喂囊告蒙筛。	藏到心里不忘怀。
如乃亚常白告虐，	相约日子已到期，
克为会送埋囊拜。	赴约来到你们寨。
求呆告苴者各图，	走到后山大树底，
挡帕炯照弄家改。	等妹坐在草丛呆。
修筛几豆勾劳处，	登高眺望山路崎，
修修几娘马阿排。	站累坐下久等待。
挡呆扎乃几咱奴，	太阳落山没见你，
扎乃布重几咱埋。	日落天黑没见来。
常走能帕努几如，	重逢问妹你何意，
能牙列召被列歪。	问妹要恋或抛开。
包喂几坚蒙囊度，	叮嘱的话我牢记，
见照喂囊告蒙启。	牢牢记在我心扉。
如乃亚常白告虐，	相约日子已到期，
克为会送埋囊溪。	赴约来到你村内。
求呆告苴者各图，	走到后山大树底，
挡帕炯照弄家锐。	等妹草丛来相陪。
修筛几豆勾劳处，	登高眺望山路崎，
修修几娘马阿生。	站累坐下歇一会。
挡呆扎乃几咱奴，	太阳落山没见你，
扎乃布重几咱为。	日落天黑没见妹。
常走能帕努几如，	重逢问妹你何意，
能牙列召被列飞？	问妹是恋或是吹？

乃伢亚常实剖拜·骄阳重升照我乡

苗语汉字记音	汉译
机白埋如害剖加，	分别妹喜哥心焦，
害策炯劳剖囊介。	哥要独自回村庄。
奈牙出乃几常芭，	请妹像日常来照，
乃伢亚常实剖拜。	骄阳重升照我乡。
机白埋如害剖加，	分别妹喜哥心焦，
害策炯劳剖囊追。	哥要独自回村庄。
奈牙出乃几常芭，	请妹像日常来照，
乃伢亚常实剖溪。	骄阳重升照我庄。

从如嘎围将机他·深情莫甩重相会

苗语汉字记音	汉译
剖蒙到炯比各休，	你我得会松树坡，
到孟巴秋得勾帕。	得陪老表好妹妹。
瓦囊泥会召觉剖，	如今不来把我搁，
召吁几拐将几哈。	把我抛开不来陪。
动召得撒罛几兜，	听信小话你去躲，
罛兜几刚几能咱。	深藏不让我来窥。
召告能抽度仲某，	旁人有意来挑拨，
偷勾抽刚剖埋八。	故意挑拨让吵嘴。
嘎动得撒勾剖抽，	莫听小话搞恶作，
从如嘎围将几他。	深情莫甩重相会。
剖蒙到炯比各休，	你我得坐松树坡，
到孟巴秋得勾梅。	得陪老表好姐姐。
瓦囊泥会召脚剖，	如今不走把我搁，
召吁几拐将几文。	你我情谊已断绝。

动召得撒罖几兜，	听信小话你躲我，
罖兜几刚几能克。	深藏不和我亲热。
召告能抽度仲某，	旁人有意来挑拨，
偷勾抽刚剖几黑。	挑拨你我战嘴舌。
嘎动得撒勾剖抽，	莫听小话搞恶作，
从如嘎围将几得。	深情莫丢不要舍。

如蒙常萌没欧奈·你回家中有妻唤

苗语汉字记音	汉译
记乃瓦龙格几件，	太阳现在正眨眼，
腊咱几件吾郎格。	只见眨眼在天边。
冲蒙勾撒地搭拜，	和哥商量把歌断，
果觉撒袍嘎常折。	唱完以后莫再还。
扑尼家喂打磊害，	害我一人实难堪，
乃挂瓦能列几白。	日落现在要别伴。
如蒙常萌没欧奈，	你回家中有妻唤，
奈家阿告再斗得。	有儿把你爸爸喊。

常你刚咛宠阿斗·坐下让哥把手拉

苗语汉字记音	汉译
几相芒叫蒙嘎急，	天还未黑不要急，
乃伢详详几勾勾。	红日还在高高挂。
几白出咛喂考水，	与妹分开我可惜，
考水龙牙几怕偷。	与妹分别我牵挂。
嘎标修会上常你，	莫急起身重坐起，
常你刚咛宠阿斗。	坐下让哥把手拉。
岩蒙牙要依几依？	不知小妹依不依？
蒙依蒙上你阿柔。	若是你依快坐下。

羊你阿且出高逑·多坐一阵做什么

苗语汉字记音	汉译
羊你阿且出高逑，	多坐一阵做什么，
腊上详详列几他。	迟早总是要分开。
几乃几沙比各修，	现在太阳快要落，
乃伢挂茸萌啥啥。	太阳落山去得快。
得帕笔炯能勾苟，	小妹的家路远着，
乃挂操松勾几咱。	日落夜黑步难迈。

几白常蒙尼埋如·离别回家你闲悠

苗语汉字记音	汉译
几白常蒙尼埋如，	离别回家你闲悠，
家咛炯斗弄家同。	害哥独坐茅草刺。
同题夹蒙害觉祖，	如布剪掉剩杼筘，
乃机常到题修众。	何日得布机上织。

机俩从浓阿儿能·相恋情深心不移

苗语汉字记音	汉译
扑召机怕打比工，	说到分开喉头哽，
巫没机江照磊格。	眼泪不停往下滴。
相交呕告没从浓，	我俩相恋感情深，
机俩从浓阿儿能。	相恋情深心不移。

将咛列你蒙嘎修·叫哥坐下莫急走

苗语汉字记音	汉译
得得巫当嘎标莪，	塘水浅浅慢点流，
召度年年嘎标偏。	云朵薄薄慢点飘。

将咛列你蒙嘎修，	叫哥坐下莫急走，
蒙修伢答机傩埋。	你走哭死让你瞧。

撒袍机白将机他·分别歌儿唱出口

苗语汉字记音	汉译
撒袍机白将机他，	分别歌儿唱出口，
鲁能召将头究捧。	这样放手不合算。
修豆机娃酷没哈，	提足转身满面愁，
巫没比江莪尖兄。	眼泪滚滚成流线。
阿丛公操韦龙帕，	想妹想得一身忧，
韦帕囊没拉中溶。	为了情妹愁满面。
秀埋勾咛囊筛八，	恋妹让我心肝揪，
八筛八冒八觉蒙。	心乱好比烂泥潭。
刚那阿日尖能架，	让哥此时傻了头，
阿日启些萨蒙龙。	万千思绪纷纷乱。
蝈头刚剖尖皮沙，	睡觉梦中放歌喉，
尖某狼除撒告松。	耳边似有歌声传。
从如努几八打杀，	好情为何突然丢，
刚咛越想越王峰。	让我越想心越暗。
腊召杜筛拐无擦，	只好放弃莫拥有，
飞飞拉尼常空空。	爱恋最终空手还。

常萌久列拿阿标·回去不要那么急

苗语汉字记音	汉译
常萌久列拿阿标，	回去不要那么急，
蒙供得老会及忙。	脚步放缓慢吞吞。
久没乍咛郎冬老，	不踩阿哥的足迹，
久兄告追嘎埋让。	不会跟随到你村。

飞衣嘎嘎奈那修·鸡叫现在喊哥起

苗语汉字记音	汉译
嘎弄奈来告启枯，	张口喊哥心爱抚，
扑召几怕巫没莪。	讲要分别泪水滴。
打尼尖来剥乃图，	婚后可以睡到午，
飞衣嘎嘎奈那修。	鸡叫现在喊哥起。

打嘎称喂蒙称咛·鸡叫催我你也催

苗语汉字记音	汉译
打嘎称喂蒙称咛，	鸡叫催我你也催，
扑召几怕几俩来。	讲要分别念妹娇。
奈那苁修喂久控，	叫哥早起我要睡，
究磊岩牙吾拉岩。	旁人知晓就知晓。

昂乃几交呆昂弄·夏春爱恋到冬秋

苗语汉字记音	汉译
周昂求呆弄昂炯，	久盼约期终到头，
芒芒陪那叟忙央。	夜夜陪我让蚊吃。
究拐巴乃被俩浓，	不管天晴有雨否，
袍袍周昂会常囊。	密密约见往返驰。
昂乃几交呆昂弄，	夏春爱恋到冬秋，
哉丰梦你秋报床。	天冷依偎妹身子。
机白机他考生宏，	与妹分别难舍走，
呕格巫没超比江。	泪水滚滚两眼湿。

他胎俄卜勾恰牙·脱件青衣把妹遮

苗语汉字记音	汉译
陪能囊得炯头腊，	我陪情郎来伴月，
飞衣害咛拿几苦。	恋爱害哥几多苦。
陪策炯呆郎芒挂，	陪哥坐过三更夜，
约古巫秀特奴雄。	露珠爬上葛叶伏。
他胎俄卜勾恰牙，	脱件青衣把妹遮，
如度告求哈扑觉。	爱语千言从口出。
萌充几白将吉娃，	天明分开要离别，
吉俩将松伢图图。	难分难舍放声哭。

牙要韦喂喂韦蒙·你情我愿来圆梦

苗语汉字记音	汉译
扑从囊度头难扑，	情爱二字实难诉，
几交几浓韦觉从。	如胶似漆皆为情。
陪蒙芒芒炯革雄，	陪你夜夜葛叶铺，
究崩乃伢倍机崩。	无畏日晒雪冰冷。
昂弄昂乃久洽苦，	严冬酷暑不觉苦，
牙要韦喂喂韦蒙。	你情我愿来圆梦。
海交秧广朗当穷，	辣秧茄苗慢慢扶，
挡孟阿生昂夺蹦。	期盼花开满园青。

几果撒忙儿生挂·对歌时光总会终

苗语汉字记音	汉译
召尖楼楼久没甲，	分别久久未相逢，
撒学着得尖楼冬。	久未唱歌技能空。
同古烈哉常嘎挂，	好似冷菜重上笼，

烈朝常机勾几兄。	似饭复蒸热烘烘。
几果撒忙儿生挂，	对歌时光总会终，
蹦哥夺如生努公。	似花开过花蒂空。
挂儿好比巫劳伢，	岁月好比水流冲，
儿挂萨同乃秋冲。	年岁正如日匆匆。
然果撒忙总几俩，	曾经对歌把情种，
总秀欧秋如撒容。	常思贤妹好歌咏。
几怕勾喂囊伢瓜，	离别心如刀剐痛，
告教累伢尼斗松。	瘦骨嶙峋皮子松。

列将飞衣勾卜召·斩断情丝要分开

苗语汉字记音	汉译
飞衣列召勾蒙将，	再爱也要和你分，
列将飞衣勾卜召。	斩断情丝要分开。
想策常飞到久娘，	想我再会不可能，
久没筛求茸机逃。	没有心思上坡来。

列伢几彭洽能狼·我想大哭怕人羞

苗语汉字记音	汉译
炯伢炯拈计图成，	伤心悲泣树荫下，
列伢几彭洽能狼。	我想大哭怕人羞。
机齐咚俄响巫没，	我拿衣袖把泪擦，
巫没廷通俄丫忙。	泪把衣服都湿透。

（七）撒岔度岔数·议论调侃歌

喂麻比蒙嘎麻羊·我愁比你愁更多

苗语汉字记音	汉译
蒙拉麻囊喂拉麻，	你也愁来我也愁，
喂麻比蒙嘎麻羊。	我愁比你愁更多。
蒙麻蒙斗得哥骂，	你愁有夫在家守，
喂麻几磊后喂狼。	我愁哪个来理我。
麻埋荒腮亚荒查，	恋你田土都荒丢，
腊查荒齐哈呆光。	田土抛荒草盖禾。
麻为磊磊勾喂褡，	恋妹我被人骂臭，
岩蒙麻答告求囊。	骂我不知愁什么。

从浓拿娘比各茸·情义好比山岭巨

苗语汉字记音	汉译
奴奴锐图斗机拉，	荒草树叶遍地生，
告棒机拉白麻锰。	山坡野陌都染绿。
克咱腾牙筛高嘎，	妹亦触景心潮升，
腾筛吉郎同跑蹦。	情思翻飞如花絮。
相召虐西昂让阿，	回忆当年正年轻，
从浓拿娘比各茸。	情义好比山岭巨。
蒙地高启强相怕，	你说想妹不忘情，
蒙相牙要牙相蒙。	我也想来续恋曲。
周度专昂陪芒撒，	再约唱歌百草坪，
没启陪牙腊准从。	哥哥有心妹从许。

勾追咱来拿几难·今后见妹难上难

苗语汉字记音	汉译
机白机他修老会，	与哥分别动脚走，
吉除娃能机白埋。	唱歌结束要分散。
修老会常嘎埋地，	起脚回到你村口，
常甲得崩炯团圆。	你与丈夫情意暖。
卜剖将召歪歪卫，	甩开放弃将我丢，
召策斗炯能囊拜。	丢我坐在百草山。
韦求大吾勾从地？	为何突然情不留？
究狼松除阿腮腮。	难闻你歌到永远。
刚那中想拉中皮，	让哥总想梦不休，
努几出到从弄然？	怎能抛开旧情缘？
机白害策巫没乙，	分开害哥眼泪流，
巫没比江同溶先。	泪水像油流不干。
相冬常萌斗药忆，	要想回家路远陡，
相会兄帕拜竹筛。	想歇妹家门难攀。
水良水想兄阿岁，	妹若会想就停留，
灵克大没勾机坚。	多看几眼记心间。
高桥地觉难常会，	情桥断了路难走，
勾追咱来拿几难。	今后见妹难上难。

常萌列奈喂囊别·回去要把我魂叫

苗语汉字记音	汉译
常萌豆泪常萌豆，	回去了来回去了，
代意得老会常萌。	脚步缓缓回家转。
常萌列奈喂囊别，	回去要把我魂叫，
列供别圭阿勾冲。	要把魂魄请回还。

占答尼共蒙囊伢·吊死是烂你的肉

苗语汉字记音	汉译
久没奶骂嘎中伢，	没有父母莫紧哭，
抽逑蒙列鲁磊想？	为何你要这样想？
占答尼共蒙囊伢，	吊死是烂你的肉，
伢共沙且玻大忙。	肉烂引来苍蝇抢。

久洽能欧排乃伢·不怕他妻哭伤悲

苗语汉字记音	汉译
拿到山头叉楼炯，	熟悉山头才捉虎，
告伢咱谋机卡哈。	河里见鱼才拦水。
派派列飞能囊崩，	偏偏爱恋人丈夫，
久洽能欧排乃伢。	不怕他妻哭伤悲。

究崩埋飞喂囊哼·不怕你与我夫乐

苗语汉字记音	汉译
究崩埋飞喂囊哼，	不怕你与我夫乐，
埋没乃虐总萌飞。	有空尽管去勾引。
常通机笔俄后冲，	回家脱衣我洗搓，
高多告教后茶起。	把他全身洗干净。

列供奶松将卜召·要把雌虾都放丢

苗语汉字记音	汉译
劳巫供秀勾松巧，	下河网虾抬捞篼，
如松巧然没计都。	好虾网得好多瓢。
列供奶松将卜召，	要把雌虾都放丢，
常将劳讯勾出鲁。	重放潭里做种苗。

松帕松吁尼娥几 · 雌虾雄虾是哪只

苗语汉字记音	汉译
打松迷峨尼麻穷，	虾子只只披红裳，
呆鸟呆浓亚呆几。	长有胡须有犄子。
蒙岩松帕勾松吁？	你可知道雌雄虾？
松帕松吁尼峨几？	雌虾雄虾是哪只？

久拿乃兄嘎京容 · 不及太阳都暖到

苗语汉字记音	汉译
头夺几夺机傩伢，	火坑烤火前面热，
再斗吉者兄究通。	还有背后热不了。
麻哉高得巴久甲，	冷处始终烤不着，
久拿乃兄嘎京容。	不及太阳都暖到。

机儿阿气龙来初 · 抽空再陪我一回

苗语汉字记音	汉译
机桃克乃机相芒，	仰望天空日高挂，
阿日叉起没乃图。	太阳还未偏西轨。
常萌劳几拉呆娘，	要去哪里能到达，
机儿阿气龙来初。	抽空再陪我一回。

龙来再楼尖久娘 · 陪妹再久是空陪

苗语汉字记音	汉译
机乃挂觉呆昂芒，	太阳落山快天黑，
芒叫挂乃几刀补。	天黑过后路不明。
龙来再楼尖久娘，	陪妹再久是空陪，
偷勾刚吁楼大珠。	你想让我半夜行。

能牙尖来呆昂机·问妹何时可成亲

苗语汉字记音	汉译
能牙尖来呆昂机?	问妹何时可成亲?
兄尼被列呆兄炯?	丑时还是到寅时?
没启出咛喂囊衣,	你若愿与我成婚,
头如西兄你他能。	最好时辰是今日。

秀蒙尖秀得格者·爱你像爱天上星

苗语汉字记音	汉译
秀蒙尖秀得格者,	爱你像爱天上星,
格者斗照巴能锰。	你像星星在天边。
斗筛召供磊格克,	隔高只能望远影,
吉搡究呆告图蒙。	不能来到你身前。

吉绕龙得弄觉来·逗儿把我全忘掉

苗语汉字记音	汉译
就常斗剖东哦付,	邀约答应说得好,
斗剖哦付东蒙常。	答应得好说你来。
常萌甲得甲欧如,	到家与妻有说笑,
吉绕龙得弄觉帮。	逗儿把我全忘怀。
就常斗剖东哦付,	邀约答应说得好,
斗剖哦付东蒙呆。	答应好好说你到。
常萌甲得甲欧如,	到家与妻有说笑,
吉绕龙得弄觉来。	逗儿把我全忘掉。

操松洽牙埋搏狗·担心妹妹把狗打

苗语汉字记音	汉译
罖剖嘎笔剖拉嘎，	妹妹留我来歇下，
出牙罖剖勾嘎笔。	留我歇到你们家。
罖剖埋勾大嘎打，	留我你把鸡来杀，
搏害搭嘎勾奴实。	又杀鸡来又杀鸭。
埋搏奴实剖久洽，	你杀鸡鸭我不怕，
操松洽牙埋搏狗。	担心妹妹把狗打。

奴图共觉搭奴怀·树老叶枯鸟儿烦

苗语汉字记音	汉译
腊呕求炅花奴虐，	二月开年新叶出，
郎路棒不花奴改。	熟土坡地露草尖。
奴租吉饶棒家茹，	画眉辗转林间呼，
得奴机年奴图先。	小鸟欢恋叶新鲜。
拿几从如究尖不，	几多情深未成夫，
再斗从如尼枉然。	再深感情是枉然。
鲁几几如腊水虐，	相处再好也会疏，
奴图共觉搭奴怀。	树老叶枯鸟儿烦。

奴共赳柔嘎打从·老叶建窝情更迷

苗语汉字记音	汉译
茹棒冬家奴赳柔，	山林丛深鸟安家，
搭奴几腮棒麻冬。	鸟儿挑选深丛息。
奴租用重棒家抽，	画眉飞落草丛下，
几奈赳柔弄家同。	相邀建窝草丛栖。
飞衣将到勾尖欧，	要妹做妻嫁我家，
除牙究斗来麻炅。	亲戚再好不及你。

得奴究先图共构，　　鸟雀不嫌老树丫，
奴共赳柔嘎打从。　　老叶建窝情更迷。

腊炯呆东昂交秋·七月到了立秋节

苗语汉字记音　　汉译
腊炯呆东昂交秋，　　七月到了立秋节，
机邀萌求琼果撒。　　坐上秋千好对歌。
交秋琼炯韦高求？　　调秋对歌为哪些？
堂众将蒙岔包帕。　　众人面前告诉我。

嘎洽坝冲究乖茄·莫怕悬崖峭壁陡

苗语汉字记音　　汉译
没启嘎洽能勾葯，　　有心莫怕路程远，
嘎洽坝冲究乖茄。　　莫怕悬崖峭壁陡。
久没筛盂拉召剖，　　把我放凉无心恋，
鲁洋勾为将机得。　　你就这样来放手。

昂标告东埋出桶·农忙时节备嫁急

苗语汉字记音　　汉译
昂标告东埋出桶，　　农忙时节备嫁急，
出得告桶机吼让。　　制作柜子叮当响。
如为送萌能冬炯，　　情妹出嫁他乡里，
久没斗牙刚剖想。　　没有情妹成空想。
求茸劳夯炯久众，　　上坡下河乱心意，
同启共共同追汤。　　肚子扑扑似风箱。
如从究斗拿磊弄，　　情义不如小米粒，
害咛炯你匠往让。　　害哥忧伤坐张望。

查枞刚为跳打千·墓开让妹奔天堂

苗语汉字记音	汉译
昂标告冬剖出桶，	农忙时节备嫁急，
告桶称尖穷改改。	衣柜上漆通红光。
送为机腮高昂送，	嫁妹择日选吉期，
如乃如虐打为呆。	良辰吉日就一晃。
喂操机交想吉浓，	愁肠绞乱如刀剐，
打陡想够通告尖。	思天想地心发慌。
山伯如从列查枞，	山伯有情坟开启，
查枞刚为跳打千。	墓开让妹奔天堂。

虾能比俅红桥草·人生轻如浮萍草

苗语汉字记音	汉译
虾能比俅红桥草，	人生轻如浮萍草，
比俅桥草同弄巫。	好像浮萍飘水面。
埋哈没得没欧包，	你有妻儿来照料，
喂害究斗究磊枯。	我无亲人来顾念。
虾能比俅红桥草，	人生轻如浮萍草，
比俅桥草同弄腊。	好像浮萍飘水里。
埋哈没得没欧包，	你有妻儿来照料，
喂害究斗究磊沙。	我无亲人来顾惜。

桥草你巫拿吉如·浮萍在水无比好

苗语汉字记音	汉译
桥草你巫拿吉如，	浮萍在水无比好，
如巫如腊涨机锰。	好田好水长得壮。

腊巴卡者没巫顾，	五月天干有水泡，
没巫告伢勾叟蒙。	经常有水把你养。
桥草你巫拿吉如，	浮萍在水无比好，
如巫如腊涨机能。	好田好水发得齐。
腊巴卡者没巫顾，	五月天干有水泡，
没巫告伢勾叟锐。	经常有水来养你。

出启总想卡磊虐·内心总想讨时辰

苗语汉字记音	汉译
如为囊来方言如，	妹妹讲话好圆润，
旁郎比俅阿磊必。	圆润像果光溜溜。
出启总想卡磊虐，	内心总想讨时辰，
想答努几究改起。	怎么都不敢开口。

害喂久到得安然·何处安身我发愁

苗语汉字记音	汉译
乃芒乃西乃秋各，	太阳偏西日落山，
乃芭秋挂比各筛。	日头落到高坡后。
阿强没家能起夺，	富裕人家冒炊烟，
害喂久到得安然。	何处安身我发愁。

拉尼得剥炯且阳·睡铺不过七尺多

苗语汉字记音	汉译
乃芒众各呆昂国，	日落山后快天黑，
列兄剥你能囊让。	打算歇到何村落。
究拐再翎再出帼，	不管富豪或达贵，
拉尼得剥炯且阳。	睡铺不过七尺多。

周昂脓呆弄昂炯·约期来到船上坐

苗语汉字记音	汉译
周昂脓呆弄昂炯，	约期来到船上坐，
周度机邀勾度包。	约日相邀把话讲。
周昂奈喂打磊孟，	相邀只叫我一个，
出逑列奈能机高？	为何还喊别人往？

西烈腊农烈比改·饿饭不忌祭亡餐

苗语汉字记音	汉译
克巫腊架图儿好，	渴嚼空心苞谷秆，
西烈拉农烈必改。	饿饭不忌祭亡餐。
然崩麻共喂叉操，	得夫年迈我愁烦，
尼让同蒙喂久拐。	像你年轻我舒坦。

刚公囊烈蒙萌农·祭鬼的饭你吃尽

苗语汉字记音	汉译
出烈必改烈唐松，	祭祀煮饭饭夹生，
五设泡朝只渣绷。	刚刚半熟就装出。
刚公囊烈蒙萌农，	祭鬼的饭你吃尽，
够报告启蒙叉松。	吃下肚里你才悟。

吉羊告巫悄把悄·沿河去撮巴岩鱼

苗语汉字记音	汉译
吉羊告巫悄把悄，	沿河去撮巴岩鱼，
羊改羊伢悄谋同。	沿边沿河撮米虾。
悄到奶松将卜召，	撮得母虾放回去，
把松求秀叉起浓。	撮上公虾抬回家。

尼害斗七囊奶松·害了母虾孤独居

苗语汉字记音	汉译
供秀劳巫悄搭谋，	抬起捞篼把鱼撮，
悄然阿峨斗灵岭。	撮得一条千年鱼。
悄到把松蒙泥叟，	撮得公虾不养活，
尼害斗七囊奶松。	害了母虾孤独居。

搭谋报秀几解没·鱼进捞篼不敢捉

苗语汉字记音	汉译
埋尼得得学胆子，	你像孩童胆子小，
几尼岭胆囊角色。	不是胆大狠角色。
供秀劳巫萌让谋，	抬起捞篼把鱼找，
搭谋报秀几解没。	鱼进捞篼不敢捉。

劳巫喂供阿众除·下河我拿一把罾

苗语汉字记音	汉译
劳巫喂供阿众除，	下河我拿一把罾，
光谋拐腊告巴哥。	我拿白棍把鱼逮。
久报谋排报搭古，	花鱼不进青蛙进，
伢古尼咛囊工喝。	蛙肉是哥禁忌菜。

留巫勾刚能农谋·守河让人来吃鱼

苗语汉字记音	汉译
斗你告揉拉白斗，	住在近边是白居，
斗炯告让拉白白。	同住一村是枉然。
留巫勾刚能农谋，	守河让人来吃鱼，
告得照秀哈久没。	捞篼没有地方安。

留伢先谋学学李·守河嫌鱼小小个

苗语汉字记音	汉译
蒙乖炯斗巫告处，	尽管你到河边住，
留伢先谋学学李。	守河嫌鱼小小个。
久没照斗得奴图，	想鱼没放茅草蒲，
刚能昭告勾谋奇。	你让旁人把鱼撮。

图共久常夺蹦哥·古树不再开花朵

苗语汉字记音	汉译
贪花尼咛挂觉儿，	谈爱我已年纪过，
儿挂同巫莪劳夯。	年过似水流下滩。
图共久常夺蹦哥，	古树不再开花朵，
挂昂久夺蹦告江。	时过没那花儿艳。
愿果愿除周斗多，	爱唱爱玩快丢脱，
休松出查勾家郎。	收心在家搞生产。

图共花奴锰仲仲·老树翻新绿叶多

苗语汉字记音	汉译
久没嫌策告儿共，	没有嫌哥年纪过，
儿挂飞衣列几年。	年过相恋也开心。
图共花奴锰仲仲，	老树翻新绿叶多，
夺得蹦穷虐彩彩。	满树开花红殷殷。
同得嘎苁囊乃同，	好像早晨日喷薄，
东炅啥尼昂飞来。	正是风华谈爱人。

考生虐让鲁机爬·可惜年华回不来

苗语汉字记音	汉译
剖东尼喂打磊共，	我寨是我人最老，
挂儿斗炅挂杀杀。	年迈岁月过得快。
龙能求呆家奴炯，	与人相约坐荒郊，
比俅得得究岩加。	不知害臊像小孩。
得学几交出阿丛，	儿女一堆围膝绕，
几俩莪蹦拉拐妈。	思念花园只管待。
阿柔蒙扑喂改空，	当初请媒该应了，
考生虐让鲁机爬。	可惜年华回不来。

娃囊蒙控喂巧歌·现在你肯我年高

苗语汉字记音	汉译
究磊到扑冬蒙共？	哪个讲你上年纪？
究磊扑牙挂觉儿？	哪个说妹年纪老？
同得蹦刘详详同，	你像花朵常美丽，
召告能克磊磊丘。	人人爱你妹妖娆。
图冲详详没能兄，	树荫常有人歇息，
溜袍巫哉炅能拖。	井里凉水多人舀。
让儿喂扑蒙几控，	幼时求你你不理，
娃囊蒙控喂巧歌。	现在你肯我年高。

同古阿者得巫占·人生好像一碗水

苗语汉字记音	汉译
儿让飞衣嘎几腮，	年轻恋爱莫选美，
加加如如拉拐飞。	丑的美的都要陪。
西罢挂儿叉相呆，	等你年迈再回味，
挂觉叉奈冬考生。	错过姻缘让人悔。

同古阿者得巫占，	人生好像一碗水，
列炮几岩你昂几。	何时倒泼时难推。

咱喂嘎奈出能力·莫道我是陌生人

苗语汉字记音	汉译
咱喂嘎奈出能力，	莫道我是陌生人，
嘎奈能力虐彩彩。	莫道人地两生疏。
烈哉拉尼朝虐吹，	现饭也是生米焖，
锐锰几浩努几先？	青菜不炒怎么熟？

竹吹画如呕峨刘·门上画有两头鹿

苗语汉字记音	汉译
竹吹画如呕峨刘，	门上画有两头鹿，
呕告画尖呕峨虾。	两边画鹿守门口。
得帕要冒久改走，	女儿心虚怕过路，
阿拉虾筛久改咱。	胆小不敢靠前凑。
刘刘生如呕勾某，	两耳生得真有福，
炯到列炯会几娃。	如果能牵就牵走。

马嘎苦从勾嫩理·马家挖坟找儿媳

苗语汉字记音	汉译
马嘎苦从勾嫩理，	马家挖坟找儿媳，
苦甲阿弟得侬锰。	挖出一对小青蛇。
搏答卜你呕告讥，	打死各丢两岸堤，
出笼呆麻出打容。	来年长笋共竹接。
相松亚课窝尖西，	伤心烧竹化成灰，
几报穷夺求打茸。	烟气缠绕上天界。

苗语汉字记音	汉译
用求打巴周几其，	升到天空笑眯眯，
机枯吉如拿几浓。	相亲相爱情意切。

能喀呆笔哈王封·客人进屋我心惊

苗语汉字记音	汉译
能喀呆笔哈王封，	客人进屋我心惊，
巫你郎叫哈不卡。	水在鼎罐烧干了。
没朝拢喂阿良兄，	有米借给我半升，
嘎刚机剖囊布八。	莫让我把名声掉。
能喀常蒙喂毕从，	客人走后再感恩，
出乃出虐郎当爬。	打工慢慢把账销。

打挂称明嘎洽抠·清明过了莫怕苦

苗语汉字记音	汉译
打挂称明嘎洽抠，	清明过了莫怕苦，
机打出查列嘎难。	争先耕作莫畏难。
腊乙糯弄休白笔，	八月五谷收满屋，
告热告桶哈平改。	桶桶柜柜全装满。

涨能同涨刀告处·人生好比藤上瓜

苗语汉字记音	汉译
涨能同涨刀告处，	人生好比藤上瓜，
同涨锐麻同涨够。	又像长笋长菌藻。
你阿炅囊共阿炅，	枯荣一岁度年华，
又扑能共亚呆剖。	谈老又到我们老。
共觉努几萌出如，	老了生活怎打法，
想召启些哉周周。	想到心里似冰浇。

轩辕出觉题告炮·轩辕织出棉花布

苗语汉字记音	汉译
轩辕出觉题告炮，	轩辕织出棉花布，
告教叉没俄牙卡，	身上才有衣服穿。
神龙勾糯勾弄照，	神龙开始种五谷，
拜冬然朝叟得嘎。	世上有粮子孙繁。

如巧八字难猜透·八字好坏难猜详

苗语汉字记音	汉译
埋动喂扑度良松，	你听我讲良心话，
供度良松出撒有。	良心话语当歌唱。
大昔垢兄老机冬，	投胎都把凡尘下，
红松几谷勾启叟。	劳筋苦骨养肚肠。
你冬同夺阿召蹦，	人生像开一朵花。
呆昂生卫蹦告柳。	有开也会有谢亡。
能你冬腊久几同，	人生在世有好差，
咱巧咱如几同偷。	遇好遇坏都一样。
得帕将求能囊众，	女儿长大要出嫁，
得咛叟岭列岔欧。	男儿长大娶妻房。
命如命加头难锋，	命好命丑难辨察，
如巧八字难猜透。	八字好坏难猜详。

鲁羊腊召萌告帼·无奈离婚写状书

苗语汉字记音	汉译
阿那将为嘎楼桶，	哥哥许我嫁杨孟，
刚咛德力出笔能。	许配德力做媳妇。
将剖勾萌嘎能茂，	将我嫁往他家中，
列萌能化能囊得。	陌生地方人不熟。

几控洽那呆告穷，	不肯怕哥气汹汹，
洽那改报勾喂黑。	怕哥生气把我唬。
到崩布同松泥宏，	丈夫懒惰无体统，
共脚喂洽总岩磊。	只望老了懒病除。
常常腊尼害能弄，	哪知仍是小懒虫，
鲁羊腊召萌告帼。	无奈离婚写状书。

出能奶先久没如·做人后娘很不顺

苗语汉字记音	汉译
出能奶先久没如，	做人后娘很不顺，
得让奈奶尼几瓜。	小儿喊娘是假装。
得学涨呆各呕灵，	孩子长到十二春，
殴课锐笆勾冬洒。	学剁猪草理应当。
呆改勾锐容打不，	生气猪草都撮尽，
炮嘎当嘎得机尬。	倒入肮脏偏地方。
香松叉绷打灵度，	伤心我把话来问，
兜喂囊度松乍乍。	应我声声是高腔。
久尼喂叟扑逑度，	不是亲生难调训，
尼牙喂叟召告麻。	若是亲生打耳光。
松方腊斗炯几卜，	伤心只有低头忍，
出牙尼斗高得伢。	暗自哭泣泪满眶。

乃几叉够儿阿得·忧愁缠身岁月长

苗语汉字记音	汉译
恶得锐约扎改腊，	割点牛草滚田坎，
猛到几究阿休给。	伤痛感染身发烫。
到猛几交尖大腊，	得病几月行动难，
兄头告教阿休国。	一身污黑衣服脏。
高桶及罘腊几甲，	屋里尿桶无人端，
旧才旧耐阿笔能。	臭气难闻人心慌。

难维碧娥囊奶骂，	碧娥的娘恩如山，
国充如埋几后喂。	帮我洗澡洗衣裳。
得骂告罘相迷挂，	孩子他爹心冷淡，
阿前几没龙几克。	不闻不问不看望。
你排剥想松方达，	日思夜想好心酸，
乃几叉够儿阿得。	忧愁缠身岁月长。

出能欧让勾出述·做人后妻实在难

苗语汉字记音	汉译
能泥召机出如查，	懒汉怎么种好田，
巫拜巫腊卡起头。	田里禾苗先遭旱。
供桶搏檽几没甲，	抬桶打谷收成欠，
剖笔囊腊穷勾勾。	我家田荒红成遍。
叉牙红薯嘎能伢，	觅食他乡红薯捡，
差得答照巫夯陡。	差点死在夯兜湾。
难维牙岭救觉牙，	感谢恩人救了难，
猛照吾笔拿机楼。	病住他家好多天。
归命岔包得得玛，	回家我对丈夫谈，
炯照苴不几没兜。	坐在火床不答言。
怄气刨改出阿八，	想想真是气难咽，
出能欧让勾出述。	做人后妻实在难。

炯容炯拈你能伢·忧伤悲泪在他乡

苗语汉字记音	汉译
炯容炯拈你能伢，	忧伤悲泪在他乡，
伢奈阿家亚奈奶。	哭喊爹来又喊娘。
几捧你虐拉捧答，	不想活来宁愿亡，
不巫几答劳告革。	我想投河把命丧。

得崩咱喂告启俩，　　丈夫见我变心肠，
虐虐乃乃几留喂。　　时时刻刻守身旁。
挂觉阿其告改刹，　　过了时日气消忘，
麻远常褡大磊培。　　后悔自己无主张。
几笔斗那你刷刷，　　娘家我有哥在上，
吉追科柔斗及能。　　后面有哥来撑帮。
几怕几他查公麻，　　离婚从此脱忧伤，
休原常炯剖囊得。　　愿做剩女守我庄。

尼召遭踏狼几狼·若受虐待怎定夺

苗语汉字记音　　汉译
灵爸剖笔答搭笆，　　去年我家死头猪，
笆答总没巴各羊。　　体重最少五十多。
巫嘎阿候几没甲，　　肉汤一点没进腹，
伢笆几没到勾梁。　　猪肉一口没尝过。
巧启加些囊得骂，　　丈夫用心好歹毒，
让烈几没刚阿江。　　饭不送我吃一坨。
出帼囊笔拉没牙，　　官员应把姊妹顾，
尼召遭踏狼几狼？　　若受虐待怎定夺？
勾蒙出喂囊奶骂，　　把你当作我父母，
奶玛努几包度常。　　看看父母怎么说。

勾最发财究弄来·发财把你忘不了

苗语汉字记音　　汉译
腊阿阿乃香你谷，　　正月一天没出游，
阿乍号几机香呆。　　哪里都没有走到。
走蒙出喂采头如，　　遇你我有好兆头，
勾最发财究弄来。　　发财把你忘不了。

机相走蒙尖如皮·未曾相见梦在先

苗语汉字记音	汉译
机相走蒙尖如皮，	未曾相见梦在先，
尼芒皮咱戎娃乃。	梦虹绕日在昨晚。
皮喂龙埋出勾会，	梦中你我行比肩，
几宠告斗劳埋得。	手牵手去你家玩。
呆埋郎笔炯阿气，	到了你家坐半天，
吉蝈打文阳久没。	猛然醒来皆虚幻。

飞衣机杂高儿让·约会正值人年轻

苗语汉字记音	汉译
飞衣机杂高儿让，	约会正值人年轻，
来如药药啥龙呆。	远处亲朋都到边。
龙呆自勾撒学将，	到了要我把歌吟，
花咛久诺勾撒摆。	喊我无才把歌献。
撒忙召楼难几娘，	很久没有启歌声，
撒袍然其觉尖尖。	歌词忘光记不全。
同谋难怕巫求抗，	像鱼上坎难跳弹，
几推几挂阿该来。	推辞不过亲友劝。
巧巧家家拐周刚，	唱差唱丑把歌引，
拐除大炅勾小免。	唱它几句应付完。
剖蒙启些尼阿样，	你我一样的心情，
几尼好机列嘎拐。	唱得不好请莫弹。

腊补清明乃常伢·三月清明气温升

苗语汉字记音	汉译
腊补清明乃常伢，	三月清明气温升，

嘎处比各花锐锰。	野外山坡草发青。
谷雨呆冬勾鲁扒，	谷雨到了播种勤，
共粪告冬所几灵。	挑粪时节忙得很。
嫩枯能梦枯几挂，	媳待公婆很孝顺，
龙崩劳处出勾冬。	随夫上坡去春耕。

腊卑叉起立夏劳·四月时节到立夏

苗语汉字记音	汉译
腊卑叉起立夏劳，	四月时节到立夏，
求查磊磊几从修。	农忙个个起得早。
求各求茸勾鲁照，	爬山上岭把种下，
刚牙不左尖波弱。	妹来播种篓挂腰。
宁最几准勾强劳，	不准赶场买丝麻，
劳强亚洽衣几勾。	怕遇情人缠上了。

立夏小满挂上上·立夏小满过得快

苗语汉字记音	汉译
立夏小满挂上上，	立夏小满过得快，
节气呕磊挂打夫。	两个节气很快过。
芒种斗收勾秧匠，	芒种时节把秧栽，
抠达没家囊把约。	富家公牛累断脖。
熟腊花帕追锐让，	犁田喊妹扯草芥，
改腊囊锐追刚觉。	前埂后坎都要割。
改萌出呆告昂芒，	从早到夜未懈怠，
标害勾冬出几觉。	忙不完的农活多。
告来囊从拉召将，	老表的情先放开，
难到几最勾撒出。	难得相会来唱歌。

夏至觉秧亚供考·夏至完秧又拿锄

苗语汉字记音	汉译
夏至觉秧亚供考，	夏至完秧又拿锄，
相到谷来亚标哈。	想去走亲要除草。
标害勾冬勾来召，	太忙不能把哥顾，
尖觉打腊几咱那。	已经多月未相交。
排咛刚剖启几交，	念哥让我心恍惚，
该该几恰将松伢。	暗暗哭泣躲一角。
伢伢久地松告条，	哭泣很久止不住，
几俩如来炯能哈。	思念阿哥见不着。

腊照再斗小暑节·小暑节气六月间

苗语汉字记音	汉译
哈路虐苦没打乃，	锄草要苦好几天，
盟荡囊昂先烈炆。	黎明时刻饭已熟。
腊照再斗小暑节，	小暑节气六月间，
几囊鸡同比夺兄。	太阳热得像火炉。
再京哈路勾俄得，	使劲锄草衣湿汗，
靠者巫哉勾叟工。	时时要找凉水补。
如从几到来勾克，	思念不能见哥面，
松方刚牙启告从。	让妹心情烦又堵。

大暑龙呆勾冬吅·大暑一到完工夫

苗语汉字记音	汉译
大暑龙呆勾冬吅，	大暑一到完工夫，
尼众几扑昂农先。	众人商量来吃新。
让能排来你几到，	年轻念妹坐不住，

如锐如烈告启怀。	好饭好菜不想进。
得为谷呆奶阿告，	阿妹回到娘家住，
贵让搭奴用几千。	像鸟脱笼自飞奔。
乃乃勾撒果几饶，	天天唱歌走四处，
造撒勾求郎秋歪。	立秋赶秋好心境。
郎秋克咱强牙要，	到时可见众妹妹，
矿工告保图几连。	项圈手镯戴满身。
尼能克咱勾筛告，	人人看见心爱慕，
告者几早撒阿排。	紧跟身后把歌吟。

几毕呆冬昂腊炯·不觉到了七月头

苗语汉字记音	汉译
几毕呆冬昂腊炯，	不觉到了七月头，
几奈常赶强打乃。	相邀重赶几天场。
控夯呆觉告昂兄，	到了农闲空时候，
常岔如来求革社。	邀妹重上百草岗。
如为赶场最岭众，	阿妹赶场成群走，
松工哈如矿工茄。	脖戴项圈金晃晃。
俄先俄西拿机铜，	新衣靓丽夺人眸，
阿强秧召埋打磊。	全场美女你最靓。
加剖害囊生巧恨，	只恨我们相貌丑，
俄巧俄地求其国。	补丁衣服一身脏。
几逃拐勾告松朋，	昂头只管放歌喉，
几尼害狗勾伢嘿。	好像撵肉猎狗样。

立秋打挂勾来怕·立秋过后别哥面

苗语汉字记音	汉译
立秋打挂勾来怕，	立秋过后别哥面，

处暑常求度帼各。	处暑回到丈夫家。
怕奶怕骂怕牙巴，	别父别母别女伴，
几俩夫今巫没莪。	挂念姐妹泪满颊。
糯你郎腊想先巴，	谷未熟透在田间，
相标萌让达乃夺。	乘着未忙把柴打。
白露休查勾冬扎，	白露收割工夫赶，
大大列为机苁修。	要妹早起迎朝霞。
磊波实冈几想差，	谷子晒完还未干，
亚列标所扒波弱。	又要去把苞谷下。
阿磊巫弄呕磊扎，	背心淌水是流汗，
巫弄亭其牙囊俄。	汗流湿透妹衣褂。
害能叉尼帕出家，	这样才像女主管，
出求出花报勾傩。	做发做旺永富家。

秋分几白求寒露・秋分接着到寒露

苗语汉字记音	汉译
秋分几白求寒露，	秋分接着到寒露，
茶油呆虐尚略常。	茶籽熟透往回收。
霜降好先告奴图，	霜降染红绿叶树，
嘎苁修斗几哥夯。	清晨霜盖白满沟。
列搏头油共机不，	要打桐籽背回屋，
充丛头油常嘎让。	打包背回桐籽球。
立冬洽绷会劳处，	立冬我怕把门出，
久劳告场萌克帮。	没去赶场会朋友。
炯你几笔爬蹦奴，	坐在家中绣花束，
你照鸡夺宜松忙。	火床旁边纺线轴。
小雪倍该拿机鹅，	小雪结冰滑了路，
来如号几拉泥想。	路滑不便走好友。

大雪冬至囊告昂·大雪冬至冷时节

苗语汉字记音	汉译
大雪冬至囊告昂，	大雪冬至冷时节，
绷竹勾会拿几哉。	出门走路非常冷。
腊冬改倍剥几朗，	冰雪盖地是冬月，
会嘎好机棉尖尖。	遍地都是亮晶晶。
倍蹦如会几克框，	下雪闲逛好视野，
倍改如谷阿街来。	冰冻正好会妹卿。
没从上会勾几郎，	有情快走多一些，
达到空夯如几年。	乘着空闲偷欢欣。
如从嘎洽倍改钢，	情深不怕封冰雪，
从如乍容改告块。	情重踩融块块冰。

你你亚呆昂大寒·不觉又到了大寒

苗语汉字记音	汉译
你你亚呆昂大寒，	不觉又到了大寒，
小寒大寒哉专专。	小寒大寒冷飕飕。
告来如从拉召将，	朋友之情暂靠边，
难到几走勾撒摆。	难得相逢放歌喉。
呆尖哈标难几娘，	年到大家忙翻天，
磊磊标供尖几年。	个个忙得乐悠悠。
挂尖打夫拉头上，	很快就把年过完，
得为排头炯几拐。	妹织花带忙一昼。
补乃早培勾奶刚，	初三打粑把娘看，
勾刚如为萌谷来。	好让妹妹把亲走。
伢酒刚帕不几娘，	妹背酒肉腰压弯，
花那告者送打千。	夫来分担妹随后。
能勾走策勾培将，	遇哥讨粑妹要献，
同为囊布拜冬岩。	扬妹美名处处留。

剖能久拿阿膏改·人比草芥差得远

苗语汉字记音	汉译
将灵几扑阿磊尖，	坐下谈论这个年，
久没然挂尖拉觉。	没有过够年就完。
灵共挂萌求灵先，	辞了旧岁迎新年，
挂灵囊锐亚常虐。	翻年枯草芽重现。
剖能久拿阿膏改，	人比草芥差得远，
能你久拿锐阿祝。	人命不如一草蔓。
剖蒙从如列嘎然，	你我情义记心间，
没虐勾蒙勾喂谷。	闲时我俩互往还。

乃几培常勾尖挂·何时轮到把年过

苗语汉字记音	汉译
几岩昂机腊阿挂，	不知不觉正月过，
腊呕炯照堵帼笔。	二月你在婆家坐。
腊补呆觉昂求查，	三月到了忙农活，
腊卑勾害得功叟。	四月养蚕莫错过。
腊巴匠尖秧沙沙，	五月秧完人解脱，
腊照空夯亚常由。	六月空闲再陪坐。
腊乙休查大罕罕，	八月秋收都忙着，
标害勾冬几批斗。	工夫太忙无空歌。
腊九腊各标送牙，	九月十月嫁闺阁，
几尼送秋亚送勾。	结亲嫁女都来贺。
送秋奈帕出能卡，	邀我送亲把客作，
宠者农伢勾由酒。	拿碗吃肉把酒喝。
乃机培常勾尖挂，	何时轮到把年过，
又起常走牙囊纠。	才能与妹重相合。

几到送炯照勾傩·不得送终灵前吊

苗语汉字记音	汉译
阿乃勾腊蒙修老，	月末那天你回家，
告启几俅阿早夺。	心内好比烈火烧。
几同几用能勾闹，	迷迷糊糊路上踏，
会挂告茸乃起秋。	走过山岭日渐消。
常送机笔告老肖，	回到家里脚酸麻，
阿磊胖没国楼楼。	脸色黑暗容颜憔。
几纠蒙然猛麻巧，	病魔纠缠身体垮，
照宜几到脓机豆。	可怜不能近前瞧。
猛篙几呆告图告，	不便问候进你家，
几没到刚糖阿所。	未得送你糖一包。
救没别蒙巴能闹，	命归天堂埋地下，
害那动召尖能戈。	听到噩耗哥号啕。
到布龙来蒙相交，	空得名誉交情佳，
几到送炯照勾傩。	不得送终灵前吊。
炯除炯拈乃乃操，	伤心眼泪天天洒，
操筛启郎同拍各。	搅乱肝肠如山倒。
松方吉俩启几鸟，	念你我心乱如麻，
弟求茸筛脓机豆。	爬上高坡把你瞧。
尼到件欧列小包，	是妻烧包纸钱撒，
尖依腊刚打图头。	情人只把吊钱烧。
该该勾头奥阿早，	暗焚纸钱一大沓，
卡锐卡烈勾蒙袍。	饭菜供奉把你悼。
鄙会鄙拈求茸高，	边走边哭上山垭，
巫没白没阿齐哥。	滴落泪水有一挑。
会呆腊枞勾头奥，	来到坟前冥纸化，
腊捧剥龙究捧修。	情愿陪你睡坟包。

炯得岔玛拿几苦·带儿找父实在苦

苗语汉字记音	汉译
灵老会求开封府,	动脚走上开封府,
老乍倍改哥歪歪。	脚踩冰雪白漫漫。
阿灵盘郎补鲁鲁,	整年行走在路途,
岔崩勾会拿能难。	寻夫道路很艰难。
会挂拿几能勾虐,	走过许多陌生路,
笑同召地拉忠海。	草鞋穿烂自己编。
得学充照者主不,	孩儿绑在身背负,
不照者瓜几拐拐。	垂挂背后沉甸甸。
西列龙能茸绒补,	饿了乞讨把口糊,
萌芒能勾摆竹连。	夜了人家把门闩。
难西炯照弄家茹,	饥寒交迫荒山宿,
楼珠芒照弄家改。	晚上睡在荒山间。
炯得岔玛拿几苦,	带儿找父实在苦,
打磊几窍喂囊筛。	无奈只能自相怜。

走召巧崩告启国·嫁个丈夫黑心肠

苗语汉字记音	汉译
世美考到帼阿嘎,	世美金榜题了名,
考然阿纠麻龙帼。	科考及第状元郎。
王记克照告启伢,	皇帝见了喜不尽,
伢咛阿纠如角色。	爱他人才好模样。
能吾没被久没帕,	问他有无妻室情,
吾弟得欧哈几没。	他说没有娶妻房。
状元王记刚得帕,	许配公主把婚定,
尖觉王记谜囊写。	成了皇帝驸马郎。
到帼自共高启俩,	中了状元心变更,

弄欧几者再斗得。	父母妻儿都弃忘。
几没想召香莲帕，	忘了香莲妻子情，
克咱欧共告启则。	看见原配就恐慌。
岩尼香莲吾究咱，	见是香莲不想认，
记牙会绷排竹帼。	把她赶走出宫墙。
排召苦从比共打，	想到苦处喉咙哽，
炯照者村巫没百。	坐在院外泪汪汪。
从如拿茸哈机八，	情重如山全不领，
走召巧崩告启国。	嫁个丈夫黑心肠。

没乃走觉包丞相·巧遇包拯哭号啕

苗语汉字记音	汉译
排呆香松难几娘，	想到伤心不得了，
想召高蒙同同拉。	想着心中像刀剜。
筛你几纠受帮强，	心惊胆战肉抖跳，
阿从公操卜究扎。	一身忧愁甩不完。
巫乌嘎莫莪出忙，	眼泪鼻涕一齐抛，
巫没得通比约牙。	泪水洒落湿衣衫。
求街列绒刚得让，	上街乞讨把饭要，
绒烈刚得伢扒扒。	为儿讨饭哭声连。
没乃走觉包丞相，	巧遇包拯哭号啕，
告启叉怕刚帼咱。	心中冤屈对他阐。

奈到世美度扑觉·传唤世美把理说

苗语汉字记音	汉译
几乃几腊伢几绕，	青天白日哭声悲，
为逑挡咛囊能勾。	为何拦我在路头。
香莲跟倒抽比交，	香莲马上双膝跪，

扑倒吾尼世美欧。 说是世美的配偶。
如帼后扑度大逃， 好官请你辨是非，
将吾列供剖几留。 劝他妻儿要收留。
又起奈帕衙门报， 丞相喊进衙门内，
炯牙香莲勾报笔。 引带香莲公堂走。
奈到世美度扑觉， 传唤世美把理说，
欧如得学蒙列叟。 你要养妻又养幼。

想列害欧大得学·要杀妻子害儿亡

苗语汉字记音	汉译
冲牙香莲脓呆笔，	香莲跟随进衙门，
又奈世美照堂屋。	后喊世美到公堂。
丞相鸟先嘎弄球，	包拯用尽良苦心，
如度洒吾机都炅。	好话劝他多处想。
兜松如如告启斗，	口里答应坏心存，
拉拐兜度得欧枯。	勉强应承妻儿养。
该该没害告启走，	世美暗暗起歹心，
想列害欧大得学。	要杀妻子害儿亡。

鲁羊命贵照能拜·脱身活命到街边

苗语汉字记音	汉译
冲竹大文勾剖楼，	进屋就把我们揪，
斗宠告同果歪歪。	手握长刀亮闪闪。
列打沙且嘎刚斗，	斩尽杀绝情不留，
大齐大觉嘎刚燃。	一个不留把头砍。
巧启加些告启怄，	世美心坏香莲怄，
照业得让伢阿排。	可怜儿女泪涟涟。
想召告昂出阿笔，	想起当初成佳偶，

盘咛殴头刚盘钱。	送郎读书供盘缠。
答奶盘求弄家抽，	母逝出殡独扶柩，
勾吾梁照棒茹改。	把母葬在荒坡间。
炯得岔骂害老勾，	引儿寻父命要丢，
样到老勾难为埋。	请饶儿命谢青天。
哈尼剖黏奶骂叟，	都是父母身上肉，
瓜龙奶囊高蒙筛。	个个都是母心肝。
韩琪容启叉能斗，	韩琪听到难下手，
鲁羊命贵照能拜。	脱身活命到街边。

告状亚常岔帼谜・重新告状上朝廷

苗语汉字记音	汉译
韩其动召能启觉，	韩琪听到软心腑，
将却补图补磊命。	放了母子三人命。
得咛救能害坝堵，	为救别人断头颅，
阿磊命俩补磊你。	一命换了三人生。
同布刚能吉岔古，	青史留名传今古，
西命救牙如告启。	舍命救人心明净。
香莲求壮开封府，	香莲告到开封府，
告状亚常岔帼谜。	重新告状上朝廷。

到卑召课勾机卫・状元也要做鬼魂

苗语汉字记音	汉译
包公动狼帕告状，	包公才把案子判，
尼能尼众哈岩起。	大小老少全知情。
香莲嘎觉能久扛，	香莲嫁给负心汉，
秀苦秀难头久几。	受苦受难受欺凌。
出帼拉水巴觉状，	当官也会去犯案，

附马同课到卑齐。	驸马也会被行刑。
巧起加些叉鲁阳，	恶人就得这样办，
到卑召课勾机卫。	状元也要做鬼魂。

得那如撒果尖矿·阿哥情歌唱得好

苗语汉字记音	汉译
得那如撒果尖矿，	阿哥情歌唱得好，
尖排尖竹果几罘。	排比对偶用得活。
生果生比亚发上，	会比会夸嘴灵巧，
撒忙果如流流扎。	唱得花儿开满坡。
狼蒙果撒高松将，	听到你的歌声绕，
溶喂筛冒同嘎纳。	我心搅烂像泥窝。
克蒙囊纠强强让，	看你样子还年少，
蒙显喂共究机嘎。	嫌我年老莫挨我。

久扑得哼喂究冲·不讲实在不明白

苗语汉字记音	汉译
久扑得哼喂究冲，	不讲实在不明白，
牙要几尖哼囊邦。	今晚不得在一起。
得牙常萌求能众，	妹妹回到夫家寨，
害哼详详勾来想。	害我常常想念你。
几龙他能够没从，	今天相会深情在，
牙要如从浓江江。	阿妹情谊重无比。
几白几者几弄蒙，	分别以后难忘怀，
包到包磊乃虐常。	有心约期再来会。

丘咛腊斗白巫格·爱哥唯有泪珠落

苗语汉字记音	汉译
得牙走策如角色，	阿妹遇哥好角色，
后如走蒙策好手。	有缘相遇好歌手。
阿乃龙咛勾撒说，	对歌一天与哥合，
撒袍到果流流头。	与哥对了一天歌。
瓦脓呕告列几白，	现在我俩要舍割，
几磊常嘎几磊笔。	你我各自回家坐。
将牙常包昂阿磊，	和妹再约好时刻，
出牙包蒙昂几斗。	妹告诉你不再约。
喂扑将咛列嘎则，	哥哥不要把我责，
蒙列召央喂阿够。	你要原谅宽容我。
丘咛腊斗白巫格，	爱哥唯有泪珠落，
努几龙到告儿头。	不得终生与你过。

先娥燃嘎号几图·嘴里银牙不见了

苗语汉字记音	汉译
撒袍常果劳机乍，	苗歌寄到矮寨地，
动召撒果嘎比炅。	听到我唱莫心躁。
岔秋大能蒙用咒，	媒人讲亲用心计，
韦求蒙列鲁磊出？	做媒为何搞这套？
想召阿乃喂俭帕，	回忆相亲我生气，
包咛几克刚真足。	你叫我要仔细瞧。
自尼阿磊能俄咒，	说是身穿格子衣，
巴乌包海告先初。	樱桃小嘴银牙包。
该该几崩些叉伢，	留神偷看心满意，
伢嘎几炮勾酒胡。	谢媒杀鸡把酒倒。
洽尼几瓜扑几哈，	不是说假冤枉你，

再斗田妹你阿图。	田妹在场一起到。
蒙抠蒙蒙剖拉咱，	你苦你累我感激，
如度后扑拿机灵。	好言好语讲不少。
如从剖件照告打，	人情装进匣子里，
尖求昔抗弄堂屋。	藏在神龛放得牢。
尖秋一来嘎能伢，	进门认亲去过礼，
麻化麻来会几彭。	亲朋好友都来到。
秋先来西贤惠达，	新联姻亲多礼仪，
机北伢笆摆出入。	桌上酒肉摆满了。
五的乍欧排场俩，	突见姑娘模样异，
先娥燃嘎号几图。	嘴里银牙不见了。
阿没生巧亚生加，	面黑人矮丑无比，
交格呕告夫竹竹。	眼似铜铃水桶腰。
如蹦蒙俩蹦麻加，	移花接木把我欺，
克召告启总比灵。	想到心里如刀绞。
麻炎尼吖打磊架，	后悔愚蠢怨自己，
告圭几痛报长竹。	捶胸叹气怒火烧。
埋褡那岭冬脚卡，	你骂我瞎有眼疾，
再勾供度勾初不。	倒打一耙来嘲笑。
炯那尖嘎帕不沙，	相亲你用别女替，
生如吾没吾囊不。	漂亮姑娘是大嫂。
西烈几该鲁阿夸，	贪财不该把我欺，
几乐钱当蒙海呼。	费我钱财你叫好。

常岔阿纠帕水田・只得另找妻子配

苗语汉字记音	汉译
松方机交尖阿不，	一身忧愁绕在身，
公操阿不机尖仙。	忧愁绕身缠成堆。

长枪走蒙包磊度，	重逢讲给你来听，
扑召洽蒙牙总拈。	讲了怕你又悲泪。
阿牙挂相尖阿灵，	嫂亡未满一年整，
亚答阿那伢相哉。	大哥跟着又西归。
得得岔奶伢几故，	小儿哭叫把你寻，
剖奶亚共拿几歪。	我娘体弱有年岁。
刚蒙会常劳埋吾，	让你回转娘家门，
乐筛几郎几尖块。	日思夜想我心碎。
想灵蒙常如久如，	想请你回肯不肯，
几常几稠想几拐。	想来想去很难为。
同伢贵萌告家处，	像兽出笼归山林，
想列楼蒙亚久改。	想要捉回实难遂。
奈帕常蝈阿比穷，	有心接妹回我村，
列帕蒙控告启愿。	要你同意才能回。
同功就日相求处，	蚕儿织茧未织成，
想召后由告松川。	想到此处好伤悲。
锐烈尼农总几彭，	饭菜不吃叹声增，
告教囊猛牙常反。	身上旧病重返回。
儿学呆觉补各灵，	单身坐到三十整，
常岔阿纠帕水田。	只得另找妻子配。

蒙控脓灵喂控常·当时你接我愿回

苗语汉字记音	汉译
蒙控脓灵喂控常，	当时你接我愿回，
该该总想召蒙筛。	暗暗思量在心怀。
扑蒙囊求刚能狼，	讲你情况人敬佩，
尼能动召夸觉埋。	个个都夸你有才。
挡哼机蒙尖阿刚，	一直等你来接妹，
虐虐挡克尼机凯。	天天盼望暗期待。

机白洽咛勾剖狼，	别后只怕你恨妹，
洽蒙囊求勾喂唉。	怕你怨我骂我坏。
斗启几俩勾为想，	哪知你还常想妹，
韦喂囊求勾猛尖。	为我你把病来害。
牙要勾你能囊让，	妹我另嫁他人队，
想列会常拜竹筛。	想要返回门槛碍。
机磊拉共机磊囊，	现在你我都老颓，
常扑如度刚剖愿。	听到此言我心开。

几坚虐让囊从浓·年少深情记心房

苗语汉字记音	汉译
机他楼楼牙常改，	分开很久又重见，
常咱得骂勾撒容。	重见前夫把歌唱。
能勾几走勾蒙奈，	路上遇到把你喊，
得鸟得弄奈觉蒙。	细言细语喊了郎。
亚想宠斗修几盖，	想要靠近把手牵，
洽能召告勾棉聋。	又怕旁人来诽谤。
加命加回公操然，	命差才把烦愁添，
柔奴几白叉用绷。	像鸟飞出离窠房。
得学炅叟嘎能占，	带儿改嫁他寨间，
勾让涨岭拿骂丰。	儿子长大比父壮。
得岭挡欧勾蒙奈，	儿子娶亲把你盼，
将咛会闹冬夯笼。	请来夯聋寨子上。
供撒包蒙扑几拜，	用歌对你讲齐全，
几坚虐让囊从浓。	年少深情记心房。

虐让如从究卜召·深情永远记心间

苗语汉字记音	汉译
走召喂想所大几，	遇你我便想转身，
咱蒙能冒筛几交。	想想忽然又心软。
阿芒崩欧从详你，	一日夫妻百日恩，
见召高蒙筛巴高。	我总牢牢记心间。
如后龙牙阿卑正，	有缘我俩才联姻，
几枯几如照剖乔。	相亲相爱建家园。
几没命秀能囊衣，	无命和你伴终生，
同奴召搏用几略。	像鸟被打乱飞窜。
走悄勾牙将几围，	遇难才把你来扔，
杜筛拉召勾为召。	情得不已才割断。
嘎能蒙亚众觉启，	改嫁别人顺你心，
如得亚如崩几搞。	养儿育女夫良贤。
叟得几浓几交为，	我儿是你养成人，
得学枯如同蹦抛。	养尊处优已成年。
后叟得让头费力，	你帮养儿费心神，
得学如挂周几逃。	儿女幸福笑开颜。
得让挡欧蒙称理，	你来料理儿结婚，
召当拿机喂后早。	费钱费米我来管。
几柔几呆告图你，	我来过问不方便，
得学嫩让靠蒙包。	教儿教媳靠你担。
儿让从浓拿苴机，	情重如山惜当年，
虐让如从究卜召。	深情永远记心间。

几后送帕阿磊锐·给你带来菜一餐

苗语汉字记音	汉译
飞衣龙帕专宠度，	我俩相好话讲尽，
告龙告完萨扑齐。	每个细节都说完。
几乃几枯几芒如，	白天相爱夜相亲，
尖觉大炅囊夫几。	成了多年的伙伴。
炯觉拿机比各图，	坐遍许多的山林，
宠到宠斗龙蒙你。	手牵着手与你玩。
供斗刚策出勾穷，	手做枕头让你枕，
如从将刚久考损。	真情付出不惜怜。
几吐几腊拿机虐，	身怀六甲久缠身，
炅乙九腊费觉力。	八九个月多艰难。
召乃赶强叉到度，	那天赶场才得信，
阿牙包喂勾学毕。	知儿生下母平安。
将筛将些启打无，	终于让我放下心，
几后送帕阿磊锐。	给你带来菜一餐。
勾衣几得尖楼虐，	情路已断有一阵，
拿能楼虐几咱为。	我俩好久没相看。
如乃赶强常咱奴，	今天赶场重见亲，
常咱牙要喂浓启。	重见表妹我心欢。

刚咛甲克得阿生·让我把儿望一望

苗语汉字记音	汉译
几如岭从难几娘，	我俩相好情义重，
乃乃几俩召剖吹。	天天在家把你想。
尖楼几咱帕告羊，	好久不见你面容，
几俩如为巫没最。	想念只有泪汪汪。
韦蒙囊纠毕得让，	只因妹妹生孩童，
得让毕你能囊低。	孩童生在别人庄。

培腊刚策克阿浪，	满月让我看儿容，
刚咛甲克得阿生。	让我把儿望一望。
得勾相蒙留留账，	肥肥胖胖人人颂，
阿磊胖没松同策。	脸蛋长像我一样。

灵到喂灵喂囊常·能领我领回家伺

苗语汉字记音	汉译
巴蒙巴没拿剖囊，	长相和我很相似，
得杜得斗哥批批。	白白胖胖一双手。
勾让拿机如容涨，	孩儿长得好容姿，
同得培灵罖圭圭。	美丽容颜长得秀。
灵到喂灵喂囊常，	能领我领回家伺，
灵常龙玛阿笔你。	领回和我住一楼。
叟得阿日尖能囊，	如今已是别人子，
想召拿舍弄喂启。	想到似矛刺心头。

喂枯勾让几呆得·我宠不能旁边守

苗语汉字记音	汉译
勾学叟绷你能占，	我儿出生别家楼，
扑呆巫没几江白。	想到眼泪滚滚流。
如蒙常灵刚喂奈，	好在带儿让我瞅，
勾学刚咛灵娘得。	让我把儿抱个够。
乃机叉常刚喂改，	不知何时再重见，
喂想克错洽能黑。	想饱眼福怕人吼。
没启枯勾枯几然，	有心怜爱不能探，
勾让召周龙蒙蝈。	托付给你来守候。
枯得将帕枯吉拜，	望你好好来照看，
喂枯勾让几呆得。	我宠不能旁边守。

枯如得学喂将些·有你照顾我放心

苗语汉字记音	汉译
控枯几呆劳告羊，	我虽心疼不到边，
破筛勾刚勾学奶。	靠你抚养哺孩婴。
斗启阿叉筛几将，	放心不下总挂牵，
蒙列后枯几羊喂。	你要代我尽责任。
几留启些出阿档，	养好我儿了心愿，
枯如得学喂将些。	有你照顾我放心。
乃西秋各呆昂芒，	太阳偏西到山边，
拿几吉俩勾学克。	挂念儿子也要分。

延喂嘎洽娥高猜·爱我莫怕多费银

苗语汉字记音	汉译
剖奶将牙求能拜，	我娘把我嫁别村，
加如吾派腊究光。	好差他们都不管。
召磊勾寿总机边，	遇个媒人来骗婚，
吉勾机瓜害喂羊。	把我害得好凄惨。
久没召牙喂囊筛，	我的心里不满意，
努几共到你能让。	怎能老在他乡间。
延喂嘎洽娥高猜，	爱我莫怕多费银，
崩价崩钱料喂常。	要出钱财赎我还。

到为常能机谷图·得妹回来长相守

苗语汉字记音	汉译
飞衣龙帕尖楼虐，	和妹相恋时日久，
炯炯飞来袍川川。	时常会妹不间断。
如为将萌嘎能吾，	阿妹嫁去别寨走，
勾帕将求比各筛。	把妹嫁到高寒山。

走巧包策麻岱度，	运晦伤心才开口，
料为常嘎剖囊拜。	要我赎妹回身边。
然蒙控常拿机如，	得你重回身边守，
拿机兄咛喂囊筛。	几多温暖我心田。
到为常能机谷图，	得妹回来长相守，
几洽拐觉茄告猜。	不怕花金万万千。

果卑磊能岔郎沙·史上四大统帅歌

苗语汉字记音	汉译
元帅阿磊麻如策，	有个宰相最魁伟，
姜嘎得咛卜姜尚。	他是姓姜名子牙。
文王补咛求西岐，	西岐文王把他背，
乙老勾会浓江江。	负重八步脚难跨。
周朝乙罢能运气，	周朝八百岁祥瑞，
告大将元封神榜。	封神榜上度仙家。
汉朝韩信空倒卑，	汉朝韩信多智慧，
乍巴几顾勾来秧。	胯下之辱也认爬。
吾出元帅诺用兵，	他任元帅手指挥，
越租越如孟搏丈。	多多益善拥兵马。
萧何害咛命久归，	萧何出卖命西归，
刘邦大咛头冤枉。	刘邦冤枉把他杀。
孔明能罢要能比，	孔明才智占头魁，
丞相答萌重京郎。	坐死殿堂扇子拿。
三顾茅芦脓求吹，	三顾茅庐柴扉推，
刘备冲吾搏江山。	刘备请他打天下。
三国鼎立鲁阳起，	三国鼎立树丰碑，
赤壁将夺勾熬昂。	赤壁放火烧营栅。
阿磊元帅咛岳飞，	有个元帅是岳飞，
宋朝尼吾嘎在行。	宋朝数他最能打。
金兵动召布拉吹，	金兵闻名生惧畏，

兀术劳没叉投降。	兀术投降下马趴。
改成害召风波亭，	风波亭上做冤鬼，
秦桧害觉能忠良。	秦桧害了忠良娃。

冲策吉上能欧尖·劝你马上讨新娘

苗语汉字记音	汉译
巴秋生尖策比同，	表哥天生长得帅，
冲策吉上能欧尖。	劝你马上讨新娘。
国俄列能吉后充，	脏衣要人帮洗晒，
俄地列帕出题先。	衣破要妻新纱纺。
摆笛如蹦列嘎盂，	野草花朵不要爱，
蹦跑嘎处列嘎歪。	野外花草不要沾。
地筛地些勾为龙，	终身伴侣陪伴在，
几如共萌阿腮腮。	白发夫妻日月长。

欠蒙喂勾撒学将·劝你我把歌来唱

苗语汉字记音	汉译
欠蒙喂勾撒学将，	劝你我把歌来唱，
喂除几尖嘎呆改。	唱得不好莫生气。
尼蒙尼喂叉果刚，	你我知己才劝上，
达尼几磊喂机拐。	若是旁人我不提。
蒙姑没笔呕补趟，	你有两三间好房，
地劳能笔萌休仙。	何苦上门去从妻。
后能萌叟得阿祥，	帮人去把儿女养，
摆害告逑蒙列太。	各种事情要你理。
得为哈尼帕克当，	妻子是个贪婆娘，
钱当查齐觉尖尖。	把你钱财全骗讫。
口不几扣萌忙忙，	兜里金钱骗精光，
皮包觉当能先来。	皮包掏空断情意。

得岭虎虎尖涨广，	儿女很快长成样，
阿各乙灵差筛筛。	十八九岁壮体力。
的蒙起脚些呕趟，	儿女对你偏心肠，
从浓召将卜打千。	你的深情全抛弃。
龙得龙嫩出阿忙，	妻与儿媳同立场，
件件尼拿蒙囊款。	处处讲你的不济。
几嘎几呆帕告羊，	不能靠近她身旁，
比嘎麻就再嘎怀。	你像狗屎臭又稀。
想呆麻炎难几娘，	如今实在悔得慌，
召挂打磊叉年拐。	后悔走错一着棋。
没理几没得告状，	有理无处去告状，
比俫得架农尬唉。	黄连来把哑巴欺。
包蒙常萌勾帕将，	你快离婚莫彷徨，
杜些炯照策囊摆。	安心回到自家栖。
常岔阿磊帕麻岗，	重新找个好姑娘，
打夫出岭拿各筛。	很快发家赛邻里。
如戎再斤勾炯长，	趁你现在正年壮，
达到告儿雄开开。	身强体壮还有力。
嘎萌几腮帕如羊，	莫选那些乖模样，
毕娘得学拐几连。	能生儿女就可以。
毕得觉尬毕出棒，	子女养得一大帮，
告郎堂屋亚常先。	蓬荜生辉笑声起。
几打出家翎上上，	勤劳致富家兴旺，
打臭打戎亚常呆。	龙凤朝阳你家里。

如尬胡萌唉盖盖·良药苦口利病体

苗语汉字记音	汉译
飞衣嘎勾告启才，	约会切莫乱心意，
几列总飘勾虐些。	不要留恋风流乡。
瓜蒙瓜喂勾出然，	你骗我来我骗你，

几棉阿脚弄嘎没。	全是马屎皮面光。
乃乃求各勾为奈，	天天上坡与妹嬉，
当到列农勾出特。	你把约会当饭粮。
总没阿昂猛勾害，	总有一日病身体，
害答虎斤几脓克。	病倒女友不探访。
赖歹列欧头打难，	身上脏了妻来洗，
国充后蒙几怕德。	为你洗衣不怕脏。
阿爸阿迷勾猛然，	父母若是病痛起，
没欧几留刚糖培。	有妻孝顺伴爹娘。
枯蒙尼欧嘎枯拜，	爱你最深是你妻，
列供虎斤将机得。	风流之路再莫蹚。
包蒙害能度改改，	肺腑之言来劝你，
嘎达嘎搏勾欧者。	莫要打骂伤妻房。
杜筛常脓炯埋占，	收心回家最相宜，
常枯欧共得得奶。	重新痛爱惜糟糠。
如尬胡萌唉盖盖，	良药苦口利病体，
猛如打敌周几热。	病体康健人欢畅。

出尖豆后列荻拖·豆花结块快舀兑

苗语汉字记音	汉译
胡巫将甲告卑溜，	吃水要找源头水，
莪通告伢几没哉。	流到河里水不凉。
出尖豆后列荻拖，	豆花结块快舀兑，
拖腊豆后几尖筛。	舀慢豆花成稀汤。
糯先腊炯列荻搏，	七月稻熟早收回，
搏腊召浓亚生呆。	收迟淋雨长芽秧。
补各打炅觉高儿，	三十几岁易荒废，
呆昂岔奴奴几腮。	讨亲别人嫌老相。

阿吼麻农列久列·吃口饱饭配不配

苗语汉字记音	汉译
修呆拖巫刚茶没，	起床我送洗脸水，
阿能阿梦炯享福。	孝敬公婆享清福。
吼首阿笔周热热，	全家乐极笑开嘴，
出嫩告求尼喂学。	为媳是我最辛苦。
勾动阿乃呆成业，	工夫从早苦到黑，
常呆列供巴勾巫。	回家要挑水进屋。
农觉究兄几常者，	吃饭添碗不许为，
农觉阿者几准初。	未饱不许添饭蔬。
胡穷没能后喂切，	血咒我有姊妹陪，
再勾阿柔斗欧秋。	姊妹愿把证人做。
乡长扑理后宠且，	乡长讲理断赢亏，
吉东能罘蒙咱灵。	世间贤人见无数。
阿吼麻农列久列？	吃口饱饭配不配？
蒙扑久列喂囊输。	你说不配我理输。

阿笔哈尼蒙告交·你把全家当仇人

苗语汉字记音	汉译
垢兄蒙尼阿磊牙，	投胎你是一姑娘，
刚求阿让东茸闹。	嫁到我寨结联村。
灵能台囊要能夸，	少人夸来多人讲，
尼众腊扑蒙诺乌。	个个讲你嘴巴狠。
常通几笔同能卡，	回到家里贵客样，
比夺图谷撒尼奥。	柴火不肯添一根。
奈蒙供巫浩烈笆，	叫你挑水煮猪粮，
阿恰尼供呕嘎倒。	一边两瓢挑不稳。
起戈哈搏夺几娃，	水桶打破成块状，
出崩阿求久没标。	我也没骂你贵人。

烈你歪斗扎麻麻，	锅里米饭任你装，
者者扎囊尼召牢。	碗碗都装尖得很。
号尖阿歪囊伢笆，	一锅猪肉才炒香，
偷勾再列尬谋肖。	又取酸鱼炒一盆。
麻先农约麻虐岔，	熟的吃了生的装，
麻虐再列没勾奥。	生的取来烧熟啃。
克巫腊咱胡吉麻，	吃多喝水肚子胀，
高工土到阿胖少。	喉咙能把蓑衣吞。
胡穷八公蒙久洽，	不怕血咒你乱讲，
蒙列出加头诺鸟。	搅家女子起歪心。
花蒙勾蹦茶没岔，	请你取盆洗脸庞，
偷勾没嘎蹦茶老。	故意取个洗脚盆。
出悄喂笔囊奶骂，	虐待我家爹和娘，
阿笔哈尼蒙告交。	你把全家当仇人。
久没理松勾喂褡，	骂我理由从不讲，
吾能悄被喂囊悄？	她心狠来我心狠？

列枯勾让嘎几白 · 养好子女莫相争

苗语汉字记音	汉译
呕磊崩欧脓告状，	夫妻两人来告状，
果撒告状出禀且。	告状用歌来诉呈。
告启打磊萌忙忙，	心里各自有本账，
打磊岩娘埋打磊。	自己清楚自心明。
崩欧几笔闹皮胖，	夫妻矛盾闹开场，
几中几褡笔笔没。	吵闹家家都发生。
虐西能扑包丞相，	古时人讲包丞相，
断状算吾嘎冲白。	判案处理最公平。
崩欧几搏阿郎芒，	家务事情难判讲，
呕磊几褡详几黑。	谁是谁非理不清。
出帼岩埋努几羊，	当官不知你情况，

努几褡到埋几磊。	我也不能乱批评。
侬喂乡长尼鲁娘，	依我乡长来断案，
阿磊列难阿构得。	不要指责互相争。
几吹得撒不狗将，	听信是非狗屁放，
理松告卖哈几没。	没有理由来相争。
鸳鸯嘎机会出忙，	鸳鸯戏水好榜样，
埋几拿奴嘎岩磊。	你们没有鸟聪明。
风松常萌枯得让，	回去好好把儿养，
列枯勾让嘎几白。	养好子女莫相争。

共觉麻让列嘎怀·年轻莫把老人嫌

苗语汉字记音	汉译
能共挂儿浓告松，	人老年迈行不便，
共觉麻让列嘎怀。	年轻莫把老人嫌。
吼收嘎供巴乌拱，	莫翘嘴巴对老年，
农工久列启几歪。	吃穿不要把心偏。
刚姑能共告启兄，	要让老人心田暖，
高儿共如强兄筛。	让其快乐度晚年。
麻如刚农勾叟工，	山珍海味来解馋，
到工能共高启延。	老人满意心里甜。
能共没昂几到丰，	人老到时被病缠，
丰松枯如叉起尖。	好好照顾要周全。
报嗷学得骂岔工，	乌鸦寻食喂崽咽，
从如嘎弄阿腮腮。	情谊永记在心间。
枯得奶骂如从浓，	父母恩情大如天，
常枯奶骂叉起尖。	反哺之义早有言。
能夸虐西郎孟中，	人夸孟宗抱竹竿，
吾伢到麻奶兄筛。	哭竹得笋娘心甜。
供度包埋列嘎弄，	莫忘我讲的忠言，
果刚得嘎埋几坚。	子孙牢记在心间。

相拜嘎搏蒙囊帕·待妻心胸应宽阔

苗语汉字记音	汉译
阿磊得欧搏几到，	殴打妻子很不好，
相拜嘎搏蒙囊帕。	待妻心胸应宽阔。
让儿得欧头生觉，	妻子美貌又妖娆，
比俫肖戎蹦阿叉。	好像杜鹃花一朵。
勾寿蒙冲后扑到，	媒人介绍妻来到，
你蒙告豆毕得嘎。	膝下儿女养很多。
后蒙叟得白夯告，	儿女成群满屋跑，
得学罘罘蒙拉咱。	满屋儿女她护呵。
农锐阿歪烈阿叫，	同鼎煮饭共锅灶，
机枯吉如浓他他。	相亲相爱情要合。
龙能如扑度达桃，	与人几句开玩笑，
几冬鲁羊亚拉八。	未必这样就是错。
打没腊生几腊告，	好马有时会摔倒，
如乍拉生几腊卡。	四蹄落地会摔着。
几没得差拜冬要，	世上完美人很少，
蒙孟尼灵比尼假？	你看这话对或错？
告得告嘎叟岭觉，	如今儿女养大了，
从如岭岭嘎几八。	夫妻情重莫分割。

嘎总机力尚周斗·赶快戒赌莫痴迷

苗语汉字记音	汉译
搏牌押宝巴筛亨，	打牌赌博迷心窍，
巴筛巴龙得牌头。	鬼迷心窍牌局里。
不巫绍工几都众，	有投河的有上吊，
嘎总机力尚周斗。	赶快戒赌莫痴迷。

俩能同俩高奴雄·生死好像葛叶凋

苗语汉字记音	汉译
比各强强你沙沙，	大山仍旧巍巍高，
告坝强强炯古古。	悬崖依然陡峭峭。
能你勾虐亚水答，	人生总有死一朝，
俩能同俩高奴雄。	生死好像葛叶凋。

内锐嘎处嘎追高·采集野菜莫拔蔸

苗语汉字记音	汉译
内锐嘎处嘎追高，	采集野菜莫拔蔸，
久列追高列捺奴。	不要扯蔸把叶采。
久尼褡蒙喂尼包，	不是骂来是传授，
够者又斗锐花初。	往后才有野菜摘。

你冬勾虐列吉如·在世相处要和气

苗语汉字记音	汉译
你冬勾虐列吉如，	在世相处要和气，
几如嘎扑尼能立，	和气不要分亲疏。
能先能虐哈列顾，	熟人生人皆同礼，
腊呕偏计腊兄启。	心如二月春风拂。

牙岭到崩哥努朝·妹得郎君白如米

苗语汉字记音	汉译
牙岭到崩哥努朝，	妹得郎君白如米，
哥努高笑朝糯忙。	白像稻米亮晶晶。
劳强呕磊阿勾劳，	赶场两个在一起，
芒叫几炯阿勾常。	晚上回家一路行。

啥拿约让勾力嘎·牛崽学犁双绳绑

苗语汉字记音	汉译
同得打约几殴告，	像头牛崽才要教，
啥拿约让勾力嘎。	牛崽学犁双绳绑。
阿力巧囊呕力巧，	一犁直来二犁翘，
告尖阿炅自尖吓。	一年以后挑大梁。

得弄得鸟扑包纠·轻言细语把理讲

苗语汉字记音	汉译
崩欧总列刚合西，	夫妻两人同心意，
列刚合西叉翎头。	同心和睦富贵长。
奶玛沙帕梦沙为，	娘家育女婆教媳，
几枯几如出阿笔。	和睦相处家安康。
几尖几尼嘎斗启，	若有差错莫生气，
得弄得鸟扑包纠。	轻言细语把理讲。

嘎打嘎搏勾欧者·莫打莫骂莫伤妻

苗语汉字记音	汉译
沙萌沙常扑久拜，	劝你道理讲不全，
包咛那岭改嘎律。	请哥莫烦莫生气。
几桃几吴打磊害，	游手好闲自找难，
太花几尼如告拍。	贪色不是好东西。
乃乃求各勾为奈，	天天上山把妹喊，
当到列农勾出特。	当得饭吃做餐席。
瓜蒙瓜喂扑几棉，	哄你哄我是哄骗，
几棉告锐龙嘎没。	尽是马屎光面皮。
加回走巧勾猛然，	运气不好遭病缠，
就答夫机几呆克。	呼唤情人不理你。

尼没如欧枯几改，　　若有贤妻贴身伴，
斗你卑穷从巫德。　　体香引蜂甜蜜蜜。
乱呆后蒙头打耐，　　身上脏了勤洗换，
后蒙茶觉哥同培。　　洗净皮肤白皙皙。
勾撒沙蒙扑几办，　　劝你用歌讲不完，
嘎打嘎搏勾欧者。　　莫打莫骂莫伤妻。

打巴亏牙久斗空·奈何老天把人欺

苗语汉字记音	汉译
带度阿排劳坎除，	带首歌到九龙村，
造撒岁刚得牙丛。	苗歌带给小龙妹。
呕磊几炯巴炯枯，	我俩一样的苦情，
弟牙喂扑度良松。	我把真话讲给妹。
良牙想那喂把都，	想妹又再想自身，
剖蒙公麻头机同。	你我苦命同一味。
学得奶玛挂萌觉，	都是自幼失双亲，
想呆后由腊总容。	想到此情心痛碎。
没奶没玛到享福，	父母健在儿有幸，
鲁能腊倈告松戎。	这样人会变高贵。
久没奶玛尖能枯，	没有父母人艰辛，
松戎吉倈高松侬。	龙骨变成蛇骨椎。
俄地撒同不不如，	衣服破烂尽补丁，
几科能地哈尖兄。	裤子烂得掉线纬。
涨岭勾寿几罴扑，	长大媒人来提亲，
机炯出忙求摆仲。	陆续不断进门扉。
能没奶玛后拿主，	别人父母担责任，
打磊常送几勾蒙。	你是自嫁自出闺。
图色修豆伢谷谷，	打伞出嫁泪纷纷，
伢伢会挂告讥戎。	走出龙塘哭声悲。
尖笔尖喀炯能茹，	婚配成家在他村，

休松尬查出勾冬。　　一心耕耘不怕累。
来会霸尖勾培不，　　过年背粑来走亲，
久没奶奈蒙常通。　　无娘喊声回家妹。
者竹尼哈阿磊苏，　　大门挂锁关得紧，
郎笔摆的修嘎戎。　　堂屋院外青苔围。
克送堂屋呆夯不，　　看遍堂屋到火坑，
亚克夯告通卑仲。　　屋内凄凄空四维。
久没奶玛囊告雄，　　不见父母的身影，
巫没比江同容京。　　眼泪好似蜡熔滴。
上坝酒巫刚玛胡，　　先奠美酒送父饮，
没糖捧卡奈奶农。　　祭祀母亲把糖堆。
呆虐清明亚常谷，　　清明再去扫墓坟，
初陡弄枞哈头公。　　坟头挂清添土垒。
炯你竹枞拈图图，　　墓前跪拜哭声鸣，
巫没几莪撒尖兄。　　眼泪滚滚成线滴。
阿乃伢送呆昂补，　　从早到夜泪淋淋，
松方烈芒几年农。　　伤心夜饭不想理。
命加刚牙阿休不，　　害你遭罪苦一生，
打巴亏牙久斗空。　　奈何老天把人欺。

打朝久尼能打朝·我俩是否同代人

苗语汉字记音　　汉译
剖家埋玛夫今出，　　我父你爹交朋友，
呕磊几如启几告。　　两个相好一条心。
炅喂炅炅脓你谷，　　年年带我串门走，
炅炅炅喂勾埋老。　　岁岁引我走你们。
呆得自供嘎几姑，　　到家就把鸡来扭，
楼嘎保告勾脓考。　　捉住公鸡割头颈。
吉龙机北勾酒胡，　　父辈同桌来饮酒，
岔撒岔度绷巴鸟。　　唱歌讲话好气氛。

打穷理松相岩觉，	孩童不懂礼义羞，
将龙阿勾剥摇摇。	一个摇篮睡一枕。
盟大扣得古古努，	天亮去抠地牯牛，
扣照埋囊笔几鸟。	就在你家屋角蹲。
乃热龙能萌将约，	上午随人去放牛，
将求比各茸倒老。	放牛放到高山顶。
嘎处几先勾必略，	游玩摘果放衣兜，
求图亚略必查跑。	上树采摘茶泡品。
劳巫告伢勾柔卜，	走到河边甩石头，
卜巫告当少比高。	甩进水潭水泡滚。
机乃剖亚勾巫顾，	白天陪你水中游，
几楼劳伢同谋标。	水中耍戏像海豚。
大西阿强后剖扑，	大家帮忙开金口，
打朝久尼能打朝。	我俩是否同代人。

如能蒙如告松撒·青年人好歌声好

苗语汉字记音	汉译
如能蒙如告松撒，	青年人好歌声好，
如策蒙如撒忙外，	英俊又有好歌谣。
同锐改腊久水卡，	你像田草枯不了，
腊照延卡延花筛。	六月天干也长高。
如能蒙如告松撒，	青年人好歌声好，
如策蒙如撒忙溶。	英俊你会唱好歌。
同锐改腊久水卡，	你像田草枯不了，
腊照延卡延花锰。	六月天干也发多。

要能拿娘机勾蒙·比得上你没儿人

苗语汉字记音	汉译
蒙如撒忙亚如松，	你有好歌好嗓音，

亚如得策勾机高。	容颜俊俏正相称。
要能拿娘机勾蒙，	比得上你没几人，
诺鸟诺弄头诺交。	口齿伶俐常取胜。
蒙如撒忙亚如松，	你有好歌好嗓音，
亚如得策勾几配。	容颜俊俏正相配。
要能拿娘机勾蒙，	比得上你没几人，
诺鸟诺弄头诺比。	口齿伶俐很会说。

学得罴弄诺鸟偷·天生一张好利口

苗语汉字记音	汉译
能罴久列先松教，	聪明不要老师教。
相迷同布蒙诺撒。	唱歌实在有才华。
没罴久扑共告朝，	有志不在年龄高，
学得罴弄诺鸟叉。	天生一张乖嘴巴。
能罴久列先松教，	聪明不要老师教，
相迷同布蒙诺由。	唱歌实在是高手。
没罴久扑共告朝，	有志不在年龄高，
学得罴弄诺鸟偷。	天生一张好利口。

嘎弄前前加良松·嘴巴甜甜心不正

苗语汉字记音	汉译
果撒比俅无搭戎，	唱歌好比舞龙灯，
比俅搭戎无几交。	好像龙灯舞稳顺。
求各几洽搭炯农，	上山不怕虎咬颈，
尼洽同奴先几敲。	就怕芭茅两面刃。
嘎弄前前加良松，	嘴巴甜甜心不正，
机瓜机夸告启巧。	假意夸人心肠损。

果撒比俅无搭戎，	唱歌好比舞龙灯，
比俅搭戎无几先。	好像舞龙打圈圈。
求各久洽搭炯农，	上山不怕虎咬颈，
尼洽同奴先几拐。	就怕芭茅刃两面。
嘎弄前前加良松，	嘴巴甜甜心不正，
机瓜机夸告启哉。	假意夸人心藏奸。

包蒙得牙嘎耐头·请你阿妹莫动弹

苗语汉字记音	汉译
虐虐不蹦常嘎笔，	天天采蜜往家搬，
阿峨志尼搭德国。	它是工蜂很勤劳。
同罘呕钟宠照斗，	手拿双刀亮闪闪，
嘎补斗如阿得舌。	屁股还有一梭镖。
包蒙得牙嘎耐头，	请你阿妹莫动弹，
打文帮楼生恰能。	动了会把你螫着。

喂果几到喂列果·不会唱歌我要唱

苗语汉字记音	汉译
喂果几到喂列果，	不会唱歌我要唱，
喂容几到拉列容。	我抖不来也要抖。
伢共卜嘎帕聋波，	烂肉丢在妹床上，
剥功榜详刚蒙聋。	满地蛆虫让你呕。

机交龙牙阿卑蝈·绕在妹头共枕睡

苗语汉字记音	汉译
比喂出戎喂几控，	比我做龙我不肯，
搭戎劳伢讥几得。	龙会下海沉潭内。
比喂勾出蜡比穷，	把我比作红头绳，
机交龙牙阿卑蝈。	绕在妹头共枕睡。

加能喂如阿真考·人丑有把好锄头

苗语汉字记音	汉译
加能喂如阿真考，	人丑有把好锄头，
喂如告考几后虾。	有把好锄帮你挖。
课告图私列哭膏，	青岗树倒要挖蔸，
出夺供求剖囊哈。	做柴抬回我们家。
黏够几江楼头夺，	寡妇都来把火烤，
没珠夺呆窝样妈。	两乳中间起斑花。

歹没迷兄尼淞穷·裙子红线用几多

苗语汉字记音	汉译
刚蒙得帕总排咛，	一夜尽是妹盘歌，
出咛姑排蒙阿罴。	我唱一首把你盘。
歹没迷兄尼淞穷，	裙子红线用几多，
迷兄麻穷迷兄罴。	几根红的几根靛。

比蒙勾出告逑如·把你比作什么好

苗语汉字记音	汉译
褡剖勾出巴约俄，	骂我像是黄牯叫，
巴约旁旁生坡能。	肥壮黄牯会顶人。
比蒙勾出告逑如，	把你比作什么好，
比出狗成麻它得。	比作狗娘瘦精精。

大猫腊江阿乃休·猫儿七月热一天[1]

苗语汉字记音	汉译
大猫腊江阿乃休，	猫儿七月热一天，
吾休吾朗吾包茂。	它热它得告诉你。

蒙尼大猫囊牙勾，　　你是它的姐妹伴，
蒙尼阿吴郎阿够。　　你是猫儿的妯娌。

注：①“猫儿七月热一天”来源于苗族民间故事。在十二生肖排位的过程中，猫儿也参与其中，在比赛的前一天，老虎给猫说，这次比赛我要争第一，我俩是兄弟，你老弟要帮大哥我，你明天早晨记得早点来叫醒我，我今天为找吃的累了一天，我早点休息，猫满口答应。第二天老虎醒来，急急忙忙出发，最后只争得第三的位置，输给了老鼠和牛。老虎特别气愤，大骂猫，老虎说：“跟你都说好了，要你帮我，你都答应了，你却睡在火坑边烤火睡着了，你这算什么兄弟？你既然这么喜欢烤火，你就永远烤火，七月大热天只许你晒太阳一天，其他时候不准晒太阳。”至此，猫七月只能晒太阳一天，猫把气撒在老鼠身上，猫与老鼠成了冤家，老虎与猫也没了兄弟情义。

得帕比俅古马吼·阿妹是只癞蛤蟆

苗语汉字记音　　汉译
得帕比俅古马吼，　　阿妹是只癞蛤蟆，
斗灵样巫样尬马。　　蛤蟆坐在臭水沟。
斗灵样尬浪精斗，　　趴在沟里把虫扒，
想召几茂喂楼尬。　　想到这些我作呕。

几搏篙着酷几西·倒进火坑一身灰

苗语汉字记音　　汉译
虐西牙麻刚拿广，　　古时冬瓜嫁给茄，
吾血拿广加得策。　　它嫌茄子丑像鬼。
消楼几报阿朗芒，　　半夜起来撕拉扯，
几搏篙着酷几西。　　倒进火坑一身灰。

阿腊虎斤几拿欧·情人不如妻子优

苗语汉字记音　　汉译
牙岭斗从喂泥会，　　阿妹有情我难走，

想拜想齐列周斗。	想来想去要放手。
乃乃萌飞来摆笛，	天天在外交女友，
阿腊虎斤几拿欧。	情人不如妻子优。

果撒香剖他几到·唱歌你占我便宜

苗语汉字记音	汉译
果撒香剖他几到，	唱歌你占我便宜，
撒袍香剖剖几拐。	占我便宜我不管。
阿爸休夜目香各，	父成鳏夫数年期，
公操几到几磊解。	正愁无人来做伴。
奈蒙出奶喂拉到，	喊你做娘我愿意，
岔到奶先喂几年。	找得后娘我喜欢。

相相列搏蒙阿炮·拿枪想把你轰掉

苗语汉字记音	汉译
得为斗你茸报朝，	美女站在小山包，
斗你报照拜柔年。	站在山包岩板上。
相相列搏蒙阿炮，	拿枪想把你轰掉，
蒙动言条呆究呆？	你猜打上不打上？

彭松彭炮久没子·枪响没有子弹头

苗语汉字记音	汉译
蒙扑蒙尼告迷能，	你说你是人中君，
克哼久没尖样子。	我看阿哥样子丑。
共炮相比帕脚色，	拿枪想瞄女强人，
洽蒙得哼究岱斗。	怕哥不是神枪手。
扣嘎害哼戎机没，	扣动扳机白费劲，
彭松彭炮久没子。	枪响没有子弹头。

旁狼阿炅打特先·一年只吃油一餐

苗语汉字记音	汉译
果除撒学喂起口，	吟唱山歌我开腔，
喂供撒忙出阿排。	我把山歌唱一番。
同聋赵害告苦柔，	你屋就像马蜂房，
古哈对子几拐拐。	也挂对联在两边。
阿炅刚王打特球，	一年只用盐一两，
旁狼阿炅打特先。	一年只吃油一餐。

克召丘剖麻如工·羡慕我家好菜饭

苗语汉字记音	汉译
蒙丘嘎勾撒学褡，	羡慕莫唱歌来骂，
奈蒙上劳最竹绒。	讨饭要站门后边。
磊剥几笔尖如擦，	我家积谷像堆沙，
巴趟楼向白同同。	五间楼房都装满。
腊巴在斗腊肉哈，	五月还有腊肉挂，
告重谋肖想辽绷。	缸里酸鱼未开坛。
嘎得烈哉照先笆，	剩饭要用猪油炸，
克召丘剖麻如工。	羡慕我家好菜饭。

列翎勾傩久没难·运转富贵大吉昌

苗语汉字记音	汉译
磊磊奈喂出能穷，	人人说我是苦胎，
逃逃扑喂穷该该。	个个讲我穷精光。
赶陇让先报让共，	赶鼓新寨到老寨，
斗无告陇照告筛。	椎牛对歌堂中央。
公尼公约剖后送，	吃牛喊我送神怪，
列翎勾傩久没难。	运转富贵大吉昌。

苗语汉字记音	汉译
你笔封尖几勾栋，	居住砖房连栋盖，
克咱喂恰埋八筛。	看见怕你乱心房。

各真波特强强哉·十床被盖也还冷

苗语汉字记音	汉译
重阳打挂起秋乃，	重阳一过日光淡，
腊九起求告昂哉。	九月一到开始冷。
将埋麻让岔欧接，	年轻快把媳妇谈，
如挂告昂俩倍改。	好过冰雪寒冬令。
波兄久拿呕磊能，	被热不如两人暖，
各真波特强强哉。	十床被盖也还冷。

聋得奴图勾搏聋·摘些树叶做睡床

苗语汉字记音	汉译
奴图勾出得勾岭，	树叶当作小凳摆，
比炯告勾再嘎稳。	比坐椅子还稳当。
苏蜩久然波几崩，	睡觉没有被子盖，
聋得奴图勾搏聋。	摘些树叶做睡床。
打巴拐供计哉捧，	不怕天冷风吹来，
最主修斗抱来兄。	后背结霜胸热烫。

崩欧夫几尼打样·夫妻朋友都一样

苗语汉字记音	汉译
崩欧夫几尼打样，	夫妻朋友都一样，
如约件件阿样炯。	好了都是一样亲。
欧你几笔叟得让，	在家妻子把儿养，
夫几摆笛勾叟从。	在外和友谈友情。
常通几笔没麻肮，	回到家里有饭香，

摆笛会绷没麻农。	出门在外有酒饮。
走姑告昂农烈芒，	若遇天黑在他乡，
告卖久斗麻操松。	万事一点不操心。

斗到囊能尼江撒·会夸的人是歌手

苗语汉字记音	汉译
奉成刚喂列刚让，	奉承要让我年轻，
让俅让儿阿罘阿。	要像年轻的时候。
成约奉承列常壮，	瘦了要让我肥嫩，
告雅告阳久没八。	英俊模样永驻留。
动埋包喂努几娘，	看你哪个会夸称，
斗到囊能尼江撒。	会夸的人是歌手。

克蒙越共腊越架·看你越老人越傻

苗语汉字记音	汉译
克蒙越共腊越架，	看你越老人越傻，
越共越架照告启。	越老越傻傻在心。
常让杀同阿然阿，	回忆年轻你潇洒，
虐让告冬打磊你。	竟是单身孤独人。
壮俅啥同阿峨叭，	肥像蜗牛地上爬，
控求久呆弄奴锐。	肯爬难上菜叶芯。
帮帮无壮马得哈，	岩蛙肥胖住低洼，
马照机都刚巫推。	蹲在瀑下让水淋。
谷公生最跳扎扎，	黄蛙身瘦跳跶跶，
比各茸腊无呆你。	山头高地任它奔。
样几嘎如样几加？	哪样是好哪样差？
度岱蒙岔勾包依。	实话你讲让我听。

光彭机腮麻岭兄·挑葱要选粗壮挑

苗语汉字记音	汉译
灵拉挂萌告台提，	兔年匆匆很快过，
打戎求灵挂称明。	龙年岁初清明到。
尼能彭光拉累累，	挑葱的人多又多，
几斗出吾出勾溶。	歌声高亢满山绕。
喂姑弟想勾锐内，	我也想要把葱割，
光彭机腮麻岭兄。	挑葱要选粗壮挑。
考生埋囊腊摆笛，	可惜你们田肥沃，
告头能照休巴同。	有人抢先插草标。
彭埋囊光久几省，	挑葱的人乱挑戳，
采埋拉路勾几明。	把土戳得烂糟糟。
克咱害能头怄气，	见此情景应发火，
喂拉几后埋香松。	我也为你暗气恼。

剖蒙吉甲努几出·我俩见面怎么玩

苗语汉字记音	汉译
告兄甲图至机顾，	藤子遇树就来缠，
腊雄吉甲至机莫。	葛藤相遇互勾搭。
打嘎吉甲自机穷，	雄鸡相见相啄撵，
打约吉甲自机破。	黄牯相逢就打架。
告交吉甲自机处，	仇人相见吵翻天，
央家吉甲自机搏。	冤家相见就相打。
吉甲教师自机谷，	武官相见就斗拳，
年头吉甲几比诺。	文官相见比才华。
夫几吉甲度机扑，	朋友相见有言谈，
江撒吉甲至机果。	歌手相见开歌闸。
剖蒙吉甲努几出？	我俩见面怎么玩？
将蒙吉上包喂豆。	请你快快给我答。

将炯常召搭炯嘎·打虎反遭老虎咬

苗语汉字记音	汉译
江除呕磊充五松，	两个歌师充武松，
勾东克牙在勾差。	看你功夫并不高。
阿气保卡搭炯脓，	到时深山虎冲动，
埋勾告棍搏几恰。	棍子打偏打不着。
嘎牙告巴哈刨穷，	虎咬妹腿血鲜红，
将炯常召搭炯嘎。	打虎反遭老虎咬。

枯咛白剖烈阿吼·可怜就分饭一口

苗语汉字记音	汉译
笔泸告鲁哈几斗，	家贫谷种都没有，
求查嘎来啥告鲁。	春插种子和人讨。
泸觉搭笆久没叟，	穷了没养猪和牛，
朗腊要觉嘎几不。	田里禾苗欠肥料。
嘎笆久没刚阿勾，	猪粪一点都没有，
糯如糯加靠腊巫。	谷子好差靠田好。
休丛告昂拜照笔，	秋熟稻谷往家收，
马照机笔堆尖如。	放在家中成堆倒。
挂且且叫几没斗，	风车一过全吹走，
歹囊嘎要枯嘎灵。	空壳多来饱粒少。
久然麻农勾奶叟，	无粮养娘我担忧，
久斗烈曹叟勾学。	不得米饭养老小。
啥朝会埋阿叉勾，	讨米到你门口候，
岩埋枯到被究枯。	你是可怜或嘲笑。
枯咛白剖烈阿吼，	可怜就分饭一口，
白要常萌剖扑灵。	给少我也说不少。

牙要久列恐排子·妹子不要太傲慢

苗语汉字记音	汉译
强劳磊磊常出勾，	赶场回家人成串，
告帕告咛会几炅。	男女一路结成伴。
出咛送姑帕阿柔，	阿哥陪妹走一段，
柰柰几狼斗阿炯。	声声喊妹不搭讪。
勾会送为拿能头，	一路送妹这么远，
啥必久到阿吼农。	讨糖不给一颗含。
牙要久列恐排子，	妹子不要太傲慢，
排子久列拿阿恐。	资格不要那么显。
埋玛西姑你笔抽，	你家居住茅屋间，
炯劳几笔海笑同。	你爸专把草鞋编。
巴乃列劳强阿勾，	五天一场去摆摊，
没扎岔到球勾农。	卖脱才得钱买盐。

泥控几百告花子·不愿分送叫花哥

苗语汉字记音	汉译
出牙劳强头久捧，	妹我赶场不合算，
走召阿该策巴剖。	碰到一群傻小伙。
送帕会挂能囊冬，	送妹走过村寨边，
久磊奈咛送药勾。	谁请你们来送我。
难照加策拿机松，	你长得丑很难看，
炯炯奈剖久岩邛。	不知害臊和我说。
剖玛你笔交打戎，	我父在家雕龙仙，
然炅钱当见白笔。	仓库放满银坨坨。
特特伢浩农几通，	餐餐吃肉吃不完，
剖农久娘刚大狗。	人吃不完倒狗窝。
宁到糖必究白蒙，	买得糖果让你美，
泥控几百告花子。	不愿分送叫花哥。

害蒙告俫劳几冬，	白白投胎到凡间，
努几到娘阿磊欧？	怎能娶得好老婆？

蒙答列伢刚常先·你死哭到你复生

苗语汉字记音	汉译
夫机从浓他几挂，	朋友情重不得了，
记俩如从岩久岩。	挂念是否你知情。
阿乃久咱头几俩，	一日不见总念叨，
拉如详详刚咱来。	除非常见你身影。
蒙猛将呆告图甲，	你病我能马上到，
蒙答列伢刚常先。	你死哭到你复生。

求劳飞衣机腮欧·选妻求爱到处追

苗语汉字记音	汉译
告儿萌挂同巫慌，	年纪过去像流水，
几挂同巫莪挂勾。	恰似流水头不回。
乃乃求各萌几抢，	天天上山去约会，
出查久没拿阿抠。	干活没有这么累。
得那生如没高详，	帅哥名堂一大堆，
求劳飞衣机腮欧。	选妻求爱到处追。

清明求各敖头枞·清明上坡祭祖坟

苗语汉字记音	汉译
清明求各敖头枞，	清明上坡祭祖坟，
腊枞叉斗打戎称。	坟场才有龙护佑。
及能求家蒙求咛，	家兄业旺你多情，
腊阿腊炯求夫几。	正月七月多朋友。
清明求各敖头枞，	清明上坡祭祖坟，

腊枞叉斗打戎瓦。	坟场才有龙护墓。
乃能求家蒙求哼，	家兄业旺你多情，
腊阿腊炯求几那。	正月七月朋友多。

打磊打峨拉姑如·单身之人好悠闲

苗语汉字记音	汉译
打磊打峨拉姑如，	单身之人好悠闲，
向迷拉如几没加。	生活简单不操劳。
阿刚百球农阿炅，	一斤半盐吃一年，
阿洛如锐腊普拉。	菜有一夹也够了。

打磊打峨几没如·单身之人并不好

苗语汉字记音	汉译
打磊打峨几没如，	单身之人并不好，
西刚拉如西刚加。	有时好来有时差。
到猛克巫列几古，	卧病喝水爬地找，
克答几没能克咱。	渴死没人发现他。

喂尼阿周朝天椒·我是一簇朝天椒

苗语汉字记音	汉译
喂尼阿周朝天椒，	我是一簇朝天椒，
拿几穷如面告豆。	长得鲜红皮又亮。
旧狼告卡米巴乌，	闻到气味嘴辣爆，
巫乌嘎谋久浪莪。	口水鼻涕滚滚淌。

久洽蒙尼朝天辣·不怕你是朝天辣

苗语汉字记音	汉译
久洽蒙尼朝天辣，	不怕你是朝天辣，
愿肮海交久洽密。	爱吃辣椒辣不怕。
喂尼阿峨打功麻，	我是一只虫麻花，
嘎地海交囊下水。	专啃辣瓤剩辣架。

机所瓦能觉阿炅·辞旧迎新笑哈哈

苗语汉字记音	汉译
挂尖早培亚早卜，	过年户户打糍粑，
搏嘎搏笆几年尖。	杀鸡宰猪庆新年。
机所瓦能觉阿炅，	辞旧迎新笑哈哈，
尖挂哈常炯团园。	除夕家家喜团圆。

能欧嘎几拉几到·讨妻到处讨不着

苗语汉字记音	汉译
剖黏几笔家无要，	父母实在家底薄，
拉尼呕头腊波弱。	苞谷一年收两挑。
能欧嘎几拉几到，	讨妻到处讨不着，
叉嘎姑娘将炮头。	姑妈门前放鞭炮。

奶玛将为机常波·父母许婚舅家里

苗语汉字记音	汉译
奶玛将为机常波，	父母许婚舅家里，
勾喂将刚剖巴秋。	把我嫁给亲表哥。
求查拉农烈波弱，	农忙吃饭拌玉米，
想召启些几杭乎。	想起这些不快乐。

豆后嘎出柔设笔·豆腐莫当磉磴石

苗语汉字记音	汉译
豆后嘎出柔设笔,	豆腐莫当磉磴石,
努几他娘图告牛。	哪能托起屋柱头。
堂众堂京几岩邱,	众人面前丑不知,
几列胖没跳斗娄。	不要脸面乱跳抖。

到崩告勾生巧觉·得夫相貌最丑陋

苗语汉字记音	汉译
到崩告勾生巧觉,	得夫相貌最丑陋,
胖母胖没夫竹竹。	肥头胖脸眼肿浮。
尼喂框启叉照到,	是我心宽强忍受,
框些岔照拿脓炅。	大度才忍久相处。
告求勾冬出几到,	什么工夫都出漏,
害害拉觉告儿学。	害我此生被耽误。

到崩比俅阿磊左·丈夫只有笆篓大

苗语汉字记音	汉译
到崩比俅阿磊左,	丈夫只有笆篓大,
比俅得左照嘎约。	好像一堆牛屎坨。
伢伢转转头巧戈,	矮矮胖胖样子差,
购寿诺鸟害喂觉。	媒人哄骗害死我。

努几打扮拉久楼·怎么打扮都丑陋

苗语汉字记音	汉译
努几打扮拉久楼,	怎么打扮都丑陋,
久洽乖能俄江条。	哪怕你穿绫罗布。
比嘎毛屎在嘎旧,	你比茅厕还要臭,
尼众克咱吐巫鸟。	人人看见口水吐。

腊尼欧秋刚喂囊·它是表妹送给咱

苗语汉字记音	汉译
不培几白剖打弱，	粑粑要分我几沓，
白剖打弱培糯忙。	分我几沓白糍粑。
常萌批窝批吉坡，	回去边烤边摸它，
腊尼欧秋刚喂囊。	它是表妹送给咱。

供巴供图勾脓恰·拿起棍棒把你戳

苗语汉字记音	汉译
得策斗炯茸必罘，	小伙住在梨子坡，
必罘蒙尼必罘培。	你是喷香面梨子。
供巴供图勾脓恰，	拿起棍棒把你戳，
恰蒙几热勾出特。	戳你落地作餐食。

罘肖罘江如农达·酸梨甜梨都很好

苗语汉字记音	汉译
供巴脓恰恰久甲，	拿棍打梨够不着，
拉斗求图略勾农。	摘梨只有爬上树。
罘肖罘江如农达，	酸梨甜梨都很好，
够劳机纠地勾猛。	吞下肚里把病除。

详详如洋刚能伢·依旧帅气惹人醉

苗语汉字记音	汉译
咱策生如启些吼，	见我英俊心花开，
喂会嘎机蒙嘎阿。	我到哪里妹跟随。
哥孟哥没同培糯，	我脸好像糍粑白，
哥同几洞倍告嘎。	吕洞山上雪样美。
斗炅呆觉炯各呕，	七十二岁年纪迈，
详详如洋刚能伢。	依旧帅气惹人醉。

再勾没梅脓果撒·有何脸面把歌答

苗语汉字记音	汉译
打磊夸咛同培糯，	你夸你像糍粑面，
酷没国同培弱查。	实际黑像高粱粑。
斗灵呆觉炯各呕，	七十二岁年龄关，
会嘎号机狼旧嘎。	就像狗屎臭味大。
岩咛嘎能捧告求，	吹牛不知怎么编，
克召磊磊所几恰。	人人看见都害怕。
告教求齐卑巴九，	身上污垢层层添，
俄地俄巧国打打。	衣服脏黑烂开花。
剖黏库枞同告逑，	祖宗坟头窟窿现，
再勾没梅脓果撒。	有何脸面把歌答。

告图头油尖水乍·桐油树上结辣椒

苗语汉字记音	汉译
灵能阿磊斗灵勾，	今年年成实在丑，
阿磊斗灵告求阿。	这个年成真糟糕。
剖让图瓜尖必留，	我寨桃树结酸柚，
告图头油尖水乍。	桐油树上结辣椒。

剖让告咛拉叟得·我寨男人也生孩

苗语汉字记音	汉译
灵能本尼斗灵勾，	今年年成实在丑，
斗灵勾囊斗灵者。	水旱灾连把人害。
埋让图瓜尖必留，	你寨桃树结酸柚，
剖让告咛拉叟得。	我寨男人也生孩。

搏陇喂洽搭约坡·打鼓怕牛把我挑

苗语汉字记音	汉译
土帕脓搏告多答，	拖我来敲死皮子，
告多约答喂泥搏。	死牛皮子我不敲。
刚约褡喂搏吾骂，	牛骂我打它老子，
搏陇喂洽搭约坡。	打鼓怕牛把我挑。

农伢囊昂蒙几洽·吃牛肉时你不怕

苗语汉字记音	汉译
阿磊牙能罖嘎差，	这个姑娘太狡猾，
难动几尔告枯哥。	我懒听你说谎话。
农伢囊昂蒙几洽，	吃牛肉时你不怕，
搏陇蒙洽搭约坡。	打鼓你怕被牛叉。

阿磊水乍努几穷·辣椒它是如何红

苗语汉字记音	汉译
阿磊水乍努几穷？	辣椒它是如何红？
努几穷到尖鲁阿？	怎么红像那个样？
出帕列能蒙告咛，	姑娘今日问老兄，
冲咛将蒙岔包帕。	请你老兄给我讲。

水乍共脚打磊穷·辣椒老了自己红

苗语汉字记音	汉译
得怕相迷蒙架风，	姑娘傻得实在怂，
架风蒙列该该你。	你傻你就莫吱声。
水乍共脚打磊穷，	辣椒老了自己红，
几磊供穷勾吾称。	无人拿漆刷它身。

搭奴机专就柔妈·鸟儿起窠宿里头

苗语汉字记音	汉译
得那生加生巧凤，	看哥生得丑模样，
排子排腊头生加。	样子生得好丑陋。
让儿同同呆筛浓，	年纪轻轻胡子长，
阿甲巴浓交机哈。	一把胡子齐胸口。
剥你比各嘎送朋，	睡在山上你不晃，
搭奴机专就柔妈。	鸟儿起窠宿里头。

尼众夸喂头生配·人人夸我长得帅

苗语汉字记音	汉译
尼众夸喂头生配，	人人夸我长得帅，
咱吖几歹能答斗。	见我都竖拇指头。
把鸟巴浓购觉起，	剃光胡须放光彩，
阿兄巴浓久没周。	一根胡须都没留。
久松蒙供斗几毕，	不信你来用手揩，
克他斗被究他斗。	看看扎手不扎手。
告瓜告炯岱水水，	腰板挺直有气派，
告先正如哥同球。	雪白整齐牙一口。
劳巫崩洽戎几追，	下河害怕被龙拽，
求茸亚洽兄仙娄。	上山又怕仙女揪。

打磊常勾打磊夸·自己来把自己夸

苗语汉字记音	汉译
打磊常勾打磊夸，	自己来把自己夸，
常夸打磊久岩邱。	自夸自己不知羞。
求茸蒙崩兄仙岔，	上山你怕仙女抓，
劳巫亚洽搭戎娄。	下河又怕龙女留。

列萌堂几久改嘎，	要去哪里都害怕，
乃乃炯照蒙几笔。	天天坐在家里头。
叟蒙腊同叟峨笆，	你像一头肥猪趴，
考生久然粮西叟。	可惜粮食喂猪口。
乃乃腊斗刚巫八，	天天只把潲水加，
巫肖巫八刚蒙扣。	酸汤潲水喂你喉。
浩锐几召夸告撒，	青草米糠拌一下，
列浩阿乃阿完兜。	一天一锅熟食凑。

打笆陪蒙果芒撒·猪陪妹唱一夜歌

苗语汉字记音	汉译
勾吁比出笆告众，	把我比作圈中猪，
蒙诺比如喂拉伢。	你比得好我也乐。
芒能农烈喂久冲，	今晚吃饭我糊涂，
打能搭笆出阿嘎。	人也和猪一席坐。
开生龙笆打勾农，	开席吃饭陪伴猪，
龙派搭笆抢巫嘎。	人和猪抢潲水喝。
搭笆几枪究容蒙，	和你抢食猪认输，
刚牙几灵然打加。	让你多得几瓢撮。
芒能龙笆勾撒用，	今晚唱歌人和猪，
打笆陪蒙果芒撒。	猪陪妹唱一夜歌。

能蒙匠撒努几匠·问你栽歌怎么栽

苗语汉字记音	汉译
能蒙匠撒努几匠？	问你栽歌怎么栽？
匠照腊卡被腊矮？	栽到旱土或水田？
夺蹦尖必努几羊？	开花结果是何态？
告鲁没刚机剖岩。	种子取出我们看。
尼咱匠秧几高广，	稻秧茄子见人栽，

久咱撒袍匠陡研。	没见歌栽土里面。
白鲁供常剖告郎，	分我种子往家带，
鲁撒刚咛克阿先。	我见歌种开眼帘。

将牙亨松常腮崩·妹要谨慎来选哥

苗语汉字记音	汉译
如为扎瓜告包冬，	阿妹曾经掉刺窠，
扎召包冬头秋亏。	掉进刺窠吃大亏。
将牙亨松常腮崩，	妹要谨慎来选哥，
嘎刚到加同虐西。	莫像以前又受罪。

巧得加崩阿儿龙·丑郎丑夫伴终生

苗语汉字记音	汉译
让夺加窝尼阿丛，	打柴难烧是一捆，
出烈加农尼阿特，	煮饭难吃是一餐。
巧得加崩阿儿龙，	丑郎丑夫伴终生，
乃机撒够儿阿得。	此生何时才混完。

尼斗尖皮勾帕约·只能梦里跟妹和

苗语汉字记音	汉译
常走勾撒果阿省，	重逢把歌唱一席，
宏松后动撒忙不。	请妹听歌细琢磨。
灵把送为劳能追，	去年送你嫁别地，
勾帕送嘎能囊巫。	把妹嫁到别村落。
送通能笔尖达乙，	嫁到别家才几夕，
几没想召斗巴秋。	再没想到有表哥。
呕磊崩欧如成义，	夫妻二人好情义，
农锐农烈出阿入。	进餐吃饭共一桌。

斗你夯不西难会，	坐在桌前身难起，
觉烈几聋刚蒙初。	吃完要添递碗钵。
初脚出瓜张几称，	添好假装作推意，
喂农几娘拿能灵。	我吃不完这么多。
饭多点点不要退，	饭多点点莫退弃，
扑乍扑整度几枯。	怜惜夫把汉话说。
嘎想蒙常求剖者，	莫想妹归我故里，
难到蒙常求剖竹。	再难得妹进我窝。
想蒙常咱尼斗皮，	想要见妹梦里觅，
尼斗尖皮勾帕约。	只能梦里跟妹和。

松果好比告最摇·唱歌好比蝉儿叫

苗语汉字记音	汉译
松果好比告最摇，	唱歌好比蝉儿叫，
松除好比最摇最。	嗓音好似蝉儿唱。
能架然蒙出尬照，	呆子得你当药调，
久生扑度跟倒生。	不会讲话顿会讲。

冬腊久没斗阿子·世上再也无哑子

苗语汉字记音	汉译
久尼松撒尼松伢，	不是歌声是哭音，
乃乃拈除把鸟抠。	天天悲泣嗓音嘶。
松拈杂杂出到尬，	哭声若能当药饮，
冬腊久没斗阿子。	世上再也无哑子。

供炮几没供比夺·火枪在手无火点

苗语汉字记音	汉译
拜冬几浓拜嘎奴，	到处都夸排家糯，

同布铺黏果后俄。	祖宗出名好歌典。
瓦能尼斗阿磊布，	如今只有名虚落，
几王铺黏囊豆乐。	披着祖宗狐皮面。
孔明岩呆巴罢灵，	孔明测年五百多，
叟害得学绷布戈。	养得儿孙智力残。
搭伢挂策囊告处，	猎物从哥关卡过，
供炮几没供比夺。	火枪在手无火点。

害为强劳勾蒙想·害妹空想场头转

苗语汉字记音	汉译
阿磊强能列嘎劳，	这个圩场莫去蹚，
强答强松列嘎刚。	场坏透顶不要赶。
告得愿飞闯几召，	想恋的人难遇上，
告得愿除久没常。	爱唱的人不相见。
强嘎岔萌保强朝，	鸡摊找你到米行，
岔求告得没酒江。	寻到小巷酒坊前。
岔呆告得能搏劳，	走走看到打铁坊，
岔报没球囊汤汤。	寻找走到卖盐摊。
勾能囊球几矿炮，	误把别人盐摊撞，
扣布没当勾被常。	索要赔钱口袋翻。
蒙你几笔陪牙要，	你陪爱妻把妹忘，
害为强劳勾蒙想。	害妹空想场头转。

努几弄娘帕囊筛·如何打动妹心肝

苗语汉字记音	汉译
巴乃蒙劳强阿抢，	五天要赶场一次，
强直强勾喂拉怀。	此场太差我也烦。
如策如羊几都囊，	很多英俊美男子，
牙要克咱头兄筛。	靓妹见了热心田。

咱能如吖起启想，	见哥英俊生相思，
埋哈克咱所几占。	看到上前用手挽。
几矿炮能囊酒江，	撞翻盐筐惹了事，
毕当岔岩到麻炎。	赔钱才觉后悔晚。
喂梅锐肖比卜光，	我卖酸菜葱头籽，
乐陡炯照乍囊街。	屁股着地坐街边。
久尼告俅刚蒙想，	貌丑怎能惹你思，
努几弄娘帕囊筛？	如何打动妹心肝？

江撒件件召剖兄·歌师全败我手中

苗语汉字记音	汉译
擂台对歌比智慧，	擂台对歌比智慧，
曹操煮酒论英雄。	曹操煮酒论英雄。
考帼考头克笔谁，	文场科考比诗对，
几搏几大克勾冬。	武场交战论武功。
他能江果脓累累，	今天歌师来相会，
几正江除九龙东。	歌手聚会在九龙。
几都江果最涕涕，	许多歌手来聚会，
磊磊哈尼岔撒容。	人人都来找歌咏。
阿罘告江没能尼，	自古歌师老前辈，
哈求茸必勾茸蹦。	都上天宫花丛中。
再斗打磊你几最，	如今虽有好几位，
儿挂嘎出让儿充。	年迈莫讲当年勇。
尖岩青海共成成，	尖岩青海老身萎，
都某能共阿休猛。	体衰年迈又耳聋。
岩坎江撒石泽玉，	岩坎石玉放歌累，
品除撒满品俄猛。	边唱边歌病声融。
元康撒果尼阿气，	元康爱歌只一会，
课觉补道只觉空。	劈下三斧工夫穷。
吉首石金能生成，	吉首石金瘦身亏，

成成腊斗松空空。	瘦瘦只有骨架空。
贵得松撒同淞尼，	歌声犹如纺声微，
拿几隔日动究冲。	尽管隔近难听懂。
远培果撒松久弟，	远陪歌声连徘徊，
几除几岩得输赢。	输赢不知理不通。
夯沙光忠勾休退，	夯沙光忠把休退，
阿日燃撒燃告松。	现在丢歌声消融。
几高金姐巴乌贵，	傍海金姐俐口脆，
蒙勾美凤丛浓岭。	你和美凤家务重。
乃乃炯嘎尬摆笛，	天天守孙尿院内，
你笔嘎留娄拜仲。	守孙坐在火坑中。
连香堂几久改会，	连香哪里不敢会，
拜日撒共留补东。	岩寨养老守地垄。
歌王剖拉果阿气，	歌王我得歌一会，
久洽明光勾双龙。	不畏明光和双龙。
共刀江撒龙德正，	杨柳德正牛皮吹，
江江如供烈哉农。	常吃现饭味口浓。
几松龙吾果阿生，	不信与他歌来推，
烈哉农拜自觉空。	吃完现饭无歌颂。
金兰金翠为阿对，	金兰金翠俩姐妹，
咱剖腊拿咱告凇。	见我活像见雷公。
云富果撒如巴戏，	云富唱歌手足挥，
几二样子同出公。	活像巫师把诀诵。
坝某坝卑同坝韦，	摇头像抖线团鬼，
比俅腊矮得公浓。	好似田里稻草笼。
东腊江撒石国玉，	联林歌师国玉妃，
蒙想到布列亨松。	若想名次下苦功。
挡剖呕磊撒几吹，	等到我俩都撤退，
呆剖久列叉呆蒙。	我俩不唱你再拢。
必罴江果书珠义，	珠义歌师称叔辈，
扑度梦到起王分。	讲话快要脑朦胧。

告崩几珂几土会，	行走裤裆拖地灰，
扫笔久列宁告钟。	扫地不买扫把用。
挡克子霖勾生利，	待看子霖和生利，
江撒件件召剖兄。	歌师全败我手中。
久磊动撒久夫气，	哪个听歌他不畏，
求台剖亚高大炯。	上台来试歌几种。

喂答埋尖比同瓜·我死你才成名家

苗语汉字记音	汉译
阿排撒袍列喂毕，	论歌一遍要我回，
久洽蒙果扑麻打。	不怕你歌讲硬话。
台能江除打磊吹，	贬低歌师牛皮吹，
难动黏共没刀尬。	难听王婆来卖瓜。
毕度今到毕麻机，	还歌乘热马上对，
桃桃列毕刚地瓜。	句句打断腰间插。
剖除阿生埋你几，	咱唱歌时你几岁，
阿不比巧几交罘。	夹着尿片满地爬。
麻共江撒挂阿批，	老将一批把天归，
哈尼江果比同搭。	都是歌师大唱家。
斗喂石玉再勾你，	尚有石玉是头魁，
大耐刚埋扑度打。	哪能让你大话夸。
青海某没罘奎奎，	青海耳灵眼明媚，
吉后祥得迷留嘎。	帮忙儿女守金娃。
龙无几大撒忙齐，	和他你要斗俩嘴，
难拿青海阿尬甲。	难比青海好嘴巴。
元康诺弄亚罘启，	元康嘴乖人聪慧，
阿丛度周头普拉。	俏皮歌儿满嘴巴。
补道课八能拿几，	三斧打掉敌军威，
随唐演义埋腊咱。	隋唐演义你细查。
唐王落难他解围，	唐王落难他解围，

程老千岁人人夸。	程老千岁人人夸。
石玉石金卑场你，	石玉石金场头卫，
几就补儿桅杆撒。	三代桅杆歌旗飒。
毕俅搭炯马家锐，	如同虎卧草丛堆，
炯伢松彭拿凇打。	虎啸声如雷声大。
再弟松忙兄里里，	还讲歌声小细微，
埋害钟某同酷嘎。	你耳恰似屁眼傻。
搭溶想供搭炯欺，	山羊想把虎来追，
尼洽溶召公答加。	只怕羊遭厉鬼打。
扑呆柔容向远培，	讲到耳容向远培，
冬兄果摆呆冬卡。	葫芦唱过水田坝。
麻峰久洽歪久亏，	强人不怕弱不亏，
久丘麻如久先加。	不爱好的不嫌差。
同溶求捧久腮锐，	像羊吃草不选味，
迷娃常处几摆瓜。	回归饱肚翻腰胯。
撒除光忠特湘西，	光忠歌唱盖湘水，
亚空厚能几呆撒。	经常把人歌评价。
诺除撒忙岩尬锐，	会歌又会采药类，
药师撒除哈几尬。	药师唱歌药味大。
龙无几大撒阿生，	与他一阵把歌对，
勾埋勾照开连搭。	把你算作小指丫。
双龙明光革告利，	梨口歌手人两位，
抢到排沙旗阿掐。	排沙夺冠锦旗拿。
浪巫几傩当几推，	前浪要等后浪推，
撒学果如磊磊架。	歌言唱好人听傻。
云富果撒同坝韦，	云富唱歌摇头尾，
几除勾得排子耍。	唱歌他把派头耍。
出得告罖加一为，	见妹伪装似羞愧，
西埋难召没为伢。	样子难看女爱他。
剖磊德正尼夫几，	我与德正常相随，
共刀吉柔夯吉嘎。	他住共刀夯吉嘎。

求几强供录音机，	外出录音机子背，
会嘎号几录嘎阿。	走到哪里录到哪。
珠义阿舅炯俄梨，	珠义居住俄梨队，
斗炅洽没九各阿。	年过九十一岁大。
炅挂叉勾金牌追，	去年才夺歌金杯，
子霂拉如久没咱。	难道子霂眼未察。
江果告咛扑觉起，	论男歌师就此汇，
郎当毕求江果帕。	慢慢再叙女歌花。
国玉江撒学学里，	国玉歌师人虽微，
阿趴炯磊囊水乍。	就像一个朝天辣。
连香啥共吉笔你，	连香年迈坐家内，
能共强强再斗撒。	人老还有苗歌发。
美凤金姐石元美，	美凤金姐石元美，
哈尼诺果比同帕。	都是才女顶呱呱。
江帕江咛哈呆正，	男女歌师都齐会，
件件脓起正丫丫。	全部到齐人不差。
蒙拐列奈阿磊几，	随你要喊哪一位，
腊列子霂几傩搭。	只要子霂指一下。
想供叫巴通摇锤，	想拿罐子碰铁锤，
克夺摇锤被叫巴。	看是锤破或罐炸。
尖奴穷夺相正比，	幼鸟身赤秃毛尾，
公对伢让嘎俫雅。	翅膀肉嫩莫乱划。
奈埋呕图嘎萌吹，	你俩莫把牛皮吹，
久列总捧仲八俩。	莫吹号筒当喇叭。
项羽垓下刘邦围，	项羽垓下刘邦围，
霸王也被人打垮。	霸王也被人打垮。
蒙果撒除叉起生，	你咏歌儿才学嘴，
五没水除相冬撒。	刚刚会唱歌韵差。
嘎扑麻峰嘎充京，	莫讲大话莫称魁，
喂答埋尖比同瓜。	我死你才成名家。

撒学教刚机蒙周·教你好歌要牢记

苗语汉字记音	汉译
炅巴蒙呆九龙嘎，	去年你到九龙耍，
想求擂台摆摊子。	想登擂台抖神技。
扑头扑狠蒙久洽，	论文论武你不怕，
蒙对尚老亚尚斗。	号称快脚手也疾。
蒙诺造撒常台玛，	你会编歌笑叔傻，
阿要主义蒙拉扣。	珠义叔叔你也欺。
叟得久教喂列褡，	养儿不教我要骂，
埋家叟然呆包子。	你父养得傻子息。
明光双龙都丑化，	明光双龙你丑化，
奈能囊布出打狗。	把人名字当狗提。
能古台蒙出搭笆，	别人也叫你猪傻，
蒙水怄被究水怄。	你也是否会气急。
久诺能勾奖金甲，	歌差也能把奖拿，
没到奖金召告斗。	奖金到手心欢喜。
狗角到古嘎卡架，	盲狗都吃干屎渣，
嘎笆久没到阿吼。	猪屎你都无处觅。
卑场江撒炯告沙，	场头歌师把歌发，
常台石玉夯介狗。	反把岩坎石玉欺。
台吾巧松他几挂，	笑他唱歌嗓音差，
同炮巧松吾如子。	枪声不大弹有力。
嘎几能冲陪能卡，	陪客说唱把他拉，
强强奈哼出阿勾。	出门时时带着你。
生利云举尼阿巴，	生利云举是一甲，
比俅讥巫打忙谋。	好像群鱼水中戏。
尖岩青海哼专擦，	尖岩青海住沙坝，
才能上到有八斗。	才能可算八斗齐。
果撒龙蒙吾捧卡，	和你对歌像玩耍，
捧蒙同用阿兄抽。	耍你像吹茅草尾。

元康头诺度周岔，　　元康表哥多笑话，
打果自尼刚能周。　　一唱让人笑口启。
诺果到觉如磊牙，　　唱歌引来美女娃，
到磊如牙出阿笔。　　得个美女配成妻。
远陪果撒头诺岔，　　远陪唱歌如开闸，
将松撒袍莪尖勾。　　开口唱歌像水溢。
强强果呆告堂卡，　　陪客常到堂中踏，
陪挂拿几老唱手。　　陪过不少老歌迷。
光忠果撒昂阿然，　　光忠唱歌那时下，
哈尼供能出度周。　　都是拿人来耍嬉。
克蒙弟吾没构洽，　　看你对他有些怕，
崩洽吾扣蒙阿斗。　　怕他绝技来怄你。
云富嘎扑度几话，　　云富莫提快作罢，
嘎台勾刚几能周。　　莫让别人当话题。
告能告罘难改俩，　　本性难移好喧哗，
介尼鲁磊囊样子。　　样子该是这样奇。
坝卑坝某吾拐坝，　　摇头晃脑莫管他，
久没构召蒙告求。　　和你根本无关系。
光田金姐巴江牙，　　光田金姐女唱家，
美凤哈台出阿勾。　　美凤也被一起诋。
金姐留嘎吾到他，　　金姐哄孙心情嘉，
爱唱歌言老退休。　　唱到年老歌不离。
美凤果撒强强岔，　　美凤唱歌声宏大，
宽松到他告儿头。　　宽心寿元无量期。
几冬布同炯冬腊，　　世间出名扬天下，
果拜湘西自治州。　　唱遍神秘大湘西。
埋拉龙吾到果挂，　　你们也曾会过她，
果挂输你吾囊斗。　　唱过败在她手里。
吾容奈吾出奶玛，　　她赢你称她为妈，
久列彭包勾吾叟。　　不要养她钱米费。
共刀江撒炅能夸，　　共刀歌师多人夸，

没几没布你杨柳。	名声出在杨柳溪。
烈几烈哉哈农挂，	热饭冷饭全吃下，
农启农教几没斗。	吃光不剩盆露底。
能元烈哉刚搭笆，	人剩现饭给猪撒，
搭笆几没倒阿吼。	猪都未得吃一粒。
冬腊台呆施嘎牙，	贬低联林施妹娃，
无故埋台牙性施。	无故诋毁把人欺。
龙吾几果埋久甲，	你和她唱难招架，
勾会埋你几最周。	落败在她后头避。
首先得了名誉大，	唱歌她已头名挂，
红纸奖状得名子。	鲜红奖状名气立。
连香包几久改嘎，	连香脚步不敢跨，
排乃炯留排竹笔。	守住家门身不移。
乃乃你笔陪得玛，	日日陪伴儿他爸，
几如沙同奴梦柔。	恩爱如鸟在巢栖。
石金蒙台吾杭下，	石金你评他身价，
实际久没拿阿抠。	实际没有费苦力。
江江累伢八酷八，	只是脸上肉似剐，
成磊酷没壮告纠。	脸上无肉壮身体。
乃乃你首没伢笆，	吉首卖肉把钱抓，
肉饱酒醉天天有。	天天肉酒有茶沏。
子霖果撒挂告拿，	子霖唱歌言辞霸，
告罖告能撒要球。	不懂文明和礼仪。
侬巧剥斗你酷坝，	毒蛇盘卧在洞崖，
久磊克召久磊搂。	路人见了都抓起。
久搂能搏勾几答，	不抓就用岩石砸，
搏答勾蒙囊得抽。	打死还要剐下皮。
孔明来把王朗骂，	孔明来把王朗骂，
周瑜听到气了死。	周瑜也被怄断气。
孔明炯你汉中答，	孔明病死还施诈，
告松常供勾劳笔。	尸体抬回返故里。

周剖害能嘎标答，	我等凡夫要留下，
俩到俩儿炯勾头。	换得要换寿无期。
斗喂蒙炅得殴罖，	我再可教你妙法，
撒学教刚机蒙周。	教你好歌要牢记。

郎桶能巫控机喵·半桶之水响声多

苗语汉字记音	汉译
江撒想召昂起西，	歌师来把从前追，
阿罖光昌造挂撒。	当年光昌作辩歌。
后想阿柔哈修比，	现在想到还惧畏，
卜巧卜然巫难茶。	得个骂名洗不脱。
扑剖江除撒夫几，	唱给各位歌师对，
罢磊几没阿图架。	百个英雄无一懦。
青海斗炅乙各卑，	青海年迈八十岁，
差某罖没再呆瓜。	腰直眼亮好耳朵。
你冬能共尼就益，	人生要老是常规，
列共久没得肚罖。	人要变老无处躲。
青海拐共差梯梯，	青海年老力不褪，
供丛强强阿罢阿。	常挑重担一百多。
乃乃松除勾来陪，	天天歌唱把亲陪，
比让告昂嘎如撒。	相比少时出好歌。
阿虐赶抢陪元美，	有次赶场陪元美，
动召元美勾弄扎。	听说元美冷汗摸。
元康江除如撒齐，	歌师元康有歌威，
能哈殴果吾囊撒。	人都学唱他的歌。
龙吾几打撒阿生，	唱歌谁要和他擂，
拿机没罖尖能架。	尽管聪明都被挫。
撒忙果如头浓锤，	歌词勇猛坚无摧，
果降刚茸茸哈垮。	唱得山峰往下落。
蒙尼扑撒盖湘西，	若讲唱歌湘西内，

尼咛元康嘎打瓜。	好汉称雄是老哥。
埋台石玉觉把戏，	石玉你们讲无为，
娥害松猛弄卑喵。	歌声低沉如病着。
偷勾谷咛告吾你，	特意去看他一回，
松彭同夺淞机辣。	声音如雷震山河。
松彭同夺淞几雷，	声音洪亮如响雷，
大陡几竹大巴垮。	大地震动天垮落。
偷勾台咛拿阿伟，	故意贬他精神萎，
嘎几石玉歪鲁阿。	石玉哪会太差火。
埋亚扑呆秋远陪，	你们又讲向远培，
久没几夸吾诺撒。	没有夸赞他善歌。
冲吾久洽嘎笔机，	不管请唱哪家内，
果巧灵众偏严伢。	唱差偏偏听众多。
告磊伢笆久批齐，	酬谢猪肉手提回，
阿芒吾刨补巴嘎。	现金一夜三百多。
常除扑呆咛茸立，	现在要讲犁口辈，
呕图江果奶数答。	两个歌王大拇哥。
诺果撒袍亚生配，	才貌双全有作为，
求台到布你排沙。	歌坛夺冠排沙河。
阿舅珠义如撒齐，	舅舅珠义歌有味，
罢灵告儿列克咱。	百岁寿诞应稳妥。
儿共告瓜岱水水，	人老腰直歌声脆，
强强长娘飞天马。	还能把那飞马坐。
褡吾歪共尼尬根，	说他体衰是讲鬼，
照绍几尖台几八。	实际身体很不错。
柔穷云富如撒毕，	红岩云富好歌嘴，
罘弄罘乌告同撒。	口齿伶俐歌成垛。
嘎弄果撒斗几围，	口里唱歌手舞挥，
批除批果几绕瓜。	边唱边舞好动作。
把他比做稻草鬼，	把他比作稻草鬼，
台能尼强相诺撒。	贬人之人不会歌。

扑哼石金炯所里，　　石金坐在吉首内，
江除头头奶共瓜。　　他是歌师蜂王哥。
台哼松撒同约最，　　音如纺纱声细微，
克冬陪哼比陪帕。　　陪男陪女分场合。
唱歌音调有高低，　　唱歌音调高低配，
没昂水能没昂打。　　有时声高有时弱。
陪牙松撒打的的，　　陪姐唱歌声尖锐，
就兄然牙勾药帕。　　不会让姐远处和。
为将松沙满梯梯，　　唱歌音调很清脆，
果挂秀那伢叭叭。　　歌罢动情泪水落。
美凤如撒数第一，　　美凤歌好数头魁，
才谋超挂樊梨花。　　才超樊梨花太多。
斗灵瓦能巴各卑，　　五十四岁尚有为，
同乃同腊强强巴。　　好像日月仍辉烁。
国玉果撒如伟力，　　国玉唱歌好洪威，
扑召尼能勾些伢。　　讲得个个心里乐。
灵灵吾勾金牌追，　　年年她抱金牌归，
台牙金牌久相咱。　　骂她金牌没摸过。
阔步昂首吹牛皮，　　阔步昂首牛皮吹，
布罖列没久岩家。　　索取功名不怕唾。
列几列布几恨吹，　　徒有虚名牛皮吹，
能罖久兄几拖夸。　　聪明的人不轻薄。
有麝自香传千里，　　有麝自香千里飞，
没罖打磊传几瓦。　　有智自会名远播。
绷竹拉然帕勾陪，　　出门只要有人陪，
陪哼秀能久秀撒。　　约会恋人不恋歌。
让能没戎你松西，　　年轻有力在手臂，
江江出娘勾冬架。　　只会做些低级活。
希望从此多谦虚，　　希望做人多谦卑，
勾最生尖巴江撒。　　以后会把歌师做。
扑撒告求为香水，　　讲到唱歌我不会，

怪刚巴乌几马马。	只怪自己嘴笨拙。
召撒泥除召久为，	歌唱到此把场退，
古留打戎喂囊嘎。	照看孙子得快乐。
毕家毕如鲁能毕，	对好对差这样对，
郎桶能巫控几喵。	半桶之水响声多。

嘎先斗炅让斋斋·莫嫌年轻稚嫩孩

苗语汉字记音	汉译
光中比咛出光昌，	莫把光忠比光昌，
撒袍久改鲁羊摆。	这样来比不应该。
吾褡江撒能阿胖，	他骂歌手一大帮，
周布几冬哈几改。	连个真名不敢载。
偷勾出撒勾埋胖，	编歌有意把你伤，
几尖告罘喂拉岩。	有失礼节是无奈。
打尼喂几扑名堂，	我若不把大话放，
洽埋毕度几没改。	怕你还歌没气派。
几都埋业能老班，	好多都是老歌匠，
想冬儿挂昂几年。	认为年老离歌台。
召度召撒尖楼昂，	好久没有开歌腔，
热闹囊得机机呆。	热闹场合很少来。
同到摆头洽溶钢，	斧头用久没了钢，
常比常召钢阿块。	重新镶上钢一块。
比如红绷盟忙忙，	镶好磨得亮光光，
伤途嘎几免尖尖。	去削木头整齐乖。
同嘎腊路崩抛荒，	像块土地怕抛荒，
崩洽勾同勾说呆。	怕长芭茅蒿草来。
出咛供考后坡章，	我拿锄头来开荒，
西乃西虐常几先。	花费工日重新开。
嘎嘎腊路常修秧，	块块熟土都种粮，
拿几呆如海歪歪。	作物茂盛长成排。

阿途呕包不尖双，
迷包呆如久没专。
烈哉喂供松勾吕，
呆昂卜如江前前，
撒袍毕常旁郎郎，
告瓦告屋哈毕呆。
打巴比求公能当，
比劳打陡呆告尖。
几知撒袍紧邦邦，
楼鬼鬼哈加相先。
筛让几答筛共向，
密如算派麻共甩。
麻共腊嘎扑名堂，
没得斗炅拉尖歪。
几松所求不阿朗，
克孟磊几如相先。
能共嘎扑动再夯，
嘎先斗炅让斋斋。
干罗十二朝纲掌，
国政由他来主宰。
国玉喂比出告样，
打如磊磊埋几岩。
儿让剃剃囊告昂，
苁苁绷布摆冬岩。
歌师你们要宽想，
心胸坦荡宽如海。
没能斗者勾撒王，
斗能几白勾旗派。
各位歌师多培养，
国玉自己多钻研。
成就歌师好栋梁，

一蔸苞谷结两棒，
苞谷粒壮无劣汰。
剩饭我拌酒曲放，
发酵酒甜让人爱。
还歌圆满对着唱，
犄角旮旯全覆盖。
上天比喻到天堂，
地上唱到地门开。
歌词严谨响当当，
抓住魔鬼气难挨。
子姜老姜混合装，
要辣就选老姜块。
老了不好说名堂，
上了年纪体力衰。
不信上坡跑一趟，
看谁气息无阻碍。
有志不可论年长，
莫嫌年轻稚嫩孩。
廿罗十二朝纲掌，
国政由他来主宰。
我以国玉做样榜，
哪个不知他有才。
正是年轻意气昂，
名声早早已传开。
歌师你们要宽想，
心胸坦荡宽如海。
后继要有人执掌，
有人接班把旗抬。
各位歌师多培养，
国玉自己多甄采。
成就歌师好栋梁，

独撑苗歌这片天。	独撑苗歌天一块。
供尬卜求告卑滩，	拿药来到上游放，
告当告八哈边棉。	深塘鲤鱼都翻白。
灵谋刚咛究批枪，	鱼多我捡急急忙，
刚咛送生腊将块。	索性放口让人逮。
假咛比各灯笼山，	灯笼灵山名气扬，
能哈到娃如共先。	每户有鱼做好菜。
达到如此心圆满，	达到如此心里爽，
高启吉郎头机年。	怡然自乐喜心怀。
动沙能弟褡喂香，	听歌的人把我伤，
喂能喂动江甜甜。	开心好像吃糖块。
没撒没度埋拐王，	有歌尽管放声唱，
拐乍子霖钟呆呆。	脚踩子霖不惊骇。
自列尬褡喂囊娘，	只要不骂我的娘，
列褡鲁几腊究拐。	怎么骂我都无碍。

剖黏从如毕究通·父母恩情还不完

苗语汉字记音	汉译
撒除果包强得嫩，	歌典我对儿媳咏，
果刚得学嘎让周。	唱给子孙后代留。
坵兄劳伢劳几冬，	投生下界凡尘中，
抠虐抠答供启叟。	苦死苦活为肚谋。
你虐尖夺阿召蹦，	人生像朵花儿红，
同得蹦穷夺阿留。	好像红花开不久。
你召勾虐究机同，	生来命运不相同，
几冬奶玛拿几抠。	为人父母辛苦透。
得帕列将勾绷仲，	女儿要嫁出屋笼，
得咛能嫩常嘎笔。	男儿娶媳进屋楼。
命如命加呕补种，	命贱命贵有几种，
如巧哈尼打巴周。	好坏都是上天授。

没牙到崩巧良松，　　有的丈夫心不忠，
没派得咛到巧欧。　　男人也有坏配偶。
奶玛没派到巧嫩，　　有的媳妇良心凶，
拉没嫩到巧阿舅。　　好女遇上坏老头。
如朝夫脚麻巧松，　　好米拌了差曲种，
巧松如朝尖巧酒。　　曲差米好酿劣酒。
撒共没派头宽松，　　有的年老开笑容，
走巧阿强伢气死。　　有的年老得气怄。
叟得古龙能几同，　　养育儿女都相同，
得帕得咛几特叟。　　男女孕育像笋抽。
如得奶玛腊总农，　　子孝父母不得窘，
巧得奶玛难西怄。　　儿女不孝饿又怄。
巧得龙玛腊几争，　　呆儿与父斗嘴功，
久洽夺凇图歪斗。　　不怕雷劈戴锅臼。
机争吉褡告改冬，　　又吵又骂气汹汹，
农锐农烈格几勾。　　吃饭吃菜瞪眼瞅。
叟害得架几抢兄，　　生得傻儿不中用，
能到害嫩帕没狗。　　娶的媳妇脸皮厚。
久刚锐烈记绷冬，　　不给饭菜往外轰，
几记绷竹会绷勾。　　父母轰出门外走。
记奶记玛绒麻农，　　父母乞讨拿竹筒，
修召最竹及摆斗。　　站人门外来伸手。
头绒头萨巫没容，　　边讨边哭泪泉涌，
磊格巫没同吹酒。　　泪如烤酒成串流。
得嘎想梦捧久捧，　　子孙如此忠不忠，
儿捧常共奶几留。　　不如应把娘收留。
奶骂烈绒几瓦冬，　　父母乞讨在外冻，
再翎能台旧嘎狗。　　再富也似狗屎臭。
特特农烈几高娥，　　餐餐美味在口中，
拉水八布报溜球。　　坏名传到出海口。
撒除拐包阿该嫩，　　此歌我给众媳送，

拐沙麻让能阿吼。	教育年轻的朋友。
同图同笼先没炯，	树长竹发根先种，
没炯没图叉花勾。	有根有基枝才抽。
没奶没玛叟得岭，	小时父母把儿拥，
剖黏奶玛靠得叟。	父母老了儿侍候。
剖埋瓜龙奶能蒙，	我们来自母体中，
枯奶枯玛如得偷。	应该行孝父母守。
久磊久拿奶嘎炯，	谁都难有娘恩重，
嘎先奶玛共几构。	莫嫌父母老腰勾。
剖黏从如毕究通，	父母恩情还不完，
几坚刚购告儿头。	终生牢记在心头。
上弄拐扑度良松，	多嘴我把良言送，
动度将埋列嘎怄。	听我良言莫记仇。

列翎没乃没虐腮·财富总有一日来

苗语汉字记音	汉译
炯炯松方勾撒摆，	闷闷不乐歌口开，
几交几尼想究通。	心肠交绕想不通。
出尖代劳葫芦寨，	作品寄到葫芦寨，
代求阿让各灯笼。	寄到灯笼山寨中。
子霖几后克阿先，	子霖帮忙看一眼，
宏松动度克理松。	认真分析歌内容。
夫几几龙摆冬呆，	朋友认识都结拜，
没娘迷纠启几同？	能有几个心意同？
久没岔刚究磊岩，	有话留心不说开，
究磊久岔岔包蒙。	谁都不讲给你送。
郎忙郎松叉想待，	半夜三更我想开，
想想能炯你几冬。	想遍人生凡尘中。
补各巴炅亚打千，	三十五岁很快来，
亚咱麻如亚咱公。	运气遇到好和凶。

嘎岔西昂勾虐买，　　莫讲从前那时代，
岔喂告求能公松。　　诉我现在的苦衷。
想勾号几哈想排，　　千思万想满胸怀，
出咛叉萌劳广东。　　我才决定去广东。
召告能台没阿派，　　有人在外把我排，
褡咛召觉公蒙龙。　　骂我是遭鬼捉弄。
扑咛弟得欧久拐，　　说我离家不应该，
度加度如刚喂充。　　好话坏话对我轰。
埋哈久冲埋久岩，　　你们不知不要猜，
剖能公麻埋久冲。　　我家情况人不懂。
尼翎同能喂究拐，　　若富不用我找财，
叹气喂泸灵脚空。　　可叹自己太贫穷。
想叫想起觉尖尖，　　费尽心思无计摆，
喂估想翎叉绷冬。　　我也想富才出笼。
列翎没乃没虐腮，　　财富总有一日来，
尖子阿大亚常同。　　发财只要一朝工。
阿柔走召告昂哉，　　现在正把寒冷挨，
当梦昂兄几乃通。　　盼望日暖太阳红。
几磊尼咛告来炯？　　哪个是我的戚兄？
难你阿芒通乃呆，　　夜晚熬到太阳开，
阿芒难呆昂盟通。　　长夜难等太阳红。
西乃难炯呆巫拜，　　明天难等后天来，
会挂兄拉斗兄戎。　　度过卯时有辰龙。
久尼得你得几年，　　不是开心的地带，
腊召记没常冬兄。　　只好赶马回苗冲。
常求剖冬亚究改，　　不敢回到我们寨，
久没怕没常几彭。　　无颜面对老祖宗。
追处能扑度拜彩，　　人家背后闲话摆，
召告能扑度相勇。　　坏话伤人味道浓。
比俅得免鸟加甩，　　我像猴儿吃姜块，
麻艾麻密拉列农。　　苦味辣味塞口中。

阿柔麻远常想呆，	现在后悔把胸拍，
喂会告冬拉同蒙。	我走的路与你同。
该到刚能度几摆，	好让别人闲话摆，
召能输度嘎想盈。	现在输了莫想雄。
阿柔所里勾车开，	现到吉首把车开，
后能几图几热彭。	帮人找财撑粮宫。
阿乃甲当各灵块，	一天收入十多块，
麻农岔到要麻用。	只够吃饭不够用。
农如能如酒拜拜，	穿好吃好把酒买，
阿乃久够阿特农。	工钱不够一餐用。

巫劳久没几常莪·水流下滩不回转

苗语汉字记音	汉译
绷竹入俄尖大腊，	出门缝衣几个月，
保几囊牙勾蒙勾？	哪里美女把你缠？
常通几笔自吉褡，	回到家里骂不绝，
充乃几褡告机夺。	整天吵闹火坑边。
香松蒙勾先松岔，	你找先生最伤妾，
岔到先松后谁头。	先生代把休书撰。
蒙勾阿那喂勾牙，	你养弟弟我养姐，
呕磊得让几白勾。	小孩我俩分开担。
劳强夯沙常几甲，	赶场重逢夯沙街，
咱蒙常求卑场修。	遇见你在场头站。
送剖常呆告茸罖，	送我龙江坳上歇，
克蒙阿没国娄娄。	见你一副黑愁面。
相呆麻炎瓦能挂，	现在后悔迟了些，
牙要将老能郎各。	我已改嫁别家园。
相剖出欧西难甲，	重做夫妻手难携，
巫劳久没几常莪。	水流下滩不回转。
同能求呆图剥笆，	好像爬上歪树歇，

告老久到告得修。　　无处立脚无处站。
沙蒙常蒙出腮查，　　劝你回家勤劳些，
花狠出查枯老勾。　　发奋生产把儿盘。
得伢嘎从列嘎达，　　早晨儿哭莫训诫，
盟大修通后能俄。　　天亮帮儿把衣穿。
没得龙蒙你告沙，　　有儿陪你相慰藉，
萨共又没得几豆。　　老了靠儿度晚年。

勾伢芒叫几常乃·猫头鹰啼唤日长

苗语汉字记音　　汉译
腊呕锐松亚常呆，　　二月蕨菜又重生，
棒图棒茹花奴锰。　　林间树枝叶发青。
荡炅常伢比贵海，　　开年杜鹃又啼声，
勾伢芒叫几常松。　　猫头鹰啼唤日醒。

腊呕锐松亚常呆，　　二月蕨菜又重生，
棒图棒茹花奴叶。　　林间树枝叶溢香。
荡炅常伢比贵海，　　开年杜鹃又啼声，
勾伢芒叫几常乃。　　猫头鹰啼唤日长。

照鲁几由得考坡·种子跟随锄头下

苗语汉字记音　　汉译
腊呕求查夺蹦李，　　二月春耕李花绽，
棒图棒笼夺蹦哥。　　山间丛林开白花。
派左几由报烟西，　　笆篓撮箕系腰间，
照鲁几由得考坡。　　种子跟随锄头下。

腊呕求查夺蹦李，　　二月春耕李花绽，
棒图棒笼夺蹦瓦。　　山间丛林樱花开。

派左几由报烟西，	笆篓撮箕系腰间，
照鲁几由得考哈。	种子跟随锄头来。

得得比各花奴图·小小山头绿叶添

苗语汉字记音	汉译
得得比各花奴图，	小小山头绿叶添，
报朝比各花奴改。	个个山包绿草盖。
乃几常白通呆灵？	何时重轮到明年？
阿各呕腊略略奈。	十二个月难等待。
得得比各花奴图，	小小山头绿叶添，
报朝比各花奴打。	个个山包草长旺。
乃几常白通呆灵？	何时重轮到明年？
阿各呕腊略略拉。	十二个月太漫长。

向弥吉特阿者兄·歌才无双盖苗境

苗语汉字记音	汉译
动蒙出撒同笔谁，	听你放歌像著文，
谁头久到拿阿冲，	著文不及唱词清。
江果出撒同琼宜，	妙语如同纺轮滚，
向弥吉特阿者兄。	歌才无双盖苗境。

约农波弱召埋褡·牛吃苞谷被你骂

苗语汉字记音	汉译
几弓阿得告茸擦，	寨前横隔一山崖，
机水阿伢尖呕让。	一河隔开成两村。
约农波弱召埋褡，	牛吃苞谷被你骂，
阿竹列剖毕阿香。	一株要我赔一升。

几弓阿得告茸擦，　　寨前横隔一山崖，
机水阿伢尖呕笔。　　一河隔开两座楼。
约农波弱召埋褡，　　牛吃苞谷被你骂，
阿竹列剖毕阿斗。　　一株要我赔一斗。

机批乃虐岔夫几·哪能约会把心分

苗语汉字记音	汉译
立春打挂郎当兄，	立春过后升温度，
解培狼兄哈容起。	冰雪融化去无影。
告虐雨水能穷笼，	雨水时节人栽竹，
荡灵常呆告昂机。	春回大地又升温。
惊垫亚求腊呕龙，	二月惊蛰醒万物，
大务亚呆昂春分。	不知不觉到春分。
叔拜叔腊囊告冬，	农户备耕把犁扶，
浩烈叟约勾出锐。	好料喂牛不惜金。
出查囊昂你度崩，	农忙一心随丈夫，
机批乃虐岔夫几。	哪能约会把心分。

斗衣尼勾启吉俩·爱情只好藏心窝

苗语汉字记音	汉译
春分呆冬昂翻腊，	春分时节要劳作，
课锐浩烈刚约农。	草料煮熟喂耕牛。
腊补叉勾称明挂，	三月刚把清明过，
嘎处比各花如锰。	田野遍地绿油油。
谷雨呆冬鲁檽扒，	谷雨播撒谷种落，
得秧照粪勾机浓。	粪肥挑去秧田投。
出嫩机准谷奶骂，	媳妇不准娘家坐，
劳处龙崩会机炯。	干活随夫一路走。
斗衣尼勾启吉俩，	爱情只好藏心窝，
几到狼来囊告松。	不能聆听你歌喉。

劳强亚洽衣机勾·怕遇情郎把心伤

苗语汉字记音	汉译
腊补比勾哈先叫，	三月红透三月范，
略必列岔告奴所。	摘它要找桐叶装。
腊卑大无立夏劳，	眨眼四月立夏到，
求查昂标机苁修。	农忙干活起早床。
出查斗手标鲁照，	农家播种要赶早，
不害告左尖波弱。	别上笆篓播种忙。
出嫩究解勾强劳，	为媳不敢场上跑，
劳强亚洽衣机勾。	怕遇情郎把心伤。

久到常走勾撒出·不得相会把歌献

苗语汉字记音	汉译
折气脓呆拉上上，	节气到来确实快，
阿腊呕磊拉达夫。	一月两节一瞬间。
腊巴芒种勾秧匠，	五月芒种把秧栽，
抠达没家囊巴约。	富家公牛都累瘫。
炯帕劳改恶锐让，	携妻田坎割草艾，
劳巫嘎洽打边鲁。	下田莫怕蚂蟥粘。
想埋阿乃想呆芒，	日夜想你人发呆，
究生勾害勾东觉。	农事农活干不完。
勾奴囊从拉召将，	和你恋情暂抛开，
久到常走勾撒出。	不得相会把歌献。

儿让郎启排告充·年轻做事心无数

苗语汉字记音	汉译
哈路虐抠抠能得，	锄草苦的是人媳，
相盟囊昂尖烈苁。	天还未亮饭煮熟。

腊照小暑足伢乃，	六月小暑太阳袭，
机郎乃图嘎阳兄。	午时日头热劲足。
召戎呆弄勾俄廷，	做工费力汗湿衣，
吉麻巫哉龙叟工。	凉水解渴才舒服。
周斗常处吉母国，	收工晚归黑漆漆，
告启排拜号几萌。	思绪万千情难诉。
久道能勾努几磊，	不知如何去梳理，
儿让郎启排告充。	年轻做事心无数。

比俅阿纠帕兄仙·好像仙女天外客

苗语汉字记音	汉译
大暑勾东哈觉脚，	大暑农活全做好，
查他几扑昂农先。	忙完商议吃新节[①]。
购来让儿你几到，	挂念妹妹添烦恼，
久没想害伢勾怀。	肉食美味都不屑。
出启谷常奶阿告，	有心要把娘家到，
谷奶谷玛拿几延。	探望父母我心悦。
谷来将勾德腊照，	过完六月再相邀，
呆昂腊炯如飞来。	到了七月和妹约。
俩俄俩补俩笑照，	新衣新裙新鞋帽，
如劳堂秋会几先。	好去秋场显美色。
克秋拉同得戎劳，	赶秋你像龙女俏，
比俅阿纠帕兄仙。	好像仙女天外客。
尼能克咱勾筛告，	人人看见被迷倒，
光追果撒脓陪埋。	随后唱歌来陪惹。

注：①“吃新节”是吕洞山地区苗族的一个传统节日，农历六月初九那天，从稻田抽取打苞的稻穗拿回家里煮，同时准备一桌丰盛菜肴全家人共享。预示享受到了新一年的劳动成果，离秋收已经不远了。

挡孟他能出闹热·等盼调秋眼望穿

苗语汉字记音	汉译
乃乃嘎想勾埋孟，	莫想天天会表妹，
阿炅想帕克阿乃。	只想一年会一天。
炯你剥想排高充，	日思夜想乱心扉，
挡孟他能出闹热。	等盼调秋①眼望穿。
咱为列罘埋勾兄，	见妹要你歇一会，
罘为勾炯出撒舍。	请你坐下唱一段。
埋同兄仙会几用，	你像仙女飞下地，
同戎求伢穷阿得。	似龙上滩红满川。
丘埋叉勾撒几同，	爱你我才把歌飞，
究先空秀勾撒白。	若不嫌弃用歌还。

注：① 调秋：苗族地区立秋节举行的庆祝活动。

处暑吉奈脓呆得·处暑跟着凑闹热

苗语汉字记音	汉译
挂觉交秋阿郎腊，	立秋过后半个月，
处暑吉奈脓呆得。	处暑跟着凑闹热。
出嫩机批谷奶玛，	为媳不得看娘爹，
常龙度崩出家业。	要与丈夫撑家业。
空夯让夺内锐笆，	闲时打柴猪草扯，
锐笆锐约拉乃乃。	猪草牛草天天切。
斗来囊从毕久甲，	欠郎情意无法谢，
将咛嘎勾机剖则。	请你莫把我来责。
能勾飞衣嘎标岔，	约会暂时要间隔，
埋后喂想努几磊？	你看可否解心结？

腊乙糯先打题题·八月稻熟金灿灿

苗语汉字记音	汉译
腊乙糯先打题题，	八月稻熟金灿灿，
白露糯腊公让让。	白露田间遍地黄。
得牙常来所不计，	妹回婆家风一般，
常嘎度崩呆告昂。	回到婆家正恰当。
牙岭炅你呕补乙，	妹妹多歇几夜晚，
得玛挡克得得娘。	儿父等望儿的娘。
秋分勾东机相地，	秋分工夫尚未完，
弩底嘎处机相旁。	黄豆地里还未扛。
斗来如从机批会，	没空来把情郎探，
纳召杜些嘎松方。	请你莫愁莫忧伤。
拉列后帕想吉者，	你要为妹想周全，
吉者再斗腊旁郎。	总有一日圆月朗。

腊九呆觉昂寒露·九月轮转是寒露

苗语汉字记音	汉译
腊九呆觉昂寒露，	九月轮转是寒露，
大大查锐起密斗。	清早洗菜辣妹手。
霜降囊昂如坡路，	霜降时节好挖土，
熟摆崩腊拿几抠。	耕田犁地苦到头。
头油茶油你告图，	桐茶累累挂在树，
哈列机休常劳笔。	都要摘回进木楼。
再列机拖萌照木，	还要赶快种麦蔬，
亚江油菜出阿勾。	又栽油菜齐动手。
重阳白呆麻如虐，	重阳吉日好探父，
叉到谷奶兄阿柔。	才能探母娘家留。
如秋如来几没顾，	好亲好戚无法顾，
将咛嘎包启嘎怄。	叫郎莫骂也莫怄。

腊各立冬吉崩腊·十月立冬要翻耕

苗语汉字记音	汉译
腊各立冬吉崩腊，	十月立冬要翻耕，
勾冬嘎处休齐觉。	地里农活全做光。
乃绍呆觉阿郎腊，	时间到了月半程，
培蹦小雪机哥茹。	小雪雪飞白茫茫。
倍改会来炅能卡，	踏冰走亲多喜庆，
打倍出题亚出不。	雪天织布更繁忙。
出嫩机准谷奶玛，	不准媳妇把亲行，
没从久到常飞不。	未能约见好情郎。
拿几拿阿囊几俩，	非常挂念郎友情，
如从召将郎当虐。	也得放下在一旁。
岔古岔今郎能岔，	别人闲时论古今，
得牙松方比撒出。	妹却忧伤把歌唱。

腊冬徕乃尼头芒·冬月日短夜漫漫

苗语汉字记音	汉译
大雪乃别难几娘，	大雪时节阳光淡，
吉啥打沙挂乃图。	日头一偏过中午。
腊冬徕乃尼头芒，	冬月日短夜漫漫，
冬至打挂乃头初。	冬至一过昼渐凸。
得为宜琼列吉上，	小妹纺纱车飞转，
头乃徕芒要琼约。	昼长夜短不耽误。
斗从机批求告棒，	有心无空把郎探，
勾会呆抽脓机彭。	情路长草被封堵。
沙埋列出启呕趟，	请你要有两打算，
斗从嘎将机莪巫。	有情莫让随水逐。
飞衣达到告儿让，	恋爱要趁年轻谈，
挂卡又岩久杭夫。	年老才知心不服。

腊柔透灵勾常乃·腊月鸮鸟呼日长

苗语汉字记音	汉译
腊柔透灵勾常乃，	腊月鸮鸟呼日长，
小寒达倍几翁勾。	小寒下雪铺满路。
大寒哉达几斗德，	大寒时节地冻僵，
久解劳处炯你笔。	不敢上坡躲在屋。
炯炯亚呆尖阿磊，	很快又到过年忙，
吉奈办尖机批斗。	邀办年货忙手足。
阿拜叉出能囊些，	有人刚刚当新郎，
凑钱凑价萌搏酒。	买酒钱币忙凑足。
老乍倍解容冏且，	踏融厚雪近一丈，
久洽弄刚久洽抠。	不怕冷来不怕苦。
宁到如酒勾谷能，	买得好酒敬爹娘，
刚帕如会来告勾。	让妻行亲足礼数。
为谷奶玛兄打乃，	去探父母住几晌，
叉甲如衣勾撒由。	才得情郎把歌抒。
撒袍勾吾勾蒙白，	情歌对唱共分享，
列果刚购告儿头。	要唱唱到年迟暮。
白灵囊撒果沙且，	时令的歌已全唱，
果巧久洽如为周。	歌丑不怕妹笑哭。

策罖腮为嘎腮来·小伙选妻德优先

苗语汉字记音	汉译
能你勾虐扑久叫，	世间的事讲不尽，
勾会打磊萌机腮。	道路全靠自己选。
没派到欧勾处劳，	有人妻子很勤奋，
出查高启众歹歹。	任劳任怨建家园。
没派到欧泥大到，	有的妻子懒得很，
强劳巴乃排子摆。	五天一次把场转。

高得高崩泥吉绕，	丈夫儿女不关心，
农错乃乃会机先。	吃饱天天到处玩。
没派出崩松劳熬，	有的丈夫是懒人，
腮查抛荒勾抽呆。	田土抛荒杂草漫。
咱能如帕勾筛各，	见了美女就亲近，
得鸟得弄萌机拐。	花言巧语去诱骗。
得欧帮召照阿告，	妻儿老小都忘尽，
召将机危吾机拐。	丢在一边从不管。
如为腮策哼松笑，	姑娘选夫要细心，
策罖腮为嘎腮来。	小伙选妻德优先。

到崩生巧怪勾寿·丈夫人丑怪媒人

苗语汉字记音	汉译
到崩生巧怪勾寿，	丈夫人丑怪媒人，
打王勾寿脓机扁。	只因媒人来哄骗。
久尼把独高启秀，	并非自己所称心，
想召揉能头麻炎。	如今后悔在心间。

你冬久斗如奶玛·在世没有好父母

苗语汉字记音	汉译
你冬久斗如奶玛，	在世没有好父母，
你虐久没如牙勾。	此生没有好姐妹。
绍工久没能他蜡，	上吊没有人解绳，
扎图久没能挡搂。	坠树没有人救危。
你冬究斗如奶玛，	在世我没好父母，
你虐久没如及能。	世上我没好兄弟。
专工久没能他腊，	上吊没人来解绳，
扎图久没能脓克。	掉下没人来慰藉。

吉俩杭州如头忙·怀念杭州的梁公

苗语汉字记音	汉译
久没尖来总吉流，	未能成亲总期待，
英台该该勾策包。	英台挂念梁山伯。
克咱高启强强秀，	看在眼里心里爱，
吉俩杭州如头考。	怀念杭州的同桌。
久没尖来总吉流，	未能成亲心等待，
英台该该勾策想。	英台挂念山伯兄。
克咱高启强强秀，	看在眼里心里爱，
吉俩杭州如头忙。	怀念杭州的梁公。

努几常求卑溜修·怎能回到水源头

苗语汉字记音	汉译
挂儿好比同巫劳，	年岁逝去如水流，
巫劳久没机常莪。	水流下滩不回首。
巫莪努几机常到？	流水怎能往回收？
努几常求卑溜修？	怎能回到水源头？

绷当宁儿久到常·钱买青春买不回

苗语汉字记音	汉译
阿磊儿挂头考生，	年岁已过很可惜，
考生儿让囊阿刚。	可惜青春的年岁。
久没当绷召拿几，	不怕花多钱和米，
绷当宁儿久到常。	钱买青春买不回。

后宁高儿勾机常·帮我买回年轻样

苗语汉字记音	汉译
到龙牙岭勾撒刚，	得与阿妹来对唱，

吉除撒忙勾启容。	歌声飘进我心坎。
撒学果拿巫德江，	唱的歌儿赛蜜糖，
巫德久拿撒嘎浓。	蜜糖难比你歌甜。
果如柔锰萨呆光，	唱得岩板把葱长，
图共常跑巴乌锰。	老树又有新芽展。
撒学果如迷巫壮，	歌声动听河水涨，
比各麻外萨修戎。	飘上山顶蛟龙缠。
后宁高儿勾机常，	帮我买回年轻样，
儿让同同将拿蒙。	如妹年龄青春返。
常求茸筛脓飞帮，	重约阿妹上山岗，
奈计龙帕吉炯松。	和妹对歌音婉转。

斗衣尼斗启几俩・朋友只能心中搁

苗语汉字记音	汉译
腊呕叉勾清明挂，	二月才把清明过，
嘎处比各花告锐。	野外处处发青草。
谷雨呆昂勾鲁扒，	谷雨时节把种播，
鲁照高冬拿几急。	播种忙得不得了。
出嫩几准谷奶玛，	媳妇不能娘家坐，
龙崩劳处所几几。	随夫劳作急急跑。
斗衣尼斗启几俩，	朋友只能心中搁，
几呆告揉勾撒陪。	不得前来把歌聊。

究磊吉由究磊欧・各人跟随各人妻

苗语汉字记音	汉译
挂脚清明荡脚炅，	过了清明春意浓，
补大亚伢几贵后。	三早即闻阳雀啼。
达为呆冬昂照路，	不觉到了春播种，
究磊吉由究磊欧。	各人跟随各人妻。

挂脚清明荡脚灵，	过了清明春意浓，
补大亚伢几贵海。	三早即闻阳雀唱。
达为呆冬昂照路，	不觉到了春播种，
究磊吉由究磊来。	各在各的老婆旁。

秧匠求改亚常摆·秧插上岸又再走

苗语汉字记音	汉译
腊巴呆冬勾秧匠，	五月到了要栽秧，
匠劳腊巫隆采采。	秧栽田里绿油油。
飞策周昂机得将，	恋爱约会放一放，
秧匠求改亚常摆。	秧插上岸又再走。
腊巴呆冬勾秧匠，	五月到时要栽秧，
匠劳腊巫隆出出。	秧栽田里绿艳艳。
飞策周昂机得将，	恋爱约会放一放，
秧匠求改亚常谷。	秧插上岸又再谈。

得欧糯恶摆出筛·妻儿割稻排成阵

苗语汉字记音	汉译
挂脚交秋觉腊炯，	立秋过后七月完，
糯你郎腊哈公起。	田里谷子金灿灿。
搏糯修斗告棒痛，	打谷站在谷桶边，
得欧糯恶摆出堆。	妻儿割稻堆成山。
挂脚交秋觉腊炯，	立秋过后七月完，
糯你郎腊哈公先。	田里谷子黄澄澄。
搏糯修斗告棒痛，	打谷站在谷桶边，
得欧糯恶摆出筛。	妻儿割稻排成阵。

告大亏那拿能加·老天欺人太过分

苗语汉字记音	汉译
排排尼害喂打磊，	想想只害我一人，
公麻尼剖嘎羊加。	忧愁唯我多又深。
奶玛泸脚得休夜，	父母穷了儿独身，
儿让亭亭出休巴。	年纪轻轻打光棍。
努剖告灵能没得，	和我同龄有儿女，
能没得让机瓜搭。	有子有孙绕膝跟。
夫今告豆哈几没，	而我至今尚未婚，
告大亏那拿能加。	老天欺人太过分。

糯你郎腊机交奴·秧在田里叶搓索

苗语汉字记音	汉译
糯毛召者炅告苦，	稻谷受旱壳壳多，
想召排排害喂加。	想想只是害我难。
照觉改腊柔觉巫，	搭好田坎水漏脱，
乖共告力叔腊卡。	只管用犁犁干田。
糯你郎腊机交奴，	秧在田里叶搓索，
实达高奴卡扎扎。	晒死秧苗叶枯干。
糯毛召者炅告苦，	稻谷受旱壳壳多，
想召排排害喂觉。	想想只害我一个。
照觉改腊柔觉巫，	搭好田坎水漏脱，
乖共告力叔腊不。	只管用犁耕田窝。
糯你郎腊机交奴，	秧在田里叶搓索，
实达高奴卡除除。	晒死秧苗叶干枯。

秧匠劳巫花机吹·秧插下田莸发满

苗语汉字记音	汉译
腊巫出召腊东水，	种田种的深水田，
出召腊艾打仲摆。	深水田在坝中央。
秧匠劳巫花机吹，	秧插下田莸发满，
告图岭得奴花筛。	苗壮根粗叶片长。
腊巫出召腊东水，	种田种的深水田，
出召腊艾大仲冬。	深水田在坝中间。
秧匠劳巫花机吹，	秧插下田莸发满，
告图筛得奴花岭。	苗壮根粗叶片宽。

虐西几扑山伯麻·古代山伯成佳话

苗语汉字记音	汉译
虐西几扑山伯麻，	古代山伯成佳话，
谁照古书勾机拉。	写在书上来相传。
山伯英台同学卦，	山伯英台同窗下，
几穷英台冬尼帕。	不知英台是女扮。
剥蝈阿勾机岩牙，	睡在一起不识假，
叟害得学拿能架。	这个小子笨得惨。
修老常蒙到公麻，	起身回家得愁垮，
告雅告羊啥拉八。	容颜憔悴病榻瘫。
六血郎昂就包骂，	咽气之时嘱咐爸，
梁得梁刚英台咱。	埋坟要让英台见。
当家当秋召阿挂，	马家接亲坟边达，
伢伢刚枞枞拉查。	痛哭坟开现了棺。
达孟尖公求高大，	死去做鬼游天涯，
早尼阿害儿学阿。	可怜命丧在少年。
出共刚能如吉岔，	作古让人传佳话，
刚害江果如比撒。	好给歌手把歌编。

能牙列飞被列常·问妹是恋还是放

苗语汉字记音	汉译
勾会怕楼代撒常，	久别带歌去妹乡，
几夫造度勾报埋。	思念编歌对妹言。
龙咛蒙枯尖阿刚，	和我相恋时间长，
飞剖芒芒机岩难。	约会夜夜不觉难。
几比大众勾剖帮，	不料突然把我晾，
召剖外外几没太。	把我久久丢一边。
休松常炯都帼让，	收心回坐夫家堂，
龙崩几如勾喂燃。	与夫相亲把我叛。
家务召将刚蒙郎，	家权放心让你扛，
由西交刚蒙机拐。	钥匙交予你掌管。
云长常劳刘备让，	云长归回刘备旁，
害咛曹操腊总排。	害得曹操总想念。
出咛机夫叉劳强，	为哥不甘才赶场，
脓呆迷虐拉机凯。	赶场多次人心寒。
怄答告贵痛报长，	气死用拳捶胸膛，
报长痛夺强机连。	胸膛捶破仍挂牵。
能牙列飞被列常？	问妹是恋还是放？
列召被列常龙歪？	要分还是重新谈？

常芒得崩几生则·晚回丈夫不会厌

苗语汉字记音	汉译
撒除罘蒙兄阿柔，	唱歌留你歇一阵，
埋动喂勾撒学说。	请听我把歌喉喧。
乃西乃挂拜茸抽，	夕阳已往西山进，
乃萌乃挂阿者得。	日头已偏过山巅。
出咛罘蒙列剥周，	哥留妹歇我们村，
谷咛嘎笔兄阿乃。	走到我家歇一天。
麻农久然嘎能柔，	没有米吃借一升，
几让蒙娄刚来客。	寨上去借让妹宴。

嘎总几立常嘎笔，	莫总想往家里奔，
机立常嘎崩囊得。	总想重回夫家院。
芒觉洽蒙几咱勾，	夜了天黑难回程，
几磊打抱勾帕接？	谁人照亮把妹牵？
崩让拿机如哈楼，	丈夫心肠好得很，
常芒得崩几生则。	晚回丈夫不会厌。
撒除罘蒙兄阿柔，	唱歌留你歇一阵，
埋动喂勾撒学王。	请听我把歌来咏。
乃西乃挂拜茸抽，	夕阳已往西山沉，
乃萌乃挂阿者框。	日头已过大山丛。
出咛列罘蒙剥周，	哥留妹歇我们村，
谷咛嘎笔兄阿浪。	去到我家走一通。
麻农久然嘎能柔，	没有米吃借一升，
几让蒙娄勾来当。	寨上去借把妹供。
嘎总几立常嘎笔，	莫总想往家里奔，
机立常嘎崩囊当。	总想回到夫家中。
芒觉洽蒙几咱勾，	夜了天黑难回程，
几磊打抱勾帕江？	谁人照亮把妹送？
崩让拿几如哈楼，	丈夫心肠好得很，
常芒得崩几生让。	晚回丈夫不会轰。

贵后几坚棒茹图·阳雀能记林方位

苗语汉字记音	汉译
勾沙就蒙儿常除，	用歌叫妹再来会，
阿够泥就喂常飞。	妹妹不想与我聚。
乃乃想常劳埋屋，	天天总想把你追，
虐虐想常埋囊溪。	日日想回你村叙。
几控常脓勾剖母，	你不愿来与哥配，
召剖勾会刚呆锐。	恋爱的路你抛去。
召场巫岭董马库，	董马库场你荒废，

脓呆迷虐机咱为。	每次赶场没相遇。
到如得崩尼蒙如，	得好丈夫生活美，
出到龙喂外外伟。	你才把我全忘去。
贵后几坚棒菇图，	阳雀能记林方位，
白炅用常棒茹你。	年年飞回丛林居。
几夫比呆阿层度，	心有不平把话说，
枯成将牙常脓飞。	有心请妹再来聚。

挡克浓笆上龙偏・只等大雨快来淋

苗语汉字记音	汉译
撒学出常刚埋动，	歌唱出口送妹听，
冲帕牙要嘎哉筛。	请你妹妹莫冷心。
阿回剖泸呕回共，	一来我穷二老龄，
该该先策勾剖怀。	暗暗把我来嫌恨。
炅者腊卡糯瓜冲，	天旱田干秧枯净，
当克浓笆上龙偏。	只等大雨快来淋。
巴乃机勾常俩浓，	及时雨下满田埂，
难维告达难维来。	感谢老天来帮衬。

害喂久到得安然・唯我孤身无处安

苗语汉字记音	汉译
炯炯乃西乃秋各，	坐到夕阳又偏西，
乃芒秋呆答仲摆。	夕阳余晖照田间。
尼众笔笔茄冲夺，	家家户户炊烟起，
害喂久到得安然。	唯我孤身无处安。

（八）撒农尼·椎牛鼓舞歌

尼剖炯如打尼脓·舅舅椎牛来到边

苗语汉字记音	汉译
脓通者让埋将炮，	来到寨后火铳放，
蜡巴捧照告容冲。	喇叭吹响水沟畔。
沙拿机街道台老，	好像道台出巡访，
尼剖炯如打尼脓。	舅舅椎牛来到边。

礼松供炅它几到·抬有无数的贺礼

苗语汉字记音	汉译
卑挑培囊巴挑朝，	四挑粑粑五挑米，
钱当摆照窝跋先。	银钱放在新茶盘。
礼松供炅它几到，	抬有无数的贺礼，
向蒙后如阿冲钱。	帮了许多的银钱。

空空龙后几年业·空脚空手来做客

苗语汉字记音	汉译
农业龙通埋阿各，	椎牛来到你们村，
斗宠窝跋勾剖折。	手捧茶盘把我接。
礼松炮头撒几到，	贺礼抬少无帮衬，
空空龙后几年业。	空脚空手来做客。

勾撒勾度脓出从·用歌用话来贺喜

苗语汉字记音	汉译
炯能休腮休查要，	今年粮食收得少，

几到钱党出理松。	没有钱米做贺礼。
要觉培檽几勾朝，	糍粑大米没有挑，
勾撒勾度脓出从。	用歌用话来贺喜。

出吁几科埋磊磊・感谢各位众宾朋

苗语汉字记音	汉译
告来出喀剖挡折，	众亲做客我们迎，
脓送拜竹折祥来。	站到门前接你们。
出吁几科埋磊磊，	感谢各位众宾朋，
帮剖供如娥告块。	来帮钱米和金银。

烈揭锐浩几没先・饭菜未熟火候差

苗语汉字记音	汉译
照业老蒙觉阿乃，	辛苦你们走一天，
会芒阿乃叉起呆。	临近黄昏才到家。
读笔叉供烈勾揭，	主人蒸饭米才添，
烈揭锐浩几没先。	饭菜未熟火候差。

烈你窝借相及蝈・饭在甑子火候差

苗语汉字记音	汉译
烈你窝借相及蝈，	饭在甑子火候差，
告卡相通呆弄歪。	蒸汽未通甑上层。
腊剥瓦茸叉起者，	萝卜才去菜园拔，
告刀叉课虐彩彩。	南瓜皮皮才削净。

果其撒袍烈自摆 • 唱完歌后上饭菜

苗语汉字记音	汉译
告答告者再相没，	碗筷都还未成捡，
能喀将埋嘎呆改。	请客原谅气莫来。
冲埋能喀勾撒说，	请你先把歌来献，
果其撒袍烈自摆。	唱完歌后上饭菜。

要价帮埋嘎加想 • 钱米帮少莫管他

苗语汉字记音	汉译
会芒阿乃叉呆让，	走了一天才到家，
告老告脚哈勾猛。	腿脚全都疼痛完。
西烈告启郎拿挡，	饿饭肚如风箱拉，
呆得相然今刀农。	来到未成得就餐。
叉能埋尖烈芒相，	才问饭菜何时发，
列会几呆打中崩。	想进堂屋却被拦。
要价帮埋嘎加想，	钱米帮少莫管他，
将埋嘎供剖几宗。	莫对我们表不满。

要锐要勾刚埋架 • 少肉送你下酒喝

苗语汉字记音	汉译
要伢要酒当能喀，	少酒少肉来待客，
尼兄巫巴刚来农。	炒个酸菜送客吞。
要锐要勾刚埋架，	少肉送你下酒喝，
锐浩先球啥几浓。	菜肴味淡油盐轻。

酒你告者几生黑·碗装美酒喝不干

苗语汉字记音	汉译
出喀脓通埋阿告，	做客来到你们寨，
锐烈机北啥摆白。	桌上佳肴摆齐全。
伢同比各几生篙，	肉装在盘像土台，
酒你告者几生黑。	碗装美酒喝不干。

鲁埋当如要能拿·像你这样待客少

苗语汉字记音	汉译
伢约伢笆尼尬卡，	猪肉牛肉是小炒，
再斗香料几高初。	还有好多香料加。
鲁埋当如要能拿，	像你这样待客少，
同布介觉埋囊巫。	名声远传人人夸。

读陇几特剖囊业·为祭牛神来捧场

苗语汉字记音	汉译
陇业太送着堂吾，	神鼓摆好在堂闹，
得策敲查几后得。	小伙敲边哒哒响。
冲埋牙要大昔读，	请众阿妹都来跳，
读陇几特剖囊业。	为祭牛神来捧场。

几殴脓堂梅陇棉·初次才把鼓舞练

苗语汉字记音	汉译
劳众脓搏梅陇查，	走下火床来打鼓，
几殴脓堂梅陇棉。	初次才把鼓舞练。
搏得梅陇松几化，	鼓儿声响震楼屋，
召者勾撒果阿排。	随后把歌唱一遍。

埋囊从如剖几然·深情永远记心上

苗语汉字记音	汉译
几最告来白沙沙，	四方亲朋都到齐，
列后搏陇撒学外。	要来打鼓把歌唱。
几尖告罘陪能喀，	不知待客的礼仪，
待喀几尖列嘎拐。	招待不好心莫凉。
冲埋勾撒果几甲，	大家唱歌莫停息，
埋囊从如剖几然。	深情永远记心上。

陇雅陇婆喂几尖·鼓姿鼓技舞不乖

苗语汉字记音	汉译
奶玛沙为勾尼琼，	爹娘教我学纺纱，
沙喂勾炯众头排。	教我学习打花带。
几没洒牙勾搏陇，	没有教我把鼓打，
陇雅陇婆喂几尖。	鼓姿鼓技舞不乖。

几顺陇婆搏几尖·不会鼓舞舞不开

苗语汉字记音	汉译
几尖陇业搏几彭，	不会打鼓打不响，
几顺陇婆搏几尖。	不会鼓舞舞不开。
最能最众灵出戎，	聚了众多人观望，
年母年没几傩埋。	当众怕把脚步迈。

陇棉蒙堂头诺斗·鼓技娴熟舞翩翩

苗语汉字记音	汉译
劳众土呆蒙得牙，	走下火床把妹拖，
土牙脓通告陇笔。	把妹拖来到鼓边。

脓通志搏梅陇查，	到边就来把鼓合，
陇棉蒙堂头诺斗。	鼓技娴熟舞翩翩。

岭斗岭且几热周·牛魔牛怪开笑颜

苗语汉字记音	汉译
矿供派先哈出八，	项圈银串挂颈脖，
告老照笑爬蹦柳。	脚穿绣鞋很鲜艳。
俩得梅陇同俩蜡，	鼓舞优美好动作，
岭斗岭且几热周。	牛魔牛怪开笑颜。

得为羊陇腊蹦夺·妹跳鼓舞似花动

苗语汉字记音	汉译
搏陇吾腊阿俄朝，	阿妹鼓姿像舞龙，
比俅狮子午几千。	好比狮子抢绣球。
得为羊陇腊蹦夺，	妹跳鼓舞似花动，
尼能尼众几浓埋。	个个都夸是高手。

松撒几化剖囊众·歌声飘荡震寨中

苗语汉字记音	汉译
牙要陇搏几尬瓜，	姑娘打鼓扭腰身，
告瓜几尬同舞戎。	腰身摆动像舞龙。
搏尖自将撒阿咒，	鼓敲完毕放歌声，
松撒几化剖囊众。	歌声飘荡震寨中。
动召松果喂撒架，	听到歌声我痴心，
拿机弄咛喂囊蒙。	让我心儿也摇动。

巴得几奈将陇尖·巫师发话跳鼓舞

苗语汉字记音	汉译
九腮送萌尖阿气，	送鬼九道得一阵，
巴得几奈将陇尖。	巫师发话跳鼓舞。
土帕劳众读陇会，	牵妹的手绕圈行，
皮会皮勾撒学外。	边走边唱来跳鼓。
愿果上脓会告追，	爱唱请你随后跟，
几后剖笔送公灾。	帮助我们把鬼除。
毕从几呆勾笔谁，	赔情不到用笔秉，
勾埋从如谁几坚。	两厢情浓永记住。

土帕劳众脓读陇·牵妹堂屋跳鼓舞

苗语汉字记音	汉译
巴得送萌九腮挂，	九次送鬼已送过，
土帕劳众脓读陇。	牵妹堂屋跳鼓舞。
乍蒙乍喂比着乍，	我踩你来你踩我，
喂会阿老蒙阿冬。	我一脚来你一步。
几拖读陇勾撒岔，	相邀鼓舞来唱歌，
送公自尼鲁磊能。	度鬼就是这样度。
愿果嘎萌没亏价，	爱唱不要人多说，
嘎害刚剖勾来冲。	莫要我们反复呼。

九腮土帕勾公送·送鬼九道把妹喊

苗语汉字记音	汉译
九腮土帕勾公送，	送鬼九道把妹喊，
阿磊告咛阿磊帕。	一个女人配个男。
读笔将帕勾陪咛，	主人让妹把哥缠，
列为陪咛公叉伢。	要妹陪哥神才愿。

苗语汉字记音	汉译
得为排子拿几廷，	姑娘貌美惹人羡，
比俫各巴腊囊把。	好比十五的月圆。
拿几勾能磊格弄，	容颜美丽真耀眼，
相列土为喂亚加。	想牵妹手又不敢。

读陇能兄机达咛 · 鼓舞要女搭配男

苗语汉字记音	汉译
读陇能兄机达咛，	鼓舞要女搭配男，
岭斗岭且岔起愿。	牛魔牛怪才喜欢。
让能埋嘎先麻共，	年轻莫把年老嫌，
麻让嘎勾麻共先。	青年莫把老年厌。
尼后读笔勾公送，	为了主人把神撵，
久尼出欧阿腮腮。	不是做妻到永远。
列果撒忙上折弄，	要唱接腔把歌献，
嘎总刚咛总挡埋。	莫让我等得心寒。

吉奈读陇劳堂屋 · 相邀鼓舞到堂屋

苗语汉字记音	汉译
吉奈读陇劳堂屋，	相邀鼓舞到堂屋，
读得矿矿总几交。	走了一圈又打转。
得为麻让阿冲灵，	年轻妹子有无数，
拉同嘎处囊蹦跑。	好像山花开烂漫。
图图蹦跑夺弄奴，	朵朵鲜花争相吐，
忙德用众蹦告召。	花儿招得蜜蜂馋。
想想列供斗几母，	想要伸手摘一束，
伢斗腊召克几陶。	手短只能睁眼看。

吉后送酒求打茸·帮助送鬼上天庭

苗语汉字记音	汉译
读陇龙为尖阿气，	和妹鼓舞有一阵，
吉后送酒求打茸。	帮助送鬼上天庭。
得为会头策告者，	妹走前面哥紧跟，
虐西几岔鲁能兄。	从古相传俗形成。
岭且岭斗甲为会，	牛魔牛怪得妹应，
到帕陪咛呆觉公。	得妹陪哥鬼高兴。
几笔灾松叉起地，	家中灾难就断根，
叉地几笔囊灾松。	从此家中断灾星。

送觉公尼查觉它·送走牛鬼人安乐

苗语汉字记音	汉译
读陇送酒闹热达，	送神敬酒好闹热，
岭且岭斗几年周。	牛怪牛魔笑开颜。
阿磊得策阿磊牙，	男一个来女一个，
几后送公出撒由。	帮助送鬼歌喉展。
送觉公尼查觉它，	送走牛鬼人安乐，
灾松拿弄几没斗。	灾难全部都消完。
快夫告昂亚常甲，	幸福日子从此过，
勾追郎当常翎头。	荣华富贵又回转。

巴得奈剖机常会·巫师喊要倒转走

苗语汉字记音	汉译
巴得奈剖机常会，	巫师喊要倒转走，
奈牙常老机交冬。	喊妹回头倒转来。
蒙牙告头喂告追，	你走前来我走后，
告追龙蒙勾撒容。	和你再唱歌一排。

撒学亚常脓陪戏，	重陪阿哥唱一首，
打尼几尖拐吾宏。	若有不是请莫怪。

如弄如糯机钢周·五谷丰登堆笑容

苗语汉字记音	汉译
明通觉害国楼楼，	天亮黑夜全赶走，
乃呆记郎穷勾勾。	日出太阳红彤彤。
告老上会嘎标修，	脚步快走莫停留，
上会阿娘所剖剖。	快走一点快跑动。
剖会阿老如波弱，	一步苞谷得丰收，
几交呕乍如觉糯。	倒走两步好谷种。
补乍如弩报勾傩，	三步走来好大豆，
如弄如糯机钢周。	五谷丰登堆笑容。

粮西白热娥白桶·五谷满仓银满窖

苗语汉字记音	汉译
读陇高老相乍众，	鼓舞脚还未踩牢，
几常摆豆会几罘。	脚步回转又重走。
阿老几常亚如弄，	前进一步小米好，
呕乍几交如迷花。	倒走两步棉丰收。
补老几交如告哼，	三步男人好运道，
几交卑乍如机那。	转走四步情人秀。
粮西白热娥白桶，	五谷满仓银满窖，
出夺出它剖囊哈。	发家发业富满楼。

猛如机纠剖难维·病患痊愈感谢牛

苗语汉字记音	汉译
搭尼卑知头篙如，	水牛四脚倒得好，

拿几篙如阿峨尼。　　无比倒好一头牛。
搭尼切猛良松如，　　水牛替灾尽了孝，
猛如机纠剖难维。　　病患痊愈感谢牛。
几尼转常照牛图，　　牛角系在柱头吊，
告蒙哈照图茄你。　　五脏挂在树上头。
岭斗几年周步步，　　牛魔见了开口笑，
岭且几年周哼哼。　　牛怪欢喜乐悠悠。

公麻公操燃几斗·忧愁悲伤都祛除

苗语汉字记音　　汉译
沙且文除撒阿排，　　结尾我唱歌一遍，
告追喂常果几留。　　随后用歌来祝福。
果冲埋列后几坚，　　唱好大家要记全，
埋后几坚喂撒油。　　请要牢记我歌赋。
搭尼篙如几哉腮，　　水牛倒了还神愿，
篙如搭尼几哉酒。　　牛倒吉祥祭神主。
巫哉计弄瓦龙燃，　　病患灾星都丢完，
公麻公操燃几斗。　　忧愁悲伤都祛除。

篙如搭尼查觉它·牛倒吉祥了心愿

苗语汉字记音　　汉译
篙如搭尼查觉它，　　牛倒吉祥了心愿，
岭且到尼常萌让。　　牛怪得牛回转屋。
岭且岭斗周哈哈，　　牛怪牛魔笑开颜，
篙如搭尼几年羊。　　牛倒吉祥心舒服。

篙尼读陇亚常会·倒牛鼓舞又重走

苗语汉字记音	汉译
篙尼读陇亚常会，	倒牛鼓舞又重走，
几灵常会老摆千。	一起重走碎步行。
告头亚常会告者，	原先走前现走后，
常果常岔撒学摆。	重新再来把歌哼。
磊磊机年跳几腾，	个个欢喜精神抖，
堂屋几绕松冉冉。	堂屋不断响歌声。
打昔机年周哈哼，	笑逐颜开忧愁丢，
尼众尼能周几年。	众人欢喜笑盈盈。

猛你告教今刀虾·病在身上一扫光

苗语汉字记音	汉译
篙尼常岔撒忙扒，	牛倒再把歌来唱，
常供撒学果阿娘。	再把歌来唱一会。
岭斗岭且到觉伢，	牛魔牛怪得肉尝，
呕求到伢周几钢。	它俩得肉笑扬眉。
猛你告教今刀虾，	病在身上一扫光，
告教囊猛打夫伤。	身上病痛全消退。

几列千标勾笔常·不要着急回家去

苗语汉字记音	汉译
告来前前嘎标会，	亲朋全都莫成走，
几列千标勾笔常。	不要着急回家去。
灵你剖让雄大一，	多在我寨宿几昼，
灵雄打乃剖囊让。	多住几天我寒寓。
龙埋殴果撒阿气，	和你多学歌几首，
埋列几灵教阿娘。	多教我们歌几句。

刚剖如勾能陪细，	让我好陪众亲友，
到布尼埋囊撒忙。	出名是你的美誉。

卑众叉哈梅陇棉·找得病根驱神煞

苗语汉字记音	汉译
当灾几这头加挂，	病魔缠身好难过，
几交打灵告聋猛。	缠绕多年卧病床。
几扑叉勾相娘岔，	才请仙娘查病魔，
卑众叉哈梅陇公。	找得病根把神降。
当灾几这头加挂，	病魔缠身好难过，
几交打灵高聋灾。	缠绕多年卧病榻。
几扑叉勾相娘岔，	才请仙娘查病魔，
卑众叉哈梅陇棉。	找得病根驱神煞。

剖娘将喂陪能喀·母亲喊我陪客来

苗语汉字记音	汉译
几急摆尖打罘罘，	祭桌摆好一排排，
告者通先棉尖尖。	瓷碗透光亮闪闪。
剖娘将喂陪能喀，	母亲喊我陪客来，
能喀脓最被相呆。	客人是否已拢边。
几急摆尖打罘罘，	祭桌摆好一排排，
告者通先棉公公。	瓷碗透光闪闪亮。
剖娘将喂陪能喀，	母亲喊我陪客来，
能喀脓最被相脓。	客人是否已到场。

读陇告埋吉者会·鼓舞跟你后面走

苗语汉字记音	汉译
读陇告埋吉者会，	鼓舞跟你后面走，
告埋吉追将松撇。	随你身后放歌声。
巴得告头剖告者，	巫师走前我在后，
告者巴得将撇叉。	跟在后面把歌哼。
读陇告埋吉者会，	鼓舞跟你后面走，
告埋吉追将松由。	随你身后把歌唱。
巴得告头剖告者，	巫师走前我在后，
告者巴得出撇抽。	跟在后面歌声放。

送觉公尼叉擦他·送了牛鬼宽了心

苗语汉字记音	汉译
脓通剖勾摆竹他，	客到我家我堵门，
久刚能力埋嘎笔。	不让生人进屋楼。
嘎刚能虐勾笔嘎，	莫让生人把屋进，
吉记琼吾会绷勾。	追赶推搡撵他走。
送觉公尼叉擦他，	送了牛鬼宽了心，
灾松罢炅久没斗。	灾难万年都没有。
刚剖如出告栋查，	安心生产细耕耘，
如炅粮西休白笔。	吉年粮食大丰收。

够剖阿害告求偷·不关我们什么事

苗语汉字记音	汉译
脓通埋哈他摆竹，	做客你家你堵门，
久刚机剖会嘎笔。	不让我们进屋子。

岭且嘎笔哈够秋，	神怪进屋怪我们，
够剖阿害告求偷。	不关我们什么事。

叉如勾猛你机纠·病体痊愈康复至

苗语汉字记音	汉译
岭斗岭且列酒娄，	牛魔牛怪要酒斟，
吾列到农叉周斗。	它要得吃才罢止。
灾松八难叉起休，	灾星八难方脱尽，
叉如勾猛你机纠。	病体痊愈康复至。

挡牙堂屋出撒由·等你堂屋唱歌谣

苗语汉字记音	汉译
瓦能能喀哈脓最，	现在客人都来齐，
最如炯炯来告勾。	齐了亲戚亲老表。
农约烈芒炯档衣，	吃了夜饭企盼你，
挡牙堂屋出撒由。	等你堂屋唱歌谣。
读陇阿气喂挡为，	鼓舞时候等妹起，
挡龙机蒙出阿勾。	盼望和你一起跳。

列埋后弄尼阿舌·用枪刺牛靠你们

苗语汉字记音	汉译
阿炅当灾总几这，	一年病魔不离身，
几这阿炅告民猛。	病痛一年心不顺。
叉岔相娘勾脓克，	奉请仙娘问神灵，
克改几笔囊公空。	看见家中有妖星。
岭且岭斗炯笔白，	牛魔牛怪满屋狰，
郎笔叉哈梅陇公。	屋里才来祭牛神。
构尼刚求卑磊得，	牛腿拿送四方亲，

卑构刚求卑叉容。	四腿分送四面宾。
列埋后弄尼阿舌，	用枪刺牛靠你们，
几纠猛如几弄从。	身上病除不忘恩。

刚牙亚常出阿那·让妹也来做男人

苗语汉字记音	汉译
盟荡巴得几面笔，	天亮巫师驱鬼魅，
阿柔动郎搭嘎伢。	现在听到鸡鸣声。
刚咛告头会阿柔，	送哥在前走一回，
刚牙亚常出阿那。	让妹也来做男人。
龙埋得咛几白斗，	和哥分手心伤悲，
几怕久到列几怕。	分开不得也要分。

努几西到机白纠·怎么舍得妹离哥

苗语汉字记音	汉译
盟荡酷笔将摆竹，	天亮时候就开门，
改盟巴得吉面笔。	巫师堂屋驱邪魔。
农错烈从机怕秋，	吃过早饭把手分，
努几西到机白纠。	怎么舍得妹离哥。
拉如再斗阿芒粗，	如能还有一夜混，
龙到龙为出阿勾。	再和阿妹一起乐。

篙觉搭尼擦觉状·水牛倒了脱灾难

苗语汉字记音	汉译
篙觉搭尼擦觉状，	水牛倒了脱灾难，
岭且送常巴乃锰。	牛怪已送上天庭。
猛斗几常吾告郎，	现在家里无灾缠，
几纠召柔地觉猛。	身上从此断病根。

如猛出家翎上上，　　病祛勤劳好运转，
告热白朝桶白娥。　　仓库米满柜满银。

读陇打芒拿能乐·鼓舞一夜一身疤

苗语汉字记音	汉译
久读公尼亚中岔，	不跳鼓舞牛神要，
岭斗岭且亚中丘。	牛魔牛怪总想她。
读约后埋亚崩洽，	跳了怕你受骚扰，
列所久然能勾所。	想跑无路没办法。
号能捺囊号阿捺，	这里搅来那里搅，
号阿莫内号能莫。	此处掐来那处掐。
几百常萌得骂褡，	回到家里夫咆哮，
读陇打芒拿能乐。	鼓舞一夜一身疤。

牙要高兄拿几乍·妹妹运气实在好

苗语汉字记音	汉译
牙要高兄拿几乍，	妹妹运气实在好，
度笔奈牙勾公当。	东家请你把鬼撵。
岭斗岭且记几嘎，	牛魔撵往别处跑，
岭且岭斗记崩让。	牛怪赶出寨外边。
阿腮几由巫莪叭，	跟随流水一路漂，
猜斗巴灵久兄常。	千年万代不回返。
猛你告教拉狼虾，	疾患减轻病渐消，
猛地巴炯久常荒。	不发疾病根已断。
然牙如撒勾公瓜，	妹妹好歌迷鬼妖，
钱当刚为绷几阳。	给你银钱多一点。
几休弟供禄俄渣，	钱放衣兜保管好，
钱当仇你蒙抱常。	银币收进你胸前。
几琼愁龙蒙郎妈，	钱与玉体放一道，

槽岭拿娘呕磊香。　　好像升斗挂两边。
改刀挡牙会几恰，　　扒手等你走小道，
钱当龙妈出勾抢。　　钱与玉体一起搬。
抢蒙牙要列嘎伢，　　抢你你要莫哭叫，
阿逃度巧列嘎阳。　　粗语一句不可喊。
能先拐供蒙几差，　　熟人我才提醒到，
能化久磊喂尼郎。　　若是生人我不管。

撒堂炯·堂中歌

堂中歌是在家里唱的歌。吕洞山地区苗族在重大节日和家庭有喜事时必定唱歌，都会组织对歌。男女老幼齐聚，听众如云，歌手甚众。歌手可以发挥才能，但必须遵守言辞文明、委婉谦让、包容体谅、礼貌团结的规矩。歌词不仅要能让对手接受，也要让听众愉悦才行。堂中歌大都是夸奖对手、传达美意，也会教化传承苗族民俗历史文化及生产生活经验，歌颂真善美，揭露假恶丑。

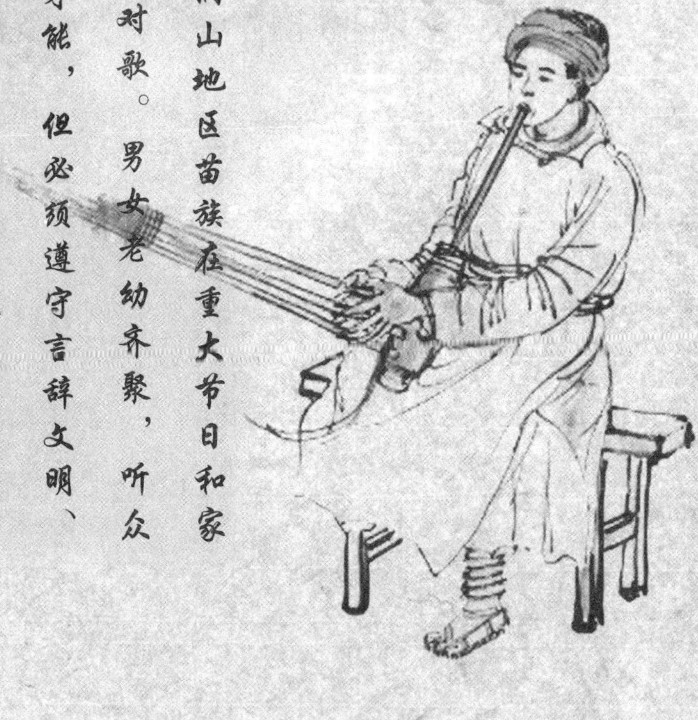

（一）撒送炯茶·认亲送礼歌

嘎克钱当列克些·莫看钱米看婿乖

苗语汉字记音	汉译
送钱出喀埋阿嘎，	送礼做客到你寨，
如乃会送埋囊得。	吉日走到你村间。
礼松供要久尖罘，	礼行少了失体态，
谷埋久到告不茹。	认亲没有金银献。
供要礼松嘎想加，	抬少礼金莫想歪，
埋列框些阿购得。	你把心胸放开点。
走召能泸告能架，	碰到贫寒亲戚来，
嘎克钱当列克些。	莫看钱米看婿乖。

巫哉供刚究考生·凉水当礼不可惜

苗语汉字记音	汉译
炯那炯勾埋冬会，	携兄携弟你村内，
空度空斗几歪西。	空手空脚甩手臂。
炅那由勾勾来一，	引兄带弟把亲会，
要钱要价嘎哉启。	钱财抬少莫嫌弃。
巫哉嘎能溜巫记，	水从别处井接回，
当出酒江供刚迷。	当作米酒抬送你。
茂生服西薛仁贵，	茂生贺喜薛仁贵，
巫哉供刚究考生。	凉水当礼不可惜。

从如机坚报勾傩·好情铭记到永远

苗语汉字记音	汉译
度岱喂拐扑大逃，	直话只管说几嘴，
拐果勾照酷几夺。	只管叙在火炕边。
剖脓谷埋理松要，	我们认亲礼品微，
怪到打磊伢冬俄。	只怨自己衣袖短。
究同能囊巴照告，	不像旁人家底肥，
娥供出巧尖比各。	金银挑来堆成山。
伢酒炯挑扎几窍，	酒肉七挑满满垒，
勾笆告老几由多。	肥猪后腿尾巴连。
勾剖克浓他几到，	把我看得太尊贵，
后剖撤除松几莪。	为我唱歌声婉转。
鲁埋害能头没要，	像你这样独一位，
从如机坚报勾傩。	好情铭记到永远。

送钱埋哈勾撒容·认亲也要把歌盘

苗语汉字记音	汉译
阿该度笔头诺度，	主人个个都会讲，
埋冬嘎擦害理猜。	你们礼节不一般。
送秋送了能撒除，	接亲嫁女把歌唱，
送钱埋哈勾撒容。	认亲也要把歌盘。
阿该度笔头诺度，	主人个个都会讲，
埋冬嘎岔害理松。	你们礼节都不凡。
送秋送了能撒除，	接亲嫁女把歌唱，
送钱埋哈勾撒容。	认亲也要把歌盘。

埋供红庚机聋喂·你递红庚我接下

苗语汉字记音	汉译
阿磊勾寿阿峨力，	一个媒人一头驴，
没列没腊呕峨没。	两个媒人两匹马。
常力求挂各九层，	骑驴越过九重阜，
没常挂茸没九得。	骑马跨过九岭峡。
能勾几乍楼梯梯，	山路踩成稀泥糊，
挂巫修如桥喂喂。	过河修好高桥架。
得帕将度配夫衣，	放口闺女许配夫，
如为将劳剖囊者。	闺女许嫁我们家。
勾让送酒刚爸迷，	令郎送酒岳父母，
后送度秋酒阿特。	好酒一餐送亲家。
呕乃补一埋囊溪，	两天三夜你家宿，
如虐如乃他能白。	吉日圆满要回家。
修豆刚来供红庚，	起脚送给红庚书，
埋供红庚机聋喂。	你递红庚我接下。
修豆勾撒脓难维，	告别用歌来谢主，
机科来如机科特。	感谢亲家待客佳。

呕磊勾寿呕峨驴·两个媒人跨两驴

苗语汉字记音	汉译
呕磊勾寿呕峨驴，	两个媒人跨两驴，
呕图伢狼呕峨没。	两个媒公骑两马。
召夯乍地迷得巫，	踩断几条沟和溪，
召棒乍乐勾迷得。	踩烂几条路泥巴。
呕磊勾寿呕峨驴，	两个媒人两驴跨，
呕图伢狼呕峨戎。	两个媒公两龙驾。
召夯乍地迷得巫，	踩断几条沟和溪，
召棒乍乐勾迷工。	踩得路上岩成渣。

勾寿香迷如口水·媒人嘴巴甜得好

苗语汉字记音	汉译
尖秋列岔度根底，	成亲要把根源找，
尖来列岔度比药。	成戚要把古话聊。
勾寿香迷如口水，	媒人嘴巴甜得好，
得乌得弄拿机溜。	嘴甜如蜜话会道。
尖秋列岔度根底，	成亲要把根源找，
尖来列岔度比略。	成戚要把古话道。
勾寿香迷如口水，	媒人嘴巴甜得好，
得乌得弄拿机诺。	嘴甜如蜜话不少。

几撒红庚头机腊·红庚生辰写详细

苗语汉字记音	汉译
龙古虐买告儿共，	自从远古祖宗辈，
吉岔出初召罘阿。	异姓开亲从古起。
得帕叟岭能兄送，	女儿养大要婚配，
得吖涨岭兄挡帕。	男儿长大要娶妻。
梅俩兄冲打中炯，	红娘请来做明媒，
几通呕告勾桥嘎。	撮合两家把桥缔。
扑尖送酒度吉充，	许亲过礼把酒备，
呕告几最胡酒卡。	两边吃酒人都齐。
腮磊如虐炯茶送，	选个吉日茶礼馈，
得咛勾为专休把。	男用草标把女系。
能泸送酒打炯丛，	穷人送酒背七背，
要当送钱嘎想加。	钱少礼轻莫在意。
笆仲阿峨剖拉供，	肥猪一头我们随，
勾笆谷埋供阿恰。	猪腿行亲抬一提。
呆得自勾炮头彭，	到边就点爆竹堆，
刚能岩弟将得帕。	让人知晓女许讫。

拖巫茶斗向巫冷，	舀水洗手揩汗水，
再刚巫哉嘎弄茶。	再送凉水把口洗。
当剖伢酒浓江弄，	待客酒肉味道美，
伢奴伢嘎头铺拉。	鸡肉鸭肉满盘溢。
呕乃补一龙埋兄，	两天三晚你家睡，
读笔当如磊磊咱。	主人善待个个喜。
散客龙埋绒头穷，	散客红纸我讨回，
几撒红庚头机腊。	红庚生辰写详细。
刚剖如勾先松梦，	我们好请先生推，
腮虐先松如绍搭。	先生掐指定佳期。
腮到如乃送波痛，	择得吉日送衣柜，
如虐送秋剖阿恰。	良辰送亲我家里。

红庚喂供机聋蒙·红庚我用双手送

苗语汉字记音	汉译
埋交虐买昂儿共，	照着古时的礼仪，
交姑阿罢囊理松。	按照历代的传统。
得帕斗你马告莪，	女子住在父家里，
埋冲勾寿脓机通。	你请媒人来联通。
扑尖埋勾炯茶送，	许亲你们来过礼，
猜串钱当供机彭。	铜钱千贯满盘送。
呆得埋勾炮头彭，	到边爆竹响得密，
阳松动召哈跳仲。	牛羊惊吓藏行踪。
送钱炯机供炯丛，	七担七背送厚礼，
告钱告价供脓岭。	彩礼太多礼行重。
当秋久没伢浓弄，	筵席菜肴味不齐，
当喀读笔浩锐锰。	主人宴客青菜充。
出些几框嘎刨穷，	肚量放宽莫生气，
耐怀几杜埋囊蒙。	请你耐烦多包容。
尖秋剖列刚头穷，	许亲找来红纸笔，

红庚喂供机聋蒙。	红庚我用双手送。
腮乃如勾得帕送，	嫁女选定好日期，
包虐送脓嘎埋冬。	吉日送进你家中。
出家花狠翎仲仲，	做发做旺兴家计，
勾追翎萌特冬兄。	富盖苗寨与苗冲。

呕告几所几年阳·两边亲家都喜欢

苗语汉字记音	汉译
最能阿笔白盖盖，	家中坐满一屋人，
抱盟告方通秀坎。	灯亮房间到神龛。
堂屋低夺窝高奈，	树蔸生火堂屋明，
最众头夺炯冈王。	众人烤火围成团。
农尖自勾者休见，	饭饱即收碗筷盆，
者周常留吾告壤。	要收碗筷要收盘。
炯茶送呆告剖专，	送礼来到我家门，
一来脓送剖囊当。	认亲来到我家园。
高逑理松哈供拜，	花样齐全多礼品，
阿各呕丛浓江江。	重礼装满十二担。
伢拉然郎酒拉然，	肉也抬来酒也拎，
把见烈出糖旁狠。	还有圆圆大糖馓。
然些阿能阿梦奈，	新婚来把爹娘认，
克召如些周机刚。	爹娘见婿笑颜展。
如初如来它能改，	好亲好戚今天成，
呕告几所几年阳。	两边亲家都喜欢。

梅俩诺扑他久到·媒人会讲不得了

苗语汉字记音	汉译
梅俩诺扑他久到，	媒人会讲不得了，
勾寿诺夸诺机边。	花言巧语最会骗。

巧得吾扑到生教，　　貌丑他讲生得好，
加策吾夸冬生尖。　　丑儿他夸是美男。
笔巧笔恰告他照，　　旧屋上撑快要倒，
笔巧吾奈出笔先。　　他却讲成是新建。
剖泸要娘列杀朝，　　我穷快要把饭讨，
夸剖翎照剖郎拜。　　他说我富盖村间。
送钱供能钱党要，　　认亲礼钱送得少，
头弟久到高来埋。　　无脸来见亲家面。

腮虐勾秋专休巴·定好时辰把亲娶

苗语汉字记音　　汉译
西昂虐买能岔共，　　自古相传有习俗，
阿磊得哼配磊帕。　　一个男人配一女。
梅俩列冲机通弄，　　要请媒人来服务，
列冲勾寿勾桥嘎。　　请媒架桥传话语。
尖秋兄刚酒补仲，　　许亲需送酒三壶，
搏笆送钱胡酒卡。　　杀猪担礼认亲去。
炯茶送呆埋告莸，　　认亲来到你们屋，
酒送脓通埋阿恰。　　聘礼下到你们峪。
腮乃脓勾炮头彭，　　选准吉日放爆竹，
腮虐勾秋专休巴。　　定好时辰把亲娶。

尖秋难维勾寿让·成亲要把媒人奖

苗语汉字记音　　汉译
腮乃埋勾炮头将，　　吉日来把鞭炮放，
得帕埋供休巴专。　　许下女儿把姻缔。
如酒补矮勾剖刚，　　好酒三缸已送上，
送钱送价剖囊摆。　　好礼全送到家里。
送钱岩礼难久娘，　　认亲礼品都很棒，

交召儿共囊理猜。	全是古时的礼仪。
勾寿埋冲度巴江，	请的媒人很会讲，
亚冲梅列勾勾开。	全靠媒婆把亲提。
尖秋难维勾寿让，	成亲要把媒人奖，
呕告尖来难维埋。	联姻全是她出力。

挡到嫩先几年阳·娶得新媳得欢心

苗语汉字记音	汉译
如虐腮尖埋包常，	择好吉日要回信，
埋列常包求剖拜。	好信报回我家里。
呆虐帕秋送求让，	到时新娘送进村，
如乃如虐勾来尖。	吉日良辰结亲戚。
挡到嫩先几年阳，	娶得新媳得欢心，
埋勾能喀包几先。	四处奔走报信急。
能喀龙灵光久光？	正客多来允不允？
奈来列岔度麻岱。	亲家实话交个底。

挡梦得学收白笔·等望儿孙添锦绣

苗语汉字记音	汉译
灵那灵勾埋冬会，	携兄带弟到你村，
剖求埋冬脓送酒。	我到你村来送酒。
机冬打陡打巴配，	天地星辰相依存，
没腊没乃巴机勾。	日月轮回照九州。
叟如为学最剃剃，	你家有女白又嫩，
岔秋剖供埋机轴。	问亲才向你们求。
勾寿剖冲嘎埋笛，	才请媒人上你门，
冲姑勾寿后灵勾。	请求媒人引路走。
挂巫挂夺跳及提，	过江过河探水深，
挂夯挂共勾桥赳。	过沟过壑把桥修。

勾寿夸尖亚夸尼，	媒人巧嘴夸得真，
扑剖度如久没斗。	说我好话在你楼。
会萌会常呆打一，	往返你家多次进，
共让几所几年周。	老少欢喜笑点头。
阿能阿梦久嫌气，	严父慈母不怪嗔，
如为将度剖机留。	把女许下做配偶。
勾为将绷劳剖笛，	将女许嫁我门庭，
久没先泸刚老勾。	没有嫌弃我儿丑。
尖秋尖来剖列会，	成亲我们要走勤，
家处会尖告能勾。	荒山踩成大路走。
送钱脓呆埋囊者，	来到你家把礼聘，
摆笛挡折几宠斗。	院外笑迎紧握手。
送钱究岩罙久尼，	送礼不知礼仪经，
扑召拿几拿阿邱。	想到心里多害羞。
要伢要酒勾来一，	少酒少肉把亲认，
要召矿某搭报斗。	金戒耳环都没有。
久没刨改勾剖记，	你们无怨又无恨，
罙兄罙你宠者酒。	留宿宴请赐杯酒。
散客剖列修老会，	散客我们要动身，
能喀堵舍勾撒有。	客人谢你好歌喉。
尖秋尖来克几追，	联姻成亲看儿孙，
挡梦得学收白笔。	等望儿孙添锦绣。

送钱脓呆剖告莪·行茶过礼到我村

苗语汉字记音	汉译
送钱脓呆剖告莪，	行茶过礼到我村，
埋将弄秋剖囊让。	你们来到我寨上。
供囊迷巧嘎迷丛，	挑着礼行进家门，
告仲抛涝如酒江。	甜酒米酒甜又香。
笆搏阿峨勾伢供，	抬个肥猪几百斤，

几多勾笆埋供刚。　　带尾猪腿抬进堂。
出秋到勾来麻翎，　　开得一门富贵亲，
埋翎比能列嘎阳。　　家境要比别人强。
剖囊度笔泸茄穷，　　我们本来家境贫，
能泸穷斗尼呆光。　　家徒四壁无一样。
当来告求几没宁，　　宴客什么没买进，
几没宁到朝阿香。　　一升大米没买上。
告秋告来正岭众，　　各处亲朋都来临，
告锐告烈农埋囊。　　吃喝都是搭你享。
胡苏夸来贤慧宏，　　喝醉都赞你情盛，
农错几科出撒忙。　　吃饱谢恩把歌唱。

江埋叉勾得帕刚·满意才把女儿许

江埋叉勾得帕刚，　　满意才把女儿许，
告帮几傍告糯叟。　　稗子傍靠谷秧长。
能泸要戎乃几娘，　　家徒四壁无名誉，
要戎靠埋齐阿斗。　　无能望靠你来帮。
巴数谋你得得当，　　千年鱼在小水区，
谋你得当岔溜头。　　鱼在浅水找大塘。
学谋到巫涨尚尚，　　鱼到大塘快长躯，
从如久然埋郎纠。　　你的好情永不忘。

（二）撒送秋挡秋·婚庆陪客歌

奶玛叟得告勾抠·父母养儿好坎坷

苗语汉字记音　　汉译
奶玛叟得告勾抠，　　父母养儿好坎坷，

让到虐抠究麻炎。	自讨辛苦无怨言。
灵侬吉顾告家抽，	蛇年要钻茅草窠，
灵没咻扎无几先。	马年奋蹄到处窜。
出虐蒙会得药勾，	打工你在外奔波，
乃乃出虐求各筛。	日日爬坡上高山。
臭价臭钱常嘎笔，	找得钱财回处所，
然价偷头出旁钱。	得钱送儿把书盘。
江江休拿尖阿柔，	丰年秋收刚刚过，
几白他能挡嫩先。	又接新媳设喜宴。
刚度刚松脓胡酒，	捎话带信喜酒喝，
秋共来西炯团圆。	新亲旧眷亲团圆。
将者几最勾撒抽，	饭后聚拢唱喜歌，
列果撒袍服喜埋。	要唱颂歌把亲赞。

究该供害撒机闯·不该用歌把我惹

苗语汉字记音	汉译
送秋脓呆埋囊俅，	送亲来到你贵地，
脓送埋冬送牙壮。	来到贵地是送姐。
得得打嘎灵出儿，	带儿拖孙在一起，
岭学共让脓出胖。	老少大小来集结。
会勾告老哈会略，	行路腿脚很劳疲，
告松告表猛肖阳。	全身骨头酸痛绝。
胡苏瓦能哈农错，	酒足饭饱要休息，
得剥埋铺被机相？	睡铺是否已解决？
忙能埋该刚剖剥，	今晚该让我歇气，
究该供害撒机闯。	不该用歌把我惹。

机科江除究弄从·感谢歌师不忘恩

苗语汉字记音	汉译
送秋脓呆剖告莪，	送亲来到我们寨，
牙壮送求剖囊冬。	小妹嫁进我们村。
果撒尼陪蒙囊弄，	唱歌是靠你嘴才，
如你如炯剖囊众。	安稳坐在我家门。
奈埋勾撒果阿灵，	邀你把歌唱一排，
如来列刚蒙机浓。	好亲要靠你夸称。
果毕果剥刚能动，	唱发唱旺人青睐，
果花果求靠脚蒙。	唱富唱贵靠你论。
没能交夫告能共，	长辈有人来招待，
得嘎哈岔能勾灵。	儿孙已找人来引。
波先铺尖兄戎戎，	新被铺好热气来，
久列江撒蒙操松。	不要歌师你操心。
斗磊江撒蒙嘎兄，	歌手请你莫懈怠，
机科江除究弄从。	感谢歌师不忘恩。

大吾出翎同涨巫·发家致富像涨河

苗语汉字记音	汉译
堂京果撒扑久拜，	用歌讲理难讲齐，
阿该能共嘎岩灵。	不如老人见识多。
机所机年勾嫩然，	欢欢喜喜迎新媳，
嫩到呆笔启杭夫。	儿媳进屋人快乐。
嫩勾得帕哈打赛，	儿媳女儿无差异，
枯嫩刚拿得帕枯。	爱媳爱女一样多。
郎当列包郎当奈，	言传身教晓以理，
度扑能能松机学。	轻言细语话柔和。
照鲁列萌求各来，	播种要去高坡地，
阿梦不西嫩不鲁。	婆婆背灰媳点播。

枯蒙枯喂花财然，	婆媳互爱财富积，
大吾出翎同涨巫。	发家致富像涨河。

刚同计骂常常咱·要像黄猺成对耍

苗语汉字记音	汉译
阿芒果撒炯堂屋，	一夜唱歌坐堂中，
喂果阿芒高松卡。	我唱一夜声嘶哑。
勾让嘎出租某都，	小弟莫做耳朵聋，
风松动度嘎装架。	认真听话莫装傻。
奶骂后挡阿头初，	父母帮你迎妻宫，
召钱召价高启伢。	出钱出米也不怕。
几乐钱当阿充灵，	花费钱财如泄洪，
郎当出翎郎当爬。	慢慢致富家荣华。
崩欧吉如列机枯，	夫妇相亲要相宠，
吉如机枯出阿加。	相亲相爱是绝佳。
你笔比尼灵绷竹，	在家或是去做工，
会嘎号几浓嘎阿。	走到哪里都融洽。
常处吾不丛锐约，	收工媳背牛草重，
出咛比几供夺卡。	为郎肩上干柴压。
加会能勾列交夫，	路不好走要扶送，
宏松嘎刚乍机拉。	注意莫让脚打滑。
崩欧吉如从机夫，	夫妻恩爱心相拥，
刚同计骂常常咱。	要像黄猺成对耍。

嘎岔蒙喂囊鲁苏·夫妻牢骚不要讲

苗语汉字记音	汉译
撒忙告追包帕秋，	最后把歌送新娘，
如为动度风松想。	乖妹听歌要上心。
如乃将求剖囊巫，	吉日嫁到我们庄，

出家你照告剖让。	成家立业在我村。
嘎岔蒙喂囊鲁苏，	夫妻牢骚不要讲，
度唉列够出麻江。	恶语要当甜言听。
嘎动能扑度初不，	莫听外人论短长，
机框再列机框想。	做到心宽人开明。
奶玛蒙召刚能枯，	父母留给别人养，
嘎剖蒙列枯剖囊。	嫁来要孝我双亲。

嫁埋到布头机年·搭你得名喜若狂

苗语汉字记音	汉译
将撒阿桃蒙挡兜，	歌一唱完你就还，
喂将蒙兜松大然。	歌声刚停你接腔。
埋除松撒能娄娄，	你的歌喉声缠绵，
讨腰松除江前前。	歌儿出口甜如糖。
动召撒忙兄后后，	听到歌声心喜欢，
嫁埋到布头机年。	搭你得名喜若狂。
为戎送求剖囊就，	龙女嫁到我村间，
究先告当得巫免。	不嫌偏僻小村庄。

该该机所喂机年·暗里快乐心高兴

苗语汉字记音	汉译
果撒扑度拿几浓，	唱歌说话很幽默，
出祝出排同麻代。	语言排比像笋生。
松除同能寿奴锰，	歌声活像吹木叶，
几俫寿奴松然然。	像吹木叶声声清。
刚喂八布机傩蒙，	让我名裂输你歌，
布八扎劳嘎腊唉。	名声落进烂泥坑。
龙牙果撒果究容，	与姐对歌敌不过，
告溜撒袍尼那免。	唱歌是我欠水平。

苗语汉字记音	汉译
阿日觉撒照堂京，	堂中今日败了歌，
八布能台拉究拐。	莫管人谈坏名声。
到龙如撒果几灵，	得与歌手同歌乐，
该该机所喂机年。	暗里快乐心高兴。

搏笆难维能牙勾·杀猪感谢妹情谊

苗语汉字记音	汉译
如撒果到拿能浓，	好歌唱得这样浓，
考生偷内考生偷。	停了实在是可惜。
得吁折撒果陪蒙，	我来接声陪你颂，
洽为先吁泥冈有。	怕妹嫌我的歌艺。
俩能亚俩撒高松，	换人又换歌声咏，
究尖雅阳巧排子。	相貌丑陋体态畸。
喂拐出计机跑蹦，	只管做风催花红，
刚蹦夺照打中笔。	让花绽放堂屋里。
究先拉秀喂撒容，	不嫌接歌从头诵，
搏笆难维能牙勾。	杀猪感谢妹情谊。

输撒喂列绒鲁周·唱输我讨歌种留

苗语汉字记音	汉译
埋笔没如撒高鲁，	你家藏有好歌种，
同必同构尖出勾。	好像硕果满枝头。
果撒几俅勾头读，	唱歌好像把诗诵，
比俅得得偷头投。	好像童谣唱出口。
夸牙如撒照剖巫，	夸妹歌好在口中，
果告拿几策好手。	击败很多男歌手。
龙牙果撒喂杭夫，	和妹唱歌我光荣，
输撒喂列绒鲁周。	唱输我讨歌种留。

从如阿儿究弄吾·情深一世不能忘

苗语汉字记音	汉译
称力勾寿被久没，	是否招呼媒人歇，
奈磊勾寿炯茸不。	媒人请坐正厅堂。
烟酒嘎刚要候得，	烟酒招待不能缺，
机泡初巫勾刚胡。	沏茶敬请媒人尝。
觉脚吉上初巫节，	唱完加水不断接，
糖照巫几嘎刚觉。	开水泡糖不断档。
机坚刚够阿儿能，	记情一生感恩德，
从如阿儿究弄吾。	情深一世不能忘。

如为洒如久没穷·教得女儿礼仪明

苗语汉字记音	汉译
撒果阿梦从几卡，	开歌就唱岳母恩，
能共宏松动撒勇。	老人听歌认真听。
奶玛叟帕阿图伢，	父母养下女儿身，
瓜龙告蒙比瓜脓。	肉身是从娘体生。
劳陡伢奈奶刚妈，	生下哭喊娘奶吮，
吉炯图伢娥些冲。	与娘共把血脉承。
购得劳处洽得伢，	上山总怕女哭晕，
召将勾东常机苁。	早丢工夫回院庭。
灵召报床报来瓜，	怀抱女儿逗女亲，
灵你比觉跳冬冬。	抱在膝头跳蹦蹦。
强劳后勾宁比罘，	赶场帮儿买甜梨，
亚宁如糖勾叟共。	爽口糖果满兜盈。
得让召哉几家家，	女儿发烧烫滚滚，
奶玛拿几拿阿崩。	父母害怕最忧心。
叟岭列将勾出家，	长大婚嫁把家兴，
呆乃呆虐送为绷。	吉日吉时女出行。

奶玛龙帕列机怕，	父母女儿要别分，
考生哼利考生哼。	难分难舍心难平。
得帕奶玛要娘伢，	女别父母泪欲奔，
想召出家列召萌。	女儿成家得让行。
几打巫没嘎刚扎，	坚持莫让泪水喷，
几穷告蒙启袍冲。	手按胸口血沸腾。
出奶出玛勾帕洒，	为父为母把女训，
如为洒如久没穷。	教得女儿礼仪明。
得帕将求剖囊哈，	女儿嫁到我家门，
几毕打乎毕得苁。	很快就把儿女生。
几俩奶玛会阿娃，	思念父母走一巡，
会来奈吾炅得龙。	走亲叫她儿女引。
炅得炅嘎会阿打，	携儿携女探双亲，
几甲嘎格炅嘎浓。	外公抱孙真高兴。

出喀输撒些怄地·做客输歌怄断肠

苗语汉字记音	汉译
出喀输撒些怄地，	做客输歌怄断肠，
筛你几郎排告充。	腹中肝肠全绞乱。
梯撒刚那刚勾及，	把歌递给兄弟唱，
几磊出到勾松绷。	哪个能对就来还。

介娘几冬如撒比·世上歌声你最美

苗语汉字记音	汉译
几果走帕本诺觉，	对歌遇妹口才好，
介娘几冬如撒比。	世上歌声你最美。
撒绷巴鸟呱呱叫，	出口成章呱呱叫，
鲁机拿娘帕得为？	怎能比上年轻妹？
陪帕告蒙咚咚跳，	陪妹心口咚咚跳，

巫弄机改同热必。　　汗水像果落地碎。
尼戎专斗告牛劳，　　水牛捆绳铁柱套，
几奴久没能勾归。　　奋力挣扎难突围。
输撒几磊后改到？　　输歌谁来调解好？
列伢列烈喂拉退。　　要酒要肉我退回。

三国高昂策曹操·三国时期有曹操

苗语汉字记音	汉译
斗挂达灵嘎几早，	斗歌几首莫唱了，
错觉伢烈拉中尖。	肉饭吃饱了心愿。
出喀岔伢岔酒搞，	做客是把肉酒找，
几尼脓勾撒学歪。	不是要唱情歌玩。
三国高昂策曹操，	三国时期有曹操，
灵军灵众劳江南。	带兵百万下江南。
孔明刘备命难保，	孔明刘备命难保，
几到能勾勾兵排。	不知怎么排兵拦。
久斗达桃埋冬巧，	不答几句说装巧，
斗觉阿气周斗尖。	唱了一阵要休闲。

久宜汤休勾埋他·不是对手难挡驾

苗语汉字记音	汉译
几兜将忙总机轴，	不唱一夜老喊唱，
窝害比夺拿几扎。	旺火雄雄火势大。
能喀机最炯白笔，	客人聚集满楼堂，
久出能褡冬加花。	不唱人骂不听话。
韩荣把住五关口，	韩荣把住五口岗，
飞虎难咱姜子牙。	飞虎难见姜子牙。
养勾勾刚喂绷勾，	哀求让路把我放，
久宜汤休勾埋他。	不是对手难挡驾。

堂炯常嘎机梭撒·又回堂中把歌唱

苗语汉字记音	汉译
花喂出撒启排拜，	喊我唱歌细思考，
高蒙同哈阿胖乍。	心里好像挂渔网。
尖楼久出高启蔡，	多年不唱歌忘了，
撒袍然齐觉牙牙。	歌词全都忘记光。
民国告冬世界乱，	遇到民国乱世道，
召度召松亚召撒。	歌声消失时间长。
瓦能呆脚新时代，	换到如今时代好，
堂炯常嘎机梭撒。	又回堂中把歌唱。

撒学拐除勾陪埋·只好陪歌在客堂

苗语汉字记音	汉译
白笔最众奈喂由，	满屋客人喊我歌，
告堂能喀列喂歪。	满堂客人请我唱。
久除大灵久将斗，	不唱几句不放过，
埋列撒袍勾喂难。	硬要我唱我心慌。
几控褡那加哈楼，	不唱骂我是丑货，
呕罕撒袍足值钱。	几首苗歌架上扬。
久除勾学亚挡欧，	不唱弟又迎娇娥，
如虐叉挡帕秋先。	吉日迎亲娶新娘。
不得不意召开口，	不得不已开口和，
撒学拐除勾陪埋。	只好陪歌在客堂。

几奈堂屋低夺图·吆喝堂屋来烧火

苗语汉字记音	汉译
几奈堂屋低夺图，	吆喝堂屋来烧火，
高休高奈没机卜。	枯藤树蔸取来垒。

起夺没害告奴雄，	引火要把葛叶撮，
低夺尼供锐白奴。	生火要用火草吹。
捧谷巴乌计哈祖，	吹破嘴巴气都落，
茄西茄卡同修哄。	满屋像雾全是灰。
西茄奥埋囊比容，	灰尘粘满你裙帛，
到卑拿图阿卑娥。	头上好像银点缀。
费力能喀炯剖茹，	辛苦宾客我家坐，
受苦阿芒剖囊众。	一夜在家很劳累。
牛众麻如没剖不，	好情好意我记着，
从如记坚几萌弄。	恩情永远记心扉。

厨房动喂扑打桃·厨师听我讲几句

苗语汉字记音	汉译
厨房动喂扑打桃，	厨师听我讲几句，
勾度包埋列刚岩。	讲话大家要听明。
能喀脓通剖阿告，	客人来到我们区，
靠埋几后称理来。	张罗客人靠你们。
茶尖高歪茶告叫，	洗成锅子洗罐盂，
嘎刚尬锐求其歪。	炒菜莫让铁锈浸。
告磊比弩宏松浩，	黄豆认真来煮焖，
阿派能共加告先。	只因老人牙不行。
腊剥列茶勾几叫，	萝卜洗净无泥淤，
茶叫茶齐盟点点。	物品洗得亮晶晶。
能喀求竹勾笔报，	客人登门进屋居，
锐烈机北摆刚呆。	饭菜桌上摆得正。
烈渣求斗奈几饶，	双手递饭喊客取，
酒泡郎杯刚来才。	杯倒美酒把客敬。

胡巫列能源头水·喝水要找源头水

苗语汉字记音	汉译
阿得列除撒阿生，	一处要唱歌一回，
动喂得咛勾撒溶。	再听我来把歌言。
胡巫列能源头水，	喝水要找源头水，
胡酒列岔酒源公。	喝酒要找酒根源。
埋冬生如桂花女，	你家养育桂花妹，
叉冲勾寿后几通。	才请媒人把线牵。
勾寿乡蒙如才嘴，	媒人真是好才嘴，
阿侯嘎弄流流浓。	嘴巴好像有油盐。
诺鸟诺弄扑几佩，	能说会道讲得美，
告者巫哉夸尖兄。	清水夸得似蜜甜。
边到能笔帕得为，	骗得人家闺女醉，
嫩到呆笔打王蒙。	得媳进屋靠你圆。
罢炅你通哥弄卑，	活到白发坐百岁，
炯拿古老斗炅岭。	坐到古老万万年。

你到弄些炯哥比·年岁坐到白发苍

苗语汉字记音	汉译
先松蒙列动撒齐，	先生你要听我讲，
阿纠能罢动喂歪。	聪明先生听我言。
嘎蒙算虐劳埋溪，	择日我来到你庄，
奈蒙几后虐勾排。	敬请你把吉日算。
西兄八字哈包齐，	生辰八字都报上，
搏数搏搭勾虐腮。	推算你把黄历翻。
如乃如虐刚觉衣，	良辰吉日给我方，
帕秋挡到周几凯。	娶得媳妇开笑颜。
你到弄些炯哥比，	年岁坐到白发苍，
先热亚常呆麻先。	牙齿落了又生添。

难维阿梦叟得苦·感谢亲家养女苦

苗语汉字记音	汉译
共撒难维出打桃，	歌唱几句谢亲恩，
难维阿梦叟得苦。	感谢亲家养女苦。
各腊机土能苦叫，	十月怀胎娘苦尽，
锐列机农巫机胡。	饭菜和水难入肚。
得学叟绷机冬劳，	婴儿生下离母身，
奶玛几梭周穷穷。	父母欢喜笑声出。
补大白觉勾布照，	三早一满就命名，
搏嘎搏奴布得出。	杀鸡杀鸭取名呼。
排乃谷巫后茶教，	天天洗澡洁一身。
阿乃列谷补磊巫。	一天三澡洁肌肤。
得伢尚炅求比脚，	哭了抱上膝盖蹲，
炅求抱来刚奶胡。	抱在胸前把奶哺。
西烈亚夸得白朝，	饿了又送米糊吮，
农错加格蝈虎虎。	吃饱米糊睡得熟。
麻艾够蒙告启劳，	苦的你往肚里吞，
麻江列后得机梧。	甜的要帮儿女储。
麻农麻能沙枯脚，	吃的穿的考虑尽，
得让叟岭涨苏苏。	女儿长大已成熟。
叟岭涨呆阿各照，	养大到了十六春，
拿机夺如蹦阿珠。	容颜美丽像花出。
丘蹦略常剖阿告，	爱花我摘回家门，
如为将劳告剖茹。	姑娘嫁来进我屋。
挡到如嫩勾笔报，	接得新媳家门进，
嫩到呆笔然享福。	娶媳到家得享福。
阿梦蒙腊勾些到，	亲家得了婿才俊，
得些腊尼得巴堵。	女婿要当亲儿顾。
查标告冬奈阿桃，	农忙时节喊一声，
勾冬机娘奈些出。	重活要喊女婿负。

奶秋动喂扑呕桃·听我唱给引亲娘

苗语汉字记音	汉译
奶秋动喂扑呕桃，	听我唱给引亲娘，
扑刚能秋牙囊纠。	有话讲明让你知。
布翎鲁埋几冬要，	名气像你世无双，
咱牙机万能数斗。	人见就竖大拇指。
勾学叟绷几罘报，	你把众多儿女养，
最老最拜炯中头。	男儿女儿满屋子。
奈牙炅秋剖冬劳，	喊你引亲到我庄，
郎忙郎松会绷勾。	半夜出门你尽职。
弄呆腾通俄告教，	汗水湿透新衣裳，
勾秋炯到难维偷。	引来新娘进我室。
得众后铺波几跳，	理清被子铺好床，
后哈门帘休帐子。	又挂门帘和帐子。
阿笔勾冬几休叫，	新房布置你担当，
抠脚抠老几屁斗。	忙碌辛苦汗流失。
从浓刚剖蒙出到，	深情厚谊你奉上，
如从出到刚剖周。	留下情义在人世。

帕秋及能勾撒动·新娘兄弟请听唱

苗语汉字记音	汉译
帕秋及能勾撒动，	新娘兄弟请听唱，
不秋蒙列动喂歪。	伴郎你要听我言。
尬嘎补排几想盟，	鸡叫三遍天未亮，
相盟蒙勾拜竹开。	你已站到大门边。
勾梅勾蒙阿斗宠，	妹妹手搭你肩上，
度咛剥机挂阶沿。	手搭你肩出阶沿。
巫格几莪同俩浓，	眼泪滚滚如雨降，
牙要容些牙容筛。	难舍难分肝肠断。

怕那怕勾怕能共，	离别父母和兄长，
鲁机西到几他埋。	怎能舍得离亲眷。
勾梅涨岭呆昂送，	姊妹长大嫁出乡，
呆昂送求剖囊拜。	到时嫁进我乡关。
西乃巫拜勾埋盂，	以后探亲把兄望，
昂兄再常脓谷埋。	空闲走亲回家看。

喂供陪秋果阿娘·陪亲姊妹听我言

苗语汉字记音	汉译
喂供陪秋果阿娘，	陪亲姊妹听我言，
陪秋牙要动撒齐。	送亲姊妹听仔细。
虐秋包送松方挡，	闻姐出嫁忧愁添，
公操罢召牙囊启。	忧愁埋在妹心里。
几龙儿学阿勾涨，	从小长大一起玩，
差都斗炅阿卑最。	都是上下的年纪。
虐虐内锐亚读光，	摘菜挑葱常结伴，
召学几如呆得为。	自幼相好成佳丽。
赶强劳处几炯常，	赶场上山一路返，
爬蹦几炯阿帅最。	绣花共用丝线提。
机如阿众殴撒忙，	同坐堂屋学歌典，
果撒松将出阿第。	上山合唱在一起。
涨岭列将嘎能让，	长大出嫁他村间，
几白将嘎能让你。	分别嫁居别寨里。
如虐如乃送牙涨，	吉日送姐都陪伴，
几最送牙埋陪昔。	做伴送姐都来齐。
郎忙郎松埋抠羊，	深更半夜多艰难，
勾埋件件费觉力。	各位费心又费力。

送秋送如嘎剖笔·嫁妆送多到家园

苗语汉字记音	汉译
送秋送如嘎剖笔，	嫁妆送多到家园，
几尼夸口几浓能。	不是称赞夸口吹。
嫁妆送如几腊偷，	嫁妆实在不一般，
告逑拜害刚囊没。	各样嫁妆都齐备。
勾图齐香出柜子，	沉香柜子让人羡，
卑告再交罗儿格。	同心结雕四面围。
波穷配得麻如楼，	红被配上竹席簟，
勾穷蹦爬弄磊格。	枕头绣花真艳美。
竹方哈如门帘子，	房门挂的花门帘，
排排叨老用几且。	蝴蝶双双成对飞。
鸳鸯几如出阿勾，	鸳鸯一对绣被面，
查鸟查弄几丘能。	相互亲吻让人醉。

蒙除花通剖囊让·赞歌祝福进家门

苗语汉字记音	汉译
果果阿芒拿能楼，	一夜唱歌时间长，
几白扑冲刚埋狼。	把话说清送你听。
陪能陪喀勾撒由，	陪客我把歌来唱，
撒学弟到灵客帮。	对歌要把正客请。
灵客脓如帕歌师，	正客来了女歌娘，
机没先咛斗撒忙。	若不嫌弃快接声。
喂果花嘎埋囊兜，	我唱旺到你一方，
蒙除花通剖囊让。	赞歌祝福进家门。
得咛毕剥袍周周，	生下男儿个个壮，
毕为同夺蹦告江。	生女像花水灵灵。

列供贺客勾撒孟·要把副客[1]来奉承

苗语汉字记音	汉译
灵客囊撒几得兄，	正客的歌暂息停，
几道撒果嘎总摆。	暂停歌唱莫再言。
果灵果羊能难动，	唱得太多人难听，
难动剖蒙嘎列哉。	难听我俩炒现饭。
列供贺客勾撒孟，	要把副客来奉承，
撒除难维卑告来。	歌把四方宾客赞。
夫机朋友头召戎，	朋友助力心最诚，
召当拿几拉究拐。	花钱多少都不管。
扑呆姑娘囊告众，	讲到姑妈这一层，
迷涂费力觉点点。	个个全都费力完。
卑挑培囊巴挑丛，	四挑粑粑五担绫，
再斗阿害娥高块。	还有白花大银圆。
炮头几吼同凇彭，	爆竹声响像雷鸣，
窝夺摆笛摆柔年。	震破阶沿的岩板。
刚剖鲁羊囊从充，	对我如此情意盛，
埋囊从如剖拉岩。	你们情义记心间。

注：①副客，苗族在男方家举办婚礼庆祝活动中，分正客、副客。送新娘出嫁的客人为正客，其他客人为副客，男方及其家族统称主人，有时把男方请帮忙的也归为主人。

几奈果撒勾强开·重新邀请开歌场

苗语汉字记音	汉译
撒陪副客召能兄，	副客的歌我暂停，
要果打桃嘎哉筛。	唱少你们莫失望。
几没如撒果刚动，	没有好歌让你听，
空除几没斗撒摆。	肯唱也无好歌放。
撒果几他俩阿灵，	唱歌到此变章程，

几奈果撒勾强开。	重新邀请开歌场。
悬牌挂榜几拉送，	到处张榜来邀请，
如来卑告刚埋解。	四方亲友来开腔。

你到哥比炯弄先·与日同辉坐白头

苗语汉字记音	汉译
最众动撒卑巴就，	聚众听歌四五层，
岭学共让白改改。	老老少少坐满楼。
出撒能咛度比药，	唱歌向你话实情，
常岔能蒙岩久岩。	重叙问你知道否。
送酒蒙送阿充吼?	送酒你送多少斤?
送钱送价拿几块?	钱财你送有多厚?
没到红庚所剖剖，	取得红庚急忙奔，
挡嫩然虐告启延。	定期娶媳喜心头。
嫩然呆笔周吼吼，	得媳进家笑盈盈，
打为腊然麻几年。	突然进喜乐悠悠。
俄地俄爬没嫩休，	衣服破了有媳缝，
堂几地略没炅派。	哪里磨破用针扣。
没嫩后宜勾琼周，	有人纺线纺车轮，
宜尖俩照几了派。	纺得线团把线收。
农错没能茶铺头，	吃饱碗钵人洗净，
锐浩没能后茶歪。	炒菜有人洗锅白。
如嫩后日巴勾柔，	媳妇推磨手用劲，
朝笑没嫩笑甩甩。	筛米媳妇巧手抖。
如嫩后留告召斗，	媳妇守在灶旁蹲，
夸萨没嫩宠嘎派。	合糠有媳用瓢抠。
仲爬几拐拿几药，	猪圈不怕远路程，
拿几白桶拉齐呆。	满桶猪食提起走。
泡烈多多农地某，	吃食猪耳抖不停，
农错告启加向先。	吃饱喘气很难受。

笆壮涨岭拿尼斗，
熟久熟到腊冬矮。
挂尖几篙劳打陡，
骂要骂仲后几年。
课勾能共巴斗斗，
尖坝刚嫩如会来。
昂挂腊阿求腊呕，
蹦瓜夺如虐彩彩。
腊补鲁照劳打陡，
派鲁告最没嫩尖。
腊卑乃伢凶后后，
秧匠没嫩敌腊矮。
腊巴哈腊几枪头，
哈叫哈起祖尖尖。
腊炯常呆告交秋，
糯你郎腊哈公先。
腊乙代觉告昂休，
没嫩不从所摆千。
炯照几笔嘎篓勾，
常丛后嫩折阿先。
麻提勾泡劳打陡，
麻卡不求摆众唉。
摆打列供斗几扣，
几后几下勾几捻。
挂灵甲嘎奈阿剖，
求众蒙将松然然。
共召弄先召弄斗，
你到哥比炯弄先。

猪肥壮如水牛身，
犁不犁得烂田丘。
过年宰猪地上整，
叔伯兄弟热闹凑。
砍下一腿连后臀，
让媳拜年把亲走。
正月过了二月登，
桃花满树红溜溜。
三月播种下地耕，
儿媳挎种随后丢。
四月日高热气升，
烂田插秧媳动手。
五月锄草争先行，
杂草锄尽光溜溜。
七月又把立秋迎，
稻熟在田黄金秋。
八月到了秋收令，
有媳背运快步走。
住在家里少出声，
重担帮她接一手。
湿谷倒在中堂厅，
干谷堆放火床楼。
堆厚翻动用手整，
帮忙摊薄理成沟。
来年得孙把爷称，
上下火床歌声抖。
老在凡尘是福命，
与日同辉坐白头。

难维阿梦勾得叟·感谢岳母生闺秀

苗语汉字记音	汉译
难维阿梦勾得叟，	感谢岳母生闺秀，
出奶出玛叟得学。	父母养得女宝贝。
告虐叟为召腊日，	坐月碰到腊月头，
俩倍超改几木巫。	下雪结冰要摸水。
蒙充比巧夫搭斗，	你洗尿片冻肿手，
夫穷比搭同蜡烛。	手指冻像红烛类。
充尖久到计乃实，	洗成要晒无日头，
低夺勾哈巴几葡。	围烘尿布在火堆。
能喀谷埋会嘎笔，	客人来到你屋楼，
休见打千嘎茸不。	收好尿布把客陪。
白腊相农烈阿吼，	满月未吃饭一口，
农糖白朝几高谷。	糖拌米粉搅糊喂。
阿炅学得殴会勾，	一岁开始学步走，
呕炅鸡夺会几土。	两岁火坑边上围。
补炅起所将趟子，	三岁乱跑快步溜，
所上久改几扎竹。	跑步不敢跨门回。
卑炅生搏比购柔，	四岁会把陀螺抽，
伤图伤巴照堂屋。	劈木削棍在屋内。
巴炅岭得起岩邱，	五岁长大知害羞，
能喀龙呆罢追竹。	客人来家躲门背。
照炅勾冬花大斗，	六岁家务可帮手，
后奶拖到嘎派巫。	可帮母亲舀瓢水。
炯炅几殴偷头投，	七岁开始把学求，
学堂萌求勾头读。	走进学堂学智慧。
炯乙九炅岩磊偷，	七八九岁知好丑，
各炅偷头然几都。	十岁学得多词汇。
各阿偷求夯改狗，	十一读书岩坎楼，
炅炅偷呆阿各补。	一直读到十三岁。

小学毕业考初师，	小学毕业初中修，
补灵偷头你茶都。	三年习文茶峒内。
阿各照灵求高师，	十六又把高中就，
偷害头忙费力足。	寒窗苦读心劳累。
毕业大学常嘎笔，	大学毕业回家休，
盘为召当阿充灵。	盘女花钱如山堆。
相到补夫奶虐抠，	父母恩情尚未酬，
如为亚将会绷竹。	女儿又嫁出春闺。
学得告虐埋枯吾，	年幼时候你护佑，
送嘎剖笔没剖枯。	嫁进我家我护卫。

阿磊江除巧启偷·这个歌师狡猾透

苗语汉字记音	汉译
如乃机年勾秋送，	吉日高兴来送亲，
出喀修老送牙勾。	起步做客送妹妞。
会勾阿乃头召戎，	途中一步未停顿，
会忙阿乃辽辽抠。	从早到夜辛苦走。
呆埋告笔头岭众，	走到屋边齐众人，
阿该折喀头诺斗。	迎客的人多里手。
大包几聋刚埋宠，	包裹递送给你们，
塞途前前后机溜。	雨伞全部帮忙收。
得得打嘎高能共，	老老少少牵手引，
斗宠机炯会嘎笔。	一路牵手进屋楼。
脓呆自没勾刚炯，	进屋呼坐把椅寻，
几泡刚巫亚刚酒。	倒水泡茶又献酒。
高勾刚喂相炯众，	椅子递上未坐稳，
埋亚拖巫勾茶斗。	你们又送水洗手。
角色只勾告松彭，	歌师就把歌来论，
堂屋只将撒学有。	堂屋就放歌开口。
会勾阿乃辽辽蒙，	走路一天很劳累，

埋久刚牙兄阿柔。	不让姐姐稍作休。
究该果撒该刚兄，	不该唱歌该休整，
阿磊江除巧启偷。	这个歌师狡猾透。

究枯奶玛枯究磊·不孝父母孝哪些

苗语汉字记音	汉译
寿起阿梦囊虐苦，	诉尽岳母的苦处，
江撒本尼策岩磊。	歌师实在知礼节。
叟岭兄将嘎能租，	女儿长大要嫁出，
吉岔得帕兄嘎能。	女儿出嫁要分别。
将绷能报鲁磊出，	嫁出娶进沿今古，
儿儿哈尼鲁能磊。	朝朝代代传承接。
勾让将你埋囊茹，	小妹嫁到你们府，
将刚埋笔出家业。	嫁到你府立家业。
几俩得学就常谷，	挂念小女喊回屋，
空夯常就兄打乃。	闲时回家歇一歇。
标查将些后脓出，	忙耕女婿帮忙做，
标不列就剖囊得。	忙种女儿来扶携。
列将得些嘎想古，	要叫女婿心宽舒，
阿灵阳口呕达乃。	一年多苦几日夜。
几俩奶玛召冬虐，	在世人人想父母，
究枯奶玛枯究磊。	不孝父母孝哪些。

出翎亚常补夫埋·富裕再补嫁妆来

苗语汉字记音	汉译
如乃如虐将得绷，	吉日良辰女嫁出，
腮尖乃虐将绷拜。	择定吉时嫁出来。
绷竹列刚告逑萌，	出门随嫁送何物，
能泸奶玛拿几难。	贫家父母多艰难。

嫁妆刚要虾告松，	嫁妆送少成贱骨，
要波要桶送觉埋。	缺被少柜送你抬。
几所拐送帕秋脓，	强颜欢送新娘出，
空空送牙罖究尖。	空手嫁女没光彩。
波巧刚牙勾搏聋，	烂被送女来打铺，
毯子久刚刚楼海。	毛毯没送送竹篝。
告桶久没拐无风，	柜子未送请宽恕，
要召帐子勾门帘。	蚊帐门帘没布裁。
勾穷爬蹦爬究绷，	枕头绣花未绣出，
能泸得帕久没才。	穷人女子没有财。
尼然腊该列刚脓，	若有随嫁送进府，
出到送脓拉应该。	有了相送也应该。
送钱送价没阿冲，	你们彩礼送无数，
钱价送能猜大猜。	银圆礼送千千块。
久到烈浓剖用萌，	我家缺吃全用枯，
奶玛用觉起点点。	父母用完钱块块。
呆虐送得蝈叉松，	到时送亲才醒悟，
努几岔到当勾前。	拿不出钱填出来。
没泸没翎没能风，	人有强弱有穷富，
剖囊戎要埋嘎台。	我们力薄莫责怪。
列将读笔嘎龙松，	恳请主人要大度，
阿梦列出麻框筛。	岳母亲家放宽怀。
挡孟没嫩修嘎苁，	等到有媳迎晨曙，
后切阿斗勾东难。	繁重担子有人抬。
勾者出花白笔陇，	以后发家财满屋，
出翎亚常补夫埋。	富裕再补嫁妆来。

挡秋嘎洽价觉灵·娶媳莫怕多花费

苗语汉字记音	汉译
挡秋嘎洽价觉灵，	娶媳莫怕多花费，

嘎洽觉灵当告江。　　莫怕花钱几大担。
冲喀胡酒列刚苏，　　请客饮酒要让醉，
挡嫩拉尼阿瓦囊。　　接媳就是这一番。
嘎出阿趟启久夫，　　不要觉得吃了亏，
机框再列机框想。　　心胸放宽再放宽。
觉钱觉价牙脓初，　　花费钱财可赚回，
出翎打磊然当常。　　致富自有钱进坛。
叟嘎叟奴白高足，　　养鸡养鸭满笼飞，
鲁弄鲁糯白高香。　　谷种粟种满升攒。
出查没嫩的腊巫，　　耕种有媳涉田水，
没能几后勾家姜。　　有人理财作盘算。
出夺出他同巫不，　　人旺财兴如水沸，
出花出求同巫涨。　　财源像水流不断。
得学嘎让毕几卜，　　子孙繁衍满堂围，
没能后切香炉碗。　　有人接替香炉碗。
涨岭打文勾头读，　　长大一晃习文律，
头偷罖弄罖鸟阳。　　知书达理善言谈。
能罖考头头夫六，　　才高赴考轻夺魁，
头偷详求你头榜。　　考绩上榜排头栏。
偷求杭州呆西湖，　　读到杭州西湖内，
得学考然状元郎。　　科考及第中状元。
会勾几堂九锤六，　　游乡开道九锣锤，
几奈几吼几话让。　　高声祝贺鼓喧天。
出奶出玛到享福，　　父母晚年得福惠，
鸟斗摆笛赳桅杆。　　屋前竖起大旗杆。

几奈芒能勾强开·相邀今夜把场开

苗语汉字记音　　汉译
将芒尼蒙告闯撒，　　一夜是你把歌逗，
几闯阿芒流流难。　　逗唱一夜辛苦坏。

久斗亚洽几蒙加，　　不接又怕你害羞，
拐出打挑消免埋。　　应付几句好交差。
开强开照埋阿恰，　　集市开在你这头，
几奈芒能勾强开。　　相邀今夜把场开。
排害告求没普拉，　　物质丰富处处有，
告求排害摆几来。　　买卖货物到处摆。
阿冈伢笆拿几嘎，　　猪肉一斤几元售，
阿该没当宁几专。　　有钱的人争先买。
松周题如尼题罘，　　上等布料是丝绸，
要当害为磊格延。　　缺钱害姐看着爱。
弩烈弩兄没刚帕，　　绿豆马豆让我购，
将价刚为没边年。　　降价送我便宜卖。
朝糯奈价拿几打，　　大米喊价不松口，
朝弄亏风宁究尖。　　小米昂贵不来买。
偏偏瓜牙告能架，　　你们来骗我傻妞，
弩兄比朝价嘎筛。　　马豆高出米价外。
要当后埋几克差，　　无钱只帮你们瞅，
埋列盐常埋拉盐。　　卖余卖剩你莫怪。

没如靠山叉翎头·靠山吉祥富长久

苗语汉字记音　　汉译
郎松郎忙亚呆昂，　　三更半夜到时光，
读笔几娃告唉酒。　　东家搬出满缸酒。
农苏胡错勾撒王，　　肉饱酒醉把歌唱，
亚常几岔撒阿日。　　重新又来开歌喉。
列夸读笔布同框，　　要赞东家名传广，
同蒙囊布保药勾。　　你的名字四方流。
格腊几克埋囊当，　　星斗照看你村庄，
乃巴腊盟召埋笔。　　太阳月亮耀屋楼。
从浓拿娘刘关张，　　情重好比刘关张，

龙能几如布同头。	待人客气名扬久。
出花出求究觉昂，	发家致富永久长，
昂乃昂弄茄高斗。	春夏秋冬金满斗。
得嘎哈尼状元郎，	子孙都是状元郎，
处帼处度浓能偷。	为官为吏乐悠悠。
叟奴白炅嘎白让，	养鸭满笼鸡满场，
打约打笆白众叟。	猪牛喂养满棚厩。
兴仙克娘埋囊当，	神仙看上你家庄，
七姐所劳计埋笔。	七姐下界进你楼。
良松修如兴仙江，	良心修好神仙仰，
八仙几后埋开勾。	八仙帮忙铺路走。
者笔生如比各刚，	屋后靠山呈吉祥，
没如靠山叉翎头。	靠山吉祥富长久。

久列能勾撒学陪·不用人来把歌陪

苗语汉字记音	汉译
挂儿久尼能果撒，	人老不是歌行家，
告撒告度喂究生。	要唱要讲我不会。
出喀刚伢刚烈差，	做客只要肉饭下，
久列能勾撒学陪。	不用人来把歌陪。
动召蒙果萨想架，	听到你歌我吓傻，
几到能勾出努几。	不知所措难应对。
西辽相将咱金花，	西辽降将见金花，
献关投顺几勾为。	献关投顺拜女辈。
几除达炯小免帕，	我唱几句把你答，
斗觉达桃嘎总毕。	答完请你再莫回。

挂卡出撒能生亨·过时唱歌人议论

苗语汉字记音	汉译
斗挂达灵嘎常早，	答了几句再莫搞，
列谁降表谁刚蒙。	你要降书写送君。
出喀错伢错酒搞，	做客只顾酒肉饱，
到觉伢烈争忙松。	得了肉饭满了心。
撒学能共萨然召，	年迈歌言都丢了，
尼让龙帕果呕炯。	若是年轻唱一阵。
几除堂京辞觉老，	歌唱堂中我告老，
挂卡出撒能生亨。	过时唱歌人议论。

麻让逼租水想古·和你唱久成歪想

苗语汉字记音	汉译
堂抢几果挂觉卡，	歌堂爱唱过年岁，
勾度几推蒙嘎出。	把话请求你莫唱。
让儿阿水几没洽，	年轻那时无所畏，
果如几没麻马夫。	唱歌不是马虎郎。
挂儿觉撒叉然罘，	年迈才尽无法对，
果刚得为出几谷。	唱给妹妹当闲腔。
埋勾剖囊告求拿？	你是小辈那一类？
麻让逼租水想古。	和你唱久成歪想。
枯剖嘎勾告启俩，	怜惜莫做坏心肺，
牛众牛如喂腊不。	深情厚谊记心上。

不布乙输撒阿枪·只好败阵歌一场

苗语汉字记音	汉译
养咛嘎出不牛众，	让我莫唱我背情，
埋岔让能萌几闯。	你找青年去对唱。

挂觉斗炅卫觉蹦，　　人过年纪花凋零，
几俩儿学几呆常。　　想念年轻难回往。
控绷松除果几通，　　肯放歌喉没有声，
江咛埋果撒几腔。　　你们总要和我唱。
喂果洽牙几满松，　　我唱怕妹不高兴，
几达久到告启郎。　　不是相称心不爽。
几出能亚总几冲，　　不唱旁人逼得紧，
不布乙输撒阿枪。　　只好败阵歌一场。

特挂比各麻岭图·英名飞越高山坡

苗语汉字记音　　汉译
能共乙输埋囊撒，　　人老唱歌我认输，
输觉嘎将几找粗。　　败了叫你莫添歌。
埋除龙剖启究伢，　　和我唱歌瘾不足，
该该扑觉剖鲁苏。　　悄悄在说我啰嗦。
兀术败阵撒人马，　　兀术败阵撒马卒，
几娘宋主囊兵炅。　　不如宋主兵卒多。
蒙果撒除勾才耍，　　唱歌你把才显出，
特挂比各麻岭图。　　英名飞越高山坡。

共能洽龙让能比·老人怕与年轻比

苗语汉字记音　　汉译
能共洽埋囊撒起，　　人老怕你歌声起，
动召起口召阿赫。　　听到开口吓一跳。
共能洽龙让能比，　　老人怕与年轻比，
披龙剖出埋披则。　　边和我唱边嫌老。
炯剖会求麻筛吹，　　引我走上高墙篱，
瓦没几改勾松折。　　回头不敢接歌调。
狠拿虐西八宝女，　　狠像当初八宝媳，

五虎雄将杀娄者。	五虎上将都捉了。
乙错叉到命勾归，	认错才得保命回，
鲁洋腊出得萨且。	这样才算把事消。

洋咛退老能勾罖·容我退到路边外

苗语汉字记音	汉译
让能果撒向门狠，	年轻唱歌真机灵，
查弄炯炯水口发。	张口句句即兴来。
龙帕几果头几痛，	与妹对歌不对称，
共狠洽蒙启久伢。	年老怕妹心不爱。
毕埋囊撒几到戎，	答妹的歌没有劲，
炯尬保恰难几瓜。	进了刺丛难拨开。
如为摆觉黄河阵，	妹妹摆的黄河阵，
十大仙徒害龙帕。	十大仙徒被你败。
搏阿棍囊周阿棍，	打一棍来留一棍，
洋咛退老能勾罖。	容我退到路边外。

几尼汤手勾埋扒·不是对手与你搏

苗语汉字记音	汉译
角色果撒向门尼，	角色唱的全是真，
起口迷桃如撒达。	开口句句唱好歌。
龙蒙出撒差阿税，	和你唱歌欠一分，
能共出松果几差。	人老对歌嗓哆嗦。
果撒炯剖勾够会，	唱歌为我把路引，
炯求保恰难几瓜。	引到深棘步难挪。
西昂虐埋邓蝉玉，	古有邓婵玉女神，
卜柔搏败姜子牙。	仙石打散子牙魄。
洋文阿老能够会，	饶我一步行路径，
几尼汤手勾埋扒。	不是对手与你搏。

告儿坚勾究弄为·情记终生不忘妹

苗语汉字记音	汉译
撒学果绷拿笔谁，	你歌唱出如走笔，
谁尖几到拿阿正。	写成没有这么美。
共能龙帕难匹配，	人老和妹不相匹，
喂果几娘帕得为。	我唱不赢年轻妹。
撒学扑乍亚扑者，	歌里苗汉语交替，
桃桃果绷拿机沛。	句句唱出有趣味。
究果勾你埋几者，	不唱落在你后脊，
萌常几到得几退。	往返逼得无路退。
为罘蒙拿苏妲己，	妹妹才比苏妲己，
几害比干怕蒙启。	害得比干剖心肺。
洋喂阿老能勾会，	让我一步把足移，
告儿坚勾究弄为。	情记终生不忘妹。

猜儿罢灵几然来·千载百代不忘怀

苗语汉字记音	汉译
得帕没能喂总夸，	人前我把阿妹赞，
及浓得牙嘎拿款。	赞美阿妹妹莫怪。
当堂甩绷召堂喀，	当堂放歌本领显，
阿堂能喀哉歪歪。	众人个个都听呆。
欠才毕撒毕几甲，	才浅还歌还不转，
桃桃炯炯腊小免。	字字句句勉强甩。
屠罗公主飞刀罘，	屠炉公主飞刀闪，
列会扫北萌究呆。	要去扫北受阻碍。
几儿洋策阿娃挂，	请求让我过一站，
猜儿罢灵几然来。	千载百代不忘怀。

洋刚宋主出英雄·让给宋主当英雄

苗语汉字记音	汉译
堂京果撒本没罖，	堂中唱歌才智佳，
能共洽帕囊威风。	人老怕妹威风重。
毕蒙囊撒久没甲，	答你的歌不好答，
喂出几拿蒙囊浓。	我歌不如你歌红。
走巧再脓出巧喀，	命丑遇你把我耍，
嘎想伢烈满口浓。	莫想菜饭口味浓。
金花摆绷阵八卦，	金花排阵布八卦，
蟒蛇该害照达中。	蟒蛇深陷在阵中。
南方能罖觉天下，	智者南方失天下，
洋刚宋主出英雄。	让给宋主当英雄。

上除麻炸如侯口·快唱狠歌封我口

苗语汉字记音	汉译
泥脓出喀能总奈，	不想做客人喊来，
挂儿能共难老勾。	人老年迈路懒走。
卡伢卡酒喂愿耐，	馋酒馋肉我忍耐，
洽除撒学果几斗。	赛歌我怕把歌斗。
你冬尖勾蒙出然，	好像把妹当傻呆，
总除洽为心不亩。	多唱怕妹心难受。
丢剖囊邛腊大奶，	让我出丑就赶快，
刚咛上输如周斗。	出丑好把手来收。
正恩勾觉西瓜严，	正恩偷把西瓜摘，
鲁机该嘎三春楼。	怎么敢进三春楼。
撒学果果亚几改，	村歌唱着喉梗碍，
待易容成喂阿构。	求妹让哥莫出丑。
先喂共脚蒙几愿，	嫌我老了你不爱，
上除麻炸如侯口。	快唱狠歌封我口。

久挂南海帕兄仙·难超南海女神仙

苗语汉字记音	汉译
堂抢几果挂觉卡，	堂中唱歌年岁大，
如撒儿挂尖召然。	年迈好歌早丢完。
让儿抢撒几没洽，	年轻对歌心不怕，
列想输咛没娘难。	想要败我有点难。
打磊嘎扑打磊查，	自己莫把自己夸，
召告勾喂如布传。	在外我已名号传。
共觉嘎扑儿学罖，	老了莫道幼时话，
扑刚能狼能生台。	讲送人听人会弹。
唐朝悟空灵变化，	唐朝悟空多变化，
久挂南海帕兄仙。	难超南海女神仙。

洋刚埋笔几赳旗·让给你家大旗擎

苗语汉字记音	汉译
洞牙果冲列召斗，	听姐唱完要罢手，
几到撒忙当斗迷。	没有歌赋来和应。
谋共咱八梭几留，	老鱼见穴进出游，
打吾召牙告斗齐。	顿时被姐手抓拎。
江果罖拿书文欧，	歌手堪比书文偶，
罖如拿觉梅月英。	聪明胜过梅月英。
蜈蚣旗号梭出抽，	蜈蚣旗号遍地抖，
唐将克咱萨王分。	唐将看到都吓蒙。
想弟征东几到勾，	想去征东无路走，
洋刚埋笔几赳旗。	让给你家大旗擎。

几到能解撒阿生·无人帮歌来救急

苗语汉字记音	汉译
几果走觉怕告江，	对歌遇到女歌王，
斗撒比俅巫莪急。	还歌好似水流急。
昂学难抵巫告浪，	船小难挡波涛浪，
得嘎郎几嘎腊你。	沉下水底困烂泥。
星星罗海搬天将，	星星罗海搬天将，
狄青囊众哈召围。	狄青将士被围起。
宋主阿乃伢呆芒，	宋主日夜哭声放，
巫没几江觉拿几。	泪水滚落像雨滴。
如欧代军萌救上，	狄妻领军忙救亡，
搏告辽勇得得军。	打败辽兵不费力。
撒输好比狄青娘，	输歌好比狄青样，
几到能解撒阿生。	无人帮歌来救急。

腊尼芒能中埋莫·今夜任你来宰割

苗语汉字记音	汉译
包埋阿芒嘎几起，	给你讲过怕接嘴，
韦求总列勾撒果。	为何总要我对歌。
列伢列烈剖腊退，	要肉要饭我愿退，
几肯将策松夫豆。	不肯让我轻松过。
比俅翻昂重标今，	如今好似船沉毁，
常求几呆弄巫梭。	难以重浮水面泊。
让能几控宠天理，	年轻你把天理违，
越崩越召能脓搏。	越怕越叫人打我。
召挂洽老埋囊吹，	败过怕进你门扉，
腊尼芒能中埋莫。	今夜任你来宰割。

岩牙果冲该嘎脓·知姐能唱门莫登

苗语汉字记音	汉译
岩牙果冲该嘎脓，	知姐能唱门莫登，
嘎想伢烈勾脓客。	莫念肉饭满口香。
列钱列价剖腊崩，	要钱要米我们赠，
几到能解刚冲白。	不得谁劝此事放。
秋仲秋要哈所萌，	表兄表弟全遁形，
总刚勾梅勾剖黑。	直让姐妹来搅攘。
张怀恰破摩天岭，	张怀怕破摩天岭，
代众常反保南国。	率众返回犯南疆。
西大几磊当烈苁，	明日早餐谁家请，
贵锐贵烈埋囊得。	省钱省米在你庄。

输撒该刚埋几宗·输歌只能让你惩

苗语汉字记音	汉译
列伢列烈喂腊退，	要肉要酒我退回，
虐苦受拜几准从。	诉尽苦衷你不准。
奴租叉嘎乌几正，	画眉初叫才开嘴，
埋容再列几找容。	你们赢了还要赢。
帕兄算牙出告卑，	苗女数姐为头魁，
机冬几除尼没蒙。	世间歌唱只有您。
狠拿虐西马禅妃，	厉如古时马禅妃，
脓送只搂程咬金。	一来就捉程咬金。
唐家囊众拿几槌，	唐家将领都惊溃，
腊召所常洛阳城。	带兵撤回洛阳城。
输仗尼斗几卜卑，	败仗只好垂头跪，
输撒该刚埋几宗。	输歌只能让你惩。

嘎想西大烈苁农·莫贪明日早饭济

苗语汉字记音	汉译
撒学出刚强那勾，	歌唱送给兄弟收，
打昔出喀能囊众。	同是做客别家里。
且到几磊且阿日，	替得哪个替一手，
咱喂久娘究绷松。	见我不敌不出气。
扫北洽挂五关口，	扫北怕过五关口，
难娘屠罗帕英雄。	难把屠炉女将敌。
吾将飞刀绷告斗，	她把飞刀放出手，
喂汤几到同阿中。	我挡不住刀锋利。
阿柔剖走帕度笔，	现在和女主人斗，
告层撒袍尖修哄。	发歌阵阵如雾起。
该该吕老常萌勾，	如今暗自抽身走，
嘎想西大烈苁农。	莫贪明日早饭济。

浩伢由烈腊究丘·炒肉就饭都不想

苗语汉字记音	汉译
几磊空且勾松绷，	哪个肯替出歌声，
灵你阿日酷鸡夺。	多聚一会在火塘。
撒绷交弄几灵脓，	歌声出口一路哼，
果能比俅少蒙留。	连起如同泉水涨。
狄青洽破摩天岭，	狄青怕打摩天岭，
几拿红玉帕嘎诺。	不如红玉女将强。
角色迷图尼能亨，	每个角色都精明，
喂洽几斗告德所。	我怕没有地方藏。
该该吕老会常萌，	悄悄提脚跑回程，
洋挂总觉官司搏。	忍过没有官司撞。
西大冲剖农烈苁，	明日为我早饭请，
浩伢由烈腊究丘。	炒肉就饭都不想。

该该所常嘎剖得·暗暗逃回我家躲

苗语汉字记音	汉译
愿果输撒输阿桃，	爱唱输歌是一遭，
输度输理输阿磊。	输话输理输一个。
几岩输觉蒙各道，	不知输过歌多少，
召崩呆弄勾俄停。	惊出冷汗湿衣着。
周郎将夺窝曹操，	周郎放火烧曹操，
几娘梭常求魏国。	不敌败回到魏国。
白笔尼能泥吉绕，	满屋的人无话聊，
刚埋到布拿巴乃。	让你获名像日灼。
几透把秋刚斗抱，	老表快把火把找，
该该所常嘎剖得。	暗暗逃回我家躲。

帕秋列刚穷机乍·新娘跨火事事顺

苗语汉字记音	汉译
修苁送秋几相盟，	清早送亲天未亮，
得帕修豆能打花。	女儿出嫁娘赠金。
休得色头勾刚供，	打开纸伞遮身上，
汤乃汤腊恰打巴。	遮风挡雨又遮云。
几傩没不者没众，	前面有伴后有帮，
没牙没勾亚没那。	姊妹尾随兄弟跟。
挂桥腊勾告斗宠，	过桥用手来扶掌，
挂巫告伢昂挡坝。	过河过水渡船运。
呆得将姑炮头彭，	到点就放鞭炮响，
兄戎笔报久没腊。	辰时进门时间准。
奥得告抽勾几穷，	烧把茅草驱邪瘴，
帕秋列刚穷机乍。	新娘跨火事事顺。
报通几笔刚勾炯，	进到屋内座椅让，
奶秋炯牙炯几尬。	伴娘挨妹坐得近。

能架叉起机殴罖·笨人初来学聪明

苗语汉字记音	汉译
送秋龙呆埋告伢，	送亲来到你们村，
芒能几甲埋囊好。	今晚相逢在你堡。
读笔低夺陪能喀，	主人烧火陪客人，
果撒陪喀勾夺奥。	唱歌陪客把火烧。
能架叉起机殴罖，	笨人初来学聪明，
从热究岩告求包。	早晨晚上不知晓。

嘎让得学机年周·满堂儿孙乐悠悠

苗语汉字记音	汉译
如乃如虐如告昂，	今天吉日好时辰，
挡到嫩先勾嘎笔。	接得新媳进屋楼。
挡然嫩西剖后江，	接得新媳都欢欣，
剖后几所胡喜酒。	我来祝贺喝喜酒。
没嫩后切丛浓帮，	你有儿媳重担分，
出题后切炯仲头。	织布能帮拿杼筘。
炯召几笔出能壮，	坐在家中做主人，
摆害勾动嫩几柳。	事务有媳来运筹。
挂灵得嘎毕出胖，	往后孙儿养成群，
叟然双松几年周。	生得双胎喜心头。
炯嘎杭吹剥几浪，	引孙路边满地滚，
斗宠嘎学殴会勾。	手牵孙子学路走。
照灵送萌求学堂，	六岁上学把字认，
送求学堂勾头抽。	送进学校把学求。
岭学共让浓堂堂，	大小老少喜盈盈，
嘎让得学机年周。	满堂儿孙乐悠悠。

以到喂咱尼梅茄·看你卖的是金条

苗语汉字记音	汉译
出哼包帕没弩帼，	男儿你讲卖豆角，
瓜剖尼梅弩兄卡。	骗我是卖马豆干。
以到喂咱尼梅茄，	看你卖的是金条，
拜你告达公同砂。	放在匣子黄灿灿。
尼喂要当究该没，	是我钱少不敢挑，
在到告图几克差。	只有在旁用眼看。

难维勾寿费力苦·感谢媒人多辛苦

苗语汉字记音	汉译
梅俩会抠觉乃虐，	媒人奔波丢工日，
难维勾寿费力苦。	感谢媒人多辛苦。
嘎笔后剖扑吉如，	到家帮我说吉词，
叉到几连出打租。	才得成亲住一屋。
梅俩会抠觉乃虐，	媒人奔波丢工日，
难维勾寿费力洋。	感谢媒人费了心。
嘎笔后剖扑吉如，	到家帮我说好词，
叉到几连出打让。	才得成亲住一村。

告老召笑几常召·脚穿鞋子反了跟

苗语汉字记音	汉译
如蜩如剥奈剖修，	好睡好眠喊咱起，
阿强读笔标腊标。	各位东家急又紧。
几上几讨几恶俄，	赶快整装穿好衣，
告老召笑几常召。	脚穿鞋子反了跟。

如蝈如剥奈剖修，　　好睡好眠喊咱起，
阿强读笔急腊急。　　各位东家忙又慌。
几上几讨几恶俄，　　赶快整装穿好衣，
告老召笑几常追。　　脚穿鞋子反了帮。

动召蒙果剖崩偷·听你唱歌咱吓抖

苗语汉字记音　　汉译
打陡将者求摆宗，　　放碗就往火床跑，
江江炯宗埋告闯。　　刚坐你放歌骚扰。
曹操错勾求华容，　　曹操败走华容道，
动召蒙果剖崩挡。　　听你唱歌咱吓倒。

打陡将者求摆宗，　　放碗就往火床跑，
江江炯宗埋告抽。　　刚坐你放歌挑逗。
曹操错勾求华容，　　曹操败走华容道，
动召蒙果剖崩偷。　　听你唱歌咱吓抖。

图休桥水你迯浓·松树浸泡雨水里

苗语汉字记音　　汉译
图休桥水你迯浓，　　松树浸泡雨水里。
派派列葩勾起夺。　　偏偏要劈把火点。
害蒙得策巴鸟蒙，　　害你小伙嘴皮累，
捧答努几腊几儿。　　哪怕吹死也不燃。

图休桥水你迯浓，　　松树浸泡雨水里，
派派列葩勾起夫。　　偏偏要劈来烧火。
害蒙得策巴鸟蒙，　　害你小伙嘴皮累，
捧答努几腊几途。　　哪怕吹死燃不着。

冒天奈牙实磊波·阴天要姐晒稻谷

苗语汉字记音	汉译
送牙脓通埋囊各，	送姐送到你们府，
秋送脓呆告埋好。	新娘送到你们冲。
冒天奈牙实磊波，	阴天要姐晒稻谷，
努几到娘朝勾了。	怎么得到米来舂。
送牙脓通埋囊各，	送姐送到你们府，
秋送脓呆告埋冬。	新娘送到你家园。
冒天奈牙实磊波，	阴天要姐晒稻谷，
努几到娘朝勾农。	怎么得到米煮饭。

究果阿芒总机闯·你唱一夜总挑战

苗语汉字记音	汉译
究果阿芒总机闯，	你唱一夜总挑战，
几闯阿芒将喂容。	挑逗一夜把歌要。
同伢摆召几改帮，	像肉放在木砧板，
同谋勾召埋几明。	像鱼落进你鱼罾。
埋列努几腊究光，	你要怎么我不管，
列尬列浩腊依蒙。	要炒要煮由你挑。

牙要学学剖送苁·妹妹年幼出嫁早

苗语汉字记音	汉译
牙要学学剖送苁，	妹妹年幼出嫁早，
阿各乙炅几相足。	一十八岁尚未满。
勾会供巫几相温，	走路没稳把水挑，
巴勾柔日难几土。	手扶磨把力不全。
牙要学学剖送苁，	妹妹年幼出嫁早，
阿各乙炅几相东。	一十八岁尚未足。

勾会供巫几相温，	走路没稳把水挑，
巴勾柔日难几恐。	手扶磨把无力出。

打穷机相岩磊鲁·年幼礼仪她不懂

苗语汉字记音	汉译
学得机相岩磊拜，	年少道理知不全，
打穷机相岩磊鲁。	年幼礼仪她不懂。
究水修苋埋列奈，	不知早起你要喊，
久奈剥呆告乃途。	不喊睡到半日中。
学得机相岩磊拜，	年少道理知不全，
打穷机相岩磊期。	年幼礼仪她不知。
究水修苋埋列奈，	不知早起你要喊，
久奈剥呆告乃西。	不喊睡到日西辞。

如吾亚如剖打昔·他好同样利我们

苗语汉字记音	汉译
几所几年难几娘，	欢天喜地不得了，
喂果撒除刚大昔。	我唱欢歌送众人。
最今白笔没阿祥，	堂屋坐满人不少，
岭学共让哈脓最。	大小老少都来临。
头好如撒没告江，	歌唱得好人老到，
如牙没觉穆桂英。	如得女将穆桂英。
难维大昔动阿芒，	感谢大家听通宵，
涂涂脓呆哈没成。	个个来到友情真。
弟埋大昔丰承刚，	我对众人奉承好，
喂供撒忙脓奉承。	我唱歌谣来奉承。
先圆读笔然嫩让，	先圆东家接媳娇，
呆灵只收得麒麟。	明年即养麒麟孙。
再圆阿笔正忙忙，	再圆一家兴家道，

共让阿笔哈安宁。　　老少全家都安宁。
格腊巴你笔几郎，　　吉星高高堂屋照，
巴盟阿笔白水水。　　光照堂上满屋春。
得得嘎嘎偷头抗，　　子子孙孙读书高，
磊磊哈到出国齐。　　个个都是做官人。
炯磊格腊盟忙忙，　　北斗七星光芒照，
八仙常会脓几最。　　八仙聚会下凡尘。
王记勾蒙能克娘，　　皇帝都把你来罩，
前前哈如究斗启。　　大家都好无憾心。
读笔埋囊家花上，　　东家家发像涨潮，
出花出求埋让你。　　荣华富贵坐你村。
快夫你笔当乃芒，　　平安在家乐逍遥，
公操公麻哈觉期。　　苦闷忧愁全消遁。
大西前前鲁阿娘，　　在座主客一样好，
如吾亚如剖打昔。　　他好同样利我们。

堂京将度勾来陪・堂中放歌来陪亲

如虐当秋将炮头，　　吉日接亲放爆竹，
阿祥读笔列称力。　　各位族人要辛勤。
堂屋列岔夺几而，　　要找火烧在堂屋，
吉上起夺呕不几。　　快把几堆火来生。
最秋最来几最修，　　亲戚朋友站满路，
龙送胡酒能迷层。　　来喝喜酒人成群。
能奈出排撒几耳，　　叫我先用苗歌祝，
堂京将度勾来陪。　　堂中放歌来陪亲。
列除刚毕果刚波，　　歌祝旺子又旺族，
得帕得咛忙忙毕。　　男女子孙发满门。

当喀几年尼没郎·开心宴客没几轮

苗语汉字记音	汉译
如虐他能勾秋送，	吉日今天把亲送，
京客出喀剖囊当。	正客来到我们村。
会勾阿乃留留蒙，	行路一天脚走痛，
能喀劳夫埋阿胖。	辛苦劳累众客人。
打戎包笔高启同，	似龙进门心潮涌，
当喀几年尼没郎。	开心宴客没几轮。
哈彩白笔勾格弄，	挂彩满屋耀眼瞳，
共让白笔没告胖。	老少满屋人纷纷。
起头刚喂告松彭，	开头让我把歌颂，
动召厚文如折腔。	听到我歌请接声。

开如强撒列靠埋·开好歌场你主掌

苗语汉字记音	汉译
阿芒堂京撒机闯，	堂中一夜歌逗引，
吉奈果撒出强开。	唱歌叫作开市场。
召共岔尖鲁娘囊，	从古传承到如今，
礼生儿共鲁能尖。	习俗从前是这样。
岔到都强被几相，	市场管理有无人，
都强岔到叉浓台。	有人管理才热场。
那岭弩兄供劳腔，	大哥马豆把场进，
阿构不然必李哎。	大嫂李子背一筐。
那仲赶场没洒茫，	二哥赶场卖糠粉，
亚供没觉卑吉先。	又带茶油有四两。
弩兄那要供阿香，	三哥马豆装一升，
出咛供觉阿刚烟。	我抬草烟一斤装。
都强埋列丰松管，	管理工作要认真，
开如强撒列靠埋。	开好歌场你主掌。

弟嫩嘎出告启菜·待媳莫有二心意

苗语汉字记音	汉译
要奶塔能勾嫩然，	婶娘今天得了媳，
剖要呆东昂快夫。	叔父如今把福享。
炯嫩嘎笔枯刚拜，	接媳进屋关爱细，
枯嫩腊拿得巴都。	爱媳要像亲身养。
绷竹列包布东奈，	出门教她地名记，
包会能勾嘎刚错。	提醒走路莫错向。
弟嫩嘎出告启菜，	待媳莫有二心意，
嫩先列刚蒙苦吾。	新媳要爱在心肠。
枯蒙枯喂翎打耐，	相亲相爱富得快，
出花出求翎虎虎。	家庭富裕像水涨。

果刚勾学阿然撒·歌儿一首给弟唱

苗语汉字记音	汉译
阿芒果撒炯堂屋，	一夜歌唱在屋宅，
果刚勾学阿然撒。	歌儿一首给弟唱。
奶玛后挡阿头秋，	父母帮你接媳来，
召钱召价告启伢。	花费钱米心舒畅。
崩欧几如列几枯，	夫妻相处要恩爱，
机枯吉如出阿嘎。	恩恩爱爱日子长。
你笔几洽被绷竹，	无论在家或在外，
会嘎号几龙嘎阿。	走到哪里要同往。
劳处灵欧出古不，	上坡结伴把妻带，
刚同计骂强强咱。	如同黄猺常成双。
加会能勾厚交夫，	道路难走要关怀，
交夫嘎刚乍吉腊。	小心莫让脚滑伤。
兄筛龙咛出家物，	热心与你共生财，
出查靠蒙机打瓜。	劳作要你硬腰膀。

供度扑包蒙帕秋·把话要对新娘摆

苗语汉字记音	汉译
供度扑包蒙帕秋，	把话要对新娘摆，
帕秋动挂丰松想。	新娘听后细思量。
如乃如虐蒙绷竹，	吉日吉时你出宅，
告儿啥共照剖让。	终身缘定我村庄。
崩欧几如列几枯，	夫妇恩爱春常在，
告腮告查大昔郎。	农耕家务你俩扛。
嘎岔蒙喂囊鲁苏，	莫找不足莫责怪，
麻哎奈到尖麻江。	苦的要讲是甜香。
列勾阿能阿梦枯，	要把公婆好好待，
枯如刚同巴都囊。	爱抚活像亲爹娘。

没能且布香炉旺·有人继承香炉旺

苗语汉字记音	汉译
打巴刚如阿磊为，	上天赐给好女子，
算乃绍虐勾嫩当。	择得吉日接新娘。
鸾凤出笔出觉衣，	鸾凤合婚配家室，
各灵难走茄白香。	十年难逢金满箱。
埋原如度剖笔你，	奉承我家好言词，
出夺出他照剖让。	发家致富我村庄。
高埋囊度鲁磊齐，	依你贺语吉祥辞，
得让嘎茄毕几洋。	银儿金孙生成双。
告大将刚嘎茄毕，	金童玉女上大赐，
没能且布香炉旺。	有人继承香炉旺。

读笔奈咛撒忙陪·主人叫我把歌邀

苗语汉字记音	汉译
堂屋低夺最岭众，	屋内烧火人来多，
能嗒度笔没拿几。	客和主人有不少。
摆笛囊能嘎笔炯，	外面的人家里坐，
常嘎几笔脓几正。	回到家里来坐好。
堂京芒能喂起弄，	堂中今夜我开歌，
读笔奈咛撒忙陪。	主人叫我把歌邀。

将蒙嘎洽后剖抠·请你帮忙莫怕累

苗语汉字记音	汉译
撒袍几闯帕京客，	唱歌送给女正客，
果刚京客强牙勾。	唱送正客众姐妹。
将牙芒能嘎标蜖，	请妹晚上莫急卧，
剖列几邀出撒有。	我来相邀把歌对。
阿梦后包埋囊得，	岳母要给女儿说，
将蒙嘎洽后剖抠。	请你帮忙莫怕累。

阿强读笔头巧启·新郎家族良心烂

苗语汉字记音	汉译
牙要剥蜖埋奈修，	妹妹睡觉你喊起，
阿强读笔头巧启。	新郎家族良心烂。
牙要修尖及现俄，	妹妹急忙来扣衣，
究批照笑机常追。	慌乱着急鞋倒穿。
达浓花牙实磊波，	雨天叫姐晒稻谷，
努几到娘朝勾吹。	怎能得到米煮饭。

龙牙列撒堂几燃·和姐要歌哪里寻

苗语汉字记音	汉译
龙剖列撒列拉列，	和我要歌不停要，
牙岭久到撒忙歪。	大姐不得歌来应。
朝农久斗勾出烈，	没有大米想饭烧，
久没到朝处究尖。	不得大米煮不成。
图究尖必必久热，	树不结果无果掉，
龙牙列撒堂几燃？	和姐要歌哪里寻？

斗如撒忙你告启·好歌藏在妹心扉

苗语汉字记音	汉译
江除果撒罘奎奎，	歌师歌唱多聪慧，
果如刚剖哈动架。	唱好我们都听傻。
斗如撒忙你告启，	好歌藏在妹心扉，
果嘎好几尖嘎阿。	唱到哪里成到哪。
延除撒忙嘎机梯，	爱唱爱歌莫推诿，
后圆如度刚东家。	好话奉承送东家。

然牙毕撒浓拿糖·得姐答歌甜如糖

苗语汉字记音	汉译
究尖撒袍拉拐王，	不会唱歌只管唱，
江除究久剖囊丑。	歌师不让我丢丑。
然牙毕撒浓拿糖，	得姐答歌甜如糖，
果如后剖几兄笔。	唱好帮我热屋楼。
果花果求剖囊当，	唱发唱旺我家乡，
圆翎圆毕剖吉留。	唱富唱贵我们收。

久出亚洽埋哉启·不唱怕你冷心扉

苗语汉字记音	汉译
架鸟要弄究诺撒，	拙口笨舌不会哼，
圆度圆撒剖究生。	奉承的歌我不会。
究斗亚洽机埋加，	不答怕你难为情，
久出亚洽埋哉启。	不唱怕你冷心扉。
果如果巧拐吾差，	歌好歌差莫讥讽，
圆如圆加几生分。	奉承好话讲不美。

补夫埋列刚勾寿·酬谢就要先谢媒

苗语汉字记音	汉译
补夫埋列刚勾寿，	酬谢就要先谢媒，
勾寿囊从埋列岩。	媒人的情你要明。
那巴供巴搏巫秀，	五月用棍赶露水，
昂弄俩劳乍倍改。	冬天赤脚踩雪冰。
挂巫挂夺勾桥赳，	河沟修桥他最累，
刚埋呕告叉尖来。	让你两家连成亲。

勾寿会萌拉会常·媒人走来又走去

苗语汉字记音	汉译
勾寿会萌拉会常，	媒人走来又走去，
袍袍会常劳埋冬。	多次往返你们村。
究先控秀配夫帮，	不嫌我们把女许，
某穷搂到卑几灵。	牵丝配对来联姻。
如乃如虐勾秋挡，	吉日吉时把亲娶，
瓦能呕告尖来浓。	现在两家成好亲。

打王勾寿勾来尖·搭帮媒人把亲成

苗语汉字记音	汉译
打王勾寿勾来尖，	搭帮媒人把亲成，
勾寿囊从告勾浓。	媒人的情无比重。
剖周卑笆哈机拐，	留个猪头挂楼枕，
送吾勾会拜竹蹦。	媒人出门好相送。
告罘出到勾维难，	略表心意谢媒人，
机坚从如购儿萌。	好情铭记到始终。

嫩到呆笔头宽松·儿媳进门父开心

苗语汉字记音	汉译
嫩到呆笔头宽松，	儿媳进门父开心，
公操拿弄哈然觉。	愁小似粟都丢掉。
呆斗送灵毕嘎娥，	来年膝下添金孙，
斗宠嘎茄周穷穷。	手牵金孙眯眯笑。
圆度圆撒召中崩，	祝福歌唱大堂厅，
呆度西乃咱打吾。	将来应验福来引。

刚埋阿祝得得李·送你李树一小棵

苗语汉字记音	汉译
刚埋阿祝得得李，	送你李树一小棵，
图李穷照埋囊当。	金李栽在你家乡。
花奴蹦夺自尖必，	花开长叶就结果，
构图尖必腰出双。	枝头挂果成双双。
出花出求照埋村，	做发做旺你楼阁，
得咛得帕毕机阳。	男孩女孩多多养。
呆虐享福周几其，	到时享福笑呵呵，
笔炯留嘎尬松方。	在家守孙莫心慌。

靠埋吉后剖沙为·靠你帮忙教妹子

苗语汉字记音	汉译
勾学送劳埋囊溪，	小妹嫁到你家里，
阿能阿梦后剖包。	要靠婆家父母教。
告聋告罖相岩起，	待人礼仪不知齐，
求茸哈路想生考。	山上锄草不会薅。
想到萌修告众题，	还未上过织布机，
爬奴爬蹦淞几鸟。	描花绣鸟线头绞。
靠埋吉后剖沙为，	靠你帮忙教妹子，
包到如嫩周几逃。	教得好媳仰天笑。

牙岭沙如召机笔·儿媳娘家有人教

苗语汉字记音	汉译
牙岭沙如召机笔，	儿媳娘家有人教，
你照机笔埋洒尖。	在家你们已教成。
如为亚如得及构，	人美又加性格好，
诺鸟诺弄罖歪歪。	能说会讲很聪明。
能夸匠秧头上斗，	人夸栽秧手灵巧，
哈路求各头上筛。	上山锄草快如风。
出觉嘎处出机笔，	农活做完家务挑，
勾冬囊求究岩难。	农活家务都勤奋。

阿梦叟帕拿几难·岳母育女很艰难

苗语汉字记音	汉译
难维阿梦勾为叟，	感谢岳母把女育，
阿梦叟帕拿几难。	岳母育女很艰难。
学得灵牙你摆斗，	小时把女抱在手，
刚奶几枷照抱来。	喂奶搂抱在胸前。

阿炅牙岭起会勾，	周岁女儿学步走，
供西姜牙会几先。	布带系身到处玩。
叟岭将求剖囊笔，	养大嫁进我屋楼，
虐抠想到补夫埋。	辛苦养育情未还。
送波送桶刚老勾，	柜子被褥送妹妞，
嫁妆埋刚共机连。	嫁妆样样送齐全。
机炯勾会拿吉头，	送亲队伍无尽头，
机岭吉穷阿得拜。	红红绿绿映平川。

撒岔告炯玻阿勾·歌赞娘舅我的根

苗语汉字记音	汉译
撒袍阿得果阿柔，	唱歌一边唱一阵，
阿日夸呆能阿堂。	现在点赞人一帮。
撒岔告炯玻阿勾，	歌赞娘舅我的根，
岔剖阿图巴高刚。	要讲娘舅树苑壮。
阿强得得囊阿舅，	讲到儿女的舅亲，
如虐出喀求剖当。	吉日做客上我庄。
嘎剖出喀费力偷，	来家做客很艰辛，
花边埋供告用壮。	银圆都用箩筐装。
炮头几夺巴鸟笔，	爆竹烧多鸣不停，
革不彩哈笔几洋。	彩锦悬挂满厅堂。

姑爷同布机腊框·姑爷名誉传得广

苗语汉字记音	汉译
阿强姑爷列嘎怄，	几个姑爷莫怄气，
撒除列扑强姑娘。	歌唱要讲亲姑娘。
出喀嘎剖买机逗，	做客我家你们比，
供朝哈冲能在行。	抬米都请人力壮。
培照告挑出告蹂，	粑放箩筐窠窠里，

波弱难瓜齐出双。	苞谷难剥成束扛。
交面哈照摆房笔，	镜屏挂在房板壁，
通家架架盟芒芒。	亮光返照明晃晃。
能夸机呆奶搭斗，	夸赞拇指都竖起，
姑爷同布机腊框。	姑爷名誉传得广。

灵然嘎茄炯白吹·带来儿孙满堂奔

苗语汉字记音	汉译
撒除得些勾大威，	歌言叙唱女婿们，
得些灵喀脓出胖。	女婿携客一大帮。
得学充不照告机，	背笼背着小金孙，
出喀几年出头郎。	做客欣喜摆郎郎。
得得高图娥高卑，	孩童帽上镶满银，
如帕再供派先壮。	美女胸佩银饰妆。
矿工娥图拿几佩，	颈上银圈几多俊，
矿某茄图公让让。	金色耳环亮堂堂。
麻让出家叉起起，	年轻立业家刚稳，
服西久到当纸洋。	贺喜没有带光洋。
灵然嘎茄炯白吹，	带来儿孙满堂奔，
能共克咱拿几江。	外公外婆喜心房。

机那巴穷如从浓·知心朋友情义长

苗语汉字记音	汉译
撒学列夸强几那，	颂歌要把朋友夸，
机那巴穷如从浓。	知心朋友情义长。
出喀供觉当顾他，	做客送钱一沓沓，
炮头几夺该柔松。	爆竹震裂岩板烫。
供度供撒果几罘，	贺喜同唱显优雅，
撒学后除笔几兄。	赞歌热烈闹新房。

从如见召你告打，	真情藏进雕龙匣，
谁冲乃虐究生弄。	标注日期不会忘。

摆尖砂砂高头挡·摆好桌椅待客坐

苗语汉字记音	汉译
告勾高回摆几龙，	桌子椅子放一起，
摆尖砂砂高头挡。	摆好桌椅待客坐。
向水仁剖能共炯，	先让老人坐上椅，
麻让几专炯几枪。	年少儿童抢头桌。
机北象能香明盟，	桌子擦得很亮丽，
象盟几没众打忙。	擦亮没有蚊蝇落。
供伢供酒摆大种，	好酒好肉摆上席，
卡烈卡锐就蒙阳。	热饭热菜香味多。

楼叶机呆告堂能·很久没有到歌堂

苗语汉字记音	汉译
挡秋挡公正岭众，	吉日接亲人满屋，
吉吹撒学勾刚喂。	唱歌推送我来唱。
尖楼机呆告堂众，	好久未到人多处，
楼叶机呆告堂能。	很久没有到歌堂。

打昔没度嘎标扑·大家安静话莫说

苗语汉字记音	汉译
茶觉锐烈起夺尖，	筵席已散快烧火，
告郎堂屋夺起图。	堂屋烧火围着坐。
出吖勾撒果阿排，	首先我来开口歌，
打昔没度嘎标扑。	大家安静话莫说。

阿强动撒列难怀·众人听歌宽容我

苗语汉字记音	汉译
堂屋瓦能奥高图，	堂屋现在已生火，
夺扎抱盟几年埋。	生火欢迎亲朋坐。
打昔机得高松度，	大家静下话莫说，
动喂得咛勾撒歪。	听我把歌唱一个。
喂果几尖撒麻如，	好歌我本不会作，
阿强动撒列难怀。	众人听歌宽容我。

奈嘎机笔刚勾你·喊进屋来送椅坐

苗语汉字记音	汉译
堂屋吉尚奥几夺，	堂屋赶快生大火，
吉尚奥夺呕补几。	快烧大火两三垛。
机最能喀堂屋修，	亲朋好友堂屋坐，
读笔能喀列几最。	听歌的人满厅廊。
能喀斗你告比召，	有的客人院外踱，
奈嘎机笔刚勾你。	喊进屋来送椅坐。

果撒囊能靠后弄·唱歌是个嘴巴活

苗语汉字记音	汉译
胎尖告勾打昔炯，	放好板凳大家坐，
卑众几列通酷早。	楼板直连到灶房。
打昔几哉告松朋，	众人安静听我说，
动喂得咛勾撒标。	听我先把歌来唱。
果撒囊能靠后弄，	唱歌是个嘴巴活，
松撒朋如召巴乌。	歌声婉转嗓喉亮。

吉奈开强劳勾夯·相邀一路去赶场

苗语汉字记音	汉译
几扑赶强劳勾同，	商量赶场一路行，
吉奈开强劳勾夯。	相邀一路去赶场。
强头列勾几磊冲？	中介要把哪个请？
拔朝几磊后姜香？	量米升斗谁来掌？

赶强列勾弩兄梅·赶场要把马豆卖

苗语汉字记音	汉译
赶强列勾弩兄梅，	赶场要把马豆卖，
告巴弩共没大乡。	末尾烂豆卖几升。
梅刚休客列几列？	收购的人买不买？
休客几列亚盐常。	不要只好抬回程。

正能白笔嫩共共·人多满屋闹哄哄

苗语汉字记音	汉译
正能白笔嫩共共，	人多满屋闹哄哄，
机吼吉化召剖各。	满屋喧笑响满寨。
伢笔伢夺几羊众，	房屋窄小人挤拥，
阿派你炅阿派修。	屋内坐满站屋外。
交夫得嘎高能共，	照顾小孩和老翁，
埋列后枯炯勾傩。	认真料理细安排。
共囊列没勾刚炯，	老人安稳坐堂中，
得学炅照抱来俄。	小孩抱好身边带。

撒除先松吾囊纠·用歌来谢先生恩

苗语汉字记音	汉译
难维先松勾撒除，	感谢先生把歌唱，
撒除先松吾囊纠。	用歌来谢先生恩。
搏得搭斗卡比数，	掐指神算择吉良，
卡数搏得比搭斗。	推算挑选好时辰。
卡算到磊麻如虐，	选的日子好吉祥，
如虐如乃叉挡欧。	吉日吉时来迎亲。
如秋叉挡求剖屋，	贤媳进门我心爽，
如为刚劳机剖笔。	好女迎进我家门。
嫩拉如囊得拉如，	媳也贤来儿也棒，
出求出花叉翎头。	荣华富贵万年春。

窝炯比膏图麻岭·娘家舅爷你最大

苗语汉字记音	汉译
窝炯比膏图麻岭，	娘家舅爷你最大，
如炯发如机都勾。	好根好桠发得足。
送秋刚害波补蹦，	送的被褥绣红花，
刚如门帘哈机由。	龙凤门帘送一幅。
机灵出喀剖囊冬，	做客来到我们家，
勾为送嘎机剖笔。	送亲来到我们处。
从如拿各拿告茸，	情重如山如岭大，
机坚刚勾告儿头。	情谊永记不辜负。

难维勾寿勾撒齐·唱首歌来谢媒人

苗语汉字记音	汉译
难维勾寿勾撒齐，	唱首歌来谢媒人，
呕求勾撒难维蒙。	好歌唱来感谢你。

尼蒙勾寿巴鸟生，	是你媒人嘴巴狠，
夸江召受嘎羊浓。	好话讲得甜如蜜。
边到能囊帕得为，	打动人家女儿心，
铺弄将帕求剖众。	父母许嫁我家里。
如嫩挡到求剖溪，	媳妇迎进我家门，
难维勾寿蒙囊从。	感谢媒人好情谊。

勾撒难维蒙勾寿·我用歌来谢媒人

苗语汉字记音	汉译
勾撒难维蒙勾寿，	我用歌来谢媒人，
呕求勾撒难维埋。	感谢媒人把歌唱。
昂乃供巴搏巫秀，	夏天拿棍赶露尘，
昂弄乍解拿机难。	冬天踩雪抗冰霜。
尖来打王巴鸟娄，	成亲是因你嘴勤，
诺鸟诺弄后机偏。	花言巧语把人诓。
告儿修呆罢炅求，	你要坐过一百春，
炯且古老囊休延。	坐到古老万年长。

奶秋告求扑打夯·唱歌送给引亲娘

苗语汉字记音	汉译
奶秋告求扑打夯，	唱歌送给引亲娘，
宏松动咛撒学摆。	听我对你唱一唱。
赳笔机腮图告梁，	起屋要选好栋梁，
花如告奴锰采采。	根深叶茂郁苍苍。
告豆得嘎叟尖双，	膝下儿女生成双，
得帕得咛罖闪闪。	个个都是聪明样。
炯秋岔牙蒙阿浪，	送亲你做引亲娘，
阿芒费力列嘎拐。	费力一夜心莫凉。

绷竹尼到阿胖舌·打把雨伞从家出

苗语汉字记音	汉译
告虐叟得尼抠奶，	生儿养女是娘苦，
灵召报床包来枯。	抱在胸前来喂哺。
涨岭补炅呆正些，	三岁牙齿已长出，
糖培后牙宁出如。	糖果帮妹买无数。
斗拜斗腊几没回，	田坝宽宽无一股，
腊唉告冬周勾学。	沃土肥田留弟锄。
绷竹尼到阿胖舌，	打把雨伞从家出，
拉勾色图出家务。	就拿此伞持家务。

原虐勾奶勾玛克·有空要把爹娘敬

苗语汉字记音	汉译
阿梦蒙列动喂岔，	岳母听我对你讲，
动文勾度扑大册。	听我把话讲分明。
奶玛叟得抠久挂，	生儿养女苦爹娘，
抠达抠虐尼为得。	千辛万苦为儿挣。
补磊巫谷刚白腊，	一天三澡满月忙，
阿虐后谷巫补磊。	一日三澡洗不停。
几破告老通帮八，	从脚洗起到脸上，
灵召报常周热热。	抱在胸前笑盈盈。
麻矮蒙够窝启嘎，	苦的自己吞下肠，
麻江机劳勾从得。	甜的喂儿肚里吞。
勾帕叟岭涨尖喀，	女儿养大好模样，
高埋甲戎剖脓折。	刚刚得力我们迎。
拜冬鲁能囊几岔，	世上习俗都这样，
得帕几岔列刚能。	女儿长大要出行。
控夯常脓谷奶玛，	闲时回来看爹娘，
原虐勾奶勾玛克。	有空要把爹娘敬。

呆觉告昂标腮查，	到了季节农活忙，
列后供力叔腊者。	抬犁赶牛来帮耕。
阿能阿梦京几瓜，	岳父岳母亲爹娘，
京京囊玛京京奶。	就像父母一样亲。

帕秋及能动喂岔·新娘兄弟听我讲

苗语汉字记音	汉译
帕秋及能动喂岔，	新娘兄弟听我讲，
喂岔包蒙嘎加想。	讲给你听要宽想。
得帕涨岭勾能嘎，	女儿长大要嫁郎，
涨岭列将嘎能让。	长大嫁到别的乡。
勾梅将绷嘎能伢，	今日嫁到别人庄，
修豆列蒙宠阿娘。	出门手搭你肩上。
挂巫挂夺宠吾挂，	过溪过河引她蹚，
郎松郎芒费力羊。	深更半夜费力量。
蒙囊从浓拿各坝，	你的情重如山梁，
如从萨拿迷巫涨。	情深有如深海洋。

难维阿强勾不秋·感谢送亲众姐妹

苗语汉字记音	汉译
难维阿强勾不秋，	感谢送亲众姐妹，
埋劳剖冬送牙壮。	来到我家做伴娘。
你笔吉如亚机枯，	在家相处做一堆，
吉如机枯周机刚。	相亲相爱喜洋洋。
牙勾送求剖囊巫，	姊妹嫁到我们队，
送秋吉龙求剖让。	做伴同来到我庄。
如乃送牙勾家出，	今天吉日送姊妹，
几腊几上呆埋囊。	很快轮到你身上。

大中波穷先察察・叠床红被新崭崭

苗语汉字记音	汉译
大中波穷先察察，	叠床红被新崭崭，
供兄题穷专大中。	捆块红绸在中央。
批专批除撒阿罖，	边捆边唱歌谣赞，
喂果撒袍后几浓。	我唱歌儿来颂扬。

大波刚牙勾老修・叠被送妹起脚走

苗语汉字记音	汉译
图必图购几白穷，	果树要栽分开栽，
灌巫郎腊几白莪。	溪水灌田要分流。
得怕得哼勾家出，	男婚女嫁新家开，
大波刚牙勾老修。	叠被送妹起脚走。

堂屋吉后出撒社・坐到堂屋来唱歌

苗语汉字记音	汉译
勾学如虐勾秋挡，	兄弟吉日新婚成，
如虐挡觉秋阿磊。	娶得心爱人一个。
秋先来共几所阳，	新亲旧眷喜盈盈，
告来卑告脓呆得。	四方友人来庆贺。
能喀几正炯白让，	宾客盈门闹纷纷，
几笔摆笛休白能。	屋内屋外客满座。
能埋阿那出除房，	借问厨师阿哥们，
斗能农烈被久没？	是否有人没吃过？
察烈察锐被几想？	筵席是否已吃成？
察觉几上偷几白。	吃成快些撤餐桌。
几上称力能喀常，	赶快料理客人们，
堂屋吉后出撒社。	坐到堂屋来唱歌。

果撒陪喀叉起尖·陪客唱歌是正道

苗语汉字记音	汉译
告郎堂屋夺低图，	堂屋当中燃大火，
图夺告瞄巴且篩。	熊熊火苗五尺高。
几吼比俅阿柳古，	叽喳声像鸣蛙蝈，
扎松扑度几拐天。	高声吵闹不得了。
没罛嘎达省能扑，	有话莫趁这时说，
果撒陪喀叉起尖。	陪客唱歌是正道。
陪详京客勾撒出，	陪伴正客来和歌，
如你如炯剖囊拜。	好坐好歇我村堡。

撒袍动剖脓几而·听我把歌唱一遍

苗语汉字记音	汉译
几笔几吼尖陇彭，	屋内嘈杂似鼓声，
摆笛几吼松炮头。	庭院爆竹声震天。
郎笔要脚告勾炯，	堂屋少了椅和凳，
阿派到炯阿派修。	有的得坐有的站。
阿派能修埋难弄，	站着的人要挨冷，
到炯郎能亚伢夺。	得坐的人被烤下。
出排撒忙刚埋动，	唱首歌送你们听，
撒袍动剖脓几而。	听我把歌唱一遍。

喂洽绷松撒几斗·出声又怕没歌连

苗语汉字记音	汉译
能喀白笔袍川川，	家里客人都坐满，
几炯几俄会尖勾。	人群接踵来不断。
几邀几奈勾强开，	互相邀约赴歌坛，
强先开劳打中笔。	新场开在屋中间。

撒除喂脓起阿排，	唱歌让我先开盘，
撒学坚到尼没构。	歌词记得怕不全。
告良松除尖几尖，	欲放歌声唱唱看，
喂洽绷松撒几斗。	出声又怕没歌连。

猜儿罢炅究弄从・千秋万代不忘却

苗语汉字记音	汉译
低尖比夺打昔头，	烧好旺火大家烤，
能喀头夺炯几彭。	客人围着火堆坐。
撒果难维磊勾寿，	唱歌先谢媒辛劳，
几浓勾寿度阿层。	夸奖媒人把话说。
撒学服西鲁能求，	用歌感谢把心表，
鲁能闯度浓究浓？	这样唱歌可不可？
阿磊梅俩巴鸟娄，	这个媒人嘴才巧，
勾寿到卑拿几空。	脑袋瓜子最灵活。
偏篙得为筛豆后，	骗得女子落圈套，
瓜到得帕求剖冬。	哄得娇女嫁我坡。
蒙出如从刚剖周，	成全美事情义好，
猜儿罢炅究弄从。	千秋万代不忘却。

炯且古老囊告就・岁如古老达千秋

苗语汉字记音	汉译
扣乃喂勾勾寿夸，	刚才我把媒人夸，
出来蒙后剖脓求。	好亲你为我们求。
开巫开夺开沙沙，	陆路水路开通达，
者巫勾刚昂几由。	筑坝蓄水供船游。
求各求茸蒙搏坝，	翻山越岭凿岩崖，
挂夯挂共勾桥修。	过沟过河把桥修。
修如阴功照冬腊，	修好阴功人人夸，

打巴克改启些后。	天公见了乐悠悠。
加蒙秀元拿乃腊，	为你增寿添年华，
炯且古老囊告就。	岁如古老达千秋。

补灵禁山囊夺卡·深山三年的干柴

苗语汉字记音	汉译
补灵禁山囊夺卡，	深山三年的干柴，
哈尼夺卡告嘎休。	都是干柴枯死松。
穷召比夺图无沙，	接触火星燃得快，
奥刚棒歪穷苟苟。	烧得锅子红通通。

挂尖尼刚打吼酒·过年把酒送给你

苗语汉字记音	汉译
先松几后勾头方，	先生帮忙把书翻，
方拜几堵囊头勾。	许多相书已翻毕。
八卦乾坤定阴阳，	八卦乾坤定阴阳，
星宿天干配地支。	星宿天干地支配。
得帕配咛尖阿双，	女子配男成一双，
能共到嫩得到欧。	父母得媳儿得妻。
他能如虐喀几阳，	今日吉期客满堂，
呆虐呆昂炯嘎笔。	吉日来到迎新媳。
最众胡酒炯刚王，	客人喝酒心欢畅，
列圆达桃刚蒙周。	圆你几句话真谛。
良松修如你头昂，	良心修好寿延长，
你到哥比炯先头。	坐到白头与世齐。
空出几到逑补夯，	想送没有好礼上，
挂尖尼刚打吼酒。	过年把酒送给你。

你到哥比炯到头·寿到百岁如年轻

苗语汉字记音	汉译
撒学果刚比高炯，	歌言送给后背亲，
果刚帕秋囊阿舅。	唱送新娘舅舅听。
岭图把膏自尼蒙，	树大根深你为尊，
到戎高炯剥如勾。	根蔸得力枝叶盛。
勾梅将求能囊冬，	令妹婚嫁到他村，
得帕得咛几炯叟。	养儿育女成对生。
得帕打务自涨岭，	女儿转眼长成人，
同蹦夺如利格偷。	似玉如花人心倾。
剖冲勾寿脓几通，	诚请良媒来求婚，
几通将求几剖笔。	放口许亲定婚姻。
秋送蒙脓送得嫩，	婚期你来送外甥，
难维剥如告老抠。	感谢舅舅呈盛情。
出到拿能囊没从，	做到这样世少闻，
你到哥比炯到头。	寿到百岁如年轻。

阿蒙出启召拐吾·岳母宽想莫忧愁

苗语汉字记音	汉译
阿芒撒果拐夸口，	一夜唱歌乱夸口，
久没果召撒理松。	没有唱到歌内容。
拐共陇搏几拖斗，	木棒打鼓乱出手，
久没搏召陇打中。	没有敲到鼓正中。
难维阿梦勾得叟，	感谢岳母养乖妞，
岩蒙迷炅叟叉岭。	养大子女几春冬。
麻哎蒙够劳几纠，	苦的娘吞进了口，
麻江几刚老勾脓。	甜的喂到女口中。
相到毕埋囊虐抠，	苦情未报离娘走，
高埋甲戎剖脓炯。	刚刚得力将女送。

阿梦出启召拐吾，　　岳母宽想莫忧愁，
得帕总尼能囊嫩。　　女大总要嫁出宫。

从如拿各拿巫框·情深似海铭记心

苗语汉字记音	汉译
奶秋动哼囊撒王，	伴娘听我把歌论，
炯秋蒙会拿几抠。	引亲你走多辛苦。
蒙如得嘎花出双，	子女生多像树林，
花如告奴波如勾。	根深叶茂枝展舒。
得帕得哼毕出胖，	膝下儿女满堂春，
送秋冲嘎几蒙纠。	送亲请你来引路。
最老最拜头扛王，	儿女满堂人人钦，
炯秋送求几剖笔。	把亲引进我的屋。
比俅忙德炅求帮，	如同蜜蜂往箱进，
炯求告帮脓出勾。	上箱蜂儿走成路。
如奴送求剖囊当，	乖妞送进我们村，
机枯吉如出阿柔。	恩爱相亲成一屋。
从如拿各拿巫框，	情深似海铭记心，
件件列立照头周。	项项用笔记入书。

出花出求勾从爬·发家致富把情偿

苗语汉字记音	汉译
帕秋及能足到戎，	新娘兄弟很得力，
秋送靠蒙机打瓜。	送亲靠你硬腰膀。
修老召笔勾牙送，	从家起脚送妹离，
修豆豆老送勾帕。	动脚送妹把路上。
炯牙挂脚巫乙浓，	引妹出屋把脚提，
度哼保鸡挂打撒。	搭哥双肩离家乡。
抱先奥图扎告充，	火把烧旺烟熏鼻，

抱穷穷蒙巫没扎。	烟雾熏人泪汪汪。
挂巫挂夺靠蒙宠，	过河过沟撑手臂，
桥挂交夫老几拉。	过桥搀扶走稳当。
求茸劳夯几没兄，	上坡下沟不休息，
费力秋送剖阿恰。	费力送妹到我庄。
西乃五拜嘎巫浓，	往后请你候佳期，
出花出求勾从爬。	发家致富把情偿。

难维阿强勾不衣·感谢送亲女闺密

苗语汉字记音	汉译
牙中牙要头生想，	送亲姊妹最会想，
难维阿强勾不衣。	感谢送亲女闺密。
几龙学得阿勾涨，	从小相伴一起长，
机埋件件如夫几。	你们个个重友谊。
涨岭埋刚嘎能让，	长大分嫁各村庄，
几白将嘎能南溪。	分别入了他乡籍。
同古豆后几白江，	好像豆腐要分箱，
难到勾常阿足你。	难回原处在一起。
列到几走尼靠闯，	想要重逢要靠撞，
腊阿谷玛岔常最。	正月探亲是会期。

出那沙度打仲笔·忠言相告在堂前

苗语汉字记音	汉译
帕秋动喂扑阿省，	新娘听我话说开，
动咛沙蒙度阿柔。	听我给你送良言。
尖秋尖来嘎剖迪，	把你嫁到我村来，
几同阿虐昂你笔。	不像在你母家园。
勾东列出嘎几吹，	工夫勤做莫懈怠，
求查囊昂嘎洽口。	农忙时节克辛艰。

内锐让夺几瓦会，	扯菜砍柴手脚快，
拜害勾东列萌偷。	百样工夫担在肩。
欧秋阿由勾阿翠，	兄弟姐妹不外待，
几枯列刚出阿勾。	团结友爱心相连。
弟蒙弟喂尼阿乙，	对你对我互关怀，
几褡几争列嘎怄。	口角言语不记怨。
能喀报笔列贤惠，	客人进屋以礼拜，
走能列奈嘎壮邛。	见人要喊莫腼腆。
撒忙沙蒙尼久尼，	用歌教诲我欠才，
出那沙度打仲笔。	忠言相告在堂前。

贺客动撒几得动・副客听歌细细听

苗语汉字记音	汉译
贺客动撒几得动，	副客听歌细细听，
喂列供埋勾度包。	我要把话告诉你。
出喀嘎剖费力狠，	做客吃酒你费劲，
费力出喀求剖条。	费力做客我家门。
费力供脚能挑丛，	大礼赠送好盛情，
花边埋供不得了。	银圆多多亮晶晶。
脓呆几想到勾炯，	客来还没坐板凳，
炮头奥穷介柔毛。	爆竹炸得岩板震。
毕从几呆勾从充，	赔情不到把情领，
呆埋没喀勾剖包。	到你有客要报信。

当动埋斗松打然・盼你答歌声滔滔

苗语汉字记音	汉译
陪能陪喀撒忙齐，	陪客我用歌唱起，
果觉果起觉尖尖。	歌儿全都唱完了。
几没扑召嘎斗启，	没有唱到莫在意，

达尼斗启召嘎拐。	若有意见莫责过。
几磊没度列嘎毕，	哪个有话暂莫提，
洋刚京客果阿先。	要让正客唱一宵。
炯客动度衣几衣，	正客听了依不依，
送秋兄供撒学摆。	送亲皆要唱歌谣。
撒忙圆召剖囊溪，	好歌圆在我村里，
果花果求刚告来。	唱发唱旺送老表。
几得撒兄兄当为，	歌声暂停等妹起，
当动埋斗松打然。	盼你答歌声滔滔。

几扑开强劳勾穷·大家商议开个场

苗语汉字记音	汉译
几扑开强劳勾穷，	大家商议开个场，
几奈开强劳勾后。	相邀都来集市走。
强头列勾几磊炯？	头目要选哪个当？
扒朝几磊后姜斗？	量米哪个来掌斗？
梅撒几磊勾且宠？	卖歌哪个把秤掌？
久磊后咛且阿勾？	哪个帮郎称几首？
阿磊强头列几凤，	场里头目要担当，
宠且磊格列几勾。	拿秤眼睛鼓鼓瞅。

枯嫩刚拿巴读得·爱媳要像自己养

苗语汉字记音	汉译
出奶出玛动喂说，	家中父母听我讲，
埋列耐烦动喂由。	用心听我讲仔细。
嫩如脓呆嘎埋得，	媳妇才到你堂上，
埋到嫩先得到欧。	你得媳妇儿得妻。
嫩到呆笔周热热，	媳娶到家喜洋洋，
先孟先没几所偷。	喜笑颜开乐无比。

枯嫩刚拿巴读得，	爱媳要像自己养，
列枯刚拿打磊叟。	要像酷爱自己女。

到嫩呆笔郎当照·媳娶到家要宽容

苗语汉字记音	汉译
到嫩呆笔郎当照，	媳娶到家要宽容，
嘎受嫩先几无让。	莫到寨上说是非。
谷让能生几岔召，	是非小话传寨中，
动召嫩拉生加想。	媳听闲言心不悦。

灵能到嫩奈阿梦·今年得媳喊爹娘

苗语汉字记音	汉译
灵能到嫩奈阿梦，	今年得媳喊爹娘，
呆灵到嘎奈剖黏。	明年得孙喊婆爷。
甲嘎告启兄茸茸，	得孙心里喜洋洋，
几所灵求弄斗瓜。	抱孙在手来亲热。
埋笔嘎茄毕打众，	老天送你金孙降，
打戎打臭常几罘。	蛟龙进到你家歇。

到欧嘎桃阿郎芒·有妻莫玩半夜去

苗语汉字记音	汉译
勾学几笔喂果刚，	家中哥哥听我叙，
后咛几梭到如欧。	祝贺你得个好妻。
到欧嘎桃阿郎芒，	有妻莫玩半夜去，
度筛嘎求弄家仇。	收心莫上青草地。
改为如帕如雅羊，	看见年轻美貌女，
咱蹦夺如列嘎头。	貌美如花不要理。

几打出家翎尚尚，	发奋勤劳奔富裕，
儿得翎报嘎儿头。	子孙代代富不离。

欧秋机笔帕能罘·家中妹妹人心善

苗语汉字记音	汉译
欧秋机笔帕能罘，	家中妹妹人心善，
动喂囊度刚冲白。	认真听我把你劝。
阿够叉脓呆埋伢，	大嫂才到你家园，
蒙列后枯无阿茹。	对嫂要爱莫为难。
勾冬几笔列几麻，	家中工夫要勤干，
嘎召勾刚吾沙且。	不要让她一人担。
吾萌茶锐蒙出八，	她去洗菜你腌酸，
吾会供巫蒙出特。	她去挑水你煮饭。

妫罘奎奎动喂扑·聪明媳妇听我讲

苗语汉字记音	汉译
妫罘奎奎动喂扑，	聪明媳妇听我讲，
喂扑打桃刚蒙想。	我讲几句送你听。
牙要送通能囊茹，	现在嫁到别人乡，
能梦几灵枯阿娘。	对待公婆要孝敬。
揉柔不朝列蒙出，	推磨簸米你要上，
国充地爬列蒙郎。	缝补浆洗你要勤。

阿迷高启江前前·婆婆心喜笑盈盈

苗语汉字记音	汉译
牙要叉通能笔嘎，	姑娘刚到婆婆家，
将没号几虐彩彩。	放眼到处都陌生。
花蒙让夺内锐笆，	喊你砍柴猪草打，

不机几尚所打千。	背上背笼快动身。
尼能夸帕拿机瓦，	你很勤快人人夸，
阿迷高启江前前。	婆婆心喜笑盈盈。

将脚尖奴埋囊嫩·现在成你家一员

苗语汉字记音	汉译
勾学修豆尼兄腊，	小女出嫁在卯时，
召奶召玛召不冬。	离开父母别家园。
秋送几灵挂沙沙，	眼看送亲过寨子，
修求卑召巫没容。	院外眺望泪涟涟。
岩柔嘎将刚埋察，	后悔不该许女子，
将脚尖奴埋囊嫩。	现在成你家一员。

标努炯照几埋让·吹嘘夸口在你村

苗语汉字记音	汉译
果撒埋奈出改场，	唱歌你说是赶场，
扑度埋到尼劳抢。	说话你当赶场论。
巴乌弩列召久阳，	口里黄豆满满装，
苦哥几而刚能狼。	吹牛扯谎让人听。
弩底抛照堂屋宽，	黄豆口撒在中堂，
能共计拉夺抗狼。	老人踩了脚滑滚。
江除克咱告启江，	歌手见此心喜狂，
能褡能则蒙究光。	任人责骂不吭声。
阿垒江除冬明堂，	你这歌手多名堂，
标努炯照几埋让。	吹嘘夸口在你村。

埋列喂初撒迷香·你要我添歌几升

苗语汉字记音	汉译
奈咛初撒咛拉初，	叫我添歌我就加，
埋列喂初撒迷香。	你要我添歌几升。
喂果撒袍埋装都，	我唱你们装聋哑，
狼度壮瓜弟究狼。	听到你装未听清。
要锐要烈灵客苏，	少菜少饭正客骂，
江除究夫勾工郎。	歌师不服生忌恨。
搏嘎搏奴常补夫，	让我补上杀鸡鸭，
刚咛陪蒙酒几良。	让哥陪你来痛饮。
刚蒙胡错阿休苏，	让你一身醉如麻，
告启夫佅麻岭汤。	肚皮鼓像风箱身。
农苏胡错易常不，	肉饱酒醉把歌发，
鲁阳告启忙究忙？	这样高兴不高兴？

坚勾儿嘎报儿得·子孙代代永记载

苗语汉字记音	汉译
当喀白乃剖几年，	宴客圆满我们喜，
罖埋泥兄召机白。	留你不住要分开。
如度埋圆机派买，	佳话奉承多无比，
度如圆召劳剖得。	吉言留在我家宅。
圆如刚剖哈几连，	好话奉承我捡起，
告最喂出撒堵舍。	随后我唱谢岳泰。
阿梦将度叉尖来，	岳母开口成亲戚，
难维抠会送脚得。	谢你苦累送亲来。
麻如告炯哈脓呆，	后背亲们都来齐，
得嫩没如巴膏茄。	儿媳得好金蔸拽。
勾寿梅俩乍倍改，	劳累媒人踩雪地，

嘎桥从如几斗得。	架桥义重深似海。
及能宠牙挂桥捻，	长兄护妹过桥基，
送秋久洽能勾国。	送亲不怕夜路踩。
机科出喀阿阶来，	感谢送亲都出力，
抠埋秋送嘎剖得。	辛苦送亲到我寨。
剖如告炯后供彩，	我后背亲献彩礼，
帮剖供如告补茄。	助我好多金锭抬。
勾梅得帕哈出呆，	姑娘姊妹都争气，
没如大威勾得些。	外甥女婿有能耐。
得要得中松然然，	二姨三姨歌声起，
要咛要帕周热热。	姨父姨母乐哉哉。
把穷几那哈脓呆，	朋友伙计都到齐，
帮钱帮价戎几没。	帮钱帮米把力卖。
尬锐出烈埋阿派，	炒菜煮饭众兄弟，
那勾几报来磊磊。	兄弟老表很合拍。
耐哉耐弄几没哉，	挨冷挨冻无寒意，
抠乃抠芒改久没。	苦天苦夜能忍耐。
从如机坚照头免，	好情都记在纸里，
坚勾儿嘎报儿得。	子孙代代永记载。

堂屋撤除后堵舍·堂屋感谢唱歌还

苗语汉字记音	汉译
当喀几所剖几年，	宴客我们很高兴，
呕乃补一亚白乃。	两天三晚日程满。
如度埋圆几派买，	好话讲了好几层，
堵舍文共拜斗接。	感谢我用双手端。
圆如刚剖剖几连，	奉承吉言我们领，
堂屋撤除后堵舍。	堂屋感谢唱歌还。
阿能将弄叉尖来，	岳父开口成姻亲，

呕告尖来周热热。　　两家成亲笑开颜。
得嫩剥如炯几拐，　　媳妇后背亲旺盛，
蒙没炯图巴膏茄。　　金树银蔸紧相连。
如炯笼如如马鞭，　　好像竹鞭根纵横，
如图如笼花成泽。　　好树好竹发成遍。
勾寿囊从拿各筛，　　媒人恩重如高峰，
昂弄乍改昂乃滕。　　冬季踩冰夏雨沾。
阴功修如磊磊岩，　　劳苦功高人人明，
炯切古老囊告乃。　　坐到二万七千年。
奶秋改盟炯秋呆，　　伴娘引亲黎明登，
帕秋炯求剖囊得。　　新娘引上我家园。
剥拿打松贵拿免，　　子孙像虾像鱼生，
得帕得咛嘎阳没。　　男生女养代代延。
得些不牙挂桥改，　　亲兄背妹过桥亭，
及能送牙叉浓能。　　兄弟送妹身价添。
京客脓送喀阿派，　　正客来到人一行，
出喀剖笔头闹热。　　做客热闹我家园。
刚桶刚波盟坚坚，　　喜配嫁妆亮晶晶，
拿几送如告补茄。　　豪嫁送了大金砖。
炯共阿舅后供彩，　　咱娘家人送彩缯，
后剖出布几傩能。　　帮我人前撑门面。
阿强姑爷告紧来，　　各位姑爷诸姻亲，
炮头几夺呱巴乃。　　鞭炮震到半边天。
得要得仲后几年，　　姨父姨母也高兴，
机科得勾埋阿伯。　　感谢外甥叔伯贤。
出喀服喜哈供匾，　　做客贺喜金匾赠，
堂屋交盟阿冲得。　　堂屋光照几多宽。
脓通要召者巫哉，　　待客少了凉水敬，
要者巫机刚埋没。　　少碗茶水让你端。

骂中骂要后主班，	叔叔伯伯做主人，
那勾那劳供来折。	亲兄亲弟迎戚眷。
出烈尬锐标告歪，	煮饭炒菜忙锅甑，
当能当喀标大乃。	待宾宴客忙几天。
呆弄久没呆敖改，	流汗没有怨气生，
再抠几洽俄牙停。	再苦不怕湿衣衫。
从如几尖照头捻，	恩情记在书里承，
谁照弄头包儿得。	写到书上子孙传。
挡到嫩先让栽栽，	接得新媳年轻轻，
吉后剖笔撑家业。	帮助我家家业展。
同图夺蹦拉大千，	像树开花遇花令，
大吾到必尖告磊。	即时结果一串串。
嘎学灵求抱来唉，	孙儿抱在怀里疼，
告启到他同巴乃。	心喜好像太阳暖。
叟到嘎学生常摆，	养得孙儿再宴请，
服喜件件刚呆得。	贺喜都要来拢边。

由烈特特农锐肖·餐餐酸菜不见荤

苗语汉字记音	汉译
秋送脓呆剖囊好，	送亲来到我们村，
呕乃补一照剖笔。	两天三夜在我家。
由烈特特农锐肖，	餐餐酸菜不见荤，
锐要撒搏巫嘎球。	顿顿开水把盐加。
秋送脓呆剖囊好，	送亲来到我们村，
呕乃补一照剖让。	两天三夜在我庄。
由烈特特农锐肖，	餐餐酸菜不见荤，
锐要撒搏巫嘎江。	顿顿盐水当肉汤。

伢嘎伢奴特特没·鸡肉鸭肉餐餐啃

苗语汉字记音	汉译
几年出喀埋囊得，	欣喜做客你们村，
欧一补乃当如偷。	两天三夜宴席丰。
伢嘎伢奴特特没，	鸡肉鸭肉餐餐啃，
亚浩谋猜勾酒由。	还煮鲜鱼把酒敬。
几年出喀埋囊得，	欣喜做客你们村，
呕一补乃当如阳。	两天三夜宴席佳。
伢嘎伢奴特特没，	鸡肉鸭肉餐餐啃，
亚浩谋猜勾酒两。	还煮鲜鱼把酒下。

出烈久没机高撒·煮饭没用歌来拌

苗语汉字记音	汉译
出烈久没机高撒，	煮饭没用歌来拌，
西撒错烈头加你。	饿歌饱饭不好坐。
久刚烈农究想加，	不送吃饭不埋怨，
出喀拉捧炯难西。	做客甘愿坐挨饿。
出烈久没机高撒，	煮饭没用歌来拌，
西撒错烈头咱巧。	饿歌饱饭最难受。
久刚烈农究想加，	不送吃饭不埋怨，
出喀拉捧炯难鸟。	甘愿饿来甘愿守。

出烈奈剖勾撒同·煮饭要我拌歌刀

苗语汉字记音	汉译
出烈奈剖勾撒同，	煮饭要我拌歌刀，

农召撒同巴鸟猛。　　吃到刀子口会痛。
能喀将埋嘎郎工，　　客人请莫把怨抱，
久列加想照蒙中。　　莫生闷气在心中。

出烈奈剖勾撒同，　　煮饭要我拌歌刀，
农召撒同巴鸟耐。　　吃到刀子口会伤。
能喀将埋嘎郎工，　　客人请莫把怨抱，
久列加想照蒙筛。　　莫有不满在心肠。

当喀要觉伢高途·宴客少了肉坨坨

苗语汉字记音　　汉译
当喀要觉伢高途，　　宴客少了肉坨坨，
巫冲球要究浓江。　　清水少盐味不香。
当埋尼浩必萝卜，　　招待是煮囵萝卜，
能泸当巧嘎加想。　　人穷宴差莫二想。

当喀要觉伢高途，　　宴客少了肉坨坨，
巫冲球要久浓嘎。　　清水少盐汤不甜。
当埋尼浩必萝卜，　　招待是煮囵萝卜，
能泸当巧嘎想加。　　人穷宴差莫想偏。

机北伢浩摆究羊·桌面菜肴都摆满

苗语汉字记音　　汉译
机北伢浩摆究羊，　　桌面菜肴都摆满，
伢奴伢嘎拉总打。　　鸡肉鸭肉尽管选。
剖农久篙比各旁，　　咱吃不倒尖尖盘，
详详阿者表叭叭。　　常有满满一大碗。

机北伢浩摆究羊，　　桌面菜肴都摆满，

伢奴伢嘎腊总通。	鸡肉鸭肉尽管吃。
剖农久篙比各旁，	咱吃不倒尖尖盘，
详详阿者白同同。	常有满满一盘子。

出翎亚常补夫蒙·富了再来请你们

苗语汉字记音	汉译
秋送脓通剖囊笔，	送亲来到我们楼，
送牙送勾嘎剖冬。	姐妹送亲来我村。
脓送要伢亚要酒，	我们少肉又少酒，
要锐要烈刚来农。	少菜少饭送亲品。
嘎出阿趟告启斗，	不要藏在心里怄，
出翎亚常补夫蒙。	富了再来请你们。

鲁埋当如究斗粗·像你这般世少有

苗语汉字记音	汉译
脓通埋让送牙要，	小妹送到你们寨，
牙勾送求埋囊巫。	妹妹送到你村头。
搏嘎搏奴勾伢浩，	招待客人鸡鸭宰，
鲁埋当如究斗粗。	像你这般世少有。
告来贤慧他久到，	亲戚大方很实在，
久列告来埋补夫。	不要亲戚再补酬。

供度卡卡后难维·只有用歌谢客恩

苗语汉字记音	汉译
秋共来先动喂扑，	老眷新亲听我讲，
动喂供度扑阿生。	听我把话说一阵。
大昔出喀照剖茹，	众人做客我村庄，
要觉伢浩要觉锐。	少肉烹炒缺油荤。
到布搏觉笆阿峨，	杀猪一头名声扬，

伢笆究咱你保几。	未见猪肉哪里烹。
豆后照巫浩出补，	豆腐坨坨煮清汤，
八肖巫浩冲忍忍。	酸菜煮汤汤水清。
来先将埋些嘎虐，	正客莫烦要体谅，
当巧埋列嘎斗启。	筵差莫有埋怨情。
来共几最炯古古，	后背亲们坐中堂，
高跋供当费觉力。	茶盘盛币费了劲。
阿强服客嘎机容，	各位副客莫沮丧，
嘎出阿趟启考生。	莫有一颗吝啬心。
毕埋从如鲁几出，	感恩不知如何偿，
供度卡卡后难维。	只有用歌谢客恩。

同埋囊布绷药勾·你的美名传得远

苗语汉字记音	汉译
如虐嫩挡照埋当，	吉日接媳在你方，
挡然如嫩几年偷。	接到新媳好喜欢。
搏嘎搏奴刚来让，	杀鸡宰鸭宴宾飨，
同埋囊布绷药勾。	你的美名传得远。
如虐嫩挡照埋当，	吉日接媳在你方，
挡然如嫩几年阳。	接到新媳喜无比。
搏嘎搏奴刚来让，	杀鸡宰鸭宴宾飨，
同埋囊布绷药让。	你的美名传远地。

读笔当喀勾嘎考·主人宴客把鸡宰

苗语汉字记音	汉译
机炯出喀埋囊好，	结队做客你村来，
如虐几所勾酒服。	吉日高兴来饮酒。
读笔当喀勾嘎考，	主人宴客把鸡宰，
亚搏搭笆亚博约。	又杀猪来又宰牛。

机炯出喀埋囊好，	结队做客你村来，
如虐几所勾酒扣。	吉日高兴赴酒局。
读笔当喀勾嘎考，	主人宴客把鸡宰，
亚搏搭笆亚搏谋。	又杀猪来又捉鱼。

八肖浩巫勾当牙·酸菜煮水待客人

苗语汉字记音	汉译
读笔要锐当能喀，	东家少菜宴客人，
要锐当喀拿几加。	少菜宴客很羞惭。
普头要觉伢嘎嘎，	沙钵少了肉来盛，
宠者刚埋胡酒卡。	举杯让你无酒啖。
吾腊求各勾锐岔，	他也上山把菜寻，
内锐久到搏巫嘎。	菜没采得把汤煎。
乃乃会萌劳伢岔，	天天跑去河坝坪，
供秀悄松克久咱。	捞兜捞虾看不见。
巴忙打谷悄久甲，	蝌蚪也不入网阵，
派害者空机哈哈。	只有空篓垂腰间。
八肖浩巫勾当牙，	酸菜煮水待客人，
克召大磊拉究伢。	自己也觉无颜面。
常萌嘎扑度吉话，	回去大家莫议论，
嘎刚机剖囊布八。	莫让我的名声烂。

越农越没家花上·越吃越有财万贯

苗语汉字记音	汉译
送秋送弓埋告郎，	送亲送到你家园，
出喀斗你埋囊让。	做客来到你村庄。
读笔再夯难久娘，	东家确实很能干，
能嫩久洽当告江。	讨亲不怕花银洋。

挡秋埋笔搏笆壮，	接媳你家肥猪斩，
再列劳强宁机阳。	赶场再买加分量。
能烈埋冲麻过扛，	煮饭你把能手选，
能锐麻如冲古厂。	炒菜锅铲能人掌。
拉伢罴同拿几上，	利刃切肉飞快砍，
得伢巴壮拉尖汪。	瘦肉肥肉切花样。
尬尖机克头如阳，	烹炒调制真好看，
亚照海交亚香光。	又放辣子和葱姜。
伢约机高海交壤，	牛肉和着嫩椒拌，
乍笆尖途尖告江。	猪脚坨坨像裹浆。
粉条机高伢嘎将，	粉条和着鸡肉涮，
解怀豆后头哥忙。	解腻豆腐白亮亮。
纹伢没绷榜强强，	炖肉取出很柔软，
能共如农如几忙。	老人吃了好下腔。
蹦几图够同出忙，	黄花木耳飘汤面，
比俅木排将伤朗。	好似木排在飘荡。
五香罴斗巫几郎，	五香藏在水中间，
几保酱油出嘎江。	混同酱油做甜汤。
调勾阿斗拜几榜，	调羹一把靠碗边，
如刚剖拖巫嘎良。	好让我们舀汤偿。
读笔贤惠控出刚，	主人贤惠肯奉献，
当如比埋机相狼。	赛过此筵未听讲。
能架江江如岩肮，	傻人只知来吃饭，
召将者所超比江。	丢放饭碗滚桌上。
越农越没家花上，	越吃越有财万贯，
总没阿虐补夫常。	总有[illegible]口财富旺。

锐刀当喀拿几加·瓜叶宴客好害羞

苗语汉字记音	汉译
要锐当喀浩锐刀，	宴客无菜炒瓜叶，
锐刀当喀拿几加。	瓜叶宴客好害羞。

农呆嘎弄甲召召，　　吃到口里太粗劣，
详详勾照巴鸟阿。　　实在难咽卡在口。

要锐当喀浩锐刀，　　宴客无菜炒瓜叶，
锐刀当喀拿几邱。　　瓜叶宴客丢了丑。
农呆嘎弄甲召召，　　吃到口里太粗劣，
详详勾照巴鸟周。　　实在难咽卡在喉。

伢嘎埋浩将粉条·爆炒鸡肉下粉条

苗语汉字记音　　汉译
伢嘎埋浩将粉条，　　爆炒鸡肉下粉条，
粉条伢浩能娄娄。　　粉丝煮肉柔又柔。
农呆嘎弄打吼卯，　　吃到口里不要嚼，
机恶够劳鹅剖剖。　　吞下喉咙滑溜溜。

伢嘎埋浩将粉条，　　爆炒鸡肉下粉条，
粉条伢浩能闪闪。　　粉丝煮肉鲜又鲜。
农呆嘎弄打吼卯，　　吃到口里不要嚼，
机恶够劳鹅派派。　　吞下喉咙软绵绵。

机科锐囊机科烈·感谢你的菜和饭

苗语汉字记音　　汉译
机科锐囊机科烈，　　感谢你的菜和饭，
机科锐烈机科撒。　　谢你酒饭谢你歌。
机科阿磊麻茶者，　　感谢女工洗刷碗，
茶尖摆着高让马。　　洗好装进竹篮搁。
尬锐烈出周热热，　　烹饪厨师堆笑脸，
如锐如烈磊磊伢。　　饭菜可口诱人乐。

周茄龙者摆机穷·金筷和碗重叠放

苗语汉字记音	汉译
久尼拐扑拐夸口，	不是乱讲夸海口，
喂尼召告后机浓。	我从旁边来赞赏。
埋供周娥照白柔，	你把银筷装满篓，
周茄龙者摆机穷。	金筷和碗重叠放。
如能如喀求埋笔，	达官贵人上门走，
出帼出度哈脓通。	王侯将相进厅堂。

告衣告能奈农烈·这家那家请吃饭

苗语汉字记音	汉译
告衣告能奈农烈，	这家那家请吃饭，
农烈拜家农拜让。	吃遍村里每条巷。
奈剖呆笔周热热，	迎咱进家堆笑颜，
久没炯众勾烟刚。	尚未坐稳把烟装。
龙那胡酒机卡者，	陪我饮酒碰碗干，
者酒者烈总机钢。	酒饭菜香任客飨。

农伢比俅过山虎·吃肉好比过山虎

苗语汉字记音	汉译
伢约拉拿摆斗框，	牛肉切像手掌形，
伢笆拉岭拿摆都。	猪肉切像脚板粗。
查学嘎弄洽究阳，	嘴巴张小塞不进，
查岭嘎弄洽能扑。	嘴巴张大怕人辱。
阿磊农娘卑巴钢，	一人能吃四五斤，
农伢比俅过山虎。	吃肉好比过山虎。

卑周呕告啥包茄·筷子两头镶黄金

苗语汉字记音	汉译
告周打锐久尼笼，	夹菜筷子不是竹，
剖克久尼告笼国。	不是用竹来做成。
周娥尼召外国脓，	银筷是从国外出，
卑周呕告啥包茄。	筷子两头镶黄金。
磊磊几夸周几浓，	都夸筷好纯银铸，
害能叉尼高来帼。	老表真的是皇亲。

摆求机北啥机供·桌子都要承不住

苗语汉字记音	汉译
埋搏阿峨麻岭洞，	你们杀头大黄牯，
埋堂阿峨麻冬钢。	杀了一头健壮牛。
摆求机北啥机供，	桌子都要承不住，
高得照周哈久阳。	投筷地方都没有。

列农先折喂囊弄·饭前我先把歌献

苗语汉字记音	汉译
锐尬烈先头久盟，	菜饭熟了香味漫，
渣尖摆召弄机北。	装成放在桌面上。
奈埋上脓勾者宠，	喊你快把饭碗端，
错烈列蒙麻苟得。	吃饱还要去远方。
列农先折喂囊弄，	饭前我先把歌献，
吉除阿水出闹热。	先唱一阵打闹场。
交姑虐买理松共，	依照古时老习惯，
儿儿兄岔鲁能磊。	代代习俗都这样。

能喀龙呆腊浩哥·待客来把田螺炒

苗语汉字记音	汉译
搏约搏笆扎扎搏，	杀猪宰牛不歇刀，
向米召当呕补把。	实在花钱浪费多。
搭约搭笆上修所，	猪牛起身都逃跑，
除方久到告求拉。	厨房没有肉来剁。
能喀龙呆腊浩哥，	待客来把田螺炒，
浩哥当喀郎当扒。	手捧田螺慢慢剥。
在斗阿者锐水哥，	再配一碗野菜蒿，
几勾油烈求巫嘎。	不够下饭舀汤喝。

农错堵舍埋读笔·吃饱要把主谢酬

头吼搏笆没阿胖，	杀猪屠夫有一帮，
没戎囊能后机搂。	力大帮忙把猪扭。
伢笆伢约告猜钢，	猪肉牛肉有千磅，
头学拉尼九各九。	最小也是九十九。
冲然阿当如厨方，	请得一些好厨郎，
拿几办如久没斗。	厨艺高超世没有。
伢谋伢奴渣百旁，	鸡鸭鱼肉满盘装，
者者召劳打周留。	碗碗尖尖盘满扣。
如农如够启究羊，	好吃好喝满肚肠，
农错堵舍埋读笔。	吃饱要把主谢酬。
杂剖折咛囊撇王，	要我接哥来歌唱，
几尖撤袍拿几邱。	不会唱歌很害羞。
得咛果撤如明堂，	男儿唱歌多名堂，
蒙列嘎秋剖空子。	不要钻空丢我丑。

厨方阿强埋打昔·厨房一帮好厨手

苗语汉字记音	汉译
厨方阿强埋打昔，	厨房一帮好厨手，
尬锐出烈头呆得。	炒菜做饭手艺精。
锐照机北旁机米，	菜摆桌上满盘口，
出排出罖白机北。	整整齐齐满桌盛。
伢嘎埋浩周棒腿，	你装鸡肉鸡腿留，
棒腿如宠瓜得得。	鸡腿拿来逗孩孙。
浩如机堵比弩底，	烹炒几多香黄豆，
油酒打架机苟格。	咀嚼黄豆鼓眼睛。
腊卜茶叫你告机，	萝卜洗净放竹篓，
泡照歪斗浩高磊。	倒在锅子煮囫囵。
浩先打穷得巫密，	煮熟蘸沾椒辣油，
农呆鸟弄密达能。	吃进嘴巴辣死人。

久没烈糯当能喀·宴客没有大米饭

苗语汉字记音	汉译
久没烈糯当能喀，	宴客没有大米饭，
出烈波弱勾当能。	苞谷做饭宴客人。
浩得弩低刚喀架，	黄豆炒熟做客餐，
岩埋架求被久没。	不知好啃不好啃。
龙埋机绒撒阿罖，	请你把歌唱一遍，
埋控出撒剖堵舍。	若是肯唱谢你们。

究岩撒袍出究通·不会唱歌没法唱

苗语汉字记音	汉译
当喀烈机照告歪，	宴客蒸饭用锅灶，
斗芶就蒙拿机浓。	远远闻到阵阵香。

伢奴伢嘎哈浩先，　　鸭肉鸡肉都炒好，
浩先奈喀上龙浓。　　炒成请客快来尝。
亚奈剖果撤然然，　　又要我们唱歌谣，
究岩撤袍出究通。　　不会唱歌没法唱。

锐浩埋向要水乍·炒菜佐料少辣椒

苗语汉字记音	汉译
开生喂供撤忙齐，	开席我把歌声起，
埋列动那勾撤考。	你们听我献歌词。
如锐如烈埋摆最，	好菜好饭都摆齐，
锐浩埋向要海椒。	炒菜佐料少辣子。
开生喂供撤忙齐，	开席我把歌声起，
埋列动那勾撤叉。	你们要听我来道。
如锐如烈埋摆最，	好菜好饭都摆齐，
锐浩埋向要水乍。	炒菜佐料少辣椒。

炯众机北奈水乍·围桌坐下喊辣椒

苗语汉字记音	汉译
炯众机北奈水乍，	围桌坐下喊辣椒，
埋奈水乍勾香锐。	你喊辣椒拌菜炒。
几没实到海椒卡，	干红辣椒没晒好，
努机密娘埋囊启。	怎么辣到你心包。
炯众机北奈水乍，	围桌坐下喊辣椒，
埋奈水乍勾香特。	你喊辣椒拌菜吃。
几没实到海椒卡，	干红辣椒没晒好，
努机密娘埋囊血。	怎么辣到你肠子。

埋列水乍希腊难·辣椒好吃树难栽

苗语汉字记音	汉译
水乍江着腊西排，	辣椒栽在好土台，
江腊西排告不夯。	栽在土台沟谷边。
埋列水乍希腊难，	辣椒好吃树难栽，
努几岔到刚埋良？	哪里弄来做美餐？

水乍江你斗腊擦·辣椒栽在沙土包

苗语汉字记音	汉译
水乍江你斗腊擦，	辣椒栽在沙土包，
江照者笔拢斗国。	栽在屋后肥地头。
夺蹦结必哈出八，	开花结果挂成吊，
几隆几穷阿者得。	红红绿绿满山沟。
没磊几聋巴鸟架，	递上一颗让你嚼，
巫鸟嘎莫哈几白。	眼泪鼻涕一齐流。

能抬来泸腮气叫·人笑穷亲吝啬佬

苗语汉字记音	汉译
伢约机强摆出条，	场上牛肉堆得高，
伢笆出构摆出抽。	案上猪肉码成堆。
加喂机纠钱当要，	怨我兜内金钱少，
努几宁到伢高构。	哪能买到肉一腿。
酷灶酷歪要伢浩，	灶上没肉下锅炒，
伢浩机没加乙透。	没有肉炒太狼狈。
浩锐几没水乍照，	炒菜没有拌辣椒，
巫浩坝肖要觉球。	水煮酸菜欠盐烩。
刚帕炯客农久到，	正客阿姐吃不好，
牙要难西炯机勾。	阿妹挨饿鼓眼怼。

奈埋常蒙嘎吉绕，	回家叫你莫闲聊，
嘎蒙吉绕刚能周。	莫让别人笑开味。
能抬来泸腮气叫，	人笑穷亲吝啬佬，
能扑刚咛拿几邱。	谈论让我自羞愧。

几梭召笔出能喀·在家高兴来做客

苗语汉字记音	汉译
几梭召笔出能喀，	在家高兴来做客，
几年出喀埋囊低。	高兴做客到你村。
脓通埋笔埋搏笆，	你家宴客杀猪猡，
笆壮搏觉没拿几。	宰杀肥猪多得很。
机北摆白笆告乍，	清炖猪蹄摆满桌，
拉伢娄到拿几批。	红烧肉块切均匀。
光公香伢就蒙达，	大蒜拌肉香味播。
斗后再勾巫先吹。	豆腐再用油来烹。
粉条打农哈出坝，	粉条绕筷像藤萝，
几炯求周尖告希。	一筷夹上很多根。
阿谷呕磊锐尬尬，	十二道菜有肉坨，
再斗谋浩几香齐。	还有鱼肉正在盛。
阿胖胡酒几梭达，	饮酒客人尽情喝，
炯照告回周几米。	坐在桌边笑盈盈。
当喀当如他几挂，	筵好宴客非常阔，
几没能拿几购迷。	没有哪个超你们。

烈机就蒙他几到·蒸饭扑鼻冒香气

苗语汉字记音	汉译
如秧匠斗埋阿告，	好秧栽到你们地，
匠你巫腊几没喳。	插秧田水不会干。
打功打忙几没召，	病虫灾害不侵袭，
磊波呆如公出嘎。	稻谷熟透黄灿灿。

柔点告卑囊如朝，	碾成上等的好米，
告几告慢几没咱。	碎米糠壳都未见。
烈机就蒙他几到，	蒸饭扑鼻冒香气，
农错再初阿卑佳。	吃饱还要加半铲。

韦剖埋搏阿峨笆·为客你们杀头猪

苗语汉字记音	汉译
韦剖埋搏阿峨笆，	为客你们杀头猪，
巴壮啥没阿摆斗。	肥肉膘厚一巴掌。
当秋当来贤慧达，	待亲宴客人大度，
几科伢烈堵舍酒。	谢你饭菜和酒香。
农错胡苏炯出罡，	肉饱酒醉坐成簇，
休达休者当读笔。	收碗收筷主人忙。
如农如胡磊磊夸，	吃好喝好人佩服，
磊磊几夸贤慧偷。	人人夸赞好大方。

阿强如来列难怀·敬请众亲耐心候

苗语汉字记音	汉译
脓通剖笔尖阿切，	你们到家有一阵，
费力阿强如来埋。	辛苦各位亲和友。
呆笔刚来撒农烈，	到家应该先餐饮，
果撒农烈叉起尖。	饭后再来展歌喉。
怪剖读笔出几尼，	只怪主人方法笨，
耐西锐烈再相开。	日头西偏饭未成。
辽觉巫几朝吉能，	开水泡米饭气闷，
够萌崩借啥几海。	糊在甑底气不透。
窝夺再炸几久茄，	柴火烧旺气不喷，
能锐能烈罡勾然。	名厨大师也发愁。
机北烈哉没阿者，	桌上剩有饭一份，

西宏骨架机打筛。 且用充饥吃几口。
几埋召当剖阿切， 客人要请等一阵，
阿强如来列难怀。 敬请众亲耐心候。

刚剖农错再常陪·饭饱再把歌来复

苗语汉字记音	汉译
出喀脓通埋阿恰，	做客来到你门前，
芶益剖脓头费力。	路途遥远走辛苦。
会会告启啥机扒，	走累饿饭肚子扁，
炯错读笔究开生。	久坐挨饿不开厨。
岔到锐锰再相茶，	摘得蔬菜未洗脸，
朝你告借叉起几。	米饭在甑气不出。
要朝总吹能马马，	米少久煮糊烂烂，
考生着朝拉中吹。	不舍添米加水煮。
机北盐者烈你阿，	盛碗现饭放桌间，
克改读笔囊高启。	主人心意客目睹。
迷磊农错机摆瓜，	东家个个肚皮圆，
能错几岩高能西。	饱人不知饥人肚。
西烈剖果几娘撒，	饿饭无力哼歌言，
刚剖农错再常陪。	饭饱再把歌来复。

召难读笔阿够得·原谅主人莫指责

苗语汉字记音	汉译
如能如喀呆剖让，	贵人来到我们庄，
久没然供高来折。	没有得把亲来接。
奈埋来如几框想，	亲眷朋友要原谅，
读笔能奈几岩磊。	主人愚昧无礼节。
锐烈相尖埋召挡，	饭菜未成请等望，
阿强读笔加角色。	主人能力实欠缺。

香米尼要朝大相，　　家中实在少米粮，
如能空拢叉呆没。　　好人肯借才去赊。
件件相农烈从囊，　　我们早餐都未享，
得得麻让当勾格。　　小孩饿肚撑眼舌。
能喀几最列奈常，　　客人聚集餐厅上，
奈来麻如围机北。　　新亲旧眷围桌歇。
久然伢农召嘎光，　　没有肉吃口莫讲，
由烈由酒锐锰没。　　下饭下酒青菜叶。
没笆你众叟究壮，　　猪关在圈喂不长，
要培要啥究呆得。　　少粮少糠猪食缺。
久没伢浩勾埋当，　　没有炒肉让客享，
拿机加一机傩能。　　无颜羞愧惧人说。
豆后久没照球江，　　豆腐亦无油盐酱，
尬者水乍刚来克。　　炒盘辣子待来客。
能喀打昔哈罘羊，　　众客聪明名声响，
召难读笔阿够得。　　原谅主人莫指责。

厨方高同向迷罘·厨师刀子真是快

苗语汉字记音　　汉译

厨方高同向迷罘，　　厨师刀子真是快，
同风几罘照头当。　　磨快刀子把猪宰。
伢农摆绷列嘎擦，　　肉食烹调特别乖，
锐烈如农就蒙阳。　　味道可口好饭菜。
机想然农撒就卡，　　还未动口味传开，
胎照机北哈就郎。　　桌上菜香扑鼻来。
机相到农伢阿嘎，　　未成吃上肉一块，
几没到肮撒几闯。　　未得吃饭邀歌赛。
召觉阿瓦向迷洽，　　遇到一回被吓坏，
勾者阿腮几孜常。　　以后不敢到此来。

叟嘎当来走巴见·养鸡遇到黄鼠狼

苗语汉字记音	汉译
叟嘎当来走巴见，	养鸡遇到黄鼠狼，
巴见强齐足牙牙。	屋里的鸡它叼完。
当喀伢尬哈久然，	宴客无肉摆桌上，
久没伢浩刚埋打。	没肉让客吃一餐。
叟嘎当来走巴见，	养鸡遇到黄鼠狼，
巴见强齐足点点。	屋里的鸡它叼跑。
当喀伢尬哈久然，	宴客无肉摆桌上，
久没伢浩刚埋采。	没肉让客吃个饱。

阿峨巴见刘刘巧·小黄鼠狼真凶狠

苗语汉字记音	汉译
阿峨巴见刘刘巧，	小黄鼠狼真凶狠，
巴见相孟刘刘岩。	备肉待客它知道。
刚剖出喀伢卯乌，	让我做客嘴无份，
怪到搭书嘎怪来。	怨兽不怨我老表。
阿峨巴见刘刘巧，	小黄鼠狼真凶狠，
巴见相孟刘刘罖。	嗅觉灵敏又狡猾。
刚剖出喀伢卯乌，	让我做客嘴无份，
怪到搭书嘎怪架。	巧遇此兽也无法。

锐要水乍刚埋客·少了辣子让妹餐

苗语汉字记音	汉译
要腮要查泸坝坝，	没有田地穷潦倒，
能泸久斗得秀边。	人穷实在多困难。
久到如得江水乍，	没有好地栽辣椒，

江你腊泸斗久没。	土地贫瘠无土掩。
卡这哈召乃实八，	天旱辣秧干死了，
几然水乍勾埋白。	没有辣椒让你拌。
牙要谷剖农烈卡，	阿妹做客无菜肴，
锐要水乍刚埋客。	少了辣子让妹餐。

能喀龙剖列水乍·客人要辣无法供

苗语汉字记音	汉译
水乍秧照拉斗卡，	旱土里面播辣种，
拉咱浇粪究咱筛。	只见上肥不长苗。
追萌江照腊巫查，	扯到干田去栽种，
尼咱蹦夺究咱尖。	只见开花不见椒。
这公实荅剖阿恰，	大旱只干我寨中，
实图水乍哥歪歪。	辣秧晒死白栽了。
能喀龙剖列水乍，	客人要辣无法供，
埋尼出咛囊告难。	你们给我难题找。

能罘出启召嘎拐·主人不要不好想

苗语汉字记音	汉译
机北摆伢达罘罘，	桌上摆肉一盘盘，
泡龙照烈哥尖尖。	筲箕盛饭白亮亮。
能架咱伢农几麻，	傻子见肉好嘴馋，
奴最嘎处咱糯先。	好似地雀见稻黄。
几结告罘出能喀，	如此做客让人厌，
能罘出启召嘎拐。	主人不要不好想。

农脚密剖囊嘎弄·吃了辣子辣嘴皮

苗语汉字记音	汉译
水乍匠你腊告动，	辣子栽到肥土里，
七哥供粪上萌教。	粪桶挑粪马上浇。
供考哈陡勾几木，	拿锄培土护根基，
哈斗几木水抓老。	培土垒起护根苗。
夺蹦水乍哈出布，	辣椒开花结得密，
告图告勾哈倒腰。	辣子枝丫压弯腰。
农脚密剖囊嘎弄，	吃了辣子辣嘴皮，
胡巫几麻究改高。	再喝清水解不了。

磊格狼密白巫格·辣得眼睛泪汪汪

苗语汉字记音	汉译
水乍匠你斗腊擦，	辣子栽在沙土里，
匠照夯吹弄斗国。	可栽屋边黑土壤。
匠尖自浇巫嘎笆，	栽成就把猪粪给，
常祝大务自花得。	辣秧转青长势旺。
夺蹦尖必哈出坝，	辣子开花结成堆，
几隆几穷阿这得。	红红绿绿遍地晃。
农呆巴乌密眾眾，	吃到嘴里辣无比，
磊格狼密白巫格。	辣得眼睛泪汪汪。

得那蒙尼麻岭搭·阿哥你是大拇指

苗语汉字记音	汉译
得那蒙尼麻岭搭，	阿哥你是大拇指，
本尼阿纠策脚色。	是个角色好才俊。
撒袍蒙果将机拉，	唱歌名声人人知，
果冲吉特阿这能。	苗歌出口盖众人。

挂儿同夺蹦阿期·年迈好比花过季

苗语汉字记音	汉译
挂儿同夺蹦阿期，	年迈好比花过季，
久尼高昂出撒忙。	不是唱歌的时光。
将松撒除果久最，	开口唱歌不着题，
控除撒学果久江。	肯来唱歌唱不像。
刚能动召究江启，	让人听了心不美，
几郎操启浓江江。	情绪低落心发慌。
埋先为备究先为？	嫌弃阿妹不嫌弃？
达尼先剖度包常。	若是嫌弃你要讲。

出牙几培夺目几·蒸米妹烧火几炉

苗语汉字记音	汉译
出牙几培夺目几，	蒸米妹烧火几炉，
借图不巫松然然。	甑子水开响咕噜。
难茹朝跑尖得为，	难蒸米粒到胀鼓，
通卡打韦今倒先。	上气很快就蒸熟。

撒果尼龙究磊起·最先唱歌是哪位

苗语汉字记音	汉译
胡巫列岔源头水，	喝水要找源头水，
胡酒列岔酒比勾。	饮酒要讲酒来历。
撒果尼龙究磊起？	最先唱歌是哪位？
究磊吉岔起囊头？	开始唱歌何人起？
吾尼召蹦被尼必？	他是果子还是蕊？
尼帕尼咛岔包剖。	是男是女说仔细。
告伢浓巫柔卜几，	丢个岩头试水位，
蒙修打文上脓斗。	请你快答快解谜。

脓送刚蒙补者酒·来到请喝三碗酒

苗语汉字记音	汉译
如喀如能埋脓呆，	尊贵客人已到来，
脓送刚蒙补者酒。	来到请喝三碗酒。
求各求茸巫弄呆，	跋山涉水汗水甩，
谷剖久洽会勾药。	行亲不怕远路走。
能勾加会鹅派派，	道路坎坷不好踩，
求茸夯劳鹅剖剖。	上下山路滑溜溜。
脓送剖东剖几年，	来到咱村咱喜爱，
江水嘎棒松几斗。	锦鸡啼鸣满山头。
东兄炯召告得哉，	苗寨坐落穷山外，
告启几郎兄吼吼。	宽心热忱情深厚。
久然如农勾刚来，	没有佳肴把客待，
奥到波弱酒大喉。	酿得几壶苞谷酒。
扛竹剖供者酒摆，	拦门酒碗桌上摆，
麻如度扑袍周周。	祝福话语密密抖。
胡挂告启擦甩甩，	喝下美酒开心怀，
刚喀启些能娄娄。	客人心内乐悠悠。
度笔能喀告启原，	主人客人都痛快，
龙来从如叉起娄。	深厚友谊得长久。

扛竹自刚剖胡酒·拦门就送咱喝酒

苗语汉字记音	汉译
扛竹自刚剖胡酒，	拦门就送咱喝酒，
阿者酒江拿机浓。	这碗美酒情味浓。
蒙刚喂折宠劳斗，	美酒端在我的手，
胡挂头兄喂高蒙。	饮下温暖我心胸。
折喀磊磊几热周，	迎客人人开笑口，
棒没热周同夺蹦。	脸上笑得花样红。

江水用求图巴勾，	锦鸡展翅飞枝头，
奴灵嘎棒几常松。	画眉啼叫嗓音宏。
脓送刚剖扣如酒，	做客给咱上好酒，
勾剖克拿兴仙戎。	把客当作神仙童。
磊磊件件胸启偷，	人人热情待客周，
从拿比各拿茸岭。	深情厚谊比山重。
他能狼送埋鸟斗，	今天来到你寨口，
动廼克改头宽松。	所见所闻暖心中。
东兄解挂兴仙柔，	苗乡好似仙家楼，
到他几年告启容。	心情愉快乐融融。
然龙几蒙胡者酒，	你我同喝这碗酒，
勾儿从如久弄蒙。	永世记住你情浓。

龙剖列撒列拉列·和我要歌很迫切

苗语汉字记音	汉译
龙剖列撒列拉列，	和我要歌很迫切，
总龙机剖列撒摆。	总是要我把歌吟。
腊巴龙喂脓列倍，	五月和我要白雪，
腊照龙剖奈倍改。	六月和我要冰凌。

江果蒙尼姜子牙·歌师你是姜子牙

苗语汉字记音	汉译
江果蒙尼姜子牙，	歌师你是姜子牙，
腊照伏天奈倍改。	伏天能喊下冰凌。
岩蒙果到喂叉花，	知你会唱才请下，
昂几列除拉然然。	随时都可顺口吟。

要弄架鸟要撒由·笨嘴笨舌不会唱

苗语汉字记音	汉译
要弄架鸟要撒由，	笨嘴笨舌不会唱，
嘎弄要撒洽冈折。	嘴笨无歌怕来接。
要罘洽龙蒙几斗，	无才怕和你的腔，
崩崩洽洽几改社。	战战兢兢人胆怯。
要弄架鸟要撒由，	笨嘴笨舌不会唱，
嘎弄要撒洽冈外。	嘴笨无歌怕接嘴。
要罘洽龙蒙几斗，	无才怕和你的腔，
崩崩洽洽几改歪。	战战兢兢不敢对。

奈咛囊纠出师傅·我喊阿哥做师傅

苗语汉字记音	汉译
奈咛囊纠出师傅，	我喊阿哥做师傅，
靠蒙能罘沙能戈。	靠你聪明教傻人。
长江告伢头岭巫，	长江流域水丰富，
昂乃昂弄详详楼。	春冬四季流不尽。
戎臭者各娥谷谷，	后山龙脉气势足，
乔劳青龙告豆各。	朝向仙山青龙神。
奈咛囊纠出师傅，	我喊阿哥做师傅，
靠蒙能罘沙能养。	靠你聪明教文盲。
长江告伢头岭巫，	长江流域水丰富，
昂乃昂弄详详涨。	春冬四季常常涨。
戎臭者各娥谷谷，	后山龙脉气势足，
乔劳青龙告豆夯。	朝向仙山青龙岗。

龙剖列撒列腊列·和我要歌硬是要

苗语汉字记音	汉译
龙剖列撒列腊列，	和我要歌硬是要，
阿芒埋拉列撒勇。	一夜要我把歌唱。
同能机培瓜瓜借，	蒸米塞气熟不了，
努几到娘培勾农。	怎么得到糍粑尝。

果冲撒忙列力布·你的歌好要立名

苗语汉字记音	汉译
阿磊江撒埋果如，	歌手唱得最好听，
出牙堵舍埋囊撒。	妹妹感谢你的歌。
果冲撒忙列力布，	你的歌好要立名，
布罙力你弄头卡。	名字记载藏书阁。

布加将埋列嘎谁·名字太丑别上书

苗语汉字记音	汉译
布加将埋列嘎谁，	名字太丑别上书，
将埋嘎谁告能架。	叫你莫写我笨蛋。
劳街宁头亚难会，	下街买纸难迈步，
召他钱当刚得乍。	浪费钱财送老板。

巫莪吉斗强狼朋·暗流水响在地下

苗语汉字记音	汉译
嘎交弟扑冬蒙共，	莫成说你年纪大，
打磊扑牙挂觉儿。	莫说自己年迈了。
巫莪吉斗强狼朋，	暗流水响在地下，
机控廷常刚能拖。	不肯流出让人舀。

溜巫告勾告得兄，	路边水井好歇耍，
到胡能夸如告溜。	喝过都夸井水好。
喂姑胡吼劳嘎弄，	我也喝口进嘴巴，
狼江吉鹅劳机鸥。	清凉甘甜进喉梢。

龙蒙吉啥嫩阿磊·想个儿媳和你讨

苗语汉字记音	汉译
堂炯喂供蒙几起，	堂上唱歌来试探，
出牙几起咛角色。	阿妹试探歌英豪。
同能勾会腊阿最，	像人走路变路段，
会勾亚俩勾阿折。	行路又换路一条。
蒙没蹦夺蒙没必，	你家花开结果甜，
告图尖必就木磊。	树上结果有几包。
木磊得牙木磊策，	几个女儿几个男，
能咛几笔木磊得？	问哥儿女有多少？
出来脓送嘎埋笛，	开亲来到你地盘，
龙蒙吉啥嫩阿磊。	想个儿媳和你讨。
绒磊牙要求剖吹，	讨个女子进家园，
控白牙要被久白？	是否愿意让我挑？

喂囊酷没哈久没·让我颜面无处搁

苗语汉字记音	汉译
龙剖几啥磊得帕，	和我求乞一女子，
龙喂常啥嫩阿磊。	求我讨要媳一个。
生巧啥同打笆架，	我女貌丑又呆痴，
久岩能褡久岩黑。	不知人骂和指责。
你盐炯照几冬阿，	她成剩女在人世，
喂囊酷没哈久没。	让我颜面无处搁。

堂炯果然总嘎浓·唱歌讨得我心甘

苗语汉字记音	汉译
龙蒙几啥磊得帕，	和你讨个好妹娃，
龙牙几绒阿磊嫩。	讨个儿媳做儿伴。
蒙扑生巧同笆架，	你说貌丑像猪傻，
能奈久岩度斗松。	人喊不知是召唤。
瓜龙江果囊比瓜，	从你歌师腹产下，
架俅搭约喂拉炅。	傻如猪牛我也牵。
能囊生俅兴仙帕，	别家女如仙女花，
久恰吾拐同得戎。	哪怕美丽像虹艳。
控刚告启喂究伢，	肯送我也不要她，
堂炯果然总嘎浓。	唱歌讨得我心甘。

堂屋吉当高鲁撒·歌种落地满厅堂

苗语汉字记音	汉译
果撒蒙诺阿吼弄，	唱歌口才真出众，
奈嘎号机尖嘎阿。	出口就能成文章。
将撒同能剖斗弄，	放歌像撒小米种，
堂屋吉当高鲁撒。	歌种落地满厅堂。
果撒蒙诺阿吼弄，	唱歌口才真出众，
奈嘎号机尖嘎古。	出口就是论古今。
将撒同能剖斗弄，	放歌像撒小米种，
堂屋吉当高鲁觉。	歌种落地满大厅。

果冲撒忙同笔谁·唱歌好像写文章

苗语汉字记音	汉译
果冲撒忙同笔谁，	唱歌好像写文章，
查鸟扑度同偷头。	开口讲话像朗读。

同伢囊巫究生地，	好像河流不停淌，
招地告以告能莪。	这边拦断那边出。

果冲撒忙同笔谁，	唱歌好像写文章，
查鸟扑度同偷抗。	开口讲话像朗诵。
同伢囊巫究生地，	好像河流不停淌，
招地告以告能郎。	这边拦断那边涌。

当悄冲埋列嘎褡・招待不周莫骂我

苗语汉字记音	汉译
脓通剖笔出能喀，	来到我家是做客，
出喀脓通剖囊笔。	做客来到我的家。
脓呆伢农哈几甲，	到家没有肉上桌，
宠者几没伢由酒。	端碗没肉把酒下。
腊斗刚埋胡巫八，	只有酸汤让你喝，
巫八几没照江球。	酸汤里面盐少加。
当悄冲埋列嘎褡，	招待不周莫骂我，
嘎褡嘎久剖囊邱。	我们丢丑请莫骂。

几没巫八喂觉命・没有酸汤我命完

苗语汉字记音	汉译
脓通埋笔埋搏笆，	来到你家你杀猪，
搭笆搭约哈搏齐。	猪牛两样都杀全。
嘎得巴得头如架，	小炒瘦肉味最足，
农你嘎弄差梯梯。	吃到嘴巴味道鲜。
农觉鼓启撒列褡，	吃多腹胀挨不住，
斗如嘎不勾偷气。	浊气冲出屁股眼。
如埋出尖阿仲八，	幸好你把酸汤煮，
几没巫八喂觉命。	没有酸汤我命完。

岭蒙松自岭蒙松·讲我贪心就贪心

苗语汉字记音	汉译
岭蒙松自岭蒙松，	讲我贪心就贪心，
延除延果件件收。	爱唱歌的全部要。
蒙扑几控拉除蒙，	你若不肯除一人，
蒙控灵蒙出阿勾。	你肯一起往回邀。
几灵几鹅求剖冬，	成群结伴上我村，
同齐常处几卜柔。	像蜂回家围蜂巢。
几灵炯白咛囊众，	我家火床挤满人，
明图明磊几年周。	个个心里乐陶陶。
炯劳政府没结婚，	引到政府去结婚，
奈奴牙岭度搭斗。	叫妹指印落纸角。

伢狗酒由叉岩苏·狗肉下酒醉意欢

苗语汉字记音	汉译
蒙架拉没阿娘罘，	你笨也有小聪明，
克策囊罘在相足。	看哥才智是一般。
搏狗将蒙列嘎洽，	打狗叫你不要惊，
将咛嘎扑喂鲁苏。	请哥莫嫌我话繁。
几冬伢狗勾伢笆，	狗肉猪肉皆可烹，
伢狗酒由叉岩苏。	狗肉下酒醉意欢。
呆昂埋笔没能喀，	到时你家来客人，
搏狗勾浩勾当秋。	打狗炒肉待客餐。

补磊得咛由蒙腮·三个儿子由你选

苗语汉字记音	汉译
强灵几起撒阿炯，	堂中试着把歌拉，
几沙候得喂哈岩。	出言一句我知全。

喂没补留尼蹦穷，	我有三朵鲜艳花，
补磊必就锰采采。	三个青果挂树端。
出那阿笔乙磊众，	哥是八口人之家，
比俅八仙飘劳海。	好似漂海众八仙。
补磊得帕补磊咛，	三个妹子三男娃，
得让照磊白改改。	儿女六位屋坐满。
告巴得帕灵巴送，	最小女子去年嫁，
补磊得牙哈尖来。	三个女儿有家安。
江江尼斗补磊咛，	还未成家三男伢，
补磊得咛由蒙腮。	三个儿子由你选。
机腮机磊喂拉控，	你选哪个我应答，
腮召磊机喂究拐。	选到哪个我都愿。

阿梦蒙西咛囊撒·岳母饿歌抢歌唱

苗语汉字记音	汉译
得咛出撒着仲崩，	我在堂屋放歌声，
蒙着几众几克咱。	你在火床巴眼望。
撒忙果刚蒙牙仲，	唱歌送给表妹听，
汤才阿梦斗无打。	岳母抢着来接腔。
再列褡策几枪兄，	骂我不知廉耻人，
阿梦蒙西咛囊撒。	岳母饿歌抢歌唱。

鲁蒙如撒灵能夸·你的歌好人人夸

苗语汉字记音	汉译
鲁蒙如撒灵能夸，	你的歌好人人夸，
同蒙囊布萌药勾。	歌师美名传得远。
大巴果呆及崩腊，	天上唱到嫦娥家，
大陡果送弥巫头。	地上唱到大海边。
鲁蒙如撒灵能夸，	你的歌好人人夸，

同蒙囊布萌芍让。　　歌师美名传得广，
大巴果呆及崩腊，　　天上唱到嫦娥家，
大陡果送弥巫涨。　　地上唱得河水涨。

动蒙果撒尼告江·听歌知你是歌匠

苗语汉字记音	汉译
动蒙果撒尼告江，	听歌知你是歌匠，
果如拿先江拿球。	歌好有味像盐油。
盖觉花垣勾古丈，	盖了花垣和古丈，
盖瓜保靖通乾州。	盖过保靖和乾州。
得兄绷觉策告江，	苗家出了好歌郎，
能丰能岔你埋笔。	英雄辈出在你楼。
动蒙果撒尼告江，	听歌知你是歌匠，
果如拿先江拿糖。	歌好有味像油糖。
盖觉花垣勾古丈，	盖了花垣和古丈，
盖瓜保靖通乾江。	盖过保靖万溶江。
得兄绷觉策告江，	苗家出了好歌郎，
能丰能岔你埋让。	好汉出在你村庄。

能翎详斗鲁巴炅·富贵有根根儿长

苗语汉字记音	汉译
吉除撒忙尼蒙冲，	唱歌是你最会唱，
诺果诺除撒阿后。	会唱会吟歌成串。
能翎详斗鲁巴炅，	富贵有根根儿长，
巫党久地高鲁谋。	深塘鱼儿种不断。
吉除撒忙尼蒙冲，	唱歌是你最会唱，
诺果诺除撒阿先。	会唱会吟歌满口。
能翎详斗鲁巴炅，	富贵有根根儿长，
巫党久地高鲁棉。	深塘鲤鱼种常留。

比巧几拐龙题周·麻布只管配丝绸

苗语汉字记音	汉译
撒忙果如鹅剖剖，	唱歌你本熟溜溜，
几冬撒除靠蒙郎。	世上好歌归你管。
比巧几拐龙题周，	麻布只管配丝绸，
果如果巧列嘎光。	唱好唱差你莫厌。
撒忙果如鹅剖剖，	唱歌你本熟溜溜，
几冬撒除靠蒙摆。	世上好歌是你编。
比巧几拐龙题周，	麻布只管配丝绸，
果如果巧列嘎乖。	唱好唱差请莫嫌。

牙岭八觉高逑状·妹犯啥法不知情

苗语汉字记音	汉译
打围自勾告蜡矿，	突然就用绳索捆，
勾喂占照埋囊得。	把我捆在你们村。
牙岭八觉高逑状，	妹犯啥法不知情，
久没灵然埋约国。	没有牵你黑牛群。
打围自勾告蜡矿，	突然就用绳索捆，
勾喂占照埋囊冬。	把我捆在你村头。
牙岭八觉高逑状，	妹犯啥法不知情，
久没灵然埋约中。	没有牵你栏中牛。

尼乃燃脚嘎保告·昨天丢了大公鸡

苗语汉字记音	汉译
尼乃燃脚嘎保告，	昨天丢了大公鸡，
尼芒燃脚高巴尼。	昨夜丢了公水牛。
亚燃告搭勾告报，	戒指手镯也失遗，

叉劳者村脓几追。　　才到院外把你揪。

尼乃燃脚嘎保告，　　昨天丢了大公鸡，
尼芒燃脚高巴那。　　昨夜丢了大水牯。
牙燃告搭勾告报，　　戒指手镯也失遗，
叉劳者吹能几抓。　　才到院外把你阻。

埋笔灵帼他久到·你家做主人成堆

苗语汉字记音　　汉译
修老常萌嘎罖要，　　动脚回家莫留妹，
将咛嘎罖几勾喂。　　叫哥莫把我路拦。
罖剖剥周列农朝，　　留我住宿要米炊，
阿乃农娘卑巴特。　　一天要吃四五餐。
埋笔灵帼他久到，　　你家做主人成堆，
商量尖玛究尖奶。　　父亲同意母不干。

修老常萌嘎罖要，　　动脚回家莫留妹，
将咛嘎罖几勾纠。　　叫哥莫把我来留。
罖剖剥周列农朝，　　留我住宿要米炊，
阿乃农娘卑巴斗。　　一天要吃四五斗。
埋笔灵帼他久到，　　你家做主人成堆，
商量尖玛究尖欧。　　父亲同意妻不留。

剖娘将喂罖能喀·母亲叫我把客挽

苗语汉字记音　　汉译
几笔出尖阿仲八，　　家里酸菜做一坛，
出尖阿仲八肖扣。　　做成一坛酸菜汤。
剖娘将喂罖能喀，　　母亲叫我把客挽，
八肖当喀兄剖笔。　　酸菜宴客歇我庄。

几笔出尖阿仲八，　　家里酸菜做一坛，

出尖阿仲八肖忙，　　做成一坛酸菜叶。
剖娘将喂罖能卡，　　母亲叫我把客挽，
八肖当喀兄剖让。　　酸菜宴客我庄歇。

罖埋常兄剖囊众·留你再歇我们庄

苗语汉字记音　　　　汉译
各磊那勾没磊共，　　十个兄弟有兄长，
忙德出忙没峨岭。　　蜜蜂成群有蜂王。
那岭奈喂罖埋兄，　　哥哥喊我留你唱，
罖埋常兄剖囊众。　　留你再歇我们庄。
斗伢斗酒你告桶，　　酒肉剩多放在缸，
农脚易常劳埋冬。　　吃完再回你家乡。
罖埋常脓嘎笔炯，　　挽留进屋来商量，
常供撒忙果几炅。　　再唱山歌放开嗓。

罖来罖你当嘎笆·追到村口挽留客

苗语汉字记音　　　　汉译
罖来罖你当嘎笆，　　追到村口挽留客，
罖埋罖照高杭勾。　　好言挽留在村巷。
埋尼如能麻如喀，　　你是富贵有气魄，
如能如喀如排子。　　谦谦君子好模样。
农尼到觉埋帮价，　　吃牛做客帮银坨，
到如埋齐剖阿斗。　　钱米得到你们帮。
罖埋兄着剖囊伢，　　请你回到我家坐，
罖喀兄你剖囊笔。　　留客歇住我客堂。

罖剖埋列亨松想·留客你要好好想

苗语汉字记音　　　　汉译
动剖扑包埋打桃，　　听我对你讲几句，

罘剖埋列亨松想。	留客你要好好想。
嘎罘剖勾埋笔劳，	不要再留你家寓，
修老修豆嘎罘常。	走了莫再回你庄。
罘剖嘎笔列伢浩，	留下要吃肉和鱼，
亚列浩伢由酒江。	要有肉食下酒香。
呆姑阿省埋难照，	到时你才觉悔沮，
害剖家一照埋让。	害我无颜在你乡。

罘剖埋尼机瓜奈・留客不是真心喊

苗语汉字记音	汉译
罘剖埋尼机瓜奈，	留客不是真心喊，
几瓜奈咛雄埋笔。	假意喊我留你家。
灵老挂觉告鸟占，	动脚走到院边站，
灵老乍瓜摆柔头。	起步便往院外跨。
没从几留大包见，	有心先把包收管，
嘎机列供度几抽。	哪要费心来说话。
没然修艽占几现，	早收行头莫让转，
年牙没启罘兄周。	才是真心不是假。

拿几果如列机白・歌再唱好要回屋

苗语汉字记音	汉译
告求囊度哈扑足，	要讲的话都讲尽，
扑齐扑叫头冲白。	讲尽讲完很清楚。
乃伢旁朗不鲁鲁，	日出圆圆高空升，
乃巴几啥比各社。	如今快落山坳处。
嘎刚剖母大猫主，	莫让我摸夜路行，
剖不会芒能勾国。	摸黑行走不见路。
呕告几白召拐吾，	我们分别赶路程，
拿几果如列机白。	歌再唱好要回屋。

阿柔常萌摆竹筛·现在回去门槛升

苗语汉字记音	汉译
将大斗剖克久咱，	早上见我你不理，
杭吹会挂叉脓专。	客走过巷才系绫。
起头脓送摆竹伢，	做客来时门槛低，
阿柔常萌摆竹筛。	现在回去门槛升。
久统常劳埋阿恰，	不好返回你家里，
勾者再常脓谷埋。	以后再来走你们。

散客喂勾大包岔·散客我把包袱找

苗语汉字记音	汉译
散客喂勾大包岔，	散客我把包袱找，
笑同召劳埋拜众。	草鞋穿在你厅堂。
打的供蜡哈告瓜，	突然红绸系上腰，
专照喂囊瓜打仲。	系在我的腰间上。
克召打磊哈想架，	看到这样我呆了，
久没供哼巴约灵。	没有把你公牛抢。
度笔件件埋拉咱，	东家个个都看到，
久列弟扑度王分。	不要来把我冤枉。

喂尼罘喀炯剖拜·我是挽客留我庄

苗语汉字记音	汉译
修老蒙勾大包岔，	提脚你把包袱找，
今倒上照笑同先。	快将草鞋穿脚上。
几韦告蜡专能帕，	我用丝绸捆你腰，
喂尼罘喀炯剖拜。	我是挽客留我庄。
久尼严剖囊约巴，	你没偷我牛儿跑，
严到撒忙照蒙筛。	偷得歌儿藏心房。

扑度查乌哈克咱，	张开嘴巴能看到，
将蒙上吐绷龙尖。	请你快快吐出腔。

颂灵常谷求功农·来年再登金龙门

苗语汉字记音	汉译
机白常蒙劳剖伢，	分别要回我家园，
机他常劳剖囊冬。	分开回到我们村。
乃机叉常到几甲，	不知何时又重见，
难常几甲几勾蒙。	我怕从此难见亲。
拿几拿阿囊几俩，	多么无比地思念，
颂灵常谷求功农。	来年再登金龙门。

（三）撒克得伢·看月贺喜歌

后嘎出布靠觉蒙·为孙赐名你来定

苗语汉字记音	汉译
卑灵交春穷图李，	年头开春栽李树，
穷尖告图自帮炯。	栽进土里就盘根。
告图花奴勾几吹，	树叶繁茂枝条舒，
腊呕荡灵自然蹦。	二月一到花芬芬。
然蹦打吾自尖必，	花开鲜艳果满株，
如必如购尖出松。	硕果累累满树呈。
打嘎齐求剖摆笛，	手提公鸡进我屋，
包度甲嘎甲得娥。	报信生个男银孙。
阿打松到周几其，	外婆接信乐乎乎，
机邀吉奈脓机彭。	结伴看月上你门。
出喀走蒙宠酒杯，	做客同饮酒一壶，

胡酒常龙蒙几同。	饮酒同桌共开心。
搏嘎奈咛古倒卑，	杀鸡叫你啃头颅，
后嘎出布靠觉蒙。	为孙赐名你来定。

克得脓送嘎埋租·看孙来到你家里

苗语汉字记音	汉译
埋笔告构如元花，	你家实在行好运，
打巴刚害勾学炅。	天赐金孙抱上膝。
几毕打夫到嘎瓜，	不知不觉添个孙，
叟到嘎学周穷穷。	得个孙儿笑嘻嘻。
补大白脚埋搏嘎，	满了三早杀鸡炖，
搏奴搏嘎勾布出。	杀鸡宰鸭把名记。
甲嘎埋尚包阿打，	得孙快给外婆信，
嘎茄叟到就剖谷。	邀请外婆来贺喜。
剖脓出喀埋囊哈，	我们做客到你村，
克得脓送嘎埋租。	看孙来到你家里。
糯嘎糯奴供几达，	鸡蛋鸭蛋抬进门，
亚供朝糯勾烈出。	又抬大米做贺礼。
告西告布哈巧沙，	背篼背带织纱锦，
大臭大戎修古古。	龙凤飞舞锦鸡立。
白腊常不谷阿打，	满月外婆家里行，
列供阿打阿大谷。	要上外婆的宅第。
涨岭偷头劳长沙，	长大读书长沙城，
埋笔到如状元出。	状元出在你家里。
刚埋到布拿各打，	让你名望如峰峻，
同布剖冬志尼吾。	我乡出名数第一。
毕报楼贵得嘎花，	钟灵毓秀繁子孙，
出花出求翎夫夫。	荣华富贵固根基。

叟到嘎学几年阳·得个孙子好喜欢

苗语汉字记音	汉译
几所喂供撒学钢，	高兴我把歌来玩，
几年得伢勾撒舍。	喜爱娃儿放歌声。
叟到嘎学几年阳，	得个孙子好喜欢，
搏嘎出布刚嘎茄。	宰鸡命名赐金孙。
补大三交胡酒江，	三早喝酒酒很甜，
能共哈周几筛格。	老人笑得眯眼睛。
阿各呕乃他囊忙，	一十二天今日满，
嘎婆炯喀脓呆得。	外婆引客都来临。
得要得仲脓出胖，	二姨三姨结伴看，
得伢几年周热热。	娃儿高兴笑欣欣。
袜子笑照磊磊刚，	袜子鞋子人人献，
供西供不供高茄。	背篼喜袋帽镶金。
刚得机条旁郎郎，	送得背篓圆又圆，
摇摇笼条海阿磊。	竹编摇篮有一份。
几摇得让周几钢，	摇动婴儿笑得憨，
如你如剥如萌蝈。	舒舒服服入梦境。
及能供丛浓江江，	娃儿小舅挑重担，
丛浓呆弄俄牙题。	担重汗湿单衣巾。
打嘎打奴供出王，	鸡鸭挑了一串串，
糯嘎糯奴共囊没。	鸡蛋鸭蛋装满盆。
刚牙补纠补些常，	让姐滋补壮身板，
又起如奶刚得得。	才有母乳喂幼婴。
没奶刚得如容涨，	有奶喂儿长强健，
涨筛打务尖秧能。	很快长高育成人。

供刚嘎学叉翎头·送给孙子久富运

苗语汉字记音	汉译
奈报堂屋出撒有，	喊进堂屋把歌吟，
服喜得伢勾撒扒。	看月听我把歌发。
能召虐西吉岔周，	人从古时传到今，
吉岔阿候久没差。	习俗一点也不差。
阿儿兄供阿儿叟，	一代要把一代生，
叟如得嘎且剖黏。	养育儿孙发新芽。
得咛叟岭兄岔欧，	儿子养大要娶亲，
得牙叟涨列出家。	女儿长大要出嫁。
嫩到呆剖周候候，	新媳接回配成婚，
剖黏挡孟嘎机瓜。	公婆盼望抱孙娃。
叟到阿磊麻留笔，	生得一个守屋人，
来会搂峨保告嘎。	捉只公鸡报娘家。
骂要骂仲几年周，	叔伯哥兄喜盈盈，
岭学供让脓几罘。	老少大小聚舍下。
脓送磊磊几年偷，	来到个个笑不停，
宽松到他周哈哈。	精神抖擞乐哈哈。
拿机出如来阿勾，	找得这家好姻亲，
出到如来家拉打。	开得好亲富翁家。
朝糯埋供炯乙斗，	大米你送八百斤，
打嘎供刚牙勾尬。	送姐补身抬鸡鸭。
糯奴糯嘎白几勾，	鸡蛋鸭蛋满笼赠，
亚刚先球勾机搭。	油盐齐备把肉炸。
刚机吉改不老勾，	又送背篓背金孙，
摇摇买刚摇得伢。	摇篮你送摇孙娃。
供西供不亚供娄，	铺盖背袋小垫枕，
俄先埋刚供出他。	新衣送了许多打。
告老笑照刚袜子，	鞋子合脚袜子新，
高茄卑图通机家。	童帽银饰白无瑕。

埋夯堂没得保斗，	送副手圈是纯银，
矿工几炯派先押。	脖上项圈挂银花。
埋克得伢会出勾，	看月你们走成群，
奶仲奶要会几罖。	二姨三姨成行踏。
比俫搭戎会几有，	活像姣龙来出行，
同巫告伢戎绷八。	像龙出水离开家。
机炯吉俄求剖笔，	成群结队进我门，
召告克架撖无花。	旁人个个都看傻。
克得供如几没斗，	看月礼物多得很，
从如拿各拿茸打。	情重如山如岭大。
供刚嘎学叉翎头，	送给孙子久富运，
越报勾傩拉越花。	越长越大家越发。

克嘎高逑几没供·看孙什么都没带

苗语汉字记音	汉译
几所几年嘎学孟，	欢欢喜喜看孙来，
能泸相米要觉球。	穷人确实少了盐。
克嘎高逑几没供，	看孙什么都没带，
尼供嘎学炅阿柔。	只有将孙抱一遍。
几所几年嘎学孟，	欢欢喜喜看孙来，
能泸相米要觉先。	穷人确实少了油。
克嘎高逑几没供，	看孙什么都没带，
尼供嘎学炅阿排。	只有将孙搂一搂。

嘎学蒙刚得高茄·看孙你送金帽子

苗语汉字记音	汉译
如乃如虐服喜得，	吉日吉时贺婴至，
如虐阿大脓克嘎。	好天外婆来望孙。
嘎学蒙刚得高茄，	看孙你送金帽子，

十八罗汉出阿嘎。	十八罗汉并排蹲。
如乃如虐服喜得，	吉日吉时贺婴至，
如虐阿大脓克勾。	好天外婆来望崽。
嘎学蒙刚得高茄，	看孙你送金帽子，
十八罗汉出阿勾。	十八罗汉做一排。

几年得伢列大昔·大家贺喜都出力

苗语汉字记音	汉译
芒能最如阿笔能，	今夜齐了一屋人，
没共没学最累累。	男女老少都来齐。
阿大灵众服喜得，	外婆率众来看孙，
理松供如求剖村。	礼行抬进我屋里。
克嘎供然得高茄，	看孙送帽镶黄金，
供没告不勾告西。	背篼背带都带齐。
俄先件件供囊没，	抬得新裤新衣裙，
亚供机都古谷李。	还送好多大公鸡。
摇摇再供没阿磊，	送个摇篮新又新，
袜子笑穷佩腊佩。	袜子红鞋好美丽。
得伢几年周热热，	婴儿高兴笑盈盈，
吾哈江启周几其。	手舞足蹈笑嘻嘻。
脓送阿充如角色，	厉害歌手聚满门，
诺除诺果如撒比。	能说会唱好歌意。
撒学果够嘎脓折，	歌唱结尾请客跟，
几年得伢列大昔。	大家贺喜都出力。

阿磊撒报茄阿斗·一句贺歌一斗金

苗语汉字记音	汉译
包得勾会求嘎婆，	报喜去到外婆家，
久没包嘎酒夫笔。	见喜没报我家门。

埋叟得伢勾嘎搏，	你家生儿把鸡杀，
出布奈那胡特酒。	起名喊我把酒饮。
胡错酒江喂拉所，	喝醉我就把腿拔，
不鸟不弄空空斗。	只带嘴巴没礼品。
嘎婆脓会常几科，	外婆来到要谢答，
埋亚奈那机兄笔。	你们喊我把歌论。
几尼几而告枯哥，	不是我虚把口夸，
阿磊撒袍茄阿斗。	一句贺歌一斗金。
圆度圆撒刚埋拖，	好歌唱送你收纳，
埋翎嘎然喂撒有。	富了莫忘唱歌人。

（四）撒服笔·贺新居歌

出花出求嘎阳能·荣华富贵比人阔

苗语汉字记音	汉译
如虐如乃勾撒有，	良辰吉日放歌赋，
岩倒尖度被究没。	不知成歌不成歌。
几梧钱当勾笔赳，	凑集钱财把屋竖，
阿磊钱当弄阿磊。	一串钱来汗一颗。
赳到笔先补趟头，	竖得三间新房屋，
哑隆哑穷阿这得。	红红绿绿好楼阁。
戎错常条埋囊笔，	龙凤缠绕你屋柱，
出花出求嘎阳能。	荣华富贵比人阔。

赳笔埋腮到如虐·择定吉日把屋竖

苗语汉字记音	汉译
赳笔埋腮到如虐，	择定吉日把屋竖，

笔西赳到拿能框。 新居造得多宽敞。
鲁班师傅岔囊图， 鲁班仙师找的树，
岔召比各昆仑山。 伐自昆仑仙山上。
岔走阿得图麻如， 找到一株是宝树，
腮到阿祝图沉香。 选就灵株木沉香。
课吾打磊篙求处， 砍伐自倒冲云雾，
篙照乃呆盟茫茫。 指向东方闪金光。
巴膏供常出牛栋， 头节截回做中柱，
牛奶几炯巴膏钢。 二节母柱响当当。
麻岱供常摆告处， 笔直根根扛回屋，
见照几笔勾出梁。 藏在屋里做栋梁。
麻打柔舍勾几图， 硬岩用来垫砥柱，
后姜牛图修出双。 连接柱头立成行。
再斗阿同图比谷， 树梢节节有用途，
件件列勾出排方。 都要锯来做排方。
梁笔列所题阿不， 栋梁修成要藏布，
牛栋王历靠吾光。 皇历中柱栋梁藏。
笔先笔西嫩谷谷， 新屋新居热乎乎，
出如比能列嘎阳。 造就新宅很吉昌。
你呆笔先翎步步， 坐到新屋就要富，
出花出求照埋让。 发家致富盖你庄。
毕得觉嘎叟出不， 生儿育孙坐满屋，
弥图弥久壮元郎。 儿孙个个状元郎。

服笔埋供告补娥·恭贺新居你赠银

苗语汉字记音 汉译

服笔埋供告补娥， 恭贺新居你赠银，
磊磊供如娥告周。 人人都是送银币。
剖毕久娘埋囊从， 我还不起你们情，
罢灵猜儿究弄纠。 百年千载不忘你。

服笔埋供告补娥，	恭贺新居你赠银，
磊磊供如娥告嘎。	人人都是送银堆。
剖毕久娘埋囊从，	我还不起你们情，
罢灵猜儿久弄帕。	百年千载不忘妹。

空度空斗脓谷埋·空手做客来你处

苗语汉字记音	汉译
埋腮如虐赳笔先，	你择吉日起新屋，
剖嘎几埋服酒卡。	我到你家喝喜酒。
空度空斗脓谷埋，	空手做客来你处，
钱当久没供阿嘎。	银钱一点没带有。
埋腮如虐赳笔先，	你择吉日起新屋，
剖嘎几埋服酒江。	我到你家赴喜宴。
空度空斗脓谷埋，	空手做客来你处，
钱当久没共阿娘。	银钱没有带一点。

笔赳叉起绷鲁班·起屋出了鲁班仙

苗语汉字记音	汉译
笔赳叉起绷鲁班，	起屋出了鲁班仙，
鲁班本尼能诺斗。	他有灵巧手一双。
几殴就笔岔龙王，	学艺去把龙王见，
叉劳龙宫萌克笔。	去到龙宫看殿堂。
补灵叉常求弄昂，	三年返回上舶船，
三柱四瓜叉起手。	三柱四挂始建房。

鲁班奈众课觉梁·鲁班邀人找屋梁

苗语汉字记音	汉译
鲁班奈众课觉梁，	鲁班邀人找屋梁，

奈到张良出阿勾。	邀得张良一起走。
岔求比各昆仑山，	寻到昆仑山顶上，
如图斗你比各抽。	好树长在高山头。
如图如容盟芒芒，	好树高大直又长，
岭图如奴亚如勾。	根深叶茂枝丫稠。
出到梁笔列目江，	屋梁要做几丈长，
张良几后怕梁笔。	张良用尺来丈量。
奈根奈众厚能帮，	邀请亲戚来帮忙，
奈摆让那通让勾。	邀遍村里众邻邦。

阿乃赳笔召如虐·竖屋那天吉星耀

苗语汉字记音	汉译
阿乃赳笔召如虐，	竖屋那天吉星耀，
腮到如乃如虐偷。	选的上等吉利日。
俩浓计偏嫩谷谷，	吉风喜雨及时到，
走召搭戎会挂勾。	恰逢龙王路过此。
打戎不巫浇牛图，	龙王带雨把柱浇，
上供牛奶宠阿斗。	快快拥抱圆柱子。

得格交盟阿磊笔·紫微高照亮满屋

苗语汉字记音	汉译
计偏筛筛咱哄途，	和风吹起祥云降，
尼众尼能机年周。	众人个个心宽舒。
戎巫戎浓浇牛图，	祥龙带雨进屋场，
笔先牛图机所偷。	新屋进雨是财福。
梁笔几乖题阿不，	红布挂在屋梁上，
得格交盟阿磊笔。	紫微高照亮满屋。

脓送会呆埋鸟斗・贺喜来到你屋场

苗语汉字记音	汉译
脓送会呆埋鸟斗，	贺喜来到你屋场，
咱咛笔先先差差。	见你新屋新崭崭。
戎臭几拐你告牛，	呈祥龙凤绕柱梁，
伢隆伢穷磊磊咱。	五彩缤纷人人见。
炯穷放笔所剖剖，	壁画猛虎跑下岗，
狮子斗炯摆竹码。	威武雄狮蹲门前。

高柔舍笔头搏如・磉磴岩头雕花草

苗语汉字记音	汉译
冲磊岩匠麻诺数，	请个石匠手艺好，
亚诺比数诺搭斗。	心灵手巧技高强。
柔锰占占雕得奴，	青岩石板雕鹊鸟，
介柔摆专雕得谋。	院坝岩板凿鱼逛。
高柔舍笔头搏如，	磉磴岩头雕花草，
糯戎胎照打仲笔。	龙蛋藏在堂中央。
娥茄埋勾久算数，	不计金银花多少，
阿街能翎扑排子。	大富人家讲排场。

能翎鲁埋没迷笔・富像你们没几家

苗语汉字记音	汉译
出喀脓呆埋告屋，	贺喜来到你屋前，
阶沿搏如几腊偷。	阶沿修得亮花花。
改柔改京画得奴，	岩头凿鸟舞翩跹，
摆柔告面画得谋。	光面岩板刻鱼耍。
桶娥机笔拉总约，	你家金银花不完，
能翎鲁埋没迷笔。	富像你们没几家。

堂屋头同金銮殿·堂屋好似金銮殿

苗语汉字记音	汉译
堂屋头同金銮殿，	堂屋好似金銮殿，
弄图呕告放题忙。	两边都用精料装。
粗损哈彩正竹专，	花彩挂在门中间，
秀球他拿阿磊香。	绣球撑得像鼓样。
大昔克咱勾笆奈，	众人看了都称赞，
常萌列岔刚能狼。	回家到处去宣扬。

（五）撒秋·赶秋歌

果抢撒报秋高堂·我唱你和闹秋堂

苗语汉字记音	汉译
阿灵囊秋亚常呆，	立秋节气又轮回，
如虐常呆阿乃强。	恰巧又逢一天场。
蹦夺郎秋机派买，	金秋时节花菲菲，
将没机克夺蹦胖。	放眼望去花满岗。
嘎处囊蹦差筛筛，	山上野花正娇媚，
就孟商商劳改党。	满川溢出扑鼻香。
告棒德忙用机千，	蜜蜂逐香漫天飞，
用求棒茹岔糖江。	飞到花丛去采糖。
忙德地岔巫糖呆，	蜜蜂专找鲜蜜味，
牙鸟牙弄斗机帮。	触须擅动手脚忙。
糯你狼腊香公先，	田里稻穗头未垂，
糯先吉不香呆昂。	未见田中稻谷黄。
白露三交打夫呆，	白露秋收做准备，
休丛列腮磊虐双。	收割要选日成双。

供桶搏檽启机年，	开镰收割心欢悦，
该该挡克烈檽让。	暗暗期待尝新粮。
波图腰奴尖高改，	玉米粗壮叶色翠，
咱害图儿高启江。	玉米甜秆想要尝。
列架儿糖巧高先，	甜秆吃了怕牙碎，
共觉阿柔觉高强。	人老实在没搞场。
如胡如农没究呆，	好吃好喝取不回，
列牙后策脓帮忙。	要妹给哥来帮忙。
弩兄要召得机拐，	马豆无竹牵上位，
求牙冬俄江究江。	牵妹衣袖让不让。
机邀龙牙撒学摆，	相邀与妹来歌会，
果抢撒报秋高堂。	我唱你和闹秋堂。
脓送堂秋嘎机腮，	秋堂对歌任搭配，
加如陪策果阿浪。	好歹陪哥唱一场。

丘帕出如机乖歪·慕妹歌喉才接声

苗语汉字记音	汉译
卑巴照祝水辽花，	四五六个八人秋，
炯乙九祝辽花先。	七八九个都是新。
强强久尼能果撒，	我本不是苗歌手，
丘帕出如机乖歪。	慕妹歌喉才接声。
卑巴照祝水辽花，	四五六个八人秋，
炯乙九祝辽花蹦。	七八九个花秋千。
强强久尼能果撒，	我本不是苗歌手，
丘帕出如机乖溶。	慕妹歌喉把歌编。

赳秋赳你得包朝·秋千搭在小山包

苗语汉字记音	汉译
赳秋赳你得包朝，	秋千搭在小山包，

就你包朝溜巫哉。	搭在山包泉水旁。
巴排囊能几最劳，	五方亲朋齐来到，
照各囊能几吾呆。	六处客人都到场。

赳秋赳召茸多劳・秋千搭在小山峁

苗语汉字记音	汉译
赳秋赳召茸多劳，	秋千搭在小山峁，
赳如同超打周刘。	搭好秋千舞团转。
求呆几垄查鬼超，	上了秋千哀愁掉，
鬼超拿弄几没斗。	心情舒畅无忧烦。

几可得策埋共图・谢众小伙搬木料

苗语汉字记音	汉译
几可得策埋共图，	谢众小伙搬木料，
难维秋赳刚剖读。	搭好秋千我们荡。
阿儿赳秋呕儿如，	一代搭秋两代好，
儿儿勾者到帼出。	往后代代出贤良。

机梭脓炯辽花先・高兴来坐八人秋

苗语汉字记音	汉译
机梭脓炯辽花先，	高兴来坐八人秋，
琼炯快夫总几吾。	秋千打转好舒服。
求琼列牙勾撒歪，	坐秋要我放歌喉，
喂果拐岔度麻扑。	我唱山歌把谜出。
西昂几岔勾秋排？	古时扎秋谁开头？
机磊几奈勾秋出？	哪个提头把秋竖？
岔到根底难维埋，	能说根底我服友，
堵舍来如机可不。	谢你答对我心服。

岔到牙岭勾常脓·找到妻子解忧愁

苗语汉字记音	汉译
刘全阿然勾欧然，	刘全过去丢老婆，
岩冬会嘎号几萌。	不知人在哪逗留。
岔几甲欧头操筛，	找不到妻伤心窝，
几达巫没同溜绷。	眼泪好似泉水流。
想召尖陇召剖拜，	才立鼓社把秋做，
几奈叉扎辽花琼。	相邀才竖八人秋。
克陇吾炯辽花先，	见她正在秋上坐，
岔到牙岭勾常脓。	找到妻子解忧愁。

求琼岔牙炯机拐·坐上秋千高处瞧

苗语汉字记音	汉译
理松交秋岔包要，	赶秋缘由歌相告，
动喂勾共扑包埋。	讲个故事请听好。
韦磊得欧岔久到，	有人丢妻找不到，
求琼岔牙炯机拐。	坐上秋千高处瞧。

（六）撒操撒麻·忧愁歌

坧兄冬腊同改强·人到凡间如赶场

苗语汉字记音	汉译
动咛囊撒郎当强，	听哥唱歌细思量，
理松扑拜包蒙周。	道理讲到你面前。
坧兄冬腊同改强，	人到凡间如赶场，
无的腊勾告儿头。	忽然命终了寿元。

如崩求大嘎松方，	丈夫魂归去天堂，
久尼阎王休机留。	不是阎王乱收殓。
岭帼囊众腊阿样，	当官的人也一样，
命尼打巴宠机走。	命运掌握在苍天。
弟到几克能阿胖，	世上如此一大帮，
嘎麻嘎操嘎想勾。	不要悲伤莫想偏。
常岔阿久策没冈，	劝你再嫁好儿郎，
嘎褡那岭扑度周。	莫骂大哥笑话编。
交喂囊度总嘎强，	照我说的才稳当，
呕叉勾会再蒙搂。	两条道路由你选。

常岔阿纠勾机枯·重找一夫相照顾

苗语汉字记音	汉译
照业牙要勾撒不，	怜妹我来唱一出，
如如巧巧拐吾亨。	好歹请你要想开。
伢答尼害牙巴肚，	哭死只害妹自苦，
尼害为伢巫没绷。	白费阿妹泪满腮。
常岔阿纠勾机枯，	重找一夫相照顾，
嘎褡那岭扑度蠢。	莫骂哥哥蠢话白。
尖能囊牙没能枯，	成了人妻有人护，
没能后供丛麻浓。	重担有人帮你抬。
蒙揉波弱没能初，	推磨有人添苞谷，
夯告没那炯冲冲。	尊位有夫坐高台。
告图召者常花奴，	枯木逢春新芽出，
腊照芭乃如兄冲。	六月天晴荫下待。
动喂囊度几生初，	听我的话错不出，
鲁羊洽蒙总嘎稳。	这样才是妥安排。

啥共喂没得机克·日后年老有人养

苗语汉字记音	汉译
崩如会萌求冬公，	爱夫逝去阎王殿，
补灵江江打起百。	离世刚好三年长。
江江列地公操松，	忧愁刚散心未安，
打务几必亚挂奶。	突然母逝添忧伤。
努几将牙东嘎容，	怎么叫妹不悲叹，
几磊走召几磊百。	哪个碰到哪个慌。
操奶操崩出阿龙，	愁母愁夫想连串，
拈芒拈乃勾出特。	日夜滴泪当菜汤。
告奶告玛斗笔空，	父亡母逝屋空闲，
几者几没斗及能。	没有兄弟居屋堂。
公操公麻操几炯，	满身忧伤愁无限，
公麻公操害觉喂。	忧伤满身害我怆。
克改得嘎勾得嫩，	看见儿孙儿媳贤，
同筛几郎兄启些。	内心翻腾喜心肠。
该该几马桃花坪，	安居桃花坪里面，
啥共喂没得机克。	日后年老有人养。

炯容炯拈你能伢·伤心悲痛念夫君

苗语汉字记音	汉译
炯容炯拈你能伢，	伤心悲痛念夫君，
奈松奈大几没脓。	呼天不灵地不应。
阎王将喂劳冬腊，	阎王批我下凡尘，
刚牙公操拿能苁。	让姐早早悲愁临。
肚帼觉先打夫答，	亡夫上天去遁隐，
救格打屋勾为弄。	突然闭眼忘妹情。
斗你勾虐拉总麻，	我在凡间总伤心，
伢穷叫格夫冬冬。	哭肿眼皮眼难睁。

没能包喂亚常嘎，	有人劝我去再婚，
儿让科儿斗阿东。	年华还有大半生。
几扑出喂劳告卡，	说要介绍嫁别村，
萌岔先松勾出崩。	找个教师人尊敬。
几没列帕蒙出查，	不要你去做阳春，
腊腊拉没钱当岭。	月月都有工资领。
剥排剥想总嘎哈，	睡思梦想总叹吟，
想拜告启排告充。	紊乱心绪理不清。
修老喂萌报能化，	如果改嫁陌生人，
笔如呆锐呆光隆。	好屋长草野葱青。
打无阿笔夺几瓦，	全家忽然骨肉分，
刚牙公操再嘎浓。	让我悲愁更伤心。
列你几笔枯得麻，	留在家里抚儿孙，
该该留得总嘎翁。	安心育儿守门庭。

高松高大拉亏能·老天也会欺负人

苗语汉字记音	汉译
高松高大拉亏能，	老天也会欺负人，
告大亏剖本嘎羊。	欺我一人实太甚。
偷勾勾牙崩欧撒，	故意拆散夫妻分，
同扎楼且超几江。	像秤丢砣到处滚。
吉俩尼斗巫没白，	想念只能泪满襟，
伢答几没咱吾常。	哭累不见他复生。
斗炯勾虐几同能，	活在世上不如人，
迷努勾会啥排养。	无路可走办法尽。

要能岩牙告启苦·没人知道妹悲戚

苗语汉字记音	汉译
尼能尼众几年尖，	人人高兴迎新年，

先蒙先没周穷穷。	满面含春笑嘻嘻。
该该炯照笔阶沿，	暗暗躲在屋阶沿，
几俩度帼头比炅。	想着丈夫烦躁急。
卑各卑炅喂休言，	四十四岁失姻缘，
要能岩牙告启苦。	没人知道妹悲戚。
几崩几特出麻燃，	复遮复盖想忘断，
努几几特难燃炅。	怎么遮盖盖不完。
想呆后由告松川，	想到处境骨松软，
乐筛启郎几尖不。	肝肠寸断伤身体。
伢崩几洽能脓台，	哭夫不怕人闲谈，
查弄将松拈图图。	放声号啕挥泪涕。
崩让答荍要秀延，	丈夫早亡寿元短，
答让梯梯几留不。	年纪轻轻归了西。
常萌求大会几偏，	归去西天路走偏，
几尼列窝包刚吾。	不然要烧纸钱祭。
将召得蔡哉歪歪，	葬在阴冷地边边，
弄枞锐勾呆出锄。	坟头长满乱草棘。
告豆斗欧拿机难，	留下妻子多为难，
排排几到鲁机出。	想尽办法心无力。
斗克得让几打筛，	幸有儿子做期盼，
公麻公操召拐吾。	悲愁忧伤暂割弃。

斗七比俅灯草虾·寡妇命似灯草花

苗语汉字记音	汉译
牙要斗七你能哈，	妹我守寡在夫家，
炯容炯害筛高虫。	伤心悲泪断肝肠。
告丛浓浓打磊他，	重担自己要扛下，
几会几没能后萌。	不扛没人来帮忙。
相列叔约将松伢，	不会犁田嗓哭哑，
伢错打磊牙常脓。	哭饱回家更忧伤。

勾能召告勾东花，	暗想请人把田耙，
能东牙要江能崩。	人家说我勾他郎。
腊巫没谋能占恰，	田里养鱼草标插，
褡牙鸬鹚麻头工。	骂我鸬鹚脖颈长。
俄充能扑冬几差，	衣净讥我爱扮雅，
弟喂扑度没告松。	话中有刺把我伤。
改强常芒扑几恰，	赶场晚归成闲话，
怪答剖没图兄冲。	说我又找树歇凉。
农错上勾得学瓜，	饭后快哄儿睡下，
不仲连竹剥苁苁。	天黑关门早上床。
堂能堂众洽几嘎，	人多之处不敢扎，
摆笛闹热几改萌。	外面热闹怕到场。
斗七比俅灯草虾，	寡妇命似灯草花，
腊捧宠蜡勾占工。	宁可拿绳吊上梁。
怪刚巴都八字差，	只怪自己八字差，
儿让梯梯崩挂苁。	年纪轻轻夫早亡。
几逃嘎哈克打巴，	望天常叹人呆傻，
乃机叉勾阿儿能。	此生何日才终场。

想呆后由害喂足·烦愁满身无头绪

苗语汉字记音	汉译
你冬尼牙虾告松，	天生妹是骨头轻，
告大亏喂亏得学。	老天亏我亏儿女。
儿让梯梯崩挂苁，	年轻夫君归天庭，
同蹦叉夺召改容。	好像花开遭冻雨。
斗七斗灵让同同，	守寡正当年纪轻，
斗灵叉起没乃图。	年似日头正午居。
刚牙告启想久公，	思来想去真愁人，
几到能勾努几出。	不知走向哪里去。
得让涨岭斗阿东，	儿女长大耗光阴，

几磊几后勾得枯。	无人帮助顾子女。
照业得麻学得宏，	可怜失父正稚龄，
想召启些能约约。	想到这些心忧虑。
努几叟娘害得能？	怎么养大儿成人？
巫没几莪拿几炅。	泪水不知流几许。
乃机叉够阿儿萌？	哪天才能了此身？
想呆后由害喂足。	烦愁满身无头绪。
岩牙列你被列萌，	守节改嫁妹沉吟，
得让列召被列土。	孤儿留下或跟去。

高松高大久没咱·老天为何不明察

苗语汉字记音	汉译
牙要坵兄召虐加，	投胎遇到日子差，
劳冬走召西兄巧。	出生遇到差时辰。
尖能扎报酷扎扎，	像人掉进天坑洼，
比江比尼劳酷朝。	像是掉进刺窠困。
你冬崩共叟得嘎，	世人防老才养娃，
洽共叉叟得几高。	怕老才来养儿孙。
得玛救格萌打沙，	孩子爹死一刹那，
刚牙苁苁到公操。	让妹早早愁满身。
巴磊得咛同八搭，	五个儿子成一爪，
细古喂到得勾告。	自认老了靠得成。
巴日巴汉告启加，	巴日巴汉心毒辣，
供剖笔瓦将夺奥。	我家瓦屋被他焚。
得学件件召吾拉，	我儿全部被他杀，
得让召吾同几哥。	他用刀砍儿丧命。
大答卜你朝夯阿，	杀死丢到山沟下，
卜召告读刚巫了。	丢进岩崖让水淋。
磊格巫没哈伢卡，	眼泪哭干脸哭花，
格共莪卡巫阿多。	哭干泪水烂眼睛。

阿没号几克几咱，	两眼摸黑眼睛瞎，
瓦能啥共叉咱巧。	现在年老更艰辛。
儿共你能摆笛马，	晚年居人屋檐下，
达能几留比夺早。	别人家里把火蹭。
出牙齐巫共叫巴，	瓦罐装水用来拿，
拖巫喂共尬派巧。	舀水我用烂瓢混。
俩浓几没得勾马，	雨天躲雨没有家，
腊召母求及处刀。	南瓜架下任雨淋。
到猛喂剥告家嘎，	得病屎堆里睡下，
剥龙嘎罢头旧肖。	伴着屎尿臭气熏。
剥德比俅告蹂拔，	长虱多像堆蚁塔，
蹂德比俅波弱少。	虱多成串似棕缨。
阿丛公操拿丛扎，	一身忧愁重篓压，
公麻拿七告头悄。	愁苦要用筐来盛。
将先久共能阿尬，	呼吸口臭人都怕，
列会久斗久磊告。	不知投靠哪个人。
高松高大久没咱，	老天为何不明察，
告大埋出告求宝？	苍天你在何处巡？

大大久没能后修·无人帮忙来起早

苗语汉字记音	汉译
炯炯松方哈想戈，	独坐孤单愁伤脑，
埋后喂想鲁磊机。	像我这样如何过。
大大久没能后修，	无人帮忙来起早，
久处阿大尼喂西。	早饭不做要挨饿。
盟大打磊列低夺，	起床自己把火烧，
牙列茶歪勾嘎锐。	炒菜又要先洗锅。
农错兄巫勾充俄，	吃饱热水洗衣帽，
久充尼喂俄久期。	不洗衣服脏如墨。
充尖巴召酷几夺，	洗净烘烤在火坑，

几尚几白嘎刚几。	快翻莫让衣燃着。
夯告久没得几豆，	尊位没有坐老人，
腊枞久斗打戎你。	祖坟没有龙护呵。
拉捧剥龙弥巫莪，	只想顺水去飘零，
莪劳海口刚巫推。	流到海口随水挪。

阿得茸几久召白·哪座山岗雪不落

苗语汉字记音	汉译
阿得茸几久召白？	哪座山岗雪不落？
阿祝图几久召砂？	哪棵树木霜不打？
公操嘎摆召酷没，	忧愁莫在脸上搁，
嘎容嘎麻刚能咱。	莫露悲愁让人察。

西大久没能后修·明早无人帮早起

苗语汉字记音	汉译
琼竹保笔堂屋这，	推门回家堂屋暗，
阿乍求众国楼楼。	踏上火床黑漆漆。
机下比夺白巫没，	火坑生火泪水弹，
想召机改巫没莪。	空屋孤身眼泪滴。
打磊低夺胎巫烈，	独自生火来煮饭，
亚列嘎稳柔波弱。	要磨苞谷架簸箕。
农觉久没能茶者，	吃饭没有人洗碗，
西大久没能后修。	明早无人帮早起。

常枯勾让玛囊得·回心抚养你后人

苗语汉字记音	汉译
得帕几没动奶玛，	女儿不听父母话，
冲能冲玛几斗得。	父母教诲不愿听。

走巧想常勾来岔，	遇难想到找娘家，
几斗胖没勾咱能。	没有颜面见双亲。
公操求喂出阿八，	忧愁缕缕身上挂，
没度扑包刚几磊。	有话要向谁人倾。
拿机拿阿松方达，	非常忧伤愁心大，
拉斗常岔喂堵帼。	来找前夫叙旧情。
剥蝈皮咱得得骂，	睡觉梦见儿他爸，
岩蒙皮牙被几没。	不知你可梦妹临。
几白虐虐头加挂，	生生离别难招架，
公麻几交几同能。	我愁我忧不同人。
几常操囊几稠麻，	悲愁交加如乱麻，
巫没几莪共磊格。	泪水长流烂眼睛。
几棒你虐拉棒答，	不想活来死了罢，
几豆告豆再斗得。	可怜膝下儿女们。
想呆让儿囊阿罖，	回想年轻那时耍，
几龙宠斗弄加改。	我俩牵手青草坪。
如从你斗得保察，	爱情建在小山洼，
从如炯斗拜腊舍。	情谊深厚草青青。
乌先弄球几瓜牙，	哄我讲些甜蜜话，
炯帕所求埋囊得。	引我私奔到你村。
勾剖罖斗棒酷坝，	把我藏在岩洞下，
几咱乃腊几咱能。	不见日月不见人。
难西难克勾必岔，	饿了就把野果打，
西锐西烈勾巫克。	饥渴难耐找水饮。
巫乌刚蒙刚文架，	相濡以沫情无价，
农特几炯者阿磊。	吃饭共用一碗盛。
想冬然蒙出告他，	我想有你做靠塔，
告儿叉到得啥切。	老有依靠到终身。
地筛地些出笔喀，	安心乐业把家发，
龙蒙几如出笔能。	夫妇和睦建家庭。
同功萌笔农几麻，	像蚕成熟食味佳，

同奴孟柔拉乃乃。	像鸟孵蛋日日蹲。
枯蒙枯喂他几瓜，	相亲相爱情无瑕，
几如叟觉得娥茄。	恩爱养育好儿孙。
休松求各萌出查，	上到坡上把土挖，
巴乃拉伢浓拉停。	晴天日晒雨天淋。
烈图农斗你改腊，	中饭就在田埂扒，
谋肖由烈没几白。	酸鱼下饭我俩分。
匠秧当克昂休查，	栽秧盼望秋到达，
当孟糯先公热热。	只等稻谷黄澄澄。
休糯常脓尖如擦，	谷子收回像堆沙，
波弱波图拿各揭。	玉米堆积像山岭。
刚蒙宽松牙到他，	让你愉快笑哈哈，
到他几年撒学接。	满心欢喜把歌吟。
几逃走觉帕黏牙，	闯荡外出遇女煞，
召公黏牙勾几者。	遇到女妖勾你魂。
打文蒙勾告启俩，	忽然你把心变卦，
嘎苁芒叫勾剖黑。	早早夜夜把我训。
召得召欧求能伢，	丢儿抛妻睡妖榻，
巴都得让将几文。	亲生孩儿放孤伶。
从浓蒙召将几瓦，	情谊你往一边撒，
如从几瓦拿各拍。	好情抛弃如山崩。
几由黏牙比召乍，	跟在女妖身后耍，
炯蒙会劳能勾国。	阴暗路上把你引。
胡蒙囊穷勾伢架，	吸你的血把肉剐，
教筛辽冒勾些没。	掏你肝肺把肠损。
丰蒙告松改罖罖，	磨你身体剩骨架，
松闹没浩勾叟得。	取你骨髓鬼儿啃。
呆昂共觉觉戎卡，	到时老来气力差，
蒙出几娘能生则。	你做不起遭人恨。
图岱常脓几拐蜡，	直树倒转缠藤桠，
图专告蜡尼喂没。	树来缠藤只一人。

几滔常脓枯得麻，	赶快回家养孤寡，
常枯勾让玛囊得。	回心抚养你后人。
列刚勾学常甲玛，	要让儿女见亲爸，
甲奶甲玛周热热。	全家团圆笑盈盈。

（七）撒几排·猜谜盘歌

（1）搭容搭谋阿勾会·山羊和鱼来相会

苗语汉字记音	汉译
搭容搭谋阿勾会，	山羊和鱼来相会，
没峨打容龙搭谋。	并做一排紧相挨。
蒙尼告兄囊守备，	你是苗家的守备，
排磊字共刚蒙抽。	出个字谜让你猜。

（打一字）

（2）乃呆够你巴勾且·日出挂到秤钩称

苗语汉字记音	汉译
乃呆够你巴勾且，	日出挂到秤钩称，
够着巴勾几乖乖。	挂在钩上悬又悬。
蒙尼江撒策告特，	你是歌师最聪明，
字谁尼求岩几岩。	写的何字你猜看。

（打一字）

（3）阿磊能戎拿机刘·一人力量大无穷

苗语汉字记音	汉译
阿磊能戎拿机刘，	一人力量大无穷，

将磊字共勾蒙旗。	出个字谜你猜想。
窝图呆你告改兜，	树木长在土坎中，
嘎弄斗你占占卑。	嘴巴长在头顶上。

（打一字）

（4）酷嘎蒙奈出巴鸟·屁股你喊作嘴巴

苗语汉字记音	汉译
阿磊能能相明很，	一人力大大无边，
者亭告图哈几滔。	扯出树蔸压树丫。
搏磊筋斗翻打整，	打个筋斗把身翻，
酷嘎蒙奈出巴鸟。	屁股你喊作嘴巴。

（打一字）

（5）呕磊藏没会奶玛·两人骑马走亲娘

苗语汉字记音	汉译
呕磊藏没会奶玛，	两人骑马走亲娘，
刀卑牙图呕召蹦。	头戴两朵花儿红。
告处如觉阿磊腊，	旁边有个圆月亮，
告逑字谁冲几冲？	这是何字懂不懂？

（打一字）

（6）得为帅帅嘎铺狗·年轻少女嫁老头

苗语汉字记音	汉译
得为帅帅嘎铺供，	年轻少女嫁老头，
想着海能几后筛。	想到这些心不甘。
毕得脚介拉着龙，	生儿育女互相守，
拉着几龙阿腮腮。	只好终身来为伴。

（打一事）

（7）如如喂你喂阿恰·自在安然在一边

苗语汉字记音	汉译
如如喂你喂阿恰，	自在安然在一边，
几没相着埋几磊。	并没碍着哪个人。
嘎笔猜朵亚猜它，	伸手就把我屋掀，
着老着脚勾喂黑。	顿足动手把我擒。

（打一事）

（8）冬腊如为平喂腮·世上美女任我选

苗语汉字记音	汉译
几相忙脚勾撒怕，	天还未黑发歌谣，
批会批果松然然。	边走边唱歌声甜。
王计得帕德喂尬，	皇帝女子任我咬，
冬腊如为平喂腮。	世上美女任我选。

（打一事）

（9）腮乃绍虐包剖劳·推掐吉日请我到

苗语汉字记音	汉译
腮乃绍虐包剖劳，	推掐吉日请我到，
包剖劳嘎埋囊登。	请我来到你们村。
能度几斤嘎几交，	问话翻来覆去绕，
整列龙帕能麻止。	总要问妹话真心。
能度几恰为郎剥，	问话不怕丈夫恼，
为剥斗灵你嘎衣。	我夫就在那里蹲。

（打一事）

（10）比嘎摆照倒卑专·鸡毛插在头顶尖

苗语汉字记音	汉译
比嘎摆照倒卑专，	鸡毛插在头顶尖，
告教俄先同头忙。	身上衣衫像龙袍。
呆乃呆虐他俄先，	时日一到脱衣衫，
龙玛龙奶几斗涨。	与父与母来比高。

（打一植物）

（11）告豆比俫得约公·皮子好像黄牛毛

苗语汉字记音	汉译
告豆比俫得约公，	皮子好像黄牛毛，
几郎头炅打最狗。	内有许多小跳蚤。
扒豆几郎伢虐农，	剥皮要吃生肉嚼，
腊乙腊九叉呆斗。	八九月份才吃到。

（打一植物）

（12）学学阿笔头岭众·小小一家人口多

苗语汉字记音	汉译
学学阿笔头岭众，	小小一家人口多，
让农求处拿几抠。	天天上山很辛苦。
久光昂乃被昂弄，	春夏秋冬都干活，
出然刚能勾工叟。	成果让人来享福。

（打一昆虫）

（13）打磊赳笔打磊报·自己起屋自己住

苗语汉字记音	汉译
打磊赳笔打磊报，	自己起屋自己住，

赳尖头萌头觉蝈。	起成累了就睡眠。
及蝈松常绷久到，	睡醒想走无出处，
扯八笔放叉咱能。	扯烂板壁才露面。

（打一昆虫）

（14）到卑吾涂卑嘎娥·头上它戴四块银

苗语汉字记音	汉译
到卑吾涂卑嘎娥，	头上它戴四块银，
派害告恰几派买。	全身上下刺来栽。
久没能解供吾兄，	无人敢和它亲近，
尼洽打功勾吾采。	就怕小虫把它宰。

（打一植物果实）

（15）巴膏久洽比夺窝·树蔸不怕大火烧

苗语汉字记音	汉译
几冬没觉呕祝图，	凡间生有树两棵，
斗炯比各茸倒老。	长在山巅高又高。
花奴将勾头锰如，	发枝长叶翠绿色，
巴膏久洽比夺窝。	树蔸不怕大火烧。

（打一字）

（16）补磊牙勾打磊布·三个姊妹名一个

苗语汉字记音	汉译
补磊牙勾打磊布，	三个姊妹名一个，
哈尼剖黏出布周。	同是祖辈赐的名。
你照保机出阿步，	坐到哪里做一伙，
会嘎好机出阿勾。	走到哪里一路行。

（打一字）

（17）几弄摆竹呆觉笼·大门头上长翠竹

苗语汉字记音	汉译
几弄摆竹呆觉笼，	大门头上长翠竹，
呆笼呆照弄摆竹。	竹子长在门上头。
芭乃搭浓没乃绷，	晴雨常有日头出，
实乃实忙实究觉。	天天晒它晒不透。

（打一字）

（18）理松久供巴鸟扑·辩论不用嘴巴讲

苗语汉字记音	汉译
得那图高尼能罖，	戴帽阿哥人聪明，
理松久供巴鸟扑。	辩论不用嘴巴讲。
到卑学学罖几挂，	脑壳小小智慧精，
久没农烈列巫服。	没有饭吃喝水养。

（打一用具）

（19）竹家囊笔送牙要·竹家送妹去结婚

苗语汉字记音	汉译
竹家囊笔送牙要，	竹家送妹去结婚，
勾为送嘎田家笔。	把妹嫁到田家里。
芒能送觉得自到，	今晚送了就怀孕，
西大到得几年周。	明早得儿笑嘻嘻。

（打一用具）

（20）呕磊牙勾哈打赛·我两姐妹一个样

苗语汉字记音	汉译
呕磊牙勾哈打赛，	我两姐妹一个样，

呕磊打赛阿样囊。	两个样子都相同。
如蒙常萌能修见，	人家把你收进仓，
勾剖卜照打中夯。	把我抛在溪沟中。

（打一植物）

（21）楼害忙公标究觉·捉虫灭蚊忙着追

苗语汉字记音	汉译
坵兄劳夯久没查，	投生下来无田地，
腊尼拜冬会几无。	到处游玩满天飞。
学学公弟用几他，	小小翅膀飞得急，
搂害忙公标究觉。	捉虫灭蚊忙着追。

（打一昆虫）

（22）得为坵兄你告伢·阿妹出生在河滩

苗语汉字记音	汉译
得为坵兄你告伢，	阿妹出生在河滩，
到卑亚图阿召蹦。	头上戴着一朵花。
机纠啥同比各坝，	身体像座小土山，
几摇几日会绷冬。	慢慢悠悠走玩耍。

（打一水生物）

（23）吉炯你笔牙竹嘎·同住一屋妹姓竹

苗语汉字记音	汉译
得连用斗弄召度，	鸟儿飞有云头高，
呕峨得奴用机卡。	两个小鸟斜飞扑。
呕磊那勾修如如，	两个兄弟站得好，
吉炯你笔牙竹嘎。	同住一屋妹姓竹。
阿峨谋哥所告处，	一条白鱼边上跑，

阿兄告蜡仁及尬。
打嘎久没告蹂母，
久没娄母腊中伢。
呕峨嘴咬马告处，
跳答久绷高包恰。
牙岭蒙尼照笑图，
呆得吉上宠斗麻。
得帕兄仙爬蹦奴，
爬蹦爬奴亚悄沙。
（打一用具）

一根绳子旁边疏。
母鸡没有孵蛋巢，
叫个不停无蛋孵。
两只蚂蚱边上跳，
跳进刺蓬跳不出。
阿姐脚上木屐套，
到边马上伸手扶。
仙女巧手绣花鸟，
绣了花卉织锦幄。

猜谜盘歌谜底

（1）鲜
（2）旭
（3）呆
（4）杏
（5）腾
（6）嫁接树木
（7）捉黄鳝
（8）蚊子咬人
（9）问话傩母
（10）桂竹笋
（11）猕猴桃
（12）蜜蜂
（13）蚕
（14）金樱子果实
（15）焚
（16）奸
（17）简
（18）钢笔
（19）泥鳅篆
（20）油茶村
（21）蜻蜓
（22）田螺
（23）织布机

《吕洞山地区苗族情歌》翻译人员名录

梁远新	保靖县政协
龚曼华	保靖县政协
胡承元	保靖县政协
彭一慧	保靖县政协
麻春兰	保靖县水利局
龙致书	保靖县政协
向邦舟	保靖县政协
彭　智	保靖县政协
彭万银	保靖县卫生健康局
梁洪海	保靖县人民政府办公室
彭图荣	保靖县农业局
罗　健	农发行保靖支行
田景成	保靖县政协
龙显琦	保靖县畜牧局
石元忠	保靖县法院
吴昌国	保靖县水田河镇梁家村
向洪钊	保靖县阳朝学区
龙春梅	保靖县政法委
向洪坤	保靖县商业行管办
杨章华	保靖县卫生健康局
石源廷	保靖县民委
石美香	保靖县能源局

《吕洞山地区苗族情歌》供稿人名录

龙明兰	保靖县葫芦镇米塔村
龙利茂	保靖县葫芦镇葫芦村
石新宽	保靖县葫芦镇葫芦村
龙子霖	保靖县葫芦镇葫芦村
石泽生	保靖县葫芦镇葫芦村
龙珠荣	保靖县葫芦镇葫芦村
龙子三	保靖县葫芦镇葫芦村
石元斌	保靖县葫芦镇木芽村
石元忠	保靖县葫芦镇木芽村
石三英	保靖县葫芦镇木芽村
龙子昌	保靖县葫芦镇瓦厂村
龙利召	保靖县葫芦镇葫芦村
石远圣	保靖县葫芦镇葫芦村
石源廷	保靖县葫芦镇葫芦村
龙珠义	保靖县葫芦镇青岗村
洪生利	保靖县葫芦镇米塔村
洪云举	保靖县葫芦镇米塔村
施贵兰	保靖县葫芦镇米塔村
向远定	保靖县葫芦镇耳容村
向家称	保靖县葫芦镇耳容村
石发望	保靖县葫芦镇葫芦村
龙　戈	保靖县葫芦镇葫芦村
颜家浩	保靖县葫芦镇葫芦村
石腊香	保靖县葫芦镇大岩村
龙纪彰	保靖县葫芦镇枫香村
施翠香	保靖县葫芦镇尖岩村

石　玉	保靖县葫芦镇岩坎村
洪青海	保靖县葫芦镇尖岩村
施元康	保靖县葫芦镇尖岩村
石金星	保靖县葫芦镇毛联村
石光荣	保靖县葫芦镇两路村
石光祥	保靖县葫芦镇葫芦村
龙承全母亲	保靖县葫芦镇排扭村
石明礼	保靖县葫芦镇毛连村
龙秀梅	保靖县葫芦镇青岗村
石远翠	保靖县葫芦镇尖岩村
龙银兰	保靖县吕洞山镇傍海村
杨明莲	保靖县吕洞山镇夯吉村
石美凤	保靖县吕洞山镇夯吉村
龙承道	保靖县吕洞山镇夯吉村
龙兴照	保靖县吕洞山镇格如村
龙兴刚	保靖县吕洞山镇格如村
梁明仕	保靖县吕洞山镇格如村
石家明	保靖县吕洞山镇排捧村
石天学	保靖县吕洞山镇排捧村
杨金光	保靖县吕洞山镇翁科村
石元杰	保靖县吕洞山镇翁科村
石元美	保靖县吕洞山镇排吉村
石元虎	保靖县吕洞山镇排吉村
施光忠	保靖县吕洞山镇东辽村
龙　波	保靖县吕洞山镇吕洞村
梁老英	保靖县吕洞山镇夯吉村
龙梦群	保靖县吕洞山镇夯沙村
石元龙	保靖县吕洞山镇排吉村
施光荣	保靖县吕洞山镇东辽村
石元杰	保靖县水田河镇马尾村
梁远绍	保靖县水田河镇排家村

梁远贵	保靖县水田河镇排家村
梁国友	保靖县水田河镇排家村
吴昌鳌	保靖县水田河镇梁家村
吴昌国	保靖县水田河镇梁家村
龙春梅	保靖县葫芦镇国茶村
梁洪敏	保靖县水田河镇他者村
龙　勇	保靖县水田河镇他者村
吴腾志	保靖县水田河镇吉铁村
梁天宝	保靖县水田河镇牛独村
龙清超	保靖县水田河镇毛坪村
梁保文	保靖县水田河镇夯吉村
梁远花	保靖县水田河镇五牙村
石泽富	保靖县水田河镇排塘村
石远福	保靖县水田河镇排沙村
石妹金	保靖县水田河镇大方村
梁远昌	保靖县水田河镇五牙村
梁远彪	保靖县水田河镇中心村
龙子荣	花垣县双龙镇金龙村
石家顺	花垣县双龙镇米腊村
龙正刚	花垣县双龙镇板栗村
吴腊宝	吉首市矮寨镇排乃村
石丁英	吉首市己略乡联林村
龙云富	吉首市己略乡红坪村
龙德正	吉首市白岩乡杨柳村
龙自银	古丈县默戎镇岩寨村

苗、汉音译对照表

喂——我
囊——的
把独——自己
蒙——你
蒙囊——你的
吾——他（她）
吾派；吾磊——他们（她们）
号能——这里
号儿——哪里

剖——我们
喂囊——我的
剖囊——我们的
埋——你们
埋囊——你们的
吾囊——他（她）的
吾派囊；吾磊囊——他（她）们的
号衣——那里
保儿——哪里；哪些

能——人
高帕——女人
得为——姑娘
得帕——女儿
果撒——唱歌
岭斗岭且——牛魔牛怪
布——名
娃——瓦
牛笔——屋柱
糯——蛋
题——布
球——盐
公——鬼
咖——屎
勾穷——枕头
勾梅——男儿的姐妹
咚俄——衣袖

高咛——男人
得策——小伙子
得咛——男儿
撒——歌
喀——客
卡——干
布能——人名
笔——屋
桥——桥
轿——轿
淞——线
糖——糖
蜡——绳
培——粑粑
出穷；出勾穷——做枕头
枞——坟；坟墓
俄牙——单衣

休巴——草标
氹——水氹
蹂奴——鸟窝；鸟窠
钟烟——烟袋；烟锅；烟斗
蹂——窝；窠

阿巴；玛——爸；父亲
阿迷；奶——母亲；娘
阿能——岳父
阿梦——丈母娘；岳母
能梦——岳父母
骂岭——伯
骂仲——中间的叔或伯
骂要——幺叔
姑娘——姑妈
崩——丈夫
欧——妻
构——嫂
阿构——嫂子
牙；阿牙——姐姐（牙在苗歌中代称姐或妹。）
得勾帕——妹妹
那——哥
那要——小弟
那岭——大哥
得勾哼——弟弟
得勾——弟弟；妹妹
那仲——中间的哥
巴秋——老表；表哥；表弟
阿妮——弟妹
欧秋——女老表；表姐；表妹
嘎帕——女孙；孙女
嘎哼——男孙；孙儿
嘎；嘎读——孙
嘎秋——外孙
嘎报坳——曾孙
高炯——后背亲
及能——女子的兄弟

打巴；打巴乃——天空；天上
乃——太阳
格腊——月亮
得格者；得格——星星
巴陶松——启明星
巴陶芒——伖明星
尬渡；章渡；渡；召渡——云；云朵
高松高大——天老爷；老天爷
打陡——地；地上；土

比各比茸——山山岭岭；崇山峻岭
各；比各——山
茸；高茸——岭
高棒——坡
高夯——山沟；山谷

高坝——山崖
酷——洞；孔
伢巫——河流
腊巫——水田
高党；巫党——塘
高夯巫——河沟；溪沟
溜巫——水井
夯巫——河的下游
巫闲谁——旋涡
高改——坎
高擦——沙
高柔——石头
棒图——山林
高占——坪场

酷坝——岩洞；溶洞
酷扎扎——天坑
巫——水
腊不——旱土
高讥；高革——潭
溶巫——水渠；水沟
茸巫——河的上游
巫穷——洪水
改腊——田坎
高答搓——台阶
阶柔——石板
勾；能勾——路
佳笼；棒笼——竹林

计——风
浓——雨
塔能——今天
巫摆——后天
俩浓笆——下大雨
浓学——小雨
俩倍——下雪
豆——霜
解——冰
砂——冰雹
戎——彩虹
巫朽——露水
涂哄；茄哄——起雾
夺凇——打雷
呆乃——日出
芒——夜
代腊——月亮出来；月亮升起

偏计——吹风
俩浓——下雨；落雨
西乃——明天
俩岭浓——下大雨；暴雨
浓差——大雨
倍——雪
倍蹦——雪花
俩豆——下霜
超解——结冰
俩砂——下冰雹
修戎——现彩虹
哄——雾
凇——雷
俩凇——闪电；扯火闪
扎乃——日落
吉芒；芒叫——夜里；晚上
扎腊——月落

弄途；打茸——上边；上面
急途；打夯——下边；下面
摆笛——外面；外头
郎途——内；内里；里面
傩——前
机傩——前面；前头
这——后
机这——后面；后头
乃代——东方
乃芒——西方
勾达——北方
勾交——南方
机嘎乃——太阳偏西

到卑——头
高比——头发；毛
高某——耳朵
磊格——眼睛
把哞——鼻子
这主——背部
高先——牙齿
报常——胸
棒八——腮帮
冒——肺
卑显——额
圭没——眉毛
筛——肝
高启——肚子
高蒙——心
高斗——手
工——颈
高老——脚
高夺——皮
伢——肉
比搭老——脚趾
比搭；比搭手——手指
高搭——手指；戒指
酷没；棒没——脸；脸面
把鸟；嘎弄——嘴巴；口

笆；搭笆——猪
约；搭约——黄牛
尼；搭尼——水牛
谋；搭谋——鱼
松；搭松——虾
架架——喜鹊
忙德——蜜蜂；蜂群；群蜂
奴收——鸭子
奴鹅——鹅子
嘎；搭嘎——鸡
保告嘎——公鸡
能嘎——母鸡
得嘎——小鸡
搭戊——龙
侬；搭侬——蛇
搿；搭搿——鼠
笆陡——野猪
炯；搭炯——虎
容；搭容——羊
搭没——马
搭力——驴
江谁——锦鸡

保傲——乌鸦
狗；搭狗——狗
免；搭免——猴
功；搭功——虫

巴芒成成——萤火虫
搭钩；钩——猫头鹰
打谷——蛤蟆；青蛙
搭拉——兔

图；高图——树
笼；高笼——竹
锐；高锐——菜；草
蹦——花
弄——小米
磊剥——稻谷
必——果
波弱——苞谷；玉米
弩兄——马豆
弩低——黄豆
乎暑——红薯
高岛——南瓜
岛公——老南瓜

奴图——树叶
巴膏图；膏图——树蔸
夺——柴
檽——稻子
朝——大米
鲁——种子
把俄——刺桐树；龙芽楤
弩革——绿豆
弩烈——饭豆
疟——麦
高蒙——荞
来不桃——苦瓜
岛查歪——丝瓜

抱——灯
高绍；高绍凇——线筒
高切——秤
摆宗——火床
娥——银
扁代；扁抬——扁担
高勾——椅子；凳子
普巫——水缸
高周——筷子
早陡——灶
高冈——三脚架
高歪——锅
高目——柴刀
偏连——镰刀

抱差；把崩解——火把
高且——风车
茄——金
同——刀
塞——伞
高勇——箩筐
高回——长凳
机北——桌子
高这——碗
酷几夺——火坑
高叫——鼎罐
高搭——手指；戒指
考哈——铲锄；薅锄

考坡——挖锄	高八——耙
高力——犁	囧——锣
陇——鼓	告借——甑子
高机；窝机——背篓（笼）	围裙——裙
笑铜——草鞋	高机摇——摇篮
茂；茂锐；茂蹦——园；菜园；花园	

哥——白	国——黑
隆——绿；蓝	穷——红
公——黄	锰——青
逛——紫	

会——走	所——跑
胡——喝	农——吃
够——吞	扑——讲
奈——喊	果——唱
出——做	嗝；兔——吐
难——问	周——笑
拈；伢——哭	动——听
咱——见	克——看
脓——来	严——偷
他——解	褡——骂
没——取	宁——买
供——抬；拿	罘——躲
绒——讨	拢；尬——借
机摇——摇	鹅——消
炅——抱	刚——给
绷——出	扎——掉
劳——下	求——上
扒——撒	呱——垮
特——盖	拖——舀
篙——倒	充俄——洗衣
乍——踩	宠——握；牵

灵约——牵牛
能俄——穿衣
俅；努——像；似
延——爱；喜欢
臾——养；生
冲——请
搏斗——打
莪巫——流水
几记——追赶
勾蒙告——和你来
挂——过（河；桥）
伢——哭
卜召——甩；甩掉
赳——起（屋）；竖（屋）
咱；克咱——见；看见

弱；涂——燃
抢——穿（过去）
涌——脱（帽；鞋）
贵——产下
猛——病；痛
课——砍
莪——流
略——摘；采
姜——掌握
拱——拱（桥）
内锐——采菜
地——断
就——邀；念叨
汤——挡；拦
恶——割

农烈——吃饭
脓呆——来到
扑度——讲话
动狼——听到
脓最——来齐
求搓——上台阶
会勾——走路
搏糯——打谷子
供丛——挑担子
照波弱——种苞谷
叔路；叔腊——犁土（地）
能俄——穿衣
沙——教诲
机聋——递
机梧——聚拢；集中
麻——思恋；思念
操；操松——担心；操心；忧虑

机白——分开
劳强——赶场
留约——守牛
霸酒——斟酒；倒酒
呆最——到齐
劳搓——下台阶
课图——砍树
让夺——打柴
匠秧——插秧
坡腊；坡路——挖土
八腊——耙田
叔腊巫——犁田
萌——去
机怕——分别
宜琼——纺纱
高述——什么

抠——辛苦
答——死
揉——近
当古——耽误
该该——悄悄；暗暗；静静
拿几诺——很里手
佩——乖；漂亮；美丽
伢怕怕——哭得泪涟涟

泥——懒；懒惰
杂杂——真的
腊捧——恨不得
冲白——清白；清楚
麻炎——后悔
浓江江——深；重；重得很
乡尼；相尼——未成是；还不是

江——甜
框——宽
要——少
泸——穷
罖——聪明
学——小
究岩——不晓得
头——长
唉——苦
密——辣
岱——直
彭——响
盟——亮
堵舍；难维——感谢
几梭；几年——高兴；欢乐，开心

肖——酸
芽——窄
筛——高
翎——富
岭——大
久生——不会
炅——多
徕——短
洽——怕
呷；窟——弯
弄；哉——冷
芶——远
丘——羡慕；爱
及俩——挂念

甲；然——得
龙——和
走召——遇着；遇到
架——傻
休见——收藏
休——收
崩——丈夫

燃——丢失
努几——怎么
几甲——相逢
机坚——记着；记住
见——藏
件件——全部
帼——官

国——黑

蛔——眠

剥蛔——睡觉

挡——等

尼——是

剖屋——我们地方；我们这边；我们屋；
我们村或寨

阿——一

呕——二

补——三

卑——四

巴——五

照——六

炯——七

乙——八

九——九

各——十

各阿——十一

各呕——十二

各补——十三

各卑——十四

各巴——十五

各照——十六

各炯——十七

各乙——十八

各九——十九

呕各——二十

罢——百

猜——千

万——万

阿乃——一天

阿芒——一夜；一晚

阿祝——一蔸；一株

阿斗——一把

磊——个

阿磊——一个

阿鄂——一双

阿冈——一向；一段时间

峨——只；头；条

阿读——一节

读——节

阿刚——一斤

阿吉——一两

阿格——一钱

阿旮——一块

己——角（动物的角，形成角度的地方）

阿罖——一排

阿罖撒——一首苗歌

阿玛——一支系

阿娃——一回